ANDREW TAYLOR

# Verblühte Rosen

*Buch*

In der britischen Kleinstadt Lydmouth wird eines Nachts die Leiche der jungen Kellnerin Mattie an das Ufer des Flusses gespült. Mattie konnte nicht schwimmen. War es ein Unfall? Oder hat sie jemand gestoßen – war es Mord?
Mattie genoss kein sehr hohes Ansehen in den gutbürgerlichen Kreisen der biederen Kleinstadt und war bekannt für ihre vielen Männergeschichten. Entsprechend groß ist nun der Kreis der Verdächtigen und derer, die etwas zu verbergen haben. Selbst der Polizeichef zeigt großes Interesse, bestimmte Hintergründe des Falls zu verschleiern. Inspector Thornhill muss zahlreiche Zeugen verhören, die offensichtlich nie ganz die Wahrheit sagen ... Während der Fall immer weitere Kreise zieht, kommt Thornhill nicht umhin, mit der Journalistin Jill Francis zusammenzuarbeiten, mit der ihn mehr als nur Freundschaft verbindet – eine Beziehung, die er ebenso geheim halten muss, wie viele der gutbürgerlichen Honoratioren ihre traute Zweisamkeit mit Mattie ...

*Autor*

Andrew Taylor ist der Autor zahlreicher preisgekrönter Kriminalromane in der Tradition von Ruth Rendell und Elizabeth George. Die Krimis mit Detective Inspector Richard Thornhill und der Journalistin Jill Francis bilden eine seiner erfolgreichsten Serien. Andrew Taylor lebt mit seiner Frau und seinen Kindern im Forest of Dean. Er schreibt gegenwärtig an seinem sechsten Roman aus der Lydmouth-Serie, »Death's Own Door«.

*Von Andrew Taylor sind bei Goldmann lieferbar:*

Am dunklen Ende der Nacht. Roman (44751)
Die vier letzten Dinge. Roman (45063)

# Andrew Taylor

# Verblühte Rosen

Roman

Aus dem Englischen
von Ute Thiemann

GOLDMANN

Die Originalausgabe erschien 2000 unter dem Titel
»Where Roses Fade«
bei Hodder and Stroughton, London

*Umwelthinweis:*
Alle bedruckten Materialien dieses Taschenbuches
sind chlorfrei und umweltschonend.

Deutsche Erstausgabe Mai 2002

Umschlaggestaltung: Design Team München
Umschlagfoto: Wolf Huber
Satz: DTP Service Apel, Laatzen
Druck: Elsnerdruck, Berlin
Titelnummer: 45034
TH · Herstellung: Heidrun Nawrot
Made in Germany
ISBN 3-442-45034-9
www.goldmann-verlag.de

1 3 5 7 9 10 8 6 4 2

# Hauptfiguren

Joan Ailsmore – WPC, Lydmouth-Bezirk

Bernie Broadbent – Grafschaftsrat; Cousin von Edith Thornhill, Spitzname »Onkel Bernie«

Mrs Browning – Geschäftsführerin des Gardenia-Cafés

Minnie Calder – Krankenschwester im Ruhestand; Tante von Jimmy Leigh

Violet Evans – Sekretärin; und ihre Eltern Ted und June Evans

Jill Francis – Redakteurin der *Lydmouth Gazette*

Mattie Harris – Serviererin; und ihre Eltern Mr und Mrs Harris aus Eastbury

Brian Kirby – Detective Sergeant, Lydmouth-Bezirk

Jimmy Leigh – Neffe von Minnie Calder

Gerald Pembridge – Vorsitzender des Baurats; Edna, seine Frau; und Bill, sein Sohn

Robert Sedbury – Grundstücksmakler und Auktionator; und seine Frau; Malcolm, sein Sohn

Richard Thornhill – Detective Inspector, Lydmouth-Bezirk; Edith, seine Frau; David und Elisabeth, ihre Kinder

Charlotte Wemyss-Brown – Herausgeberin der *Lydmouth Gazette;* und Philip, ihr Mann, Chefredakteur der Zeitung

Raymond Williamson – Detective Superintendent; und Bunty, seine Frau

## GEFAHR BEIM BADEN
### Grafschaftsrat warnt junge Schwimmer

Der Grafschaftsrat hat die Polizei auch in diesem Jahr wieder angewiesen, ein besonderes Auge auf Kinder zu haben, die während des Sommers im Lyd baden. Einige Ratsmitglieder sind der Ansicht, dass dieses Treiben für die Dauer des Krieges gänzlich unterbunden werden sollte, da die Polizeikräfte bereits überbeansprucht sind.

»Letztes Jahr hat es zu viel gefährliche Tollerei gegeben«, sagte Grafschaftsrat Bryant. »Ich möchte alle Knaben dringend anhalten, sich verantwortungsbewusst zu betragen, besonders beim Springen von der New Bridge. Dabei kann es leicht zu einem sehr schlimmen Unfall kommen.«

*Lydmouth Gazette*, Freitag, 28. Mai 1943

Drohungen sind dunkle Gebete.

»Jimmy Leigh«, sagte er so leise, dass nur er es hören konnte. »Jimmy Leigh, ich bringe dich um, Jimmy Leigh.«

Er fühlte, wie sich seine Lippen bewegten, fühlte seine Zunge gegen den Gaumen schlagen, fühlte die federgleiche Berührung seines Atems, der ihm entschlüpfte und in die Wärme der Sommernacht entfloh. Er stellte sich im Geiste vor, wie die Worte durch den hohen Saal flogen und dann wie Geier über ihrem Opfer kreisten.

»Jimmy Leigh, ich bringe dich um, Jimmy Leigh.«

Und die Worte stießen herab, dunkle Gebete, die über Jimmy Leighs schlafendes Bewusstsein herfielen.

Sie waren jetzt keine Geier mehr: Die Worte würden sich

wie bohrende Würmer in das graben, was sein Vater die grauen Zellen nannte. Vielleicht hatte Jimmy Leigh nicht einmal graue Zellen. Alle Welt wusste, dass er sie nicht alle beieinander hatte.

Der Junge im Nebenbett wimmerte im Schlaf. Es war hier nie still und auch nie gänzlich dunkel. Jemand anders bewegte sich, und Bettfedern ächzten. In dem kleinen Büro am Ende des Krankensaals fiel klirrend ein Teelöffel zu Boden. Schwester Calder und Schwester Jones spielten Karten, und hin und wieder hörte er sie »Pik« oder »du gibst« sagen, hörte das leise Klacken, wenn eine Karte auf den Tisch gelegt wurde, und das Rascheln, wenn gemischt wurde.

Schwester Calder hasste ihn. Schwester Calder war Jimmy Leighs Tante.

»Du böser Junge, Malcolm Sedbury, wenn du das nächste Mal ins Bett machst, dann lasse ich dich die Bescherung essen.«

Die Erinnerung ließ ihn erschaudern, und sein Magen zog sich zusammen. Jetzt zögerte sie es immer so lange wie möglich hinaus, wenn er um eine Bettpfanne bat, in der Hoffnung, dass ihm ein weiteres Malheur passierte, damit sie die Entschuldigung hatte, die sie brauchte.

»Warum hast du deine Hafergrütze nicht aufgegessen, Malcolm Sedbury? Du hältst dich wohl für zu gut dafür?« Schwester Calder war auch die Geißel seiner Mahlzeiten und hielt ihre Kolleginnen an, es ihr gleich zu tun. »Nun, ich kenne einen kleinen Jungen, der heute Nachmittag keinen Besuch von seiner Mummy und seinem Daddy bekommt.«

Er starrte an die Decke hoch über seinem Kopf. Die Decke war so fern wie der Himmel. Wie alles in diesem Schlafsaal war es der falsche Maßstab für ihn. Die Betten waren zu hoch, zu weit über dem Fußboden. Die Mahlzeiten waren zu groß, die Wolldecken zu schwer. Sie waren im Lydmouth-Cottage-Hospital, einem Gebäude, das er zuvor nur von außen gekannt hatte. Sein Vater hatte einmal gesagt, es würde wie eine Irrenanstalt aussehen. Das Hospital hatte spitzbogige Fenster und Zinnen wie eine Burg. Es war aus dem Stein gebaut, der hier in der Gegend gebrochen wurde, ein schmutziges Purpur, überzogen von Ruß. Innen drin war es noch schlimmer. Es sah nicht nur aus wie eine Irrenanstalt, es war eine.

Ursprünglich war dies ein Ort gewesen, den alte Männer zum Sterben aufsuchten – Malcolm hatte Schwester Calder mit einem Elternpaar darüber flüstern hören. Jetzt war es die Langzeit-Pflegestation für Knaben der orthopädischen Abteilung. Es waren insgesamt 24 Jungen hier, zwölf auf jeder Seite, von einem Vierjährigen, der entweder schlief oder wie ein Welpe winselte, bis zu einem 17-Jährigen, der fast schon ein Mann war und einen flaumig schwarzen Schnurrbart hatte. Vor einer Weile war auch ein Dreijähriger hier gewesen, der unablässig nach seiner Mutter gerufen hatte. Doch sie mussten ihn vorzeitig aus der Station verlegt haben, oder vielleicht fehlte ihm auch etwas anderes. Jedenfalls hatten sie eines Tages die Vorhänge um sein Bett zugezogen, und am Morgen waren die Vorhänge verschwunden, und das Bett war leer und wartete auf den nächsten Patienten.

Alle sagten Malcolm, er könne sich glücklich schätzen, dass er am Leben war. Sie sagten, in der Fieberstation, wo er dem Tod so nahe gekommen war, wäre es viel schlimmer gewesen. Er hatte verworrene, traumgleiche Erinnerungen an jene Zeit, an schreckliche Schmerzen, besonders in seinem Kopf, an Ärzte und Schwestern, die gemessenen Schrittes und mit langen, traurigen Gesichtern zwischen den Betten umhergingen, als wären auch sie in einem Traum gefangen. Sie hatten nicht einmal seine Eltern zu ihm gelassen. Ein- oder zweimal hatte eine Krankenschwester ihn auf ihre Gesichter aufmerksam gemacht, die wie weiße Fische in Goldfischgläsern hinter den Bullaugenfenstern der Stationstür schwammen.

Aber diese Station war schlimmer. Auf dieser Station gab es Schwester Calder und Jimmy Leigh. Fast wünschte er sich das Fieber und die Schmerzen zurück, nur damit sie ihn wieder verlegen müssten. Hier, auf dieser Station, gab es eine andere Angst. Er las sie in den mitleidigen Mienen seiner Eltern und Schwestern. Er las sie in den teuren Geschenken, die sie ihm mitbrachten, den Spielsachen, den Soldaten, den Büchern, von denen die meisten nie wirklich ihm zu gehören schienen, oder zumindest nicht lange.

»Es macht dir doch nichts aus, wenn Jimmy sich das für fünf Minuten borgt, oder?«, sagte Schwester Calder. »Es ist nur recht. Er hat schließlich niemanden, der ihm teure Geschenke bringt. Er ist kein solches Glückskind wie du.«

Nachdem Jimmy ein Spielzeug in den Fingern gehabt hatte, war es nicht mehr dasselbe. Zinnsoldaten kamen ohne ihre Waffen oder sogar ohne ganze Gliedmaßen zurück. Autos verloren Räder, und manchmal war der Lack unverkennbar von Zähnen zerkratzt. Jimmy war genauso alt wie Malcolm, doch er kaute auf Spielsachen herum.

»Du darfst dich nicht darüber ärgern, Schatz«, hatte seine Mutter ihm zugeflüstert, als er sich bei ihr beschwerte. »Der kleine Junge ist nicht ganz richtig im Kopf. Aber er ist so lieb, findest du nicht auch?«

Jimmy gehörte zu den mobileren Patienten. Er konnte sich auf Krücken durch den Stationssaal schleppen. Einmal war er an Malcolms Bett gekommen, während Malcolm schlief, und hatte ihn aufgeweckt, indem er ihm einen Finger ins Auge stieß. Malcolm war schreiend aus dem Schlaf geschreckt. Schwester Calder hatte ihm mit einem Lineal auf die Handflächen geschlagen, als Strafe dafür, dass er die anderen aufgeweckt hatte.

Wenn sie doch nur Bill erlauben würden, ihn zu besuchen. Bill war sein bester Freund. Wenn er wüsste, was Jimmy Malcolm hinter dem Rücken der Schwestern antat, würde Bill ihn sich schon vornehmen. Bill war groß und konnte gut mit seinen Fäusten umgehen.

Eine weitere Nacht zog sich hin, als wäre die Zeit selbst elastisch geworden. Heute Nacht gab es keine Bombenangriffe, leider. Er freute sich auf die Bombenangriffe, weil die Sirenen und das entfernte Dröhnen der Flugzeuge Oasen in der unendlichen Wüste der Nacht waren. Sie gaben ihm etwas, um seine Gedanken zu beschäftigen, etwas Normales, vor dem er sich fürchten konnte. Er erinnerte sich an das Pfingstwochenende, als die strahlende Sonne am Himmel die gleiche Farbe gehabt hatte wie das Kleid seiner älteren Schwester und der Fluss kühl und einladend gewesen war, angeschwollen vom letzten Regen.

An jenem Nachmittag waren er und Bill zur New Bridge gegangen. Das war eine beliebte Stelle zum Angeln, und wenn es heiß war, kletterten junge Männer und Knaben auf die breite Steinbrüstung an der flussabwärtigen Seite und sprangen in das braune Wasser darunter. Die meisten von ihnen kamen aus Templefields und waren »Pöbel«, wie seine Mutter es nannte. Das verlieh dem Ganzen ein zusätzliches Element der Gefahr. Malcolm und Bill waren im letzten Jahr in der Unterstufe der Ashbridge School und wurden deshalb oft von den Jungen, die auf die Volksschule gingen und in Templefields lebten, als natürliche Beute betrachtet.

Doch nicht an jenem Nachmittag. Vielleicht lag es am Sonnenschein oder an dem Nervenkitzel, ins Wasser hinabzusausen, aber es hatte eine Art Jahrmarktsatmosphäre in der Luft gelegen. Bill und Malcolm waren zur Brücke geschlendert, die Hände in den Taschen vergraben, die Nerven angespannt wie Geigensaiten. Sie hielten an, um auf den

Lyd hinabzuschauen, der zwischen den massigen Brückenpfeilern dahinströmte. Jimmy Leigh saß ganz in der Nähe, ließ seine Beine über dem Fluss baumeln und starrte mit leerem Blick auf das Wasser.

»Wollt ihr Kleinen nun springen oder einfach nur allen anderen im Weg sein?«, sagte eine tiefe Stimme.

Es war einer der größeren Jungen, mit einer Zigarette im Mundwinkel, immer noch gutmütig. Er sah sie einen nach dem anderen an, Bill und Malcolm, die an der Brüstung lehnten, und Jimmy Leigh, der ein paar Schritte hinter ihnen saß.

»Springen«, sagte Jimmy und nickte bedächtig, als hätte er unvermittelt und unerwartet etwas begriffen. *»Springen?«*

Warum nicht?, hatte Malcolm gedacht. Er antwortete dem Jungen nicht, sondern löste die Riemen seiner Sandalen und streifte sie sich von den Füßen. Dann zog er sich sein grünes Aertex-Hemd über den Kopf. Seine Mutter würde ihm vielleicht eine kurze Standpauke halten, aber er glaubte nicht, dass sie wirklich böse sein würde, wenn seine alten Khakishorts ein wenig klamm waren, wenn er nach Hause kam. Außerdem war es ein so heißer Tag, dass sie bis dahin mit etwas Glück vielleicht sowieso getrocknet waren.

Angst regte sich flatternd in seinem Magen. Er warf einen Blick zu Bill hinüber, der ebenfalls sein Hemd auszog, wie üblich Malcolms Beispiel folgend. Warum war Bill immer nur ein Mitläufer, niemals der Anführer?

»Springen«, sagte Jimmy Leigh und strahlte den älteren Jungen an. »Ich weiß, wie Springen geht.«

Er trug ein Hemd und Shorts, Schuhe und Socken. Er zog nichts davon aus. Mit den Händen stieß er sich von der Brüstung ab und stürzte sich in die Tiefe. Ein Schrei hing in der Luft, wo er eben noch gewesen war. Er landete mit einem Bauchklatscher im Fluss, so dass zu beiden Seiten seines Körpers silberne Flügel aus Wasser hochspritzten.

»Wette, das hat wehgetan«, bemerkte der ältere Junge schadenfroh. »Wer will als Nächster? Ihr seid doch nicht feige, oder? Habt ihr Angst, dass euch der Erträнker holt?«

Er trat ein bisschen näher an Malcolm heran, während er sprach, und es war etwas Drohendes an dieser Bewegung, etwas, das Malcolm den Eindruck vermittelte, dass er, wenn er nicht sprang, hochgehoben und in den Fluss geworfen werden würde. Außerdem hatte er auch seinen Stolz zu bedenken. Er kletterte auf die Brüstung – ganz hinauf, bis er aufrecht dastand, die Arme über den Abgrund ausgestreckt, so wie er es die älteren Jungen und die jungen Männer hatte tun sehen. Angestrengt versuchte er, die Erinnerung an jenen Schrei, an Jimmy Leighs Bauchklatscher zu verdrängen.

»Komm schon, Bill«, sagte er so gelassen, wie er es vermochte. »Wer als Letzter drin ist, ist ein Feigling.«

Als er sprang, spannte er seine Bauchmuskeln an und kniff den Hintern zusammen, als versuche er, seinen Körper so klein wie möglich zu machen. Nicht genug Zeit, um sich zu fürchten. Dann sog ihn das kalte, braune Wasser in sich hinein. Seine Arme und Beine bewegten sich automatisch. Er schluckte einen Mund voll des Lyd, fühlte, wie er erstickte, ertrank.

Sein Kopf durchbrach die Wasseroberfläche, und er öffnete die Augen. Wassertropfen flogen durch die Luft wie Glassplitter. Alles war unerträglich hell. Er rang nach Luft. Freude, so brennend wie Zorn, durchströmte ihn. Er hatte nie zuvor jemanden von der Brücke springen sehen, der noch so klein gewesen war wie er. Ihn konnte keiner einen Feigling nennen, jetzt nicht mehr. Er ließ sich auf dem Rücken treiben und schwamm ein paar Beinstöße flussaufwärts. Er blinzelte durch den Sonnenschein nach oben.

Bill stand noch immer auf der Brückenbrüstung, hoch gewachsen und blond wie ein griechischer Gott in dem Lexikon in der Schulbibliothek, und schaute zu ihm hinab.

»Komm schon«, krächzte Malcolm, denn er hatte noch immer Wasser im Mund. »Es ist …«

Etwas Hartes kollidierte mit seiner Stirn, drückte seinen Kopf unter Wasser. Er schluckte einen weiteren Mund voll des Lyd. Einen Augenblick später tauchte er prustend wieder auf. Jimmy Leigh war ein paar Meter entfernt und ruderte wild mit den Armen, die Hände zu Fäusten geballt, während er eilig zum Ufer schwamm.

Das hast du mit Absicht gemacht, du Fiesling, wütete Malcolm im Stillen.

Später an jenem Tag, in der Wärme eines flirrenden Frühsommerabends, als die Schmerzen einsetzten und seine Temperatur zu steigen begann, war er überzeugt, dass der dolchgleiche Mittelpunkt des Kopfschmerzes genau an der Stelle war, wo Jimmy Leighs Faust ihn getroffen hatte. Mit Absicht.

# 1

Ein anderer warmer Abend zwischen einem anderen Frühling und einem anderen Sommer.

Die Flüsse führten Hochwasser. Es hatte in der vergangenen Woche viel geregnet, und jetzt floss das Wasser von den Hügeln flussaufwärts ab. Es wand sich wie eine braune, wispernde Schlange den Minnow entlang, jenen breiten Zuträger, der sich ein paar hundert Meter nördlich der New Bridge mit dem Lyd verband.

Die junge Frau sah nichts von all dem. In ihrem Kopf drehte sich alles, als sie sich in der Badewanne aufsetzte und den Heißwasserhahn aufdrehte. Der Ascot-Durchlauferhitzer über der Wanne rülpste und begann, leise zu röhren. Es war draußen jetzt fast dunkel, und die bläulich orangefarbenen Gasflammen färbten das sanfte graue Zwielicht. Sie drehte am Hahn, verringerte den Wasserfluss, damit das Wasser heißer wurde. Die Temperatur stieg. Sie hob den rechten Arm. Die feucht glitzernde Haut war bereits rosa von der Hitze.

»Mein Gott«, murmelte sie, »wo bleiben die denn so lange?«

Einsamkeit war das Einzige, wovor sie sich wirklich fürchtete. Sie lehnte sich in der langen Wanne zurück und versuchte, nicht an die Tatsache zu denken, dass ein alter Mann in diesem Haus gestorben war. Er musste unzählige Male in dieser Wanne gelegen haben.

Die Hitze brannte auf ihrer Haut wie Brennnesseln. Sie hob ein Bein aus dem Heißwasserstrom. Das war das Problem mit Wannenbädern, das Wasser war entweder zu heiß oder zu kalt. Sie brauchte es so heiß wie möglich, so heiß, wie sie es ertragen konnte. Ein paar Augenblicke später hakte sie ihren großen Zeh um den Hahn und drehte ihn zu. Das Röhren verstummte, die Flammen erstarben, und sie fühlte sich in der dunklen Stille einsamer denn je.

Wenn ihnen doch nur nicht die Zigaretten ausgegangen wären. Sie streckte in der Dunkelheit die Hand aus, bis ihre Fingerspitzen gegen das Glas stießen. Nicht ganz allein. Sie griff nach ihrem Glas. Der hochprozentige Alkohol hatte das Innere ihres Mundes betäubt. Das Schlucken fiel nicht mehr schwer. Sie fühlte plötzlich übermenschliche Kräfte, als könnte sie immer weiter und weiter trinken. Vielleicht war dies die Methode, mit Einsamkeit fertig zu werden, mit einfach allem fertig zu werden. Sie stellte ihr Glas ab und ließ die Finger ihrer rechten Hand durch das Wasser und über ihren Körper gleiten.

*Nichts weiter als Haut und Fleisch und Knochen. Warum begehren Männer ihn? Wäre es nicht einfacher, wenn wir alle keine Körper hätten? Sie sind nur im Weg.*

»Kommt schon«, flüsterte sie aus Angst, lauter zu sprechen. »Kommt schon, ihr blöden Arschlöcher, wo bleibt ihr denn?«

Der Himmel jenseits des Fensters war fast schwarz. Sie sah ein halbes Dutzend Lichtpunkte, die Sterne. Das Fenster stand ein paar Zentimeter weit offen, weil sie nicht riskieren wollte, dass es beschlug. Sie vermeinte, draußen ein Geräusch zu hören. Es klang beinahe wie langsame, schleichende Schritte. Vielleicht kamen sie zurück. Doch das Badezimmer lag an der Rückseite des Hauses, mit Ausblick auf den Garten, der sich zum Minnow erstreckte, und sie würden zur Vordertür kommen. Vielleicht hatte sie sich das Geräusch nur eingebildet. Sie fröstelte der Hitze zum Trotz, schlang die Arme um sich und lauschte. Es war nichts zu hören, abgesehen von einem leisen Rascheln, das von dem Kastanienbaum unten am Fluss stammen mochte.

Sie bildete sich Dinge ein. Sie hatte schon immer eine zu rege Fantasie gehabt, alle sagten das. Was sie brauchte, war ein Drink.

Abermals streckte sie die Hände nach dem Glas aus, dann fiel ihr ein, dass es leer war. Sie hätte ihnen sagen sollen, dass sie die Flasche hier oben lassen sollten. *Ich muss meine Nerven beruhigen.* Sie setzte sich in der Wanne auf, schlang die Arme um ihre Knie. Die Abendluft war jetzt kühler, und sie spürte Gänsehaut auf ihren Schultern.

Die eckige grüne Flasche leuchtete vor ihrem geistigen Auge wie eine Vision des heiligen Grals. Zweifellos stand die Flasche in dem kleinen Salon an der Rückseite des Hauses. Als sie hergekommen waren, hatten sie dort zusammen gesessen, weil dort weniger Gefahr bestand, gesehen zu werden. Sie befeuchtete ihre Lippen, fuhr mit der Zunge über den leicht klebrigen Lippenstift. Sie würde ihr Make-up auffrischen müssen. Aber erst nachher.

Die wichtigen Dinge zuerst. Und das Wichtigste von allem war ein weiterer Drink. Sie hätte die Flasche mit nach oben bringen sollen. Es war dumm gewesen, sie unten zu lassen. Sie würde das nicht hinnehmen.

Sie klammerte sich an den Wannenrand und hievte sich langsam auf die Füße. Plötzlich war es bedeutend kälter. Die Nachtluft brach sich an ihrem Körper wie eine Flutwelle. Sie schien auch bedeutend schwerer geworden zu sein, und als sie versuchte, ihr rechtes Bein über den Wannenrand zu heben, war es so, als hätte sich die Luft in Melasse verwandelt. Einen Moment lang lehnte sie sich gegen die Wand, schöpfte Kraft. Dann stieg sie mit einer monumentalen Anstrengung aus der Wanne, gegen den Widerstand der unsichtbaren Melasse. Sie stolperte, hielt sich im letzten Moment an der Stuhllehne aufrecht und stand schließlich triumphierend auf ihren eigenen Füßen.

»Ich werde es tun«, sagte sie laut. »Ich werd's ihnen zeigen, verflucht noch mal.«

Ein Teil ihres Verstands, der Teil, der noch nüchtern war, registrierte, dass Wasser auf den Fußboden geschwappt war, und nahm sich vor, etwas deswegen zu unternehmen. *Aber zuerst muss ich meine Nerven beruhigen.* Sie zog ein Handtuch von dem hölzernen Ständer neben dem Waschbecken – das Haus war fast vollständig eingerichtet, und sie hatte auf den Borden eines großen, eingebauten Wäscheschranks auf dem Treppenabsatz Handtücher und Bettzeug gefunden, ein wenig muffig, aber trocken und sauber zusammengefaltet. Sie trocknete ihre Füße ab und hüllte sich dann in das Handtuch. Es schmiegte sich an ihren Körper wie eine zweite Haut und erinnerte sie an das Cocktailkleid, das sie kürzlich in Madame Ghislaines Schaufenster gesehen hatte. Cremefarbener, mit kleinen Blütenzweigen bestickter Satin, trägerloses Mieder und ein enger, gerade geschnittener, angesetzter Rock, der bis zur halben Wade reichte. Vielleicht konnte sie einen der Männer dazu überreden, es ihr zu kaufen.

Sie holte tief Luft und öffnete die Badezimmertür.

Es ist kindisch, sich vor Schatten zu fürchten, tadelte sie sich selbst. Doch der Flur war noch dunkler als das Badezimmer, und die Treppe war ein schwarzer Abgrund. Was gab es hier, vor dem man sich hätte fürchten müssen? Sie lachte, um sich zu beweisen, dass sie keine Angst hatte. Der Laut, der aus ihrer Kehle kam, klang schrill und nervös, ganz und gar nicht wie ihr übliches Lachen. Wie das Lachen von jemand anderem. So schnell es das einengende Handtuch und die Dunkelheit erlaubten, hastete sie den Flur entlang zur Treppe.

Ein Läufer erstreckte sich in der Mitte des Flurs und

führte dann weiter die Stufen hinunter. Seine Wärme spendete Geborgenheit. Sie folgte ihm zur Diele hinab, wo sie aus dem Fenster neben der Haustür spähte. Keine Spur von irgendjemandem auf der Auffahrt. Nicht dass sie wirklich etwas sehen konnte. Es gab hier keine Straßenlaternen, daher war es schwer, Umrisse im Zwielicht auszumachen. Das weiße Tor schimmerte schemenhaft am Ende der Auffahrt.

Sie wandte sich ab und ging in den kleinen Salon. Neben der Tür zur Küche stand ein runder Tisch, und näher am Fenster waren mehrere Sessel gruppiert, wo sie gesessen hatten, bevor sie nach oben gegangen war, um ein Bad zu nehmen. Die Flasche stand noch immer auf dem Tisch. Sie hatte vergessen, ihr Glas mit nach unten zu bringen, aber das spielte keine Rolle. Sie würde die Flasche zum Glas tragen statt andersherum, dachte sie kichernd. Aber nicht gleich. Der Flaschenhals schlug klappernd gegen ihre Zähne, und etwas von dem Gin lief über ihr Kinn und rann in das Tal zwischen ihren Brüsten. Sie war jetzt aufgewärmt, mutiger. Was sie brauchte, war eine Zigarette, und dann würde alles erträglich sein.

Sie ging zu den Sesseln am Fenster, stieß sich die Hüfte an der Anrichte. Sie hatten den Aschenbecher auf dem kleinen Tisch neben der Verandatür stehen lassen. Mit etwas Glück war zumindest einer der Stummel noch für ein paar Züge gut. Die Leute waren sehr verschwenderisch mit ihren Zigaretten, besonders die, die sich nicht um den Preis der nächsten Schachtel sorgen mussten.

Sie ließ sich schwer und nicht ganz absichtlich in einen der Sessel plumpsen und stocherte mit dem Zeigefinger im Aschenbecher herum. Ganz wie sie gehofft hatte – einer der Stummel war gut drei Zentimeter lang. Streichhölzer lagen auf dem Tisch, und einen Moment später hatte sie die Zigarette im Mund und ein Streichholz in der Hand.

Es war in jenem Moment, gerade als das Streichholz über

die Reibfläche der Schachtel schabte, bevor die Flamme den Streichholzkopf auflodern ließ, dass sie eine Bewegung auf der anderen Seite der Scheibe wahrnahm. Das Streichholz flammte auf. Sie zündete mechanisch die Zigarette an, der aufwallenden Panik zum Trotz.

Jemand klopfte an die Scheibe.

*Haustürschlüssel verloren?*

Ein Gesicht nahm Kontur an, die Züge gegen das Fenster gepresst. Die Panik verebbte, verdrängt von der Erleichterung, als sie erkannte, wer es war.

Die Lippen bewegten sich lautlos, und es klopfte abermals an der Scheibe.

*Na ja, warum nicht?*

Sie kämpfte sich aus dem Sessel, entriegelte die Verandatür, oben und unten, und öffnete einen der Flügel. Nachtluft strömte ins Zimmer.

»Steh nicht so da herum«, sagte sie. »Komm rein, bevor ich mir in dieser Kälte den Tod hole.«

Sie schwankte wie ein Blatt im Wind, während sie lächelte. Das vertraute Machtgefühl durchströmte sie, überdeckte all die Dinge, an die sie nicht denken wollte. Sie winkte mit der Zigarette, und die glühende Spitze zeichnete eine feurig leuchtende Linie in die Dunkelheit.

»Komm schon. Ich hab nicht die ganze Nacht Zeit.«

Diesmal schwankte sie zu weit. Eilig machte sie einen Schritt zurück, um das Gleichgewicht wiederzugewinnen. Ihre Waden kollidierten mit etwas Nachgiebigem. Sie sank auf das Polster des Sessels hinter ihr, so gekonnt, als wäre die Bewegung beabsichtigt gewesen. Das Handtuch löste seinen Halt um ihren Körper.

*Na ja, warum nicht?*

Die Vorstellung amüsierte sie, und sie fing an zu lachen. Sie bemerkte stolz, dass es diesmal nicht als nervöses Kichern herauskam, wie zuvor im Badezimmer. Sie hatte keine Angst mehr – sie war wieder sie selbst. Nein, dies war ihr eigenes Lachen, kehlig und verheißungsvoll.

Den Leuten gefiel es, wenn sie lachte.

## 2

Jimmy Leigh war in Templefields, drückte die Lok an sich, als wäre sie ein Baby, und beobachtete das Blut im Wasser.

Die roten Streifen waren an dieser Stelle deutlich zu sehen, weil der Minnow hier klar über ein Kiesbett floss. Weiter unten, wo er mit dem Lyd zusammentraf, verschwanden die Streifen, verschmolzen mit dem rötlich braunen Wasser.

Jimmy hörte Schritte auf dem Treidelpfad. Er ging in Deckung, wartete bebend und betete, dass er nicht entdeckt worden war. Die Schritte gingen in demselben gleichmäßigen Rhythmus weiter. Sobald sie an seinem Versteck vorbei waren, lugte Jimmy hervor. Er sah den Rücken eines Mannes in einem Khaki-Overall, der über und über mit etwas befleckt war, das wie Rost aussah. Jimmy dachte, dass der Mann vermutlich in dem Schlachthaus ein Stück weiter flussaufwärts am Ende der Mincing Lane arbeitete. Früher am Nachmittag hatte Jimmy die schrillen, sinnlosen Proteste der Tiere auf dem Weg zur Schlachtbank gehört.

Er lehnte sich wieder gegen die Mauer und versuchte, langsamer zu atmen. Er streichelte das glatte Blech der Lokomotive. Der Mann auf dem Treidelpfad hatte ihn nicht gesehen. Er war hier sicher. Dies war Matties geheimes Versteck, und er erinnerte sich, dass sie gesagt hatte, man könne den ganzen Tag auf dem Fenner-Gelände zubringen, ohne dass jemand etwas davon mitbekam. Als sie im Schlachthaus gearbeitet hatte, waren sie und Violet im Sommer fast jede Mittagspause hierher gekommen. Manchmal hatten sie ihre Sandwiches mit Jimmy geteilt. Sonst kam niemand her.

Violet sagte, sie würden das Werk früher oder später abreißen und dort etwas anderes bauen. Doch im Moment stand Fenner leer, geschützt von einem eisernen Tor und einer hohen Mauer mit einzementierten Glasscherben oben drauf. Es war nicht groß – nur ein kopfsteingepflasterter Hof, an drei Seiten von Gebäuden gesäumt. Zuletzt war es als Sägewerk genutzt worden. Direkt vor dem Tor war der ehemalige Lagerschuppen, wo sie das Holz gestapelt und zersägt hatten – jetzt nur noch eine dachlose Ruine. Rechter Hand lag ein einstöckiger Sandsteinbau mit Büros, die unteren Hälften der Fenster mit Gaze abgedeckt, auf der in goldenen Lettern *G & H Fenner Limited* aufgedruckt war. Und linker Hand war eine Reihe von Lagerhäusern und Stallungen, die an den Treidelpfad grenzten.

Auf der Rückseite der Stallungen gab es eine Holzleiter, die hinlänglich stabil war, wenn man nicht auf die Mitte der Sprossen trat. Sie führte hinauf zu einem Heuboden mit einem schmalen Fenster, das Ausblick über den Treidelpfad und den Minnow dahinter bot. Hier hinauf waren Mattie, Violet und Jimmy gestiegen. Violet arbeitete für einen Grundstücksmakler. In ihrem Büro hatte sie einen Ersatzschlüssel für die kleine Pforte in dem großen Eisentor gefunden. Sie hatten ihn unter einem Stein in der kleinen Gasse, die zur Mincing Lane führte, versteckt. Der Schlüssel war ihr Geheimnis gewesen.

Doch Mattie kam jetzt nicht mehr hierher, und Violet auch nicht, nicht seit Mattie die Anstellung im Gardenia-Café bekommen hatte. Aber Violet hatte den Schlüssel vergessen. Er lag noch immer unter dem Stein. Also konnte Jimmy immer noch herkommen. Doch es war nicht dasselbe ohne Mattie. Zumindest war er hier sicher. Vorläufig.

Er lehnte den Rücken gegen die Mauer und ließ sich herunterrutschen, bis er in der Hocke saß. Er drückte die Lok an sich. Sie war grün und schwarz, mit den Buchstaben GWR auf dem Tender. Glücklicherweise hatte der Aufziehschlüssel in der Lok gesteckt, als er sie hatte mitgehen lassen.

Jetzt wünschte er, er hätte es nicht getan. Er hatte nicht einmal Gleise. Außerdem würde Tante Minnie fragen, woher er das Geld hatte, sie zu kaufen. Sie würde ihm wieder eine Standpauke halten, was in gewisser Hinsicht der Grund gewesen war, weshalb er die Lok überhaupt eingesteckt hatte.

Nein. Er brachte es durcheinander. Alles war so verwirrend. Inzwischen wussten bestimmt alle – die Polizei, Tante Minnie –, dass er die Lok gestohlen hatte. Das Problem war, der Mann in dem Laden hatte ihn gesehen. Er hatte gebrüllt, als Jimmy sich mit der kleinen Lokomotive unter seinem Pullover aus dem Laden geschlichen hatte. Jimmy war losgerannt, und der Mann war ihm nachgelaufen.

»Bleib stehen, du Dieb«, hatte der Mann geschrien. »Polizei, Polizei.«

Jetzt suchten sie alle nach ihm, dachte Jimmy, die Polizei, der Mann aus dem Laden und Tante Minnie. Er wusste nicht, vor wem er mehr Angst hatte. Sie würden niemals verstehen, dass er die Lok nicht hatte stehlen wollen. Aber Tante Minnie hatte ihn so durcheinander gebracht, dass er nicht wirklich gewusst hatte, was er tat. Bis er es getan hatte. Er hatte etwas gesucht, um sich aufzuheitern. Dann hatte er die Lok gesehen, also hatte er sie genommen. Er hatte sie nicht stehlen wollen. Er hatte nur versucht, sich wieder froh zu machen, mehr nicht.

Er fragte sich, was wohl geschehen würde, wenn sie ihn fanden. Tante Minnie würde ihm wahrscheinlich mit einem Lineal Schläge auf die rechte Hand geben und ihn dann ohne Abendbrot zu Bett schicken. Später, wenn er noch hungriger war als jetzt, würde die Polizei kommen und ihn ins Gefängnis stecken.

Jimmy zog die Lok auf, legte den Hebel um, der sie vorwärts fahren ließ, und stellte sie auf den Boden. Die Lok sauste auf dem staubigen Holzboden umher. Dann rutschte eins der Räder in einen Spalt zwischen zwei Brettern, und die Lok kippte surrend um. Jimmy schaute zu, wie sich die Räder drehten und drehten, bis das Aufziehwerk abgelaufen war. Selbst die Lok machte ihm jetzt keinen Spaß mehr.

Er kniff die Augen fest zusammen, versuchte, sich vor der Angst und dem Hunger zu verstecken. Die Zeit verstrich träge. Schon bald nickte er ein – schlafen hatte er schon immer gut gekonnt, die verlässlichste Zuflucht, der Ort, wo ihm niemand wehtun konnte.

Als er aufwachte, fror er noch mehr und war noch hungriger. Er bemerkte gleich, dass sich das Licht verändert hatte. Es musste nach neun sein, was bedeutete, dass er schon längst im Bett hätte sein sollen. Manchmal ließ Tante Minnie ihn länger aufbleiben, aber nie, wenn sie böse auf ihn war. Jetzt würde sie sogar noch böser sein.

Er rappelte sich auf und streckte sich. Ihm war ganz flau vor Hunger. Es hatte keinen Zweck, nach Hause zu gehen, denn Tante Minnie würde ihm nichts geben, nicht in der Stimmung, in der sie sein würde.

Er nahm die Lok hoch und streichelte das kalte Blech. Tante Minnie würde ihn zwingen, die Lok zurückzugeben, wenn er sie mit nach Hause brachte. Er legte den Vorwärtshebel um, und die Räder surrten, und die Pleuelstangen bewegten sich hin und her. Die Vorstellung, die Lok zu verlieren, war unerträglich. Jimmy stellte sich auf die Zehenspitzen und versteckte sie auf dem Mauersims unter der Dachschräge.

Dann kletterte er die Leiter herunter und schlich auf den Hof. Er legte lauschend den Kopf zur Seite. Schließlich schloss er die kleine Pforte auf, schlüpfte hinaus auf die Gasse und verriegelte das Tor hinter sich.

Gelächter erscholl zu seiner Rechten, aus Richtung Mincing Lane. Es war Freitagabend. Im King's Head würde es hoch hergehen.

Er bog nach links, immer an der Werksmauer entlang. Die Gasse wurde schmaler, und vor ihm glitzerte der Fluss golden im abendlichen Sonnenlicht. Er erreichte den Treidelpfad und schaute sich nach beiden Seiten um. Niemand zu sehen. Wenn er nach links abbog, wäre er in fünf Minuten wieder in River Gardens, wieder bei Tante Minnie. Er bog nach rechts ab. Alles war besser als Tante Minnie.

Der Treidelpfad neben dem Minnow zog sich in einem weiten Bogen an der nördlichen Grenze von Templefields entlang. In der Schule hatten sie gelernt, dass Templefields einer der ältesten Ortsteile von Lydmouth war. Jimmy dachte, dass das der Grund war, weshalb hier alles so heruntergekommen und scheußlich war. Es war ein Netzwerk von Gassen, Durchgängen und kleinen Straßen, die Hinterhöfe und Werkstätten, Mietskasernen und Häuser verbanden. Die Gebäude standen zusammengedrängt wie Flüchtlinge aus einer anderen Zeit. Der Grafschaftsrat riss sie nach und nach ab und errichtete hübsche neue Häuser für die Leute, die dort gelebt hatten, Häuser wie das, in dem Jimmy wohnte, und saubere neue Fabriken. Die meisten der alten Läden und Betriebe waren umgezogen, daher war das Viertel, abgesehen von ein paar Straßen wie Mincing Lane, praktisch verlassen, voller Gebäude, die darauf warteten, abgerissen zu werden. Tante Minnie sagte, bei Nacht wäre es besonders gefährlich, und er solle sich dort nicht herumtreiben.

Jimmy eilte den Treidelpfad entlang, denn er erinnerte sich daran, dass abends die Geister in Templefields umgingen. Er hatte den größten Teil seines Lebens in einem Zustand der Angst zugebracht, doch die Angst vor Geistern war die schlimmste von allen, denn Geister konnte man weder anfassen noch sehen, daher wusste man nie, wo sie waren oder was sie im Schilde führten.

Schließlich wurde der Minnow breiter und floss mit dem Lyd zusammen. Plötzlich war alles heller. Die Abendsonne schien über den bewaldeten Hügeln auf der anderen Flussseite. Linker Hand waren die Schrebergärten, die das grüne Band der Sportplätze säumten. Rechter Hand war das blassrosa Mauerwerk der New Bridge. Zu beiden Seiten der Brücke hatte der Grafschaftsrat Bänke aufgestellt, die Leute für Picknicks und, fast ebenso interessant, Pärchen zum Schmusen benutzten. Jimmy erinnerte sich, dass er einmal in einem der Papierkörbe ein halb gegessenes Sandwich gefunden hatte. Vielleicht hatte er diesmal wieder Glück.

Er schlenderte zur Brücke. Hier wohnte der Ertränker. Tante Minnie sagte, wenn man unartig war, würde der Ertränker kommen und einen holen, er zog einen hinab in die Tiefen des Wassers, und dort blieb man dann, bis er einem das Leben ausgesaugt hatte. Der Ertränker hauste zwischen dem Minnow und der New Bridge. Jimmy war überzeugt, dass das der Grund war, weshalb die Leute, wenn sie von der New Bridge sprangen, immer auf der flussabwärtigen Seite heruntersprangen.

Er machte einen großen Bogen um einen der Papierkörbe, der neben einer Bank mit einem küssenden Pärchen stand. Jimmy hätte gern einen genaueren Blick auf das geworfen, was sie machten, ebenso wie in den Papierkorb, doch er hatte Angst, der Mann würde ihn anschreien. Hatte er seine Hand wirklich unter den Rock der Frau geschoben?

Der nächste Papierkorb enthielt nichts Essbares. Jimmy schlenderte weiter auf die Brücke. Er sah die Bahngleise und hörte das Pfeifen eines Zugs, der in den Bahnhof einfuhr. Die steinerne Brüstung war noch immer warm von der Sonne des Tages. Er spähte über den Rand. Das Wasser strömte unter der Brücke hindurch. Hier wohnte der Ertränker. Der glückliche alte Ertränker. Jimmy mochte Wasser. Im Wasser fühlte er sich weniger unbeholfen, und er war stolz darauf, dass er schwimmen konnte, denn er wusste, dass viele Jungen es nicht konnten.

Das Rumoren in seinem Bauch wurde stärker, und er richtete sich auf.

»He! Jimmy! Jimmy Leigh!«

Vom anderen Ende der Brücke kam ein großer Polizist auf ihn zumarschiert. Jimmy drehte sich um und wollte weglaufen. Doch aus der anderen Richtung kam ebenfalls jemand auf ihn zu. Es war ein weiterer Mann in Uniform, einer der Gepäckträger vom Bahnhof, und Jimmy wusste aus bitterer Erfahrung, dass Männer in Uniform immer zusammenhielten.

Hinter ihm ließ der Polizist seine Pfeife ertönen.

»Bleib stehen!«

Schwere Schritte trampelten über die Brücke. Der Gepäckträger, ein vierschrötiger Mann, würde ihn jeden Moment packen.

»Komm schon, mein Junge«, rief der Polizist hinter ihm. »Mach es doch nicht schlimmer, als es ist.«

Es gab nur einen Ausweg, und genau den nahm Jimmy. Er kletterte eilig auf die Brüstung, rollte sich über den Mauersims und über die Kante. Im Fallen schürfte er sich den Ellbogen am Mauerwerk auf. Er hörte sich selbst schreien. Gleichzeitig schoss ihm die brennende Frage durch den Sinn, ob der Grund dafür, weshalb die Leute niemals auf der flussaufwärtigen Seite heruntersprangen, der war, dass das Wasser dort zu flach war. Vielleicht schlug man mit dem Kopf auf dem Grund auf, und auf diese Weise holte einen der Ertränker.

Dann landete sein Körper im Wasser. Es war bedeutend kälter, als er erwartet hatte. Der Kälteschock weckte seine Lebensgeister, verlieh ihm zusätzliche Kräfte. Er schwamm blindlings los. Als er einen Moment später die Augen öffnete, sah er, dass er von der Brücke wegschwamm, wobei er mit den Armen auf das Wasser einschlug, als wolle er es verprügeln.

Jemand rief etwas, doch er konnte die Worte nicht hören, wollte sie nicht hören. Er würde sie alle hinter sich zurücklassen.

Mühsam kämpfte er gegen die Strömung an, die ihn zurück zur Brücke trieb. Ein paar Wiesen zogen sich am Ostufer des Lyd entlang, gesäumt von Trauerweiden, die ihre Äste in den Fluss hängen ließen. Er war jetzt erschöpft, daher hielt er auf den Schutz des nächststehenden Baums zu, um dort zu verschnaufen. Es würde sie Zeit kosten, von der Brücke herunter und über die Wiesen zu laufen. Wenn er sie kommen hörte, würde er einfach ans gegenüberliegende Ufer schwimmen.

Er klammerte sich an einen Ast und schnappte gierig nach Luft. Im Schutz der Bäume war es dunkel. Seine Füße berührten hier den Grund, und Jimmy streifte seine Schuhe ab, die ihm das Schwimmen erschwert hatten. Er wusste, dass seine Tante fuchsteufelswild sein würde, doch diesmal vermochte der Gedanke an ihren Zorn ihn nicht zu schrecken. Im Wasser waren die Dinge anders. Er konnte tun, was er wollte. Er war frei.

Er schob die Äste auseinander und spähte hindurch. Der Polizist und der Gepäckträger standen noch immer über die Brückenbrüstung gebeugt. Der Gepäckträger musste ihn entdeckt haben, denn er hob den Arm und zeigte geradewegs auf Jimmy.

»Ihr kriegt mich nicht«, sang Jimmy leise zwischen keuchenden Atemzügen. »Ihr kriegt mich nicht.«

Er wandte den Kopf um. Ein Stück weiter flussaufwärts war der Minnow. Der Treidelpfad entlang des Minnow würde ihn nach Hause bringen.

Nur dass er nicht nach Hause wollte. Er drehte sich im Wasser herum, benutzte dabei die Äste, um sich Schwung zu geben. Das Ufer war keine zwei Meter entfernt. Er könnte hinaufklettern und in den Wald laufen und sich von Nüssen und Beeren ernähren, wie die Gesetzlosen es in den Geschichten taten. Es war anheimelnd unter den Trauerweiden, eine kühle grüne Höhle.

Wenn er doch nur nicht so frieren würde und so hungrig wäre. Dann könnte er für immer hier bleiben, allein und geborgen.

Die Sache war nur, er war gar nicht allein.

Jemand anders war an diesem Abend schwimmen gegangen. Jemand anders hatte diese verborgene Stelle unter der Trauerweide entdeckt.

Er starrte die Frau an, deren Gesicht im Dämmerlicht ein blassgrünes, verschwommenes Rund war, halb bedeckt von einer aufgeweichten Zeitungsseite. Sie lag im Wasser, bewegte sich sacht hin und her, so als schaukele sie an einem Sommernachmittag träge in einer Hängematte.

Sie lag *unter* Wasser.

Jimmy streckte die Hand aus, wollte sie wachrütteln und ihr sagen: »Sie dürfen jetzt nicht einschlafen. Wissen Sie denn nicht, dass Sie nicht atmen können, wenn Ihr Kopf unter Wasser ist?«

Als seine Fingerspitze die Haut unter dem linken Auge berührte, war es so, als würde ein Funken der Erkenntnis von ihr auf ihn überspringen. Jetzt wusste er, was passiert war. Er würgte, und ein Rinnsal aus Speichel tropfte ins Wasser.

Die beiden Männer auf der Brücke hörten Jimmys Schrei. Sie sahen sein Gesicht zwischen den Ästen der Trauerweide auftauchen, obgleich sie zu weit entfernt waren, um die Tränen zu sehen, die über seine Wangen liefen.

»Es ist der Ertränker!«, brüllte Jimmy Leigh über das Wasser hinweg. »Der Ertränker hat wieder eine geholt!«

## 3

Warum ist nichts je so, wie man es erwartet hatte? Nicht einmal Trollope.

Jill Francis saß mit dem Buch in der Hand in dem Korbsessel am Schlafzimmerfenster und blickte hinab auf die Lyd-Mündung, die wie ein breites Band aus poliertem Zinn schimmerte. Ihr Blick wanderte kurz vom Fenster zum Bett. Einen Moment lang war sie so glücklich, dass sie am liebsten geweint, und so traurig, dass sie am liebsten geheult hätte.

Das Buch war *Der Pfarrer von Bullhampton.* Sie hatte es im letzten Kriegsjahr aus zweiter Hand in einer Buchhandlung an der Charing Cross Road gekauft. Seither hatte sie sich darauf gefreut, es zu lesen. Jetzt saß sie hier mit dem Buch in der Hand, zu Beginn eines neuntägigen Urlaubs, nur um festzustellen, dass sie sich nicht auf Trollope oder sonst etwas konzentrieren konnte.

Eigentlich sollte sie sich ausruhen. Das Problem mit dem Ausruhen war nur, dass es einem zu viel Zeit zum Nachdenken gab. Nicht dass Jill momentan zu irgendeinem rationalen Gedanken fähig gewesen wäre. Das Einzige, was ihr Verstand derzeit zu Stande brachte, war ein unkontrollierbares Pendeln zwischen freudiger Erregung und tiefster Verzweiflung. Und im Hintergrund war eine beständige, nagende Sorge, wie statisches Rauschen, das ein Konzert im Radio verdarb. Sie hatte seit mehreren Tagen leichtes Fieber, und ihr Körper fühlte sich an, als würde er nicht mehr ganz ihr gehören, so als würde sie ihn mit einem Fremden teilen.

*»Fremder« ist wohl nicht ganz das passende Wort.*

Sie schmunzelte, legte das Buch auf die Fensterbank und stand auf. Sie verspürte Lust auf eine Tasse Tee, und sie hatte das sogar noch dringendere Bedürfnis, jenes unangenehme Häuschen am Ende des überwucherten Gartens aufzusuchen. Sie reckte sich, genoss dabei ihren Körper wie seit Jahren nicht mehr. Sie trug einen ausgeblichenen Morgenmantel aus Shantungseide, der einst ihrer Mutter gehört hatte, und sonst nichts. Jetzt zog sie den Gürtel fester, warf einen letzten Blick zum Bett und schlich barfuß aus dem Zimmer und die steile Treppe hinab.

Unten gab es zwei kleine Zimmer, eins nicht größer als eine Besenkammer, mit einer angebauten Küche, die gleichzeitig als Badezimmer diente. Das Wohnzimmer roch nach dem Zigarettenrauch des gestrigen Abends. Jill öffnete das Fenster. Sie wollte gerade in die Küche gehen, als sie ein Auto kommen hörte.

Die friedliche Stimmung war zerstört. Autos waren eine Seltenheit auf Eastbury Hill. Der Grasweg, knappe zwanzig Meter vom Cottage entfernt, führte zu einem weiteren kleinen Haus, in dem ein altes Rentnerpaar lebte. Danach verschmälerte er sich zu einem Trampelpfad und schlängelte sich den Hügel hinab zum Dorf. Es bestand demzufolge eine fünfzigprozentige Chance, dass der Wagen zum Walnut Tree Cottage kam.

Jill machte eine eilige Bestandsaufnahme des gesamten Erdgeschosses. Dann hörte sie Schritte auf dem Weg vor der Tür. Sie stürzte zum Spülbecken und machte sich daran, den Kessel zu füllen.

*Nichts Schlimmes, bitte, Gott? Nichts, das nicht hier sein dürfte?*

Es klopfte an der Scheibe. Jill fuhr zusammen, mimte gekonnt Überraschung, dann drehte sie sich um und sah Charlottes Gesicht eingerahmt in dem kleinen Fenster. Jill lächelte und ging, um die Tür zu öffnen.

»Bin ich froh, dass ich dich nicht geweckt habe.« Charlotte stand untypisch zögernd auf der Türschwelle, eine Einkaufstasche über dem Arm. »Ich bin zufällig vorbeigekommen …«

»Ich fürchte, ich bin gerade erst aufgestanden. Es ist mir richtig peinlich.«

»Oh, nicht doch, meine Liebe.« Charlottes Blick huschte hin und her, registrierte den Morgenmantel und spekulierte zweifellos, was darunter war. »Du hast Urlaub. Ja, ich bin zufällig vorbeigekommen, und ich dachte, du brauchst vielleicht Brot.«

Sie holte einen Laib Weißbrot aus der Einkaufstasche, schob sich seitwärts durch die Tür und legte ihn auf den Tisch.

»Ich zünd nur kurz den Primus an«, sagte Jill, wohl wissend, dass sie sich ihr Widerstreben, sich gastfreundlich zu zeigen, auf keinen Fall anmerken lassen durfte. »Du bleibst doch auf einen Tee, oder?«

Charlotte schüttelte den Kopf. »Besser nicht. Ich bin auf dem Weg nach Chepstow. Sophie Ruispidge sagt, bei Herbert Lewis sind neue Gardinenstoffe eingetroffen, und die Vorhänge im Esszimmer sind praktisch nur noch Fetzen. Und dann habe ich Madge versprochen, dass ich ihr Brasher-Mint-Imperials besorge. Aus irgendeinem Grund führt die in Lydmouth niemand, und sie sind ihre geheime Schwäche. Chepstow ist der nächste Ort, wo man sie bekommt, und es ist so schwierig für sie, während des Schuljahrs dorthin zu kommen. Als ich sie Donnerstagabend bei der Sitzung des Schulvorstands gesehen habe, sah sie ganz abgespannt aus. ›Du musst mal früh ins Bett gehen und dich richtig ausschlafen, mein Kind‹, habe ich ihr gesagt. ›Wenn du nicht auf dich Acht gibst, landest du noch in einem frühen Grab.‹«

Charlotte sprach recht hastig, und während sie redete, bewegte sie sich rastlos in dem kleinen Zimmer umher, stieß mit ihrem massigen Beinen gegen die Möbel, registrierte alles mit ihrem umherwandernden Blick. Der besorgten Anspannung, die Jill verspürte, zum Trotz – und jede Minute, die Charlotte blieb, verstärkte diese Anspannung –, empfand sie eine widerstrebende Bewunderung. Madge war Dr. Margaret Hilly, die Direktorin des Lydmouth-Lyzeums. Es war unwahrscheinlich, dass irgendjemand außer Charlotte wagen würde, ihr zu sagen, was sie tun sollte.

»Und wie findest du das Elsan?«

»Wunderbar, danke«, sagte Jill und versuchte, den Druck ihrer Blase zu ignorieren.

»Als Kinder mussten wir uns mit einem Plumpsklosett begnügen. Herrliche Dinger, diese chemischen Toiletten. Ich komme mir schrecklich modern vor, wenn ich da drauf bin, als wäre ich in einem Royal-Air-Force-Bomber. Aber bei elektrischem Strom ziehe ich die Grenze. Man kann bestens ohne auskommen.«

»Es ist sehr freundlich von euch, mich hier wohnen zu lassen.«

»Ganz und gar nicht. Die meiste Zeit über steht es sowieso nur leer.« Charlotte zuckte mit den Achseln. »Das Cottage war wunderbar, als wir Kinder waren. Wir haben den halben Sommer hier verbracht. Aber ich muss gestehen, heutzutage erscheint es doch recht primitiv. All diese Schafe – nicht gerade anregend. Aber zumindest ist es hier sehr ruhig. Bleib so lange, wie es dir gefällt, meine Liebe. Du hast in letzter Zeit viel zu hart gearbeitet. Philip und ich finden beide, dass du ein bisschen mitgenommen aussiehst.«

*Ein Geräusch von oben? Ein leises Tappen, ein nackter Fuß, der auf einem Läufer aufsetzte?*

Jill lächelte, als versuche sie, ihr Gesicht in zwei Hälften zu spalten. Sie lauschte angestrengt, was da über ihren Köpfen geschehen mochte.

*Bloß Einbildung?*

Sie bemerkte, dass Charlotte noch immer redete, irgendetwas über den Fluss.

»Es besteht also kein Grund für dich, dir Sorgen zu machen. Philip hat alles unter Kontrolle.«

»Entschuldigung – was hast du gesagt?«

»Es ist nicht nötig, dass du stehenden Fußes zurück an die Arbeit stürmst. Philip will dich vor Montag in einer Woche nicht in der Redaktion sehen. Du musst mal richtig Abstand bekommen.« Sie machte eine Pause, und etwas an ihrem Zögern ließ Jill aufhorchen. »Abstand von allem.«

*Und jedem?*

»Wie dem auch sei«, fuhr Charlotte fort, »so wie es bislang aussieht, war es ein Unfall. Nur ein dummes Mädel, das ins Wasser gefallen ist und nicht schwimmen konnte. Sehr tragisch, natürlich.«

Jill fragte sich, warum Charlotte gedacht hatte, die Nachricht des Unfalltods einer jungen Frau würde sie veranlassen, ihren Urlaub abzubrechen und zurück nach Lydmouth zu eilen. Sie nahm ihren Beruf ernst, aber sie war nicht fanatisch.

»Hast du schon herausgefunden, wo du Lebensmittel herbekommst? Ich nehme an, du hast Mrs Harper unten am Hügel kennen gelernt, die mit dem Garten voll verrosteter Automobile? Sie hat meistens ein paar Eier übrig. Der Bäcker im Dorf liefert nicht, aber der Schlachter tut es. Und wenn er dich mag, dann kann er sehr entgegenkommend sein und bringt dir alles, was du im Gemischtwarenladen bestellst. Aber nicht vor dem nächsten Morgen, was manchmal recht unpraktisch sein kann.«

Charlotte stand nun im Durchgang zur Küche. Jill zog

sich der Magen zusammen, als ihr klar wurde, dass sie gestern Abend vergessen hatte abzutrocknen. Charlottes Blick wanderte zur Spüle – und zum Abtropfständer.

*Zwei Tassen, zwei Untertassen, zwei Teller.*

»Wer war das Mädchen?«, fragte Jill lauter als nötig.

»Habe ich das nicht gesagt? Ihr Name ist Mattie Harris. Du kennst sie vermutlich vom Sehen. Sie hat als Bedienung im Gardenia gearbeitet. So ein kleines rothaariges Ding. Ich glaube, ihre Eltern wohnen jetzt in Eastbury.«

Jill nickte, einen Moment lang abgelenkt von ihren eigenen Problemen. Sie wusste, wen Charlotte meinte. Eine junge Frau mit einem dreieckigen Gesicht, wie das einer Katze, und mit kleinen, grünen Augen. Gewöhnlich hatte sie recht mürrisch ausgesehen. Aber sie hatte auch eine andere Seite – Jill hatte einmal gesehen, wie sie zwei Vertreter bedient hatte, und sie erinnerte sich daran, wie ihr Gesicht gestrahlt hatte, als einer der Männer eine Bemerkung machte, wie ihr Lachen durch das Café geschallt hatte, so dass sich die anderen Gäste zu ihr umdrehten und unwillkürlich lächelten. Es war die Art von Lachen, in das man einfach mit einstimmen wollte. Sie konnte nicht älter als einundzwanzig oder zweiundzwanzig gewesen sein, dachte Jill. Armes Ding, armes, armes Ding. Die Sorte Mädchen, die den Männern gefiel.

»Wie ist es passiert?«, fragte Jill.

»Fowles wusste es nicht. Er hat Philip gesagt, es würde wie ein Unfall aussehen.«

Abgesehen von Charlotte war Jill die einzige Person auf der Welt, die wusste, dass Sergeant Fowles vom Polizeirevier die Angewohnheit hatte, Philip Wemyss-Brown von der Gazette die eine oder andere Information zukommen zu lassen.

»Aber ich kann nicht hier herumstehen und plaudern.« Charlotte öffnete die Haustür, die direkt vom Wohnzimmer auf den Weg vor dem Cottage führte. »Ich bin sicher, du hast viel zu erledigen.«

Von oben ertönte ein Knarren. Dann noch eins.

»Es ist wirklich ein wunderschöner Morgen ...«, setzte Charlotte an.

Gleichzeitig sagte Jill: »Vielen Dank für das Brot.«

Die beiden Frauen verstummten auch gleichzeitig. Einen Augenblick lang sahen sie einander an, dann lächelten beide. Ihre Freundschaft war ziemlich kompliziert, ging es Jill durch den Sinn, und sie wusste nie, wo diese Freundschaft begann und wo sie aufhörte. Oder wie weit sie sich darauf verlassen konnte.

»Nun ja, die Zeit steht für niemanden still«, bemerkte Charlotte, die die Neigung hatte, sich in heiklen Momenten in Zitate und Allgemeinplätze zu flüchten. »Ich hoffe, dir gefällt das Cottage. Bis dann.«

Sie marschierte auf ihren dick besohlten Schuhen über die unebenen Gehwegplatten und köpfte dabei mit dem Absatz eine Primel, die sich aus einem Spalt zwischen den Platten reckte. Jill blieb in der Tür stehen. Charlotte stieg in den Rover, der vor der Pforte parkte. Sie sah Jill durch das offene Fenster an.

»Das arme Mädel wurde anscheinend an der New Bridge im Fluss gefunden.« Charlotte ließ den Motor an und hob die Stimme, um sich über das Röhren verständlich zu machen. »Zehn zu eins, dass es heißen wird, der Erträнker hätte sie geholt. Die Leute können so leichtgläubig sein, nicht wahr, selbst in der heutigen Zeit.«

Charlotte winkte und ließ die Kupplung kommen. Der Wagen rumpelte den Grasweg entlang, wobei er die Hecke streifte und zwei erschreckte Schafe vor sich hertrieb. Als Jill sich wieder zum Cottage umwandte, hörte sie den Rover zum Abschied hupen.

# 4

Am Samstagmorgen schien die Sonne, doch für Violet Evans hätte es ebenso gut regnen können. Nachdem sie aufgewacht war, schlich sie in die Küche hinunter, um eine Tasse Tee und ein paar Scheiben Toast zu sich zu nehmen und ging dann wieder nach oben, um Grace zu füttern.

Sie konnte ihre Eltern auf der anderen Seite der Wand schnarchen hören. Dieses neue Haus im Broadwell Crescent war angeblich so wunderbar, und sie hatten solches Glück, dass Mr George es ihnen zu derart günstigen Bedingungen überlassen hatte. Doch Violet konnte es nicht leiden. Es mochte ja alle modernen Annehmlichkeiten haben, aber man konnte einander nicht aus dem Weg gehen wie im alten Haus. Sie hörte ihren Vater, und ihr Vater hörte das Baby.

Grace hatte Violets Brustwarzen wund genuckelt. Das Baby tat alles mit völliger Konzentration. Im Moment trank es gierig Milch. Anschließend, als es satt war, weinte es, weil es aufstoßen musste. Sobald das erledigt war, musste die Windel gewechselt werden, und das war eine langwierige und mühsame Aufgabe, denn Violet musste es selbst machen, an Stelle ihrer Mutter, und Violet war noch nicht sonderlich geschickt dabei.

»Hör auf zu strampeln«, flüsterte Violet. »Oh Schätzchen, bitte hör auf zu strampeln.«

Als sie Grace endlich trockengelegt und in der neuen Windel hatte, weinte Violet still, ihr Verstand übermannt von Müdigkeit, Enttäuschung und Angst. Sie hatte sich immer für einen gelassenen Menschen gehalten. Jetzt trieb sie hilflos auf einem Meer von Emotionen. Riesige Wellen brachen sich über ihr. Eines schönen Tages in nicht allzu weiter Ferne würde sie ertrinken, dessen war sie gewiss.

Grace sabberte auf Violets Schulter und schlief ein. Violet wartete, bis die Atemzüge des Babys tief und regelmäßig waren, bis der kleine Leib heiß und schwer wurde, bevor sie sie in die Wiege legte. Grace war ein Tyrann, obgleich sie erst drei Wochen alt und vollkommen hilflos war.

Violet war schon wieder hungrig, also trocknete sie ihre Tränen und ging nach unten. Ihr Vater kam aus dem elterlichen Schlafzimmer, als sie gerade den Flur entlangging. Er sah durch sie hindurch, als wäre sie gar nicht da, und ging ins Badezimmer, wo er den Riegel mit solcher Gewalt vorschob, als würde er ihn hassen. Violet biss sich auf die Lippe, um nicht loszuweinen, und ging in die Küche. Rab kam zu ihr gelaufen, sobald sie in die Küche trat, mit wedelndem Schwanz und flehendem Blick. Genau wie Grace wollte er gefüttert werden.

»Verschwinde, Rab«, sagte Violet und entriegelte die Hintertür. »Bitte verschwinde.«

Sie schob Rab mit dem Fuß in die kleine Wildnis aus Matsch und Bauschutt, die ihr Vater als Garten bezeichnete. Sie sah zu, wie sich der Hund durch die Hecke am unteren Ende zwängte und auf die Wiese dahinter lief. Broadwell Crescent war Mr Georges jüngste Siedlung, zehn Häuser, die sich auf der Scholle drängten, die einst ein kleines Feld auf der Rückseite von Broadwell Drive gewesen war. Ihr Haus war das einzige, das fertig war.

Sie schüttete Cornflakes in eine große Schüssel und fügte Milch und eine dicke Schicht Zucker hinzu. Noch immer im Morgenmantel, setzte sie sich zum Essen an den Tisch. Ihre Kiefer bewegten sich schneller und schneller, als wäre es ein Rennen. Als sie die erste Schüssel leergegessen hatte, machte sie sich eine zweite zurecht. In der Speisekammer waren Eier, und sie fragte sich, wie ihre Mutter sie wohl für das Frühstück zubereiten würde.

Violet hatte ihre zweite Schüssel Cornflakes fast aufgegessen, als ihre Eltern nach unten kamen. Ihr Vater setzte sich an den Tisch, trank Tee und las die gestrige Abendzeitung, während ihre Mutter begann, das Frühstück zu machen.

»Wie's aussieht, wird das Wetter für das Spiel halten, nicht wahr, Ted?«, sagte Mutter.

Ihr Vater knurrte nur.

»Was hast du für heute Vormittag geplant? Du hattest gesagt, du könntest dieses Wochenende vielleicht die Regale in der Speisekammer anbringen.«

Ted hob den Kopf. Er war ein breitschultriger Mann, nicht groß, aber kräftig, mit kurz geschorenem grauem Haar und einem breiten Kiefer. »Ich geh nach dem Frühstück in den Schrebergarten.«

»Wenn du an der frischen Luft sein willst, gibt es im Garten hier genug zu tun.«

»Ich gehe in den Schrebergarten, verstanden, June?«

Eine Weile herrschte Schweigen, dann versuchte June es abermals. »Ich nehme an, du möchtest früh zu Mittag essen, wegen des Spiels, meine ich.«

Ted schüttelte den Kopf. »Ich ess was im Ferryman. Wär unsinnig, erst ganz wieder hier rauszukommen.«

»Was ist mit deiner Tasche?«

»Ich nehm meine Tasche mit – ich kann mich auf dem Platz umziehen.«

»Aber Ted ...«

»Mach nicht so ein Theater«, fauchte er und vertiefte sich wieder in die gestrige Zeitung.

Keiner von ihnen sagte ein weiteres Wort, bis das Frühstück auf dem Tisch stand. Violet ballte die Hände auf ihrem Schoß zu verkrampften kleinen Fäusten und wartete auf die Explosion. Sie wusste, dass sie kommen würde. Violet und ihr Vater hatten sich sehr nahe gestanden, und sie waren sich sehr ähnlich. Sie konnte noch immer seine Launen erahnen.

Er stippte den letzten Rest seines Spiegeleis mit einem Stück Brot auf und stopfte es sich in den Mund. Noch immer kauend, sagte er: »Das Baby hat mich mit seinem Geheule die halbe Nacht wach gehalten.«

»Sie hat einen Namen«, erwiderte Violet. »Warum nennst du sie nie Grace?«

Er kaute einen Moment und starrte dabei aus dem Fenster auf die matschige Bauschutthalde, dann schluckte er und fuhr fort: »Hab kürzlich Doktor Bayswater getroffen. Er sagt, es gibt da eine Adoptionsvermittlung. Hat irgendwas mit der Anglikanischen Kirche zu tun.«

Tränen brannten hinter ihren Lidern. Ihre Hände zitterten, und ihre Nägel gruben sich in ihre Handflächen. »Grace ist mein Baby. Ich geb sie nicht weg.«

»Sie ist nicht nur deins allein, oder? Würd sagen, dass da noch jemand seinen Teil der Verpflichtungen zu tragen hat. Wirst du uns irgendwann sagen, wer der Vater ist?«

Sie starrte auf ihren leeren Teller.

»Ich wette, das Harris-Mädel weiß es«, fuhr Ted fort. »Aber egal, ich will keinen kleinen Bastard in meinem Haus haben. Und selbst wenn ich es wollte, wie kommst du darauf, dass ich es mir leisten könnte?«

»Es kostet nicht viel, ihr Essen und ein paar Kleider zu kaufen, Dad, und außerdem …«

»Aber es ist ja nicht nur sie, oder? Du auch. Du frisst wie ein Pferd, falls es dir noch nicht aufgefallen ist.«

Tränen, dick und schwer wie sie selbst, kullerten über ihre Wangen.

Ihre Mutter legte eine Hand auf den Arm ihres Vaters. »Ted, meinst du nicht …«

Er schüttelte ihre Hand ab, als wäre es eine Fliege. »Hör zu, es ist nicht billig, eine Hypothek zu haben. Denkst du, wir hätten das auf uns genommen, wenn du nicht deine Anstellung bei Sedbury gehabt hättest?«

»Aber – aber ich gehe wieder arbeiten …«

»Wenn sie dich noch nehmen. Hast du dir das mal überlegt? Inzwischen wissen alle Bescheid. Du kannst die Leute nicht hinters Licht führen, nicht in Lydmouth. Und außerdem, selbst wenn du wieder arbeiten gehst, wer passt dann auf das Baby auf? Deine Mutter geht jetzt auch arbeiten. Und sonst ist niemand da.«

Er starrte sie wütend an und knallte sein Messer und seine Gabel auf den Tisch. Die beiden Frauen saßen schweigend da, während er seine Zeitung und seine Zigaretten zusammenklaubte und nach draußen zum Klosett ging. Dort würde er fünf oder zehn Minuten bleiben, das tat er immer – regelmäßig wie ein Uhrwerk.

Violet schob ihren Stuhl zurück, lief blind aus der Küche und rannte nach oben. Sie setzte sich auf ihr Bett und betrachtete das Baby in der Wiege. Grace lag auf dem Bauch, reckte den Po in die Luft. Sie hatte schwarzes, stoppeliges Haar. Eins ihrer weichen Schühchen war abgestreift worden und entblößte einen kleinen rosa Fuß mit gekrümmten Zehen, ein Wunder der Perfektion.

Die Zeit verstrich. Violet fühlte sich selbst zum Weinen zu elend. Sie hörte, wie ihr Vater sein Fahrrad aus dem Schuppen holte, und als sie aus dem Fenster schaute, sah sie, wie er zwischen den Schlaglöchern des Broadwell Crescent hindurchmanövrierte. Seine Cricket-Tasche war an der Querstange festgebunden. Mit ein wenig Glück würden sie ihn erst am späteren Abend wieder sehen, denn nach dem Spiel würde er wahrscheinlich auf ein paar Bier zurück in den Ferryman gehen. Es war noch gar nicht so lange her, dass sie ihren Vater über alles in der Welt geliebt hatte. Doch das war, bevor er herausgefunden hatte, dass sie schwanger war.

Ihre Mutter kam nach oben, klopfte an die Tür und steckte den Kopf ins Zimmer. Als sie sah, dass Grace schlief, kam sie herein, um das Baby anzuschauen. Ihre faltigen Züge wurden weich.

»Meint er das ernst?«

June nickte. »Du weißt ja, wie er ist, wenn er sich erst mal entschieden hat.«

Violet spürte abermals, wie ihr Tränen in die Augen schossen. Vor diesen letzten paar Wochen hatte sie nicht gewusst, wie viele Tränen sie in sich hatte. »Es tut mir Leid.«

»Was man nicht ändern kann, muss man ertragen. Aber ich wünschte, du würdest uns sagen, wer der Vater ist.«

»Welchen Sinn hätte das?«

»Dann wird er dich also nicht heiraten?«

Violet zuckte mit den Achseln.

»Es geht nicht nur um das Baby«, fuhr June fort. »Es geht ums Geld.«

»Dieses Haus?«

»Es ist ein schönes Haus«, sagte June, automatisch loyal. »Wenn der Crescent fertig ausgebaut ist, wird alles perfekt sein. Und wenn erst mal die Hypothek abbezahlt ist, dann stehen wir gut da.«

Immer dieselben Argumente, immer dieselben Gründe.

»Natürlich lässt es sich nicht leugnen, dass es eine Menge unerwarteter Kosten mit sich bringt, sein eigenes Haus zu haben, besonders wenn es neu ist. Aber am Ende wird es sich auszahlen.«

»Nicht für mich und Grace«, murmelte Violet.

»Warum gehst du nicht ein bisschen raus? Schnappst ein wenig frische Luft? Ich pass auf das Baby auf.«

Violet schüttelte den Kopf.

»Es ist nicht gut für dich, zu Hause Trübsal zu blasen. Und außerdem kannst du dich nützlich machen. Ich hab eine Einkaufsliste geschrieben.«

Violet öffnete den Mund, wollte protestieren, dann schloss sie ihn wieder.

»Aber geh nicht zu dieser Mattie Harris«, sagte June. »Du weißt ja, was dein Vater denkt.«

Grace schlief weiter, während Violet sich anzog. Seit sie aus dem Krankenhaus gekommen war, hatte sie das Haus kaum verlassen. Gewöhnlich ging sie mit Rab am frühen Abend spazieren, was ihr Gelegenheit gegeben hatte, sich mit Mattie zu treffen. Mattie war selbst vor Grace' Geburt im Haus nicht willkommen gewesen. Violets Vater hielt sie für ein Flittchen.

Violet ließ sich von ihrer Mutter die Einkaufsliste geben und trat vor die Tür. Der Sonnenschein tat ihren Augen weh. Sie bahnte sich einen Weg durch den Matsch des Broadwell Crescent und weiter in den Broadwell Drive. Während sie an der Bushaltestelle in der Chepstow Road wartete, kam sie sich richtig entblößt vor. Es war wie einer dieser Albträume, in denen sie plötzlich erkannte, dass sie unter Menschen, aber nur teilweise angezogen war. Sie war überzeugt davon, dass inzwischen jeder von Grace gehört hatte. Sie kannte mehrere der Frauen in der Warteschlange, wenn auch nur vom Sehen.

Eine von ihnen sagte zu ihr: »Endlich scheint mal die Sonne. Der schlimmste Mai, den wir seit Jahren hatten.«

Violet pflichtete ihr mechanisch bei. Dann kam der Bus. Sie fand einen Sitzplatz, doch obgleich der Bus voll war, setzte sich niemand neben sie. Vielleicht ist es allen peinlich, mit mir gesehen zu werden, dachte sie, oder vielleicht ist da auch einfach nicht genug Platz. Sie blickte auf ihre dicken Schenkel hinunter. Sie mochte ihren Körper nicht ansehen. Er nahm anderthalb Sitzplätze ein. Wie sie ihn hasste. Das einzig Gute, was man über ihn sagen konnte, war, dass er ihre Schwangerschaft bis zum allerletzten Moment verborgen hatte. Sie wünschte, sie wäre schlank und zierlich wie Mattie.

In der High Street stieg sie aus dem Bus. Statt einzukaufen, ging sie schnurgerade ins Gardenia, in der Hoffnung, dem vormittäglichen Ansturm zuvorzukommen. Sie fand einen freien Tisch hinten im Café und quetschte sich auf einen Stuhl in der Ecke. Eine hoch gewachsene, schlanke Servierin namens Myra – warum waren alle anderen dünn? – nahm ihre Bestellung auf. Myra gab sich freundlich, doch man konnte sie nur schwer einschätzen. Sie musste von Grace gehört haben.

»Ein Kaffee und ein geröstetes Rosinenbrötchen«, sagte Myra, während sie sich in dem Spiegelbild hinter Violets Tisch bewunderte. »Dauert nicht lange.«

»Ist Mattie hier?«

Myra verzog das Gesicht. »Schön wär's. In einer Stunde werden wir nicht mehr wissen, wo uns der Kopf steht.«

»Ich dachte, sie würde heute arbeiten.«

»Sollte sie auch. Hatte gestern frei, aus Nettigkeit, weil sie darum gebeten hat, und dann kreuzt sie heute Morgen nicht auf. Ma Browning ist stinksauer.« Die Glocke über der Tür klingelte, und weitere Gäste kamen herein. Myra verlor das Interesse an Violet. »'ne Tasse Kaffee und ein Rosinenbrötchen, stimmt's?«

»Zwei Rosinenbrötchen«, korrigierte Violet. »Ich hab das Frühstück verpasst.«

Als ihre Bestellung kam, aß Violet die Rosinenbrötchen sehr langsam, nur um allen, die vielleicht hinschauten, zu zeigen, dass sie nicht zu den Leuten gehörte, die ihr Essen herunterschlangen. Sie trank ihren Kaffee mit abgespreiztem kleinem Finger. Doch sie fragte sich, ob die anderen Gäste über sie redeten. Sie bezahlte ihre Rechnung so schnell wie möglich.

Der Tag wurde wärmer. Sie schlenderte die High Street hinauf in Richtung Bull-Hotel. Sie wusste, dass sie die Einkäufe erledigen sollte, dass es nur mühseliger werden würde, je länger sie es hinauszögerte. Die Sonne schien zwar, doch ihr Licht war fahl und trist. Die Luft war schwül. Schweiß kribbelte in den Spalten und Falten von Violets Körper, als würden feuchte Insekten ihr Innerstes erkunden.

An der Ecke neben den öffentlichen Toiletten war eine Telefonzelle. Violet zwängte sich hinein und angelte nach ihrem Portemonnaie. Sie wusste, dass sie das nicht tun sollte, doch es kümmerte sie nicht mehr, was irgendjemand sagte oder dachte.

Das Telefon läutete in ihrem Ohr. Sie stellte sich vor, wie es in dem großen, neuen Haus mit den Panoramafenstern klingelte und klingelte. Sie war nie in dem Haus gewesen, aber sie war oft daran vorbeigegangen. Sie kannte die asphaltierte Auffahrt auswendig, die beiden großen Bäume vor dem Haus, das graue Rechteck des Tennisplatzes und die Büsche und Blumenbeete, die in regelmäßigen Abständen in den Rasen eingesetzt waren, der wie eine grüne Wüste anmutete.

Eine Frau mit einem leichten Lydmouth-Akzent meldete sich. Sie klang verärgert und mittleren Alters.

»Könnte ich bitte mit Bill sprechen?«

»Wer ist da?«

Davor hatte Violet sich gefürchtet, hatte gebetet, Bill möge selbst an den Apparat gehen. Bill sagte, seine Mutter wäre die Neugier in Person, was, wie er ihr erklärt hatte, der Grund dafür war, dass er ihr verboten hatte, bei ihm zu Hause anzurufen. Violet schaute über die Straße und sah die Stufen, die zur öffentlichen Bibliothek hinaufführten.

»Die Bücherei. Wir haben eine Anfrage wegen eines Buches, das er reserviert hat.«

Die Frau legte den Hörer hin, und einen Moment später hörte Violet Schritte, die von Bill stammen mussten, der zum Telefon kam. Er sagte hallo, und seine Stimme klang verhalten, nicht mehr vertraut.

»Bill, ich bin's.«

»Einen Moment.« Die Stimme hatte sich verändert, war noch immer wachsam, doch jetzt schroffer.

Violet hörte abermals seine Schritte und das Klicken einer Tür, die geschlossen wurde. Dann kam er wieder an den Apparat.

»Ich dachte, wir hätten abgemacht ...«

»Bill, ich mache mir Sorgen.«

»Was ist los? Es ist doch nichts mit dem Baby?«

»Sie heißt Grace«, erwiderte Violet mechanisch, verwirrt von dem plötzlichen Wechsel seines Tonfalls. »Nein. Es geht um Mattie. Was ist passiert?«

»Nichts. Gar nichts. Ist nicht aufgekreuzt.«

»Sie wollte gestern Abend vorbeikommen. Aber sie ist nicht gekommen.«

»Vielleicht ging's ihr nicht gut.«

»Ich bin gerade im Gardenia gewesen. Sie ist auch nicht zur Arbeit erschienen.«

»Da hast du es«, sagte Bill. »Sie ist krank.«

»Aber sie hätte Ma Browning Bescheid gesagt. Ihre Nachbarn nebenan haben ein Telefon, und das benutzt sie immer, wenn es ein Problem gibt.«

»Ich bin sicher, dass mit ihr alles in Ordnung ist, Liebes.« Die Worte waren freundlich, aber die Stimme klang jetzt ungeduldig.

Violet schwieg.

Bill räusperte sich. »Wie dem auch sei, ich dachte, dein Dad mag Mattie sowieso nicht. Vielleicht hat sie gedacht, sie wär bei euch im Haus nicht willkommen.«

»Wir wollten uns auf der Wiese dahinter treffen, als ich mit Rab spazieren gegangen bin. Da treffen wir uns immer.«

Violet starrte durch die Scheibe auf die geschäftige Straße, in der Hoffnung, Mattie zu entdecken, die, wie üblich zu spät, zum Gardenia eilte. Sie dachte über die Wachsamkeit in Bills Stimme nach. Sie schloss die Augen, und wo immer sie sich im Geiste hinwandte, waren Probleme. Die Probleme hatten alle Gesichter. Da war Grace, for dernd. Ihre Mutter, besorgt, ihr Vater, wütend, Mr Sedbury missbilligend, Bill – ausgerechnet Bill – verhalten. Das einzige freundliche, herzliche Gesicht war Matties. Und Mattie war nicht da.

Also war auch Mattie ein Problem.

»Schätzchen?«, fragte Bill. »Schätzchen, bist du noch dran?«

Violet schaute auf den schwarzen Bakelithörer und sah, dass ihre Finger schweißige Abdrücke auf seiner Oberfläche hinterlassen hatten.

»Schätzchen?«, sagte Bills blecherne Stimme, jetzt eine halbe Armeslänge von ihrem Ohr entfernt.

Sie hängte den Hörer ein, stieß die Tür auf und trat hinaus in den trüben Sonnenschein des Pfingstsamstagmorgens.

Man kann niemandem vertrauen, dachte sie bei sich, nicht Bill, nicht Mattie.

## 5

»Ich hab gestern Abend versucht, Sie anzurufen, Chef, als die Nachricht reinkam.« Sergeant Kirby strich seinen Schlips glatt, der aus marineblauer Seide mit großen roten Punkten war. »Ist also nur glückliche Fügung, dass Sie heute Morgen vorbeigeschaut haben.«

Thornhill nickte, wohl wissend, dass Schweigen die beste Taktik war. Die Eingangshalle roch nach Desinfektionsmitteln und Kirbys Zigaretten. Es war bereits brütend heiß. Dem Regen zum Trotz war es ein warmer Frühling gewesen, und die Leute sagten, dass in diesem Jahr alles früher spross als sonst. Der hasenschartige Gehilfe, der Kirby herbeigeholt hatte, zog sich in sein kleines Büro zurück. Er beobachtete die beiden verstohlen durch die halb verglaste Tür mit der Aufschrift ALLE BESUCHER HIER ANMELDEN.

»Ich weiß, dass Sie auf dem Laufenden gehalten werden wollen«, fuhr Kirby, noch immer verunsichert, fort. »Auch wenn Sie nicht im Dienst sind.«

Thornhill hatte sich das gesamte Pfingstwochenende frei genommen, weil er vorgehabt hatte, mit Edith und den Kindern nach Bournemouth zu fahren. Sie wollten sich dort mit Ediths Schwester und deren Kindern treffen. Es war kein Wochenende, dem er freudig entgegengefiebert hatte. Dann war das Wunder geschehen. Die Pensionswirtin hatte mehr Buchungen angenommen, als sie Betten hatte. Mit ein wenig Improvisation konnte sie jedoch Schlafplätze für die ganze Gruppe finden, bis auf eine Person. Sie hatte angeboten, bei ihren Freunden und Nachbarn nachzufragen, aber an diesem Punkt hatte Thornhill vorgeschlagen, dass das verlängerte Wochenende die ideale Gelegenheit für ihn sein könnte, das Esszimmer zu streichen. Brian Kirby wusste all das, weshalb er auch erwartet hatte, Thornhill zu Hause zu erreichen, als er angerufen hatte.

»Doktor Bayswater sieht sie sich gerade an«, sagte Kirby. »Sie hat im Gardenia gearbeitet. Schon komisch, wenn's jemanden trifft, den man kennt, stimmt's?«

»Sehr komisch.«

Kirby warf ihm einen argwöhnischen Blick zu. »Die kleine Rothaarige. Ich war Ende letzter Woche da, und sie hat mir Sardinen auf Toast serviert. Das bringt einen schon zum Grübeln, was?«

»Wie war sie denn so?«

»Noch ziemlich jung. Ganz ansehnlich, um ehrlich zu sein. Aber ein bisschen dürr für meinen Geschmack. Nicht dass das irgendeine Rolle spielt.«

»Ich werd mal einen Blick auf sie werfen.«

»Das können Sie alles mir überlassen, Sir, wenn Sie wollen. Sie müssen sich damit nicht belasten – Sie sind nicht im Dienst, und ich bezweifle, dass wir für diesen Fall Scotland Yard hinzuziehen werden.«

Thornhill schüttelte den Kopf. *Ich bin immer im Dienst.* Genau das hatte er Jill Francis gesagt. Da hatte es aufgeblasen geklungen, und es klang auch in der Erinnerung aufgeblasen. Sie hatte ihn angesehen, als hätte er etwas Dummes oder Kindisches gesagt. Er stieß mit der Schulter die Schwingtür auf, die in die Leichenhalle führte. Kirby folgte ihm in den langen, kühlen Raum, der von einem permanenten Geruch von Antiseptika und Verwesung erfüllt war. Dr. Bayswater stand über den Obduktionstisch gebeugt. Er sah hoch, als sie hereinkamen.

»Ah – Thornhill. Dachte, Sie sollten eigentlich gar nicht hier sein.«

»Es hat mich einfach hergezogen, Doktor.«

»Nun, wir sind fast fertig.« Er wandte sich mit einem wölfischen Grinsen an seinen Assistenten, dessen pomadeglänzendes Haar und gebügelter weißer Kittel Bayswater noch schmuddeliger aussehen ließen als üblich. »Sie sind nicht immer so hübsch wie diese, also nutz die Gunst der Stunde.«

Eine verlegene Röte schoss in das blasse Gesicht des jüngeren Mannes. Thornhill fragte sich, ob dies sein erstes Mal wäre, ob sich ihm beim Anblick einer Leiche der Magen umgedreht hatte. Bayswaters Sinn für Humor schien nie über das Bananenschalenstadium hinausgewachsen zu sein.

»Ein klarer Fall?«, fragte Thornhill, teils, um die Aufmerksamkeit von dem errötenden jungen Mann abzulenken.

»Ja und nein.« Bayswater bleckte lächelnd gelbe Zähne.

»Nicht ganz so klar, wie man sich's vielleicht wünschen würde. Ich weiß nicht, was der Pathologe daraus machen wird.«

Thornhill zog die Augenbrauen hoch. »Sie haben sie nicht ausgezogen. Gibt es also irgendetwas Offensichtliches? Etwas, das wir übersehen haben?«

Die Frage deutete an, dass es vielleicht etwas gab, das Brian Kirby übersehen hatte. Thornhill spürte, wie sein Sergeant aufmerkte.

Bayswater kicherte. »Kann man so nicht sagen. Hängt davon ab, ob Sie irgendwelche Nekrophilen in der Truppe haben, irgendwelche Beamte mit einem lüsternen Interesse an Leichen. Kommen Sie mal her und sehen Sie sich das an, Gentlemen. Nicht so schüchtern.«

Die Frau lag auf dem Rücken. Auf ihrem bleichen Gesicht prangte noch immer verwischter Lippenstift. Der Mund stand offen und offenbarte geschwärzte Zähne mit billigen Füllungen. Das Haar war zu stacheligen dunkelroten Strähnen getrocknet. Die Farbe reichte bis zu den Wurzeln hinab, bemerkte Thornhill, also war sie vermutlich Natur. Die Frau hatte ein scharf geschnittenes Gesicht mit einem spitzen Kinn und einem Hauch von Sommersprossen.

Der Tod hatte sie ihrer Individualität beraubt. Es war unmöglich, zu sagen, wie sie im Leben ausgesehen hatte. Wenn sie als attraktiv gegolten hatte, dachte Thornhill, dann war es die Art von Attraktivität, die aus Bewegung und Persönlichkeit entspringt, nicht aus der äußeren Erscheinung. Abgesehen von ihrem Haar.

Er ließ seinen Blick an ihrem Körper hinabwandern. Sie war klein gewesen, kaum größer als ein Kind. Kein Ehering oder anderer Schmuck. Die Fingernägel waren abgekaut, und die Haut um die Fingerspitzen herum war noch schmutzig. Die Haut, die er sehen konnte, sah aus wie matter grauer Marmor, was darauf hindeutete, dass sie etliche Stunden im Wasser gelegen hatte. Sie trug eine Bluse aus irgendeinem glänzenden Stoff, vermutlich Satin, und einen engen Rock, der über ihre Knie hochgerutscht war.

Er sah zu Bayswater hinüber, der ihn erwartungsvoll angrinste. »Na schön, Doktor, ich gebe auf.«

Bayswater zwinkerte. »Ihr Polizisten seid einfach zu höflich. Hin und wieder solltet ihr den Ladys mal unter die Röcke schauen. Das kann sehr aufschlussreich sein.«

Die Kombination aus Zwinkern und der gebildeten Stimme war so, als würde ein Bischof in der Kirche furzen.

»Warum zeigen Sie es uns nicht?«

Bayswater schob den Saum des Rocks hoch, was nicht leicht war, da der Stoff nass war. Er musste die Leiche hin- und herbewegen, um den Rock höher und höher zu den Hüften hinaufzuziehen. Als er zum oberen Rand der Strümpfe kam, drehte er die Leiche auf die Seite und sagte triumphierend: »Schauen Sie mal!«

»Ein Strumpfhalter hat sich gelöst«, sagte Kirby. »Ist das alles? Na und? Kann passiert sein, als …«

Bayswater fuchtelte mit der Hand. »Das doch nicht. Sehen Sie nur, wie verdreht sie sind. Die Naht des linken Strumpfs ringelt sich praktisch um das Bein herum. Beim rechten Strumpf ist das Innere nach außen gekehrt. Und sehen Sie sich diesen Strumpfhalter hier an. Der ist verkehrt herum.«

»Sie denken also …«, setzte Thornhill an.

»Da ist noch mehr.« Bayswater lächelte stolz wie ein Zauberer, der sein bestes Kunststück bis zum Schluss aufgehoben hatte. »Sehen Sie sich nur mal das hier an.«

Er schob den Rock noch ein Stück höher, legte den unteren Rand des Hüftgürtels und den Schlüpfer darunter frei. Mit einer Geste, die obszön hätte sein können, stattdessen jedoch lächerlich wirkte, zeigte er auf ihren Schritt.

»Sehen Sie das? Die Unterhose ist auch von innen nach außen gekehrt.«

Kirby zuckte mit den Achseln. »Das kann auch einfach nur bedeuten, dass sie sich das letzte Mal in Eile und im Dunkeln angezogen hat.«

»Aber in jedem Fall«, sagte Bayswater, »deutet es darauf hin, dass sie vielleicht nicht allein war.«

»Schuhe?«, fragte Thornhill. »Mantel, Hut, Handtasche?«

»Bis jetzt ist noch nichts gefunden worden, Sir«, erklärte Kirby.

Thornhill wandte sich von der Leiche ab. »Vielen Dank, Doktor. Wir unterhalten uns später.«

Er verließ, gefolgt von Kirby, das Gebäude und stieg in den Wagen.

»Wohin jetzt, Sir?«

»Zum Fluss.«

Thornhill fühlte sich auf dem Rücksitz des Streifenwagens fehl am Platz, wie ein gewöhnlicher Bürger, nicht wie ein Polizist. Selbst in Zivil kleidete er sich berufsmäßig, normalerweise in Anzug und Hut. Jetzt trug er ein Hemd mit offenem Kragen, ein abgewetztes Tweedjackett, eine graue Flanellhose, die schon bessere Zeiten gesehen hatte, und ein Paar derbe braune Schnürschuhe. Er kam sich nicht mehr wie ein Polizist vor. Und er wusste auch, warum. Es lag nicht wirklich an seinen Kleidern. Es lag an dem Grund, weshalb er sie trug. Und der Grund hieß Jill Francis.

Auf der High Street herrschte reger Verkehr, daher fuhr der Wagen langsam. Kirby hüllte sich in beleidigtes Schweigen. Thornhill brach das Schweigen, teils, um sich von Jill abzulenken, und teils, weil es keinen Sinn hatte, einen guten Sergeant grundlos zu verärgern.

»Wo genau wurde sie gefunden?«

»Sie trieb unter einer Trauerweide auf der anderen Seite

der New Bridge. Einer von den Bäumen, die die Rieselfelder säumen. Haben Sie gehört, wie sie gefunden wurde?«

»Sie haben es mir erzählt, als ich im Präsidium angerufen habe, bevor ich zur Leichenhalle gekommen bin.«

Kirby zuckte mit den Achseln. »Das war für sich allein schon eine merkwürdige Angelegenheit. Wir müssen noch mal mit Jimmy Leigh reden. Jedenfalls, sie wurde erst heute Morgen als Mattie Harris identifiziert ...«

»Wer hat sie identifiziert?«

»WPC Ailsmore, Sir.« Kirby blinzelte. »Sie geht oft ins Gardenia. Sie hat sich ein paarmal mit dem Mädel unterhalten. Sie hat die Harris noch am Donnerstagnachmittag im Café gesehen. Bayswater schätzt über den Daumen, dass sie einige Stunden im Wasser gelegen hat. Sieht also so aus, als ob sie irgendwann Donnerstagabend hineingelangt ist.«

»Sie hatte sich zurechtgemacht.«

»Dann ist sie vielleicht ausgegangen, hatte ein paar Drinks und ist in den Fluss gefallen. So was passiert. Oder vielleicht war sie auch mit einem Freund unterwegs, und sie hatten Streit.«

Sie fuhren jetzt den Hügel hinab in Richtung Fluss, kamen an der Zufahrtsstraße zum Bahnhof vorbei, überquerten die New Bridge und bogen nach links. Der Fahrer bremste fast augenblicklich scharf ab und steuerte den Wagen durch ein Tor, das auf ein Feld führte. Am Tor stand ein uniformierter Beamter, der hastig seine Zigarette fallen ließ und Haltung annahm. Der Wagen holperte über tiefe Erdfurchen und kam sanft schaukelnd zum Stehen.

»Je näher man zum Fluss kommt, desto matschiger wird's, Sir«, sagte Kirby. »Ist einfacher, von hier aus zu Fuß zu gehen.«

Thornhill tastete bereits nach dem Türgriff. Er stieg aus und reckte sich. Das Flussufer war abgesperrt. Um eine Stelle am Ufer waren Sichtschutzwände aufgestellt, wohl der unmittelbare Fundort der Leiche, nahm er an. Eine Polizeimannschaft, einige in Uniform und andere in Zivil, schritt methodisch in einer Reihe das Ufer ab.

»Der weiche Boden erschwert das Ganze«, sagte Kirby. »Aber zumindest sollten wir Spuren finden, falls es einen Kampf oder so was gegeben hat.«

»Sie haben gute Arbeit geleistet«, sagte Thornhill leise. »Wer benutzt die Wiese derzeit?«

»Der Farmer nebenan lässt hier gelegentlich seine Kühe weiden.« Kirby hatte sich abgewandt, tat so, als hätte er das Kompliment nicht gehört. »Aber es kommen eine Menge Angler her. Besonders am Wochenende. Wir mussten schon ganze Scharen von ihnen wegschicken.«

»Wem gehören die Angelrechte?«

»Die gehören Ruispidge. Überraschung, Überraschung. Aber das Gut hat sie seit den Zwanzigern nicht mehr verpachtet, und es hat sich inzwischen die Ansicht verbreitet, dass diese Stelle am Fluss jedem offen steht, der in Lydmouth wohnt.«

Während sie sich unterhielten, gingen sie langsam die sanft abfallende Wiese zum Flussufer hinab. Die derben Schuhe erwiesen sich schließlich doch als kluge Wahl. Die beiden Polizisten fanden Joan Ailsmore auf Händen und Knien hinter der Sichtschutzwand. Ihr Rock war mit Matsch beschmiert, und ihr Haar hatte sich gelöst. Mit rotem Gesicht sah sie zu ihnen hoch.

»Wo war die Leiche?«, wollte Thornhill wissen.

»Gleich drüben.« Kirby zeigte auf das Wurzelwerk der Trauerweide. »Hatte sich da verfangen.«

»Irgendwelche Fußspuren?« Thornhill ließ seinen Blick über den Boden schweifen, der sich mittlerweile in einen aufgewühlten Morast verwandelt hatte.

Kirby sah Ailsmore an, gab ihr Gelegenheit zu sprechen.

»Als wir hier eingetroffen sind, war alles bereits ziemlich

zertrampelt«, sagte sie. »PC Hemlett war mit dem Gepäckträger vom Bahnhof hergekommen. Sie haben die Leiche aus dem Wasser gezogen. Und dann hat Hemlett hier gewartet, während der Gepäckträger und Leigh zum Telefon gegangen sind, um Hilfe herbeizurufen. Es bestand eine Chance, dass sie noch am Leben war, also haben sie einen Krankenwagen gerufen. Trotz all dem glauben wir nicht, dass wir irgendwelche frischen Fußspuren gefunden haben, die zu jemand anderem gehören. Aber das lässt sich natürlich nur schwer mit Gewissheit sagen.«

»Wie sieht also die Alternative aus?«, fragte Thornhill. »Dass der Fluss sie hierher getrieben hat?«

Kirby nickte. »Das ist durchaus möglich. Der Wasserstand ist hoch, und die Strömung ist stark.« Während er sprach, entfaltete er eine Karte. »Hier haben wir den Lyd, der aus dieser Richtung kommt – sehen Sie die Biegung hier –, und Dinge werden oft an diesem Ufer angespült, weil es am äußeren Rand der Biegung liegt. Und dann haben Sie den Minnow, der von hier kommt …« Sein Finger tippte auf die Karte. »… und sein Wasser spült ebenfalls gegen dieses Ufer. Von dort wird es abgelenkt und fließt unter der New Bridge durch.«

»Wir werden ein paar Experimente veranstalten müssen«, sagte Thornhill. »Versuchen Sie, an verschiedenen Stellen entlang des Minnow und des Lyd Schwimmkörper ins Wasser setzen.«

Er blickte übers Wasser. Auf der anderen Seite des Lyd war ein Pfad, der zu einer schmalen Fußgängerbrücke führte, die sich über die Mündung des Minnow spannte. Jenseits davon konnte man die Schrebergärten, die Gemeindesportplätze und das Schieferdach des Ferryman Inn erkennen, das für sich allein am Ufer des Lyd stand. Menschen standen auf dem Pfad und der Fußgängerbrücke und starrten über den Fluss herüber.

»Die kriegen nicht viel zu sehen«, bemerkte Kirby säuerlich. »Wir sammeln das Treibgut ein, das am Ufer angespült wurde. Wollen Sie einen Blick darauf werfen, Sir?«

Thornhill nickte, und WPC Ailsmore führte sie zu einem kleinen Müllhaufen außerhalb der Sichtschutzwände, der von einem kleinen, ergrauten Constable an der Schwelle zum Ruhestand bewacht wurde. Kirby ging neben dem Haufen in die Hocke und stocherte mit einem Stock darin herum. Ein durchnässtes Hemd, ein Teil einer Zeitung, Holzstücke in den verschiedensten Stadien der Auflösung. Und eine Bierflasche.

»Die haben wir ein paar Meter flussabwärts von der abgeschirmten Stelle gefunden«, erklärte Ailsmore.

Kirby hob sie vorsichtig auf. Sie hatte keinen Verschluss mehr, war aber dennoch halb voll mit Flüssigkeit, vermutlich Flusswasser, das als Ballast fungiert und verhindert hatte, dass sie versank.

»Ist nicht lange im Wasser gewesen.«

»Nein, Sarge.« Ailsmores Blick huschte von Kirby zu Thornhill, der schweigend ein paar Schritte hinter ihnen stand. »Das Etikett ist mir noch nicht untergekommen. Nicht in dieser Gegend, meine ich.«

Kirby hob die Flasche ein wenig dichter an seine Augen und studierte das Etikett. »Indian Pale Ale«, las er laut vor. »Thorogood and Nephew, Elmbury.«

»Was haben Sie da gesagt?«, fragte Thornhill.

»Elmbury, Sir. Warum?«

»Nichts. Oder, genauer gesagt, es hat nichts mit dem hier zu tun.« Er spürte das Aufflackern von Schuldgefühlen, wie das Stechen von moralischem Rheumatismus. »Nur etwas, was meine Frau kürzlich gesagt hat. Hat Elmbury erwähnt. Hat nichts mit dem hier zu tun.«

# 6

*Der Ertränker?*

Rinnsale kalten Wassers liefen an Jills nackten Beinen hinab und sammelten sich in glitzernden Pfützen auf dem Linoleum. Es war ein warmer Tag, doch das Wasser war kalt genug, um ihr eine Gänsehaut zu verursachen. Sie hatte sich in der Küchenspüle gewaschen, mit kaltem Wasser, weil es hier kein Heißwasser gab, und der Reiz des Neuen hatte sich schnell verflüchtigt, weggeschrubbt von der schieren verdammten Unbequemlichkeit. Vielleicht hatte schmutzig zu sein doch seine Vorteile.

Der Ertränker? Sie musste die Worte gedruckt gesehen haben, denn sie erschienen als stehender Begriff vor ihrem geistigen Auge. Das scharfkantige Stück Karbolseife glitschte aus ihrer nassen Hand und fiel auf ihren ungeschützten Fuß. Sie fluchte. Während sie schimpfend auf und ab hüpfte, war sie froh, dass sie niemand sehen konnte, froh, dass sie wieder allein war. Dann konzentrierte sie sich ganz darauf, die masochistische Angelegenheit des Waschens so schnell wie möglich zu vollenden.

Nachdem sie das Frühstücksgeschirr abgeräumt und das Bett gemacht hatte, setzte sie sich in den überwucherten Garten und las *Der Pfarrer von Bullhampton.* Sie redete sich ein, dass ihr das Buch gefiel, dass sie einen Urlaub verdient hatte und dass sie ausspannen musste. Doch Trollope vermochte noch immer nicht, sie zu fesseln. Wieder und wieder ertappte sie sich dabei, wie ihr Blick zum Fluss schweifte. Und unterdessen tauchten die Probleme wieder in ihrem Bewusstsein auf, wie Luftblasen, die aus dem angeschwemmten Schlamm entlang des Flussufers hochblubberten.

Sie wagte nicht, über ihr größtes Problem nachzudenken. Nicht jetzt. Es würde sich in der Nacht zurückmelden, in den frühen Morgenstunden, wenn sie sich nicht wehren konnte. Sie konzentrierte sich auf die kleineren, als eine Form von Selbstschutz. Zum Beispiel: *Wie genau wusste Charlotte Bescheid oder ahnte zumindest etwas?*

Ihr erklärter Grund für den Besuch im Walnut Tree Cottage war eindeutig ein Vorwand. Jill hatte jede Menge Brot, und sie war durchaus in der Lage, mehr zu kaufen, wenn sie es brauchte. Und es gab keinen Grund, weshalb die Neuigkeit von einer ertrunkenen Serviererin sie veranlassen sollte, ihren Urlaub abzubrechen. Die *Gazette* konnte auch ohne sie auskommen, und außerdem war der Tod der jungen Frau wahrscheinlich nichts weiter als ein Unglücksfall. Was bedeutete, dass es einen anderen Grund für Charlottes Besuch gegeben hatte.

*Richard Thornhill?*

Wen interessierte schon eine tote Serviererin, ob ihr Tod nun ein Unglücksfall war oder nicht? Genau das hatte sie ihm entgegengehalten, oben im Schlafzimmer, nachdem Charlotte weggefahren war.

»Charlotte hätte erwähnt, wenn an dem Tod etwas Verdächtiges gewesen wäre«, hatte sie ihm erklärt. »Es ist nur ein ganz normaler Wald-und-Wiesen-Unfall.«

»Ich muss mich selbst davon überzeugen.«

»Warum rufst du dann nicht Brian Kirby an und erkundigst dich?«

Richard hatte aus dem Schlafzimmerfenster gestarrt, war dem Fluss mit seinem Blick gefolgt. Er trug nur seine Hose, mit herunterhängenden Hosenträgern; er war unrasiert, sein Haar ungekämmt, die blasse Haut und die dunklen, gelockten Haare auf seiner Brust irgendwie geheimnisvoll, gleichzeitig gefährlich und erregend wie ein unerforschter Kontinent. »Ich muss mich selbst davon überzeugen. Außerdem würde Brian es merkwürdig finden, wenn ich einfach nur anrufen würde.«

»Aber du bist doch gar nicht im Dienst«, hatte sie gejammert, überrumpelt von der Heftigkeit ihres Verlustgefühls.

»Ich bin immer im Dienst.« Er hatte sich zu ihr umgedreht, hatte ihren Arm gestreichelt, als wäre er ein Tier, das beruhigt werden musste. »Es tut mir Leid. Aber mit etwas Glück sollte ich in ein paar Stunden wieder zurück sein. Ganz sicher heute Nachmittag. Was wirst du tun? Hier bleiben?«

»Ich gehe vermutlich aus.« Sie war einen Schritt zurückgewichen, außer Reichweite seiner Hand, und hatte nach ihrer Haarbürste gegriffen. »Ich werd mal sehen.«

Sie hatte das mehr gesagt, um ihr Recht auf selbst bestimmtes Handeln zu bekräftigen, als weil sie ausgehen wollte. Doch jetzt, während Trollope einen aussichtslosen Kampf gegen die hartnäckigen Gedanken führte, schien Ausgehen das einzig Vernünftige zu sein. Sie legte das Buch achtlos beiseite und ging ins Cottage, um sich umzuziehen.

Zwanzig Minuten später fuhr sie durch das Netzwerk von kleinen Alleen, die Walnut Tree Cottage von Eastbury trennten, und bog nach links auf die Hauptstraße nach Lydmouth. Autofahren war eine zu vertraute Beschäftigung, um als wirkungsvolle Ablenkung zu dienen. Wenn Charlotte über Richard Bescheid wusste oder es erraten hatte – hatte sie es Philip erzählt? Philip Wemyss-Brown war Charlottes Ehemann und der Chefredakteur der *Lydmouth Gazette,* der Zeitung, die zum größten Teil Charlotte gehörte. Und es gab noch eine weitere Komplikation: Charlotte wusste, dass Philip Jill einst gebeten hatte, seine Frau zu werden. Das war lange, bevor er Charlotte kennen gelernt hatte, sicher, doch das Wissen genügte vollauf, um das klare Wasser der Freundschaft zu trüben. Jill mochte Charlotte und glaubte, dass Charlotte sie ebenfalls mochte, doch Charlotte betrachtete Jill auch stets als Angestellte und sogar als Rivalin. Wie würde sich dies auf das auswirken, was sie wusste oder argwöhnte?

Einkaufen lindert so viele Unbilden des Lebens. Es musste doch irgendetwas geben, das sie dringend brauchte. Jill spielte kurz mit dem Gedanken, etwas für Richard zu kaufen. Doch sie wusste, dass das ein Luxus war, den sich eine Frau in ihrer Situation nicht erlauben konnte.

Er war ihr trotz allem noch immer fremd, wartete noch immer darauf, erforscht zu werden wie ein neu entdecktes Land. Detective Inspector Richard Thornhill, Leiter des CID, Lydmouth-Bezirk, Ehemann von Edith, Vater von David und Elisabeth. Jill verspürte kurz einen Stich von Mitleid mit Edith, im Gegensatz zu ihren üblichen Schuldgefühlen gegenüber Richards Frau. Edith musste sich oft in der Situation befunden haben, in der sie jetzt war: Sie spielte die zweite Geige gegenüber einer Leiche.

Jill parkte in der High Street. Sie verbrachte eine Dreiviertelstunde damit, Dinge für das Cottage zu kaufen – von einem Stück richtiger Seife bis zu einer Flasche Sherry. Charlotte und Philip hatten sie im vergangenen Sommer für ein Picknick zum Walnut Tree Cottage mitgenommen, doch dies war das erste Mal, dass sie sich dort länger aufhielt. Ihr war nicht klar gewesen, dass es derart urwüchsig sein würde. Oder dass die Urwüchsigkeit ihren pittoresken Charme verlieren und stattdessen lästig werden würde.

Als sie ihre Einkäufe in der Drogerie bezahlte, hörte sie eine tiefe, heisere Stimme ihren Namen sagen. Sie drehte sich um. Ein vierschrötiger Mann mittleren Alters lächelte sie an. Er hatte breite Schultern, einen langen Kiefer und einen schmalen Schädel.

»Hallo, Mr Broadbent.«

»Nennen Sie mich Bernie, meine Liebe. Die meisten Leute tun das.«

Sie lächelte ihn an. Er nahm ihre Einkaufstasche, während sie nach ihrem Portemonnaie suchte, und folgte ihr anschließend aus dem Laden. »Ich wollte eigentlich im Gardenia einen Kaffee trinken«, sagte er und deutete mit einem Nicken auf das Café ein paar Häuser weiter. »Aber der Laden ist proppenvoll mit Leuten, die darauf warten, bedient zu werden.«

»Haben Sie gehört, dass eine der Serviererinnen ums Leben gekommen ist?«

»Wirklich? Welche?«

»Mattie Harris.«

Broadbents Lächeln erlosch: Er beugte sich zu ihr, seine dicht stehenden Augen gleichzeitig feucht und hart wie nasse graue Kieselsteine. »Wer hat Ihnen das erzählt? Wann ist das passiert?«

Jill hielt seinem Blick stand. »Charlotte Wemyss-Brown hat es erwähnt. Das Mädchen, das gestern Abend im Lyd gefunden wurde, so wie ich es verstanden habe. Bei der New Bridge.«

Das Lächeln kehrte auf sein Gesicht zurück. Er kratzte sich am Kopf. »Mattie Harris. Welche war das noch gleich? Die kleine Rothaarige oder die Bohnenstange?«

»Ich glaube, sie muss die Rothaarige gewesen sein.«

»Armes Kind. Ich nehme an, es war ein Unfall?«

»Charlotte wusste es nicht.«

»Ich bin sicher, die Polizei wird sich da bereits eine Meinung gebildet haben.« Bernie Broadbent war kürzlich zum Grafschaftsrat ernannt worden und war jetzt das jüngste Mitglied des ständigen Koordinationsausschusses, der die Aktivitäten der Polizei überwachte. Was die Dinge zusätzlich verkomplizierte, war die Tatsache, dass er mit Edith Thornhill verwandt war. Er sah auf seine Uhr. »Nun, ich muss zusehen, dass ich was zum Mittagessen bekomme. Werden Sie mit den ganzen Einkäufen allein fertig?«

»Ja, danke. Übrigens, Charlotte hat erwähnt, dass möglicherweise der Ertränker verantwortlich wäre. Sagt Ihnen das irgendwas?«

Bernie lachte. »Das ist nur ein altes Märchen. Aberglaube. Der Ertränker ist eine Art hiesiges Schreckgespenst. Wenn meine Schwester ihre Bibel nicht gelesen hat, hat meine Oma immer gedroht, der Ertränker würde sie holen, wenn sie das nächste Mal am Fluss wäre.«

Bernie lachte abermals, obgleich nichts wirklich Komisches an dem war, was er gesagt hatte. Dann verabschiedete er sich und ging eilig davon.

Mittlerweile war es Mittag. Jill ging heim zum Church Cottage. Selbst nach nur vierundzwanzigstündiger Abwesenheit war es nicht mehr ganz ihr Zuhause. Sie verbrachte ein paar Minuten mit ihrer Katze Alice, die in der Abseite unter der Treppe vier Junge säugte. Alice war froh, sie zu sehen, freute sich aber nicht übertrieben. Mary Sutton von nebenan kam jeden Tag, um ihr Futter hinzustellen, und momentan hatte Alice genug zu tun, so dass Menschen sie nicht sonderlich kümmerten. Zwei der Kätzchen waren halb Edith Thornhill versprochen.

In den Küchenschränken standen Dosen mit Suppe, und Jill hatte Käse gekauft, um ihn mit zurück nach Eastbury zu nehmen. Sie machte sich ein Mittagessen zurecht und aß es mit einem Glas Sherry im Wohnzimmer. Alice blieb in ihrer Abseite. Jill ertappte sich dabei, wie sie das Essen hinunterschlang, als könne sie es gar nicht abwarten, hier wieder zu verschwinden. Sie hätte irgendwo Mittagessen gehen sollen. Hier gab es nichts, um sie abzulenken.

Hauptsächlich dachte sie über Charlottes Besuch nach, ging die Unterhaltung im Geiste wieder und wieder durch, versuchte, jeden letzten Tropfen Bedeutung herauszupressen. Ihr Drang nach Gewissheit schwoll an wie ein Ballon. Nach dem Mittagessen rief sie in Troy House an, in der vagen Hoffnung, Charlotte wäre vielleicht schon aus Chepstow zurückgekehrt. Die vertraute Stimme sagte langsam und deutlich die Telefonnummer auf, so als würde sie eine öffentliche Durchsage für einen Haufen Idioten machen. Der Ballon platzte augenblicklich.

»Charlotte? Bist du's?«

»Ja, Jill. Natürlich bin ich es. Und was kann ich für dich tun?«

Jill wusste, dass sie nicht einfach sagen konnte: *Was weißt du über mich und Richard?* Es war unmöglich, sich taktvoll zu erkundigen, was Charlotte wusste oder vermutete, davon, geradeheraus zu fragen, ganz zu schweigen. Sie mochten vielleicht befreundet sein, doch es gab da einige Themen, über die sie nicht reden konnten. Es mangelte ihnen an einer gemeinsamen Sprache für die nötigen Konzepte. Gegenseitige Vergebung war nicht garantiert.

Stattdessen platzte sie mit der ersten Frage heraus, die ihr in den Sinn kam: »Charlotte, wer ist der Ertranker?«

## 7

Kurz vor zwölf am Samstagvormittag, keine vierundzwanzig Stunden, nachdem Mattie Harris' Leiche im Lyd entdeckt worden war, parkte Robert Sedbury seinen Wagen vor dem gregorianischen Haus in der Castle Street, in dem er einen so großen Teil seines Erwachsenenlebens verbracht hatte. Er war ein dunkelhaariger Mann, der eine beständige Grüblermiene zur Schau trug wie jemand, der von einem endlosen Rätsel besessen war. Als er seiner Frau den Hof gemacht hatte, hatte sie einmal bemerkt, er sehe byronisch aus, ein Attribut, das ihn noch immer insgeheim mit Stolz erfüllte und das sie längst vergessen hatte.

Neben der dunkelgrünen Eingangstür glänzte eine Messingtafel. Sie hing seit fast fünfzig Jahren dort; das Messing war zu einem mattgoldenen Schimmer verblasst, und der Schriftzug war so abgewetzt, dass er an manchen Stellen kaum noch zu entziffern war. Nicht dass es eine Rolle spielte, denn jedermann wusste, dass dort Sedbury & Son, Auktionatoren und Grundstücksmakler, stand. Streng genommen hätte es wohl Sedbury & Brown lauten sollen, da Henry Brown schon seit 30 Jahren Sozius war. Doch die Firma hatte seit der Mitte des 19. Jahrhunderts Sedbury & Son geheißen, und Robert fürchtete, ihre Kunden könnten einen Namenswechsel vielleicht verwirrend finden.

Das Büro war am Samstag gewöhnlich geschlossen, doch die Tür war, ganz wie er es erwartet hatte, nicht abgeschlossen. Robert ging hinein und spähte durch die offene Tür des großen vorderen Büros, wo die Maklergehilfen und die Schreibkraft saßen. Die Pulte waren unbesetzt, und die Schreibmaschine war stumm. Malcolms Nische neben dem Kamin war verlassen. Die Wände waren von Regalen voller roter Ordner gesäumt, in denen jede Transaktion aufgeführt war, die die Firma seit den Tagen ihres Gründers Josiah Sedbury getätigt hatte. In den Archiven im ersten und zweiten Stock des Hauses gab es noch mehr davon.

Robert wusste, dass es das Vernünftigste wäre, die älteren Unterlagen zu vernichten oder an einem anderen Ort aufzubewahren – oder sogar in ein neueres, geräumigeres Geschäftsbüro umzuziehen. Doch jede dieser Möglichkeiten hätte einen Bruch in der Kontinuität bedeutet, zu dem er nicht bereit war. Sowohl sein Sohn als auch sein Sozius hatten Veränderungen vorgeschlagen, doch Robert hatte sich geweigert. Er hielt dagegen, dass die Firma wuchs und gedieh, gerade weil sie sich nicht veränderte. Die Leute vertrauten ihr, genau wie ihre Väter es getan hatten. Wie stark oder schwach sein Argument auch immer sein mochte, Robert Sedbury war der Seniorpartner, daher war sein Wille Gesetz.

Er runzelte die Stirn, als er bemerkte, dass die Aushilfssekretärin wieder einmal vergessen hatte, ihren Schreibtisch aufzuräumen, bevor sie am Freitagnachmittag gegangen war. Sie war unordentlich, langsam und machte Fehler beim Tippen, außerdem war sie unfreundlich zu Anrufern und Kunden. Sie musste weg. Kein Zweifel, dachte er bei sich, sie würden in den sauren Apfel beißen und eine neue feste Sekretärin einstellen müssen. Und sie konnten sich verdammt glücklich preisen, wenn sie eine fanden, die auch nur halb so fleißig war, wie Violet Evans es gewesen war. Das dumme Ding.

Er unterdrückte seine Verärgerung und ging den Flur entlang zu den beiden Büros, die den einstigen Salon an der Rückseite des Hauses einnahmen. Roberts Vater hatte das Zimmer unterteilt. Robert gehörte jetzt das größere Büro, und Brown, sein Sozius, hatte das kleinere. Nur dass Brown nicht hier war: Er hatte sich einen Monat freigenommen, um einen Ausflug ins schottische Hochland zu unternehmen. Robert spürte, wie sein Herz leichter wurde. Er öffnete die Tür und lächelte seinen Sohn an, der hinter Browns Schreibtisch saß.

»Hallo, Dad.«

»Wie kommst du voran?«

»Ich bin fast fertig mit der Auflistung für das Victoria Road Haus. Aber du siehst sie besser noch mal durch.«

»Mach ich, aber ich bin sicher, dass alles in Ordnung ist.«

»Ich wusste nicht, dass du auch ins Büro kommen würdest. Ich hab die Post auf deinen Schreibtisch gelegt.«

»Braver Junge. Ich habe einigen Papierkram zu erledigen, der sich angesammelt hat. Du wirst es nicht glauben, aber diese verdammte Tippse hat die Hälfte der Ruispidge-Korrespondenz verlegt. Wir müssen jemand anderen einstellen.«

»Fest?«

»Ja. Ich habe entschieden, dass es reicht. Ich kann die Stelle nicht länger für Miss Evans offen halten. Sie ist eine verdammt gute Sekretärin, aber es geht nicht an, dass Leute einfach so alles hinschmeißen und nicht sagen, wann sie zurückkommen. Und dann der Grund, weshalb sie gegangen ist. Es hat viel Gerede gegeben. So etwas macht keinen guten Eindruck. Ich will nicht, dass die Firma in Verruf gerät.«

Während Robert sprach, beobachtete er seinen Sohn. Malcolm hatte sich einen Brieföffner gegriffen und spielte damit, sah seinem Vater nicht in die Augen. Ihre Gesichter waren sich sehr ähnlich, das wusste Robert. Apfel und Stamm.

»Du stimmst dem nicht zu?«, fragte er verärgert.

»Du bist der Boss, Dad, die Entscheidung liegt natürlich bei dir. Aber sie leistet gute Arbeit, und das arme Kind hat eine schwere Zeit durchgemacht.«

»Du bist viel zu weichherzig.« Aber Robert gefiel es, dass sein Sohn Anteil an den Angelegenheiten der Firma nahm, und um der Wahrheit die Ehre zu geben, er war auch stolz auf sein Mitgefühl. »Ich lass es mir durch den Kopf gehen«, sagte er und sah, wie sich ein Lächeln auf dem Gesicht seines Sohnes ausbreitete. »Aber wir müssen bald eine Entscheidung treffen.«

Robert ging in sein eigenes Büro und setzte sich hinter den großen Mahagonischreibtisch. Die silbergerahmten Gesichter seiner Familie waren in zwei Lager geteilt, eins auf jeder Seite seiner Schreibtischunterlage. Seine Frau, seine Eltern, sein Sohn, seine Töchter und seine Enkel. Sie waren alle da, Gott segne sie, beobachteten ihn alle. Er seufzte und machte sich daran, die Post zu öffnen.

Es traf sich gut, dass er ins Büro gekommen war. Hier war eine Anfrage bezüglich Wynstones von einem Mr George Christie aus Hampstead, London. Christie hatte vor einem Monat geschrieben und um die Einzelheiten von zum Verkauf stehenden Häusern in der Lydmouth-Gegend gebeten. Robert hatte ihm die Beschreibungen von mehreren geschickt, die Christies Kriterien entsprachen, sowie von mehreren, die es nicht taten. Wie es aussah, würden Mr Christie und seine Frau am Sonntag auf dem Weg zu einer Familienfeier am Pfingstmontag in Swansea durch Lydmouth kommen. Mr Christie war sich darüber im Klaren, dass dies sehr kurzfristig und der Zeitpunkt ungünstig war, doch er wollte fragen, ob es vielleicht möglich wäre, Wynstones zu besichtigen, wenn sie in der Gegend waren, vielleicht um die Mittagszeit herum. Sollte es sich einrichten lassen, wäre er sehr verbunden, wenn Mr Sedbury es ihn wissen lassen könnte, falls nötig per Telefon.

Robert betrachtete den Poststempel auf dem Umschlag – Donnerstag. Der Brief war verspätet ausgeliefert worden. Er war versucht, ihn zu ignorieren und eine höfliche Antwort zu schreiben, in der er die Verspätung als Grund anführte, weshalb er sich nicht rechtzeitig gemeldet hatte. Er war am frühen Sonntag Nachmittag mit Philip Wemyss-Brown zum Golf verabredet und hatte keine Lust abzusagen. Andererseits käme es ihm sehr gelegen, wenn er jemanden finden könnte, der bereit war, ihm Wynstones abzunehmen.

Das Haus stand an der Narth Road, eine knappe Meile von der Stadtmitte entfernt, und bot fünf Schlafzimmer, Strom-, Gas- und Wasseranschluss und einen Garten von fast einem halben Hektar. Es war erst 20 Jahre alt, und der Minnow floss am Ende des Gartens entlang. Doch es hatte sich als schwierig erwiesen, es zu verkaufen. Zwei Jahre zuvor hatte der vorige Besitzer, ein Bankdirektor im Ruhestand, Selbstmord begangen, nachdem bei ihm Lungenkrebs diagnostiziert worden war. Er hatte sich am Treppengeländer erhängt. Seine Witwe war in dem Haus geblieben, war jedoch im letzten November unerwartet an einer Lungenentzündung gestorben, was die Einheimischen in ihrer Ansicht bestärkte, dass das Haus eine unheilvolle Ausstrahlung hatte. Es hielt sich sogar das Gerücht, dass es in Wynstones spukte. All dies hätte nicht notwendigerweise eine Rolle gespielt, wenn die Erben, Neffe und Nichte des alten Mannes, bereit gewesen wären, ein angemessenes Angebot für das Haus anzunehmen. Aber sie hatten eine übertriebene Vorstellung von seinem Wert und hatten sich geweigert, den Preis zu senken.

Unter diesen Umständen war jemand wie Mr Christie, ein Kautschukpflanzer im Ruhestand, der vor kurzem aus Malakka zurückgekehrt war, möglicherweise die ideale Wahl. Mr Christie war anscheinend Angler, und in seinem Brief hatte er den Fluss am Ende des Gartens erwähnt. Es klang fast zu schön, um wahr zu sein. Und es galt natürlich auch zu bedenken, dass ein übertriebener Preis eine übertriebene Provision bedeutete.

Robert verschob die Entscheidung für den Moment und ging ins vordere Büro, um die Unterlagen einzusehen und die Schlüssel für Wynstones herauszusuchen. Hausschlüssel wurden an vier Reihen von Haken in einem Schrank im linken Alkoven neben dem Kamin verwahrt. Sie waren etikettiert und alphabetisch nach den Namen des Hauses oder der betreffenden Straße geordnet. Wynstones' Schlüssel hätten am Ende der Reihe hängen sollen – vielleicht das letzte Bund. Sie waren nicht zu finden.

Er hörte Malcolm langsam den Flur entlangkommen und drehte sich um, als er die Tür erreichte.

»Hast du die Schlüssel für Wynstones gesehen?«

Malcolm sah an ihm vorbei in den Schrank. »Sind das nicht die da, in der zweiten Reihe von oben? Drittes Bund von links?«

Robert überprüfte das Etikett. »Nein, das ist Nummer neunzehn, Lyd Street.«

Malcolm öffnete den Aktenschrank neben dem Schreibtisch der Sekretärin und wühlte in der untersten Schublade. »Hier sind sie.«

»Was, zum Teufel, machen sie denn da drin?«

»Ich denke, das Mädchen muss wohl was falsch verstanden haben. Miss Evans hat dort die Schlüssel verwahrt, für die noch Etiketten getippt werden mussten. Vielleicht denkt sie, alle Schlüssel werden dort aufbewahrt.«

»Es ist wahrscheinlicher, dass sie überhaupt nicht denkt.«

Malcolm warf seinem Vater die Schlüssel zu. »Wofür brauchst du die überhaupt? Ist endlich jemand interessiert?«

»Ein Bursche namens Christie. Das einzige Problem ist, dass er und seine Frau das Haus morgen Mittag besichtigen wollen, und ich bin zum Golf verabredet. Nun, ich vermute, die Arbeit muss vor dem Vergnügen kommen.«

Malcolm bückte sich, um die Schublade zu schließen. »Und wenn ich sie herumführe?«

»Das möchte ich dir nicht aufbürden.«

»Ich hab morgen nichts Besonderes vor, und ich war dabei, als du die letzten Interessenten herumgeführt hast. Wenn sie irgendwelche Fragen haben, die ich nicht beantworten kann, dann kannst du sie abends immer noch anrufen.«

»Bist du sicher, dass es dir nichts ausmacht?«

Malcolm lächelte und schüttelte den Kopf.

»Dann vielen Dank. Ich glaube, ich nehme dein Angebot an.«

Robert rief George Christie an, der keine Einwände hatte. Während er am Apparat war, hörte Robert ein Klopfen an der Eingangstür, gefolgt von einer kurzen Unterhaltung zwischen Malcolm und einer Männerstimme. Als er einen Moment später aus seinem Arbeitszimmer kam, fand er Malcolm und Bernie Broadbent im vorderen Büro.

»Robert«, sagte Bernie und kam schwerfällig auf ihn zu.

»Ich hab gerade dem jungen Malcolm hier erzählt, dass ich zufällig vorbeigekommen bin und ihn durch die Scheibe gesehen habe, und da hab ich mir gedacht, warum nicht zuschlagen, solange das Eisen noch heiß ist. Wer zuerst kommt, mahlt zuerst, wie meine Oma immer gesagt hat. Es geht um dieses Haus …«

Das Telefon fing an zu läuten.

»Ich geh ran«, bot Malcolm an.

Robert nahm Bernie mit in sein Büro. »Welches Haus?«

»Victoria Road.« Bernie machte es sich in dem Besuchersessel bequem und klopfte auf der Suche nach Pfeife und Streichhölzern seine Taschen ab. »Nummer achtundsechzig.«

Robert zog die Augenbrauen hoch. »Das ist noch nicht einmal auf dem Markt.«

»Ja, aber es wird bald auf dem Markt sein, oder nicht?«

»Die Möglichkeit besteht durchaus«, gab Robert zu. »Mehr als das, um ehrlich zu sein. Man ist an uns herangetreten, den Verkauf abzuwickeln.« Während er sprach, ging er im Stillen eilig eine Reihe von möglichen Verbindungen durch. Bernie war Mitinhaber einer großen Maschinenfabrik am Stadtrand von Lydmouth. Einer der geschäftsführenden Direktoren dort war Stephen Shipston, dessen Halbbruder Wilfred Shipston der Besitzer des Hauses Nummer achtundsechzig in der Victoria Road war. »Es ist dir doch bewusst, dass das Haus derzeit vermietet ist? Und der Mietvertrag läuft noch wenigstens ein Jahr.«

Bernie nickte, während er seine Pfeife anzündete.

»Eine sehr respektable Familie«, fuhr Robert fort. »Ich glaube, der Mann ist ein hochrangiger Polizeibeamter. Ich bin überzeugt, dass Mr Shipston nichts dagegen hat, wenn ich dir sage, dass das Haus eindeutig nächste Woche auf den Markt kommt. Aber ich fürchte, wir haben derzeit noch nicht …«

»Oh, das geht schon in Ordnung.« Bernie wedelte Pfeifenrauch aus seinem Gesicht. »Ich kenne das Haus bereits. Und ich kenne auch den Mieter – er ist mit einer Cousine von mir verheiratet. Unter den gegebenen Umständen ist es mir natürlich, wenn ich das Haus kaufen sollte, mehr als recht, sie unbegrenzt dort weiter wohnen zu lassen. Ich betrachte es mehr als eine langfristige Investition, wenn du verstehst. Denkst du also, du könntest mit Wilfried reden? Ihm sagen, dass ich ein Angebot gemacht hätte?«

»Aber du weißt ja noch nicht einmal, wie viel er verlangt.«

»Aber ich kenne Wilfred. Und, was das angeht, er kennt mich. Ich bin überzeugt, dass du und er bereits über den Preis gesprochen habt. Und untereinander habt ihr euch auf einen Preis geeinigt, der ein bisschen hoch ist. Nicht übertrieben, nur hoch. Wilfred ist ein nüchterner Rechner, wenn's ums Geschäft geht, aber er ist nicht dumm. Und ich auch nicht. Und ich weiß, wenn er sich erst einmal auf einen Preis festgelegt hat, dann habe ich bessere Chancen, den Felsen von Gibraltar dazu zu kriegen, einen Salto zu machen, als ihn zu überreden, ein niedrigeres Angebot zu akzeptieren. Warum sich also die Mühe machen?«

»Ich werde Mr Shipston natürlich wissen lassen …«

»Eins noch, Robert, und ich bin überzeugt, das liegt auch dir am Herzen. Die kleine Angelegenheit deiner Provision. Soweit es mich betrifft, läuft der Verkauf über dich. Du wusstest, dass ich interessiert daran war, ein Haus in der Victoria Road zu erwerben, und da hast du mir einen kleinen Tipp gegeben.«

»Verstehe.« Robert verstand bestens – es war ein offenes Geheimnis, dass Wilfred Shipston und sein Halbbruder nicht auf gutem Fuß miteinander standen. Bernie wollte es nicht bekannt werden lassen, dass er von einer undichten Stelle innerhalb der Familie von dem bevorstehenden Verkauf des Hauses erfahren hatte. Nett von ihm – deutete daraufhin, dass er Stephen Shipston als Direktor schätzte. Entweder das, oder Bernie dachte, dass jemand anders an dem Haus interessiert sein könnte, und wollte als Erster zum Zug kommen. »Jetzt, wo du es sagst – ich glaube, du hast da vor ein paar Monaten erwähnt, dass du an einer geeigneten Immobilie interessiert wärst. War das nicht beim Treffen der Handelskammer?«

Bernie nickte. »Sehr gut möglich. Damit wäre das also geklärt. Deine Provision steht dir zu.«

»Das einzige Problem ist nur, was ist, wenn Mr Shipston beschließt, zu versuchen, ob er auf dem offenen Markt einen etwas höheren Preis erzielen kann?«

»Ich denke nicht, dass er das tun wird. Er hofft, für seine Tochter ein Stück Land in Südafrika zu kaufen. Wenn der Preis stimmt, wird er es vorziehen, die Sache so schnell wie möglich unter Dach und Fach zu bringen.« Bernie stand auf. »Nun, ich will dich nicht länger aufhalten. Dass du am Samstag im Büro bist, bedeutet gewiss, dass du viel zu tun hast. Vielen Dank noch mal, und grüß Wilfred von mir, wenn du ihn siehst.«

Robert begleitete Bernie hinaus. Sobald die Tür wieder geschlossen war, kicherte er leise – mit dem Angebot für Victoria Road und Mr Christies Brief bezüglich Wynstones erwies sich dies als ein potenziell recht einträglicher Vormittag. Noch immer lächelnd, öffnete er die Tür zu Malcolms Arbeitszimmer, um ihm die viel versprechenden Neuigkeiten mitzuteilen. Sein Sohn war am Telefon.

»... es ist ein großes blaues Ding«, sagte Malcolm gerade. »Plastik.« Er schaute hoch, sah seinen Vater in der Tür stehen und winkte ihn herein, gerade als Robert sich wieder zurückziehen wollte. »Ich muss Schluss machen – bis bald dann.« Er legte den Hörer auf. »Du siehst zufrieden aus.«

»Das bin ich auch. Behalt's für dich, aber ich glaube, ich

hab gerade das Haus in der Victoria Road an Bernie Broadbent verkauft. Hast du Lust auf Mittagessen? Ich lade dich ein, mir ist nach Feiern zu Mute.«

»Tut mir Leid – heute kann ich nicht.« Malcolm schob seinen Schreibtischsessel zurück und stand auf. »Ich hab Bill versprochen, mich mit ihm zu treffen. Er hat irgendwas auf dem Herzen, worüber er reden will.«

»Macht nichts. Vielleicht ein anderes Mal.«

»Ein anderes Mal.« Er lächelte seinen Vater an. »Ja, sehr gern.«

Robert Sedbury sah zu, wie sein Sohn seine Krücke nahm, sich hinter dem Schreibtisch herausmanövrierte und mühsam den Flur zur Tür entlangging, so schnell die Beinschienen und seine verkrüppelten Beine es ihm erlaubten.

## 8

Miss Minnie Calder liebte drei Dinge über alles – Gott, Jimmy Leigh und ihr Haus in River Gardens, wenn auch nicht notwendigerweise in dieser Reihenfolge. Wenn eins davon ihre Erwartungen nicht erfüllte, fand sie gemeinhin Trost in einem der beiden anderen.

Im Moment, während sie die Kartoffeln in ihrer blanken Spüle abgoss, boten ihr die Sauberkeit und die Annehmlichkeiten der Küche eine gewisse Entschädigung für Jimmys Unzulänglichkeiten. Durch das moderne Fenster mit dem Metallrahmen konnte sie sehen, wie er das zukünftige Gemüsebeet am Ende des Gartens umgrub. Das war Teil seiner Strafe für sein abscheuliches Benehmen gestern.

Erstens hatte sie ihn in seinem Zimmer dabei ertappt, wie er etwas sehr Schmutziges und Widerliches tat. Zweitens war er davongelaufen, als sie ihm die Leviten gelesen hatte. Drittens hatte er ein Spielzeug aus dem Laden neben der

Bücherei gestohlen und war weggelaufen, der Geschäftsführer Mr Prout ihm dicht auf den Fersen. Um alles noch schlimmer zu machen, war Mr Prout der Organist der Baptistengemeinde von Lydmouth und ein Mann, auf dessen Meinung Minnie Calder große Stücke hielt. Viertens war Jimmy den ganzen Nachmittag und den größten Teil des Abends nicht nach Hause gekommen, so dass sie sich große Sorgen gemacht hatte. Fünftens war er, eingewickelt in eine Decke und in geborgter Kleidung, in einem Streifenwagen nach Haus gebracht worden, der vor dem Haus geparkt hatte, wo alle Nachbarn ihn sehen konnten. Seine eigene Kleidung war völlig durchnässt, einer seiner Schuhe war fort, und er behauptete, er hätte die Lok verloren (was bedeutete, dass sie, Minnie Calder, sie Mr Prout bezahlen musste).

Und als Krönung des Ganzen hatte er eine Leiche gefunden.

Sechs gepfefferte Schläge mit dem Lineal auf die Hand. Einen Monat lang kein Taschengeld. Und er würde die Unkrauthalde vor dem Küchenfenster in den schönsten Garten der ganzen Straße verwandeln.

Jimmy schob eine Schubkarre voll Schutt und Unkraut zu dem Haufen am hinteren Zaun. Es gab im Zaun eine Pforte, die auf den Treidelpfad entlang des Minnow führte. Minnie Calders einziger Vorbehalt gegen ihr Haus war, dass es Nässe im Mauerwerk anziehen könnte, weil es so nah am Fluss stand. Sie und ihre Nachbarn waren die ersten Mieter, die im neu bebauten River Gardens wohnten, und sie waren erst vor drei Monaten eingezogen, so dass die Behauptung des Grafschaftsratsvertreters, das Haus wäre knochentrocken, sich erst noch bestätigen musste.

Minnie Calder öffnete das Fenster. »Jimmy«, rief sie. »Dein Abendessen ist fast fertig. Komm rein und wasch dich. Und zieh diesmal deine Stiefel aus, bevor du ins Haus kommst.«

Sie schloss das Fenster und mischte Butter unter die Kartoffeln. Während sie den Tisch deckte, fragte sie sich, ob sie ihm erzählen sollte, was Mrs Sisal, ihre Nachbarin nebenan, gesagt hatte. Sie fand, alles in allem wäre es wohl klüger. Doch sie ließ sich Zeit damit. Sie wartete, bis er sich richtig in sein Essen – gekochter Schinken, gekochte Kartoffeln und ein bunter Salat – vertieft hatte.

»Diese Frau gestern Abend? Die, die du gefunden hast?«

Er sah sie an und nickte, noch immer kauend.

»Mach den Mund zu, wenn du isst. Ich weiß wirklich nicht, was deine Mum und dein Dad zu deinen Tischmanieren sagen würden. Nun ja, jedenfalls, Mrs Sisal hat mir erzählt, sie hat gehört, es wäre Mattie Harris.«

Jimmy legte sehr langsam sein Messer und seine Gabel ab – nicht auf seinem Teller, sondern auf dem Tischtuch. Sein Mund stand offen, doch er kaute nicht mehr.

»Mach doch den Mund zu«, tadelte Minnie ihn ärgerlich. »Wie oft muss ich dir das noch sagen?«

»Mattie? *Mattie?*«

»Das hat sie gesagt. Mattie Harris. Und ich kann nicht behaupten, dass es mich sonderlich überrascht. Nach allem, was man so hört, war sie ein recht freizügiges Mädel. Hat sich wahrscheinlich selbst zuzuschreiben, was passiert ist.«

»Mattie? Mattie?«

»Das hab ich doch gesagt. Und jetzt heb das Messer und die Gabel auf. Sieh nur, was du auf dem Tischtuch angerichtet hast.«

»Aber es kann nicht *Mattie* sein. Das kann nicht sein.«

»Reiß dich zusammen. Und iss dein Abendbrot auf.« Dann ging ihr die Bedeutung dessen, was er gesagt hatte, auf. »Du hast sie doch nicht gekannt, oder?«

Er sah sie mit großen, weit aufgerissenen Augen an. Genau in diesem Moment klingelte es an der Haustür.

»Manche Leute haben Manieren!« Minnie sah auf die

Uhr an der Wand. »Man sollte meinen, sie könnten sich denken, dass andere Leute um diese Zeit zu Abend essen, oder nicht?« Sie stand auf, legte ihre Schürze ab und warf einen Blick in den Spiegel unter der Uhr. Gott sei Dank hatte sie sich die Nase gepudert, wortwörtlich wie auch metaphorisch, bevor sie das Abendbrot serviert hatte. »Na, geh schon. Mach dich mal nützlich und sieh nach, wer an der Tür ist.«

Sie folgte Jimmy in die kleine Diele. Er öffnete die Haustür. Auf der Schwelle stand ein blonder Mann in einem Anzug mit einer leuchtend blauroten Krawatte. Neben ihm stand eine junge Frau mit ausladenden Hüften, kurzem braunem Haar und sehr großen braunen Augen.

»Guten Abend, Mr Leigh«, sagte der Mann und wippte auf den Fußballen wie ein Sportler vor einem Rennen. »Ich bin Detective Sergeant Kirby. Dies ist meine Kollegin WPC Ailsmore. Sie haben sie gestern Abend kennen gelernt, wenn Sie sich erinnern.«

Jimmy drehte sich voller Panik um, und sein Gesicht verzerrte sich greinend. »Tante«, winselte er. »Ich will nicht …«

»Wir möchten uns nur kurz unterhalten«, sagte der Sergeant. »Kein Grund zur Sorge.«

Minnie Calder war ihr gesamtes Erwachsenenleben daran gewöhnt, das Heft in die Hand zu nehmen. Genau das tat sie auch diesmal. Sie legte ihre Hand auf Jimmys Arm und zog ihn sanft zurück zur Treppe. »Geh einen Moment auf dein Zimmer, Schatz, ich werd erst mal mit den Polizisten reden, und dann können wir uns alle nett miteinander unterhalten. Es gibt nichts, weswegen du dir Sorgen machen müsstest, oder?«

Er galoppierte die Treppe hinauf in die Sicherheit seines Zimmer und schlug die Tür hinter sich zu.

»Lassen Sie uns hier hineingehen, ja?«

Minnie Calder führte die Polizisten ins Wohnzimmer, den einzigen Raum im Haus, auf den sie vorbehaltlos stolz war. Die Möbel waren allesamt neu, zu Ehren von River Gardens. Hier drin gab es keinen alten Sperrmüll aus zweiter Hand: von den Bildern an den Wänden bis zum Teppich, vom Fernseher in der Ecke bis zum Couchtisch vor dem elektrischen Kamin war alles neu gekauft und nichts älter als sechs Monate.

Sie forderte sie auf, sich zu setzen, und bot ihnen Tee an, den sie, sehr zu ihrer Erleichterung, ablehnten.

Der Sergeant legte seine Hände auf seine Knie und beugte sich vor. »Miss Calder, wir müssen Ihren Neffen selbstverständlich zu dem befragen, was gestern Abend passiert ist.« Er hatte einen Londoner Akzent und war ein bisschen zu sehr von sich eingenommen. »Aber vielleicht ist es einfacher, wenn wir zuerst ein paar Fakten mit Ihnen klären. Unter den gegebenen Umständen.«

Die Frau, Ailsmore, hatte ein Notizbuch aufgeschlagen, um sich Notizen zu machen.

»Warum fangen wir nicht mit seinem vollen Namen an?«, fragte der Sergeant.

»James Henry Leigh.« Sie deutete auf das Foto auf dem Kaminsims, ihre Schwester im Brautkleid und der lachende Mann in dem zu engen Anzug neben ihr in dem verchromten Rahmen. »Das sind seine Eltern. Er ist Vollwaise. Sein Vater ist mit einem der Nordatlantik-Konvois gesunken, und seine Mutter, meine Schwester, ist kurz vor Kriegsende verschieden.« Sie bemerkte, dass die Frau nicht mehr mitschrieb, und fand, dass der Mann gelangweilt dreinschaute. Ihr Tonfall wurde trotzig. »Er lebt seit 1945 bei mir. Jemand musste ihn ja aufnehmen.«

»Sagen Sie«, fragte der Sergeant, »wie alt ist er?« »Einundzwanzig«, antwortete Minnie Calder. »Im August wird er zweiundzwanzig.«

# 9

»Können Sie nicht später wiederkommen, Inspector?«, murrte Mrs Browning. »Wir wissen nicht, wo uns der Kopf steht. Ich meine, es ist Samstagmittag, und mir fehlt ein Mädchen ...«

»Genau das ist der Grund, weshalb ich hier bin«, bemerkte Thornhill. »Es sollte nicht lange dauern.«

Zögernd ließ sie sich in ihr Büro hinten im Café führen. Ein unattraktiver stählerner Aktenschrank war mit Bildern von niedlichen Katzen verziert, die aus Kalendern ausgeschnitten waren. In dem Besuchersessel saß ein Teddybär, sein Hinterteil ruhte auf einer Ausgabe der *Financial Times*. Mrs Browning selbst war mollig und schwebte, eingehüllt in Chiffonschals, auf einer Parfümwolke durch die letzten Stadien des mittleren Alters. Sie hatte einen zarten Oberlippenbart und stand in dem Ruf, beim letzten Lokalderby eine Horde betrunkener Jugendlicher allein mit der Gewalt ihrer Persönlichkeit aus dem Café vertrieben zu haben.

»Ich wusste, dass es ein schlimmes Ende nehmen würde«, sagte sie, während sie sich hinter ihren Schreibtisch sinken ließ und eine Zigarette aus der Schachtel vor sich nahm. »Oh, sie war sehr glaubwürdig, das muss ich ihr lassen, aber meiner Erfahrung nach bringt eine geschiedene Frau immer Ärger, auf die eine oder andere Weise.«

»Geschieden?«

»Das hat sie zumindest gesagt. Ich bin nicht wirklich überzeugt, dass sie überhaupt je verheiratet war. Sein Name ist Gary. Oder war. Sergeant in der US Air Force. Hat mir einmal ein Foto von ihm gezeigt. Pechschwarz.« Zigarettenrauch waberte um ihre Finger, und sie lächelte. »Aber ein ansehnlicher Mann, das lässt sich nicht leugnen.«

»Wie lange hat sie hier gearbeitet?«, fragte Thornhill.

»Ich hab sie kurz vor Weihnachten eingestellt. Vorher hat sie bei Pingry gearbeitet.«

»Dem Schlachthaus in Mincing Lane?«

Mrs Browning nickte. »Sie fand es dort fürchterlich. Sie war zwar nur eine Schreibkraft, aber sie kam nicht umhin, Dinge zu sehen und zu hören. Hat all das Blut nicht ertragen können, hat sie mir erzählt.«

»Wann haben Sie sie zuletzt gesehen?«

»Am Ende ihrer Schicht um sechs Uhr am Donnerstagabend.«

»Wissen Sie, was sie vorhatte?«

»Sie wollte nach Hause zu ihren Eltern. Die wohnen in Eastbury. Ich hab die Adresse, wenn Sie sie wollen.« Mrs Browning öffnete eine Schublade, holte einen Hefter heraus und reichte Thornhill ein Blatt Papier. Er notierte sich die Adresse.

»Es war Donnerstag, also ist sie wahrscheinlich nach Lydmouth zurückgekommen, um zu dem Tanzabend zu gehen.«

»Zu welchem Tanzabend?«

»Dem in Ruispidge Hall. Die veranstalten da gewöhnlich jeden Donnerstag und Samstag einen Schwof, und sie ist immer hingegangen, wenn sie konnte. Ich hab sie selbst nie tanzen sehen, aber Myra sagt, sie war ein Naturtalent.«

Thornhill nahm sich vor, sich mit Myra zu unterhalten, der storchengleichen Serviererin, die jetzt die Arbeit von dreien machte, während sie mit dem samstäglichen Mittagsansturm kämpfte.

Mrs Browning schürzte die Lippen und stieß eine Rauchwolke aus. »Wenn Sie mich fragen, da wurde nicht nur getanzt. Es ist eine gute Gelegenheit, um junge Männer kennen zu lernen.«

»Sie mochte junge Männer?«, fragte Thornhill. »Hatte sie einen festen Freund?«

»Nicht dass ich wüsste. Aber sie war die Art von Mädchen, die Männer anzieht wie ein Honigtopf die Wespen. Und sie hat sie auch kräftig ermutigt, so wie sie sich angezogen hat. Einmal ist sie in einem so engen Rock zur Arbeit gekommen, dass ich sie nach Hause geschickt hab, damit sie sich umzieht. Der hat nichts der Fantasie überlassen, das sag ich Ihnen. Jemand anders, der Ihnen davon was erzählen kann, ist Violet Evans. Sie arbeitet für Sedbury in der Castle Street. Nettes Mädchen, ziemlich mollig, aber mit einem süßen Gesicht und sehr hübsch.«

Ihre Stimme verlor sich, und Thornhill spürte, dass ihre Aufmerksamkeit hinüber ins Café wanderte und sie ein wachsames Ohr auf das Gemurmel der Unterhaltungen, das Klirren von Besteck und das Klappern von Tellern hielt. Entschlossen drückte sie ihre Zigarette aus, als wollte sie damit verkünden, dass die Unterhaltung, soweit es sie betraf, beendet wäre.

Thornhill lehnte sich im Sessel zurück und streckte die Beine aus. »Sie müssen sich Sorgen gemacht haben, als sie gestern nicht zur Arbeit gekommen ist.«

Mrs Browning schüttelte den Kopf. »Sie hat mich gebeten, ihr den Tag freizugeben. Musste ihre Mutter ins Krankenhaus bringen. Die musste dort zur Untersuchung, und sie war nicht sicher, wie lange es dauern würde. Ihre Mutter ist sehr gebrechlich, und Mattie wollte nicht, dass sie allein mit dem Bus hinfährt. Es kam sehr ungelegen, aber ich Idiotin hab Ja gesagt.« Sie öffnete ihre Handtasche, holte ein mit Spitzen umrandetes Taschentuch heraus und tupfte sich die Augen ab. »So ein dummes Mädel. Sie hat mich manchmal so wütend gemacht.«

Sie hatte nicht viel mehr zu sagen. Sie zeigte ihm den Schrank, in dem die Bedienungen ihre Sachen aufbewahrten. Matties Uniform war darin, mit den dazugehörigen Schuhen, sowie ein brauner Regenmantel. Es war nichts in den Taschen des Regenmantels. Thornhill sprach mit Myra, die ihm nichts zu erzählen wusste außer der Tatsache, dass Mattie bei den männlichen Gästen sehr beliebt gewesen war, jedoch immer ihre Trinkgelder geteilt hatte.

Ein paar Minuten später kehrte er zum Polizeipräsidium zurück. Der Essensgeruch im Café hatte ihm das Wasser im Mund zusammenlaufen lassen und ihn daran erinnert, dass er keine anständige Mahlzeit mehr gehabt hatte, seit Edith weggefahren war. Er schickte einen der Polizeianwärter in die Kantine, um ein verspätetes Frühstück mit allen Schikanen zu holen. Er und Jill hatten letzten Abend ein Picknick im Bett veranstaltet, hatten sich gegenseitig die Krümel abgeleckt und dann das Essen gänzlich vergessen und zugelassen, dass zwei Teller auf den Boden fielen und zerbrachen, während sich ein anderer Appetit geregt hatte.

Der Polizeianwärter kam mit schlachtschiffgrauem Kaffee und einem pergamentgelben Sandwich zurück. »Es ist ein Feiertagswochenende, Sir«, erklärte er nervös. »Es gibt kein warmes Essen.«

Thornhill winkte ihn aus dem Büro und griff nach dem Sandwich. Er kaute gerade den ersten Bissen, als das Telefon klingelte.

»Thornhill«, tönte ihm die Stimme von Superintendent Williamson ins Ohr. »Ich bin überrascht, dass Sie mich nicht angerufen haben. Was höre ich da von einer Leiche?«

Er schluckte mühsam. »Ich hatte vor, Sie heute Nachmittag anzurufen, Sir, sobald wir mehr Fakten haben.« Er fragte sich, wer Williamson von Mattie Harris erzählt hatte. »Im Moment haben wir noch nicht viel in der Hand.«

»Das zu beurteilen können Sie mir überlassen.«

»Mr Hendry hat mich gebeten, die Leitung bei diesem Fall zu übernehmen, Sir, da Sie krankgeschrieben sind«, erklärte Thornhill gedehnt.

Es herrschte Stille am anderen Ende der Leitung, die Art

von Stille, die zwischen dem Abziehen des Stifts einer Handgranate und der resultierenden Explosion herrscht. Doch als Williamson abermals sprach, war seine Stimme beunruhigend milde und samten. »Das weiß ich, aber ich habe noch immer meinen Grips beisammen, und ich bin noch immer der Leiter des CID dieser Polizeitruppe. Was bedeutet, dass ich gern ein Auge darauf habe, was in meinem Revier passiert. Verstanden?«

»Ja, Sir. Gestern Abend hat ein junger Mann namens Jimmy Leigh oberhalb der New Bridge, am Farnock-Ufer, die Leiche einer jungen Frau namens Mattie Harris im Fluss gefunden. Sie war Serviererin im Gardenia-Café. Man hat sie in die Leichenhalle gebracht. Der Pathologe hat sie sich noch nicht angesehen, doch es gibt keine offensichtlichen Anzeichen eines Überfalls. Aber Doktor Bayswater hat uns darauf aufmerksam gemacht, dass sie sich anscheinend in Eile angezogen hat. Oder vielleicht hat auch jemand anders sie angezogen.«

»Es besteht kein Grund, die Dinge unnötig komplizierter zu machen, als sie sind.«

»Nein, Sir. Es gibt da aber insofern eine kleine Komplikation, dass der junge Mann, der die Leiche gefunden hat, den geistigen Entwicklungsstand eines Zwölfjährigen hat. Er lebt mit seiner Tante in einem von den neuen Sozialbauhäusern in Templefields. Sergeant Kirby und WPC Ailsmore befragen die beiden gerade. Vor sieben oder acht Jahren hat er wegen Ladendiebstahls vor dem Jugendrichter gestanden. Er ist offenkundig leicht erregbar, und Polizisten scheinen ihn nervös zu machen. Sonst ist nichts über ihn bekannt.«

»Was wissen wir über Harris?«

»Noch nicht viel. Mrs Browning, die Geschäftsführerin des Gardenia-Cafés, sagt, sie hätte behauptet, geschieden zu sein. Hat bei ihren Eltern in Eastbury gewohnt. Ich fahre heute Nachmittag zu ihnen. Wir haben noch niemanden ausfindig gemacht, der zugibt, sie nach sechs Uhr am Donnerstagabend, als ihre Schicht im Café zu Ende war, lebend gesehen zu haben.«

»Ist das alles, was Sie haben?«

»Ja, Sir.« Thornhill fand, dass das schon eine beachtliche Menge für einen Mann war, der eigentlich dienstfrei hatte und, wenn eine Pensionswirtin nicht überbucht hätte, jetzt mit seinen Kindern am Strand von Bournemouth Sandburgen bauen würde.

»Halten Sie mich auf dem Laufenden«, verlangte Williamson. »Rufen Sie mich heute Abend zu Hause an, verstanden?«

»Ja, Sir.«

»Und wenn es irgendwelche wichtigen Entwicklungen gibt, will ich umgehend davon hören.«

Williamson knallte den Hörer auf die Gabel. Thornhill seufzte. Er schob sein Sandwich beiseite und trank einen Schluck lauwarmen Kaffee. Der Superintendent würde Ende Juni in Ruhestand gehen. Im Polizeipräsidium herrschte die allgemeine Ansicht, dass Williamson nach seinem jüngsten Fall, der für ihn in Ruhmesglanz geendet hatte, die verbleibenden Wochen seiner Dienstzeit in der Abgeschiedenheit seines eigenen Heims zubringen würde. Mit seiner Gesundheit stand es nicht zum Besten, und er und Mr Hendry, der Chief Constable, schienen eine Übereinkunft getroffen zu haben. Es muss schwer sein loszulassen, dachte Thornhill bei sich, und vielleicht konnte er der Aussicht auf einen weiteren Mordfall, einen allerletzten Triumph, einfach nicht widerstehen. Williamson war im Laufe des vergangenen Jahres schrecklich gealtert. Er war nicht mehr auf der Höhe, wurde in der Kantine gemunkelt, und vielleicht hatte der Kantinentratsch ausnahmsweise Recht.

Das Telefon klingelte abermals.

»Die *Lydmouth Gazette* würde gern kurz mit Ihnen sprechen, Sir«, erklärte ihm die Reviertelefonistin. »Möchten Sie, dass ich zu jemand anders durchstelle?«

»Nein, geht schon in Ordnung.« Thornhill spürte, wie sich sein Magen zusammenzog, als hätte jemand einen unsichtbaren Knopf in einem unsichtbaren Fahrstuhl gedrückt und er würde plötzlich sehr schnell in die Tiefe sausen. »Stellen Sie durch.«

Es klickte in der Leitung, dann sagte Jills Stimme: »Inspector Thornhill?«

»Am Apparat.«

»Hier ist Jill Francis von der *Lydmouth Gazette.«*

*Ansonsten auch bekannt als »Liebling«.* »Was kann ich für Sie tun?« Seine Erinnerung kannte die Antwort. *Dich mit Küssen bedecken, mit meinen Lippen von deinen Lidern abwärts über deinen Körper wandern, zusehen, wie der Kerzenschein deine Haut in ein Meer aus goldenen Schatten verwandelt.*

»Wir haben gehört, dass im Fluss nahe der New Bridge die Leiche einer jungen Frau gefunden wurde.«

»Das stimmt.« *Ja, und ich liebe dich, obgleich ich nicht sicher bin, ob du gehört hast, wie ich es dir gesagt habe.* »Wir stellen derzeit Ermittlungen an. Ich glaube, Sergeant Kirby hat vorhin schon mit Mr Wemyss-Brown gesprochen.«

»Ja«, sagte Jill, und er stellte sich vor, wie unter ihrer ruhigen Stimme Gelächter aufstieg. »Ich hatte mich nur gefragt, ob es seither irgendwelche neuen Entwicklungen gegeben hat.«

»Nichts Nennenswertes.« *Nichts, das ich am Telefon sagen könnte. Nur Dinge wie die, die wir gesagt haben, als unsere Köpfe nebeneinander auf demselben Kissen lagen. Als unsere Körper ineinander verschlungen waren.*

»Dann ist also noch kein Termin für die gerichtliche Untersuchung angesetzt?«

»Noch nicht. Aber ich denke, sie wird so früh wie möglich in der nächsten Woche stattfinden. Nicht am Montag, versteht sich, wegen des Feiertags, also höchstwahrscheinlich am Dienstag.«

»Vielleicht kann ich Sie später noch mal kontaktieren?«

»Ja, das wäre vernünftig.« *Nein, ganz und gar nicht vernünftig. Es wäre wunderbar und erschreckend, und es würde vermutlich tragisch enden. Es wäre ein Wirbelsturm aus höchster Ekstase und tiefstem Elend. Er wollte, dass sie ihn so schnell wie möglich und so intim wie möglich und so lange wie möglich kontaktierte.* »Sie oder Mr Wemyss-Brown könnten sich vielleicht morgen noch mal melden«, schlug er vor. »Ich glaube nicht, dass ich heute Abend zu erreichen sein werde. Ich bin dann nicht im Dienst.«

»Ich verstehe«, sagte Jill.

Thornhill hoffte es.

## 10

»Es ist so verflucht unfair«, sagte Bill und verschüttete Bier auf dem Rasen. »Um ehrlich zu sein, die ganze Sache war von Anfang bis Ende ein einziges Desaster.«

»Mach dir keine Sorgen.« Malcolm Sedbury folgte in Bills Schlepptau, schleifte seine nutzlosen Beine über den Boden. »Zehn zu eins, dass er in der Tasche ist. Oder vielleicht hat sie ihn auch vernichtet. Aber egal was, es ist kein Problem.«

Bill stellte das Tablett mit ihren Drinks auf den Tisch, der dem Parkplatz am nächsten stand. Malcolm setzte sich auf die Bank und lehnte seine Stöcke gegen einen leeren Stuhl. Bill trank, noch immer stehend, einen großen Schluck Bier, kippte fast das halbe Glas in einem Zug. Eine Frau an einem der Tische in der Nähe sah ihn an, was nicht unüblich war.

Er war hoch gewachsen und blond, mit glatten Zügen und rosiger Haut. Während seiner Wehrdienstzeit hatte er tatsächlich wie ein Soldat ausgesehen, statt wie ein Zivilist in einer unbehaglichen Kostümierung.

Malcolm trank einen Schluck, dann steckte er sich eine Zigarette an und schob die Schachtel über den Tisch.

Bill nahm sich eine. »Aber was ist, wenn …«

»Hör auf. Reg dich ab. Es hat keinen Sinn, sich grundlos aufzuregen.«

Eine Weile lang rauchten die beiden jungen Männer schweigend. Sie saßen im Biergarten des Golden Fox, einem Gasthaus einige Meilen außerhalb von Lydmouth. Sie waren aus zwei Gründen hierher gekommen: weil es weit genug von der Stadt entfernt war, dass die Chancen gut standen, keinen bekannten Gesichtern zu begegnen, und weil Bill eine kleine Spritztour mit dem Wagen machen wollte. Letzten Monat hatte er seinen 21. Geburtstag gefeiert, und seine Eltern hatten ihm einen gebrauchten MG-TF geschenkt, einen schnittigen Vorkriegssportwagen. Sie konnten den Wagen von ihrem Platz aus sehen, konnten bewundern, wie die weinrote Lackierung im Sonnenschein glänzte. Er hatte ein tief liegendes Sportchassis, und Malcolm hatte Mühe beim Ein- und Aussteigen.

»Es war gut, dass ich heute Morgen ins Büro gegangen bin«, sagte er bedächtig. »Wir haben eine Anfrage für Wynstones erhalten.«

Bill lutschte an seinem kleinen Schnurrbart. »Aber das ist …«

»Ja, ich weiß. Es gibt noch eine andere Komplikation. Dad konnte die Schlüssel nicht finden. Das ist jetzt alles geregelt, aber er hat sie immer noch.«

»Es muss etwas geben, was wir tun können. Es muss einfach etwas geben.«

»Natürlich gibt es etwas. Es ist ganz einfach. Sie wollen

den Kasten morgen Nachmittag besichtigen. Und ich werde derjenige sein, der sie herumführt.« Malcolm grinste. »Ich habe mich gefragt, ob du vielleicht Zeit hättest, mich hinzufahren?«

»Natürlich.« Bill beugte sich vor, während er mit einer Hand an einem Knopf seines Blazers nestelte. »Bist du sicher, dass alles glatt gehen wird?«

»Ja. Keine Sorge.«

»Violet hat heute Morgen angerufen.«

Malcolm zog seine dunklen Augenbrauen hoch. »Sie hat dich *zu Hause* angerufen?«

Bill nickte.

»Hat sie irgendwas gehört?«

»Nein, nein.«

»Wie geht es ihr?«

»Sie war ein bisschen hysterisch. Du kannst dir einfach nicht vorstellen, wie sehr sie sich verändert hat, seit das Baby da ist. Entweder nörgelt sie, oder sie heult.«

»Ich glaube, Dad wird sie feuern. Und es ist nicht allein ihre Schuld, dass sie das Baby hat, oder?«

Bill wandte sein schlankes, gut aussehendes Gesicht ab und studierte die Spitzen seiner Schuhe. »Es ist ihre Schuld. Sie hat gesagt, es würde nichts passieren. Es wäre die sichere Zeit des Monats, also müssten wir nichts benutzen. Wär ja auch viel schöner so.« Er sah Malcolm an; der Ausdruck auf seinem Gesicht war eine Mischung aus Stolz und Furcht. »Ich werde natürlich tun, was getan werden muss. Aber ich muss Dad zuerst auf die Idee einstimmen. Du weißt ja, wie er ist – es ist alles eine Frage des richtigen Zeitpunkts. Bei solchen Sachen geht er immer gleich an die Decke. Ich darf nichts übereilen. Das verstehst du doch, oder?«

»Ich verstehe schon.«

»Violet nicht«, fuhr Bill fort. »Sie wollte wissen, ob ich

Mattie gesehen hätte. Sie war anscheinend gestern mit ihr verabredet.«

Malcolm trank einen Schluck Bier und starrte auf den Verkehr, der sich 50 Meter entfernt auf der Hauptstraße bewegte.

»Ich weiß einfach nicht, worauf sie es abgesehen hat«, sagte Bill, und seine Stimme hob sich.

»Vielleicht solltest du hingehen und mit ihr reden – um herauszufinden, was wirklich los ist.«

»Das kann ich nicht. Sie wohnt bei ihren Eltern, Herrgott noch mal. Wenn ich da aufkreuze, dann gibt's nur Ärger. Die wissen doch sofort, dass ich es war, der den Braten in die Röhre geschoben hat. Und ich möchte es nicht mit ihrem Vater zu tun bekommen.«

»Ted Evans? Der schien mir immer ganz umgänglich.«

»Du hältst nicht lange als Vorarbeiter auf einer Baustelle durch, wenn du schüchtern und umgänglich bist.« Bill trank sein Bier aus. »Er war mal Sergeant Major bei den Royal Marines. Und er ist jähzornig. Mein Vater sagt, er hätte einmal einen irischen Bauarbeiter fast umgebracht, weil er angefangen hat, eine große Lippe zu riskieren.« Er zeigte auf Malcolms Glas, das noch immer halb voll war. »Willst du schon ein neues?«

Malcolm schüttelte den Kopf. »Solltest du wirklich auf leeren Magen noch mehr trinken? Ich dachte, du spielst heute Nachmittag Cricket.«

»Ich hab abgesagt.« Bill stand auf und zögerte, das Glas in der Hand. »Um ehrlich zu sein, ich konnt's einfach nicht über mich bringen. Ted ist der Wicket-Keeper.«

»Moment mal«, sagte Malcolm. »Wenn er Cricket spielt, dann ist er heute Nachmittag nicht zu Hause.«

Bill nickte, und sein Blick wanderte zur Tür des Pubs.

»Dann könnten wir doch vorbeifahren. Uns mit Violet unterhalten.«

»Aber ich hab dir doch gesagt – wenn ich dort auftauche, würden sie sofort erraten, dass ich …«

»Ich sagte wir, nicht du. Du kannst mich hinfahren. Sie ist eine unserer Angestellten, wie du dich vielleicht erinnerst, und deshalb muss ich mit ihr sprechen.«

»Aber was, wenn sie was gehört hat?«

»Darum kümmern wir uns, wenn und falls es sein muss. Wir benehmen uns einfach ganz normal. Das ist das Vernünftigste.«

Einen Moment lang starrte Bill Malcolm an, und seine Lippen bewegten sich, doch es kam kein Laut heraus. Dann sagte er grimmig: »Ich hol mir nur kurz noch ein Bier.«

Eine Dreiviertelstunde später fuhren sie zurück nach Lydmouth. Bill hatte drei Bier intus, plus ein Sandwich, um etwas von dem dritten aufzusaugen, und er warf den Wagen mit Begeisterung in die Kurven. Malcolm klammerte sich an seinem Sitz fest. Sie brausten die Chepstow Road entlang und bogen in den Broadwell Drive. An der Abzweigung zum Broadwell Crescent rammte Bill den Fuß auf die Bremse.

»Mein Gott.« Er betrachtete die mit Schlaglöchern übersäte Fahrbahn. »Das mute ich meinem Wagen nicht zu. Dafür braucht man einen Traktor. Macht's dir was aus, zu Fuß zu gehen?«

Malcolm zuckte mit den Achseln. Es machte ihm etwas aus – es würde ihm immer etwas ausmachen. Doch er hatte schon vor langer Zeit gelernt, dass es keinen Sinn hatte, sich bei anderen Leuten darüber zu beschweren. Man musste sich einfach zusammenreißen und es hinter sich bringen.

Sie stellten den Wagen am Bordstein ab. Es gab keinen Zweifel darüber, wo die Evans' wohnten. Keins der anderen neun Häuser hatte ein Dach. Der Crescent sah eher aus wie ein Bombenkrater als wie eine Neubausiedlung. Trotzdem auf lange Sicht keine schlechte Investition, dachte Malcolm bei sich, während kurz sein berufliches Interesse die Oberhand gewann: nette kleine, neue Häuser am Stadtrand, alle modernen Annehmlichkeiten, dicht bei einer Buslinie und beim Krankenhaus gelegen, in ein paar Jahren leicht zu verkaufen.

Das Evans-Haus stand an der Ecke, freundlich und adrett wie ein Puppenhaus, das in einem Garten voller Matsch, Bauschutt und einem Haufen von Gerüsten gestrandet war. Bill stieß die Pforte auf, und sie gingen langsam den Betonweg zur Haustür hinauf.

»Lass mich das Reden übernehmen«, flüsterte Malcolm.

Bill nickte.

Sie läuteten und warteten. Malcolm hatte gehofft, Violet würde aufmachen, doch einen Moment später wurde die Tür von einer korpulenten Frau mittleren Alters geöffnet, in deren dickem, frisch gepudertem Gesicht eine Spur von Violets Schönheit wiederzuerkennen war. Ihr einladendes Lächeln erstarb. Malcolm war ihr nie begegnet, doch sie wusste ganz offenkundig, wer er war. Dafür konnte er sich bei der Kinderlähmung bedanken.

»Mrs Evans? Ich bin Malcolm Sedbury. Mein Vater hat mich gebeten, vorbeizuschauen und mich zu erkundigen, wie es Violet geht.«

»Ich fürchte, sie schläft. Sie – es ging ihr nicht sehr gut. Ich hoffe, das hat Ihrem Vater keine Ungelegenheiten bereitet.«

»Nun, wir müssten uns darüber unterhalten, was …«, setzte Malcolm an.

»Ich schlafe nicht, Mutter.«

Mrs Evans drehte sich um. Malcolm und Bill sahen an ihr vorbei. Violet kam mit dem Baby auf dem Arm die Treppe herunter. Ihr Gesicht war blass, aber noch immer hübsch. Sie trug ein weites, geblümtes Kleid mit einer Knopfreihe vorn, und Malcolm fragte sich, ob sie das Baby gestillt hatte, als sie geklingelt hatten. Bei dem Gedanken an all das üppige, sinnlose Fleisch wurde ihm beinahe übel vor Verlangen.

»Violet«, sagte er. »Wie geht es Ihnen?«

»Gut, vielen Dank, Mr Malcolm.« Ihr Blick wanderte von ihm zu Bill. »Es ist sehr freundlich von Ihnen, sich die Mühe zu machen, den weiten Weg hier herauszukommen.«

Ihre Stimme hatte sich verändert, dachte Malcolm – sie klang dünner, erschöpfter als früher. Und sie brauchte eine neue Dauerwelle. Das feine blonde Haar fiel strähnig über ihre Wangen, ganz und gar nicht wie ihr üblicher goldener Helm.

»Sie kommen wohl besser herein«, sagte Mrs Evans. Sie öffnete die Tür rechter Hand in der Diele. »Wollen wir uns ins Wohnzimmer setzen?«

Das Baby nicht mitgezählt, waren sie nur zu viert im Wohnzimmer, doch es genügte, um den Raum überfüllt wirken zu lassen. Das Fenster bot einen Blick auf die Bauschuttwüste vor dem Haus. Zwei abgewetzte Sessel, ein kleiner Beistelltisch und ein Sofa, das anscheinend mit Verdunklungsstoff bezogen war, drängten sich auf einem ausgefransten Teppich. Der Putz war noch nicht überstrichen. Doch die Gardinen waren bunt und neu, und auf der Fensterbank stand ein üppiges Alpenveilchen.

»Bitte nehmen Sie Platz«, sagte Mrs Evans. »Wir sind gerade erst eingezogen, wie Sie sehen können, daher hatten wir noch keine Zeit, alles herzurichten.«

»Es ist ein bezauberndes Haus«, plapperte Malcolm munter drauflos; seine Anspannung wurde von der Erleichterung verdrängt, dass Violet die Nachricht offenbar noch nicht gehört hatte. »Und sehr hübsch gelegen, so am Stadtrand. Vom Garten aus müssen Sie die Felder und Wiesen sehen können.«

Mrs Evans nickte, ihr Gesicht plötzlich gerötet vor Begeisterung. »Wenn der Garten erst einmal fertig ist, wird es wunderschön sein. Fast so, als würde man auf dem Lande leben.« Während sie sprach, wurden ihre Vokale kaum merklich breiter, und ihre Züge entspannten sich kurz.

»Oh, ehe ich es vergesse«, fuhr Malcolm fort, »dies ist mein Freund Bill Pembridge.«

»Freut mich«, sagte er.

Argwohn kehrte auf Mrs Evans Gesicht zurück, und sie schien seine ausgestreckte Hand nicht zu sehen. »Nett, Sie kennen zu lernen.«

»Und das ist also das Baby«, sagte Malcolm und kam sich vor wie der Kurat in einer Aldwych-Farce. »Ganz in Rosa, also nehme ich an, dass es ein Mädchen ist. Wie heißt sie denn?«

»Grace«, sagte Violet und sah zu Bill hinüber, der das Baby anstarrte, als käme es vom Mars.

»Ich will nicht lange um den heißen Brei herumreden«, erklärte Malcolm. »Mein Vater sieht sich möglicherweise gezwungen, Ihre Stelle schon bald auszuschreiben, Violet. Wir hatten ein oder zwei Vertretungen, aber es hat nicht funktioniert.« Er sah, wie ihr Gesicht einen gequälten Ausdruck annahm. Das Baby auf ihrem Arm wimmerte. »Wenn die Entscheidung bei mir läge, hätte ich natürlich viel lieber Sie zurück. Aber jetzt, wo Sie familiäre Verpflichtungen haben, müssen wir realistisch sein.«

*Armes Ding, verfluchtes armes Ding.*

»Es besteht durchaus die Möglichkeit, dass Violet bezüglich des Babys andere Arrangements treffen könnte«, sagte Mrs Evans. »Meinen Sie, dass Ihr Vater sich vielleicht im Stande sehen würde … na ja, ihre Stelle bis dahin offen zu halten?«

»Das ist schwer zu sagen. Ich werde mit ihm reden.«

»Er schien mit Violets Arbeit immer zufrieden zu sein.«

»Das waren wir alle. Aber er ist sehr bestürzt, muss ich gestehen.«

»Das ist verständlich«, sagte Mrs Evans. »Und da ist er nicht der Einzige.«

»Ich werde versuchen, ihn zu überreden, nichts zu überstürzen.« Malcolm lächelte Violet an. »Sie fehlen uns im Büro. Aber ich hielt es für das Beste, Ihnen zu erklären, wie die Dinge stehen.«

»Das war sehr freundlich«, sagte Mrs Evans. »Findest du nicht auch, Violet?«

Das Baby hörte auf zu wimmern und begann zu heulen. Violet rutschte mit ihrem Hintern an die Sesselkante und stand auf. Malcolm warf ihr einen schuldbewussten Blick zu, halb hoffend, halb fürchtend, dass die Bewegung einen flüchtigen Blick auf jenen wunderbaren Körper erlauben würde.

»Grace hat Hunger«, verkündete Violet. »Ich gehe nach oben, um sie zu füttern.«

Mrs Evans setzte an, etwas zu sagen, hielt jedoch inne. Violet ging zur Tür, ohne ihre Mutter eines Blickes zu würdigen. Malcolm dachte bei sich, dass Mrs Evans eine bessere Chance hatte, eine Auseinandersetzung mit einem Erdbeben zu gewinnen. Sie sahen alle drei zu, wie Violet das Zimmer verließ, und lauschten dann Grace' schrillem Geschrei und Violets langsamen, schweren Schritten, die die Treppe erklommen.

Wenn sie jetzt schon so war, ging es Malcolm durch den Sinn, wie würde sie dann sein, wenn sie die Nachricht hörte?

## 11

Momentan genoss Bernie Broadbent das Autofahren. Er fuhr zum Mittagessen nach Elmbury, teils, um sich von dieser Geschichte mit dem Ertränker abzulenken, teils, weil er der Crossways-Autowerkstatt einen unangemeldeten Besuch abstatten wollte, und hauptsächlich, weil er den Wagen ausprobieren wollte.

Er hatte letzte Woche einen neuen Riley der RM-Serie ausgeliefert bekommen, den RMF mit dem 2,5-Liter-Motor. Sie behaupteten, er käme in knapp 17 Sekunden von Null auf 60 Meilen pro Stunde. Bernie mochte Maschinen, die funktionierten, er mochte Besitztümer, die neu und teuer aussahen, und er empfand eine nostalgische Liebe zu dem etwas altmodischen Design des Riley. Die lange, schlanke Motorhaube und der elegante Schwung der Trittbretter, die an die vorderen Kotflügel anschlossen, erinnerte ihn an die Wagen, von denen er vor zwanzig Jahren nur hatte träumen können.

Die Crossways-Werkstatt lag ein Stück außerhalb der Stadt. Der Besitzer hoffte, sich vom Erlös des Verkaufs zur Ruhe setzen zu können. Bernie erwog, in der Gegend eine Kette von Autowerkstätten aufzubauen. Er war der festen Überzeugung, dass der Straßenverkehr im Laufe der nächsten paar Jahre beachtlich anwachsen würde, und da die Wartung der Fahrzeuge ein so hoher Kostenfaktor bei vielen seiner anderen Unternehmen war, hätte es darüber hinaus etliche direkte und praktische Vorteile.

Sein Eindruck von der Crossways-Werkstatt war durchweg positiv – ein gutes Team von Mechanikern, die sechs Tage die Woche arbeiteten, ohne offensichtliche Anzeichen von Schlendrian. Die Lage war gut, und wenn er auch noch die dahinter liegende Weide dazukaufen konnte, gäbe es jede Menge Platz für eine Expansion. Der Besitzer war persönlich anwesend, ebenfalls ein gutes Zeichen. Unter anderem war der Mann ein Anteilseigner von Thorogood and Nephew, und als Bernie eine lobende Bemerkung über das Bier machte, das er ihm letzten Monat mitgegeben hatte, bestand er darauf, eine weitere Kiste IPA in den Kofferraum des Riley zu stellen. Alles äußerst zufrieden stellend, dachte Bernie bei sich, ein Mann, mit dem man Geschäfte machen konnte.

Er machte sich bester Laune auf die Rückfahrt nach Lydmouth und kostete schwärmerisch die Pferdestärken des Riley aus. Auf dem Weg hielt er am Golden Fox an, um ein Sandwich zu essen. Als er auf den Parkplatz des Gasthauses fuhr, sah er den jungen Pembridge und seinen Freund Malcolm Sedbury in einem betagten MG davonfahren.

Als er Lydmouth erreichte, fuhr er zum George V.-Sportplatz bei den Schrebergärten, dem Heimplatz des Lydmouth-Cricket-Clubs. Er parkte den Riley neben einer Hand voll anderer Wagen zwischen dem Spielfeld und dem Fluss. Weiß gekleidete Gestalten bewegten sich mit schlafwandlerischer Feierlichkeit über den Rasen. Weidenholz traf krachend auf Leder, und ein rotes Geschoss sauste zwischen zwei Fängern hindurch und rollte über die Spielfeldgrenze. Vom Pavillon erscholl verhaltener Applaus.

Ted Evans, in den Handschuhen und der gepolsterten Panzerung des Wicket-Keeper, stand hinter dem Schlagmann und schüttelte traurig den Kopf. Lydmouth spielte gegen Ashbridge, und die Gastmannschaft hatte entschieden, als Erste an den Schlag zu gehen. Bernie warf einen Blick auf die Anzeigetafel. Eine neue Ziffer rastete klickend ein, bestätigte die gerade erspielten vier Punkte. Bislang war es Lydmouth noch nicht gelungen, auch nur einen Schlagmann »aus« zu werfen, und die beiden Schlagmänner auf dem Feld, die das Spiel für die Gastmannschaft eröffnet hatten, hatten bereits 47 Punkte eingeheimst.

»Bernie, alter Knabe!«

Er drehte sich um. Ray Williamson, mit seinem Jagdstuhl in der Hand, kam ihm torkelnd auf dem Weg neben den Schrebergärten entgegen. Nach seinem Gang und seinem roten Gesicht zu urteilen, hatte er sich im Ferryman's Inn eine Erfrischung genehmigt. Bernie hielt ihm die Pforte auf, und die beiden Männer gingen langsam an der Spielfeldgrenze entlang zum Pavillon.

»Läuft nicht sonderlich gut für uns, was?«, bemerkte Williamson. »Schade, dass wir das Los nicht gewonnen haben und Lydmouth zuerst an den Schlag gehen konnte. Zehn zu eins, dass der Ashbridge-Captain erkannt hat, dass wir heute schwach werfen würden.«

»Wieso das?«

»Der kleine Pembridge musste absagen. Es würde anders laufen, wenn sie seine Bomben parieren müssten.«

Sie hatten jetzt den Pavillon erreicht. Die Anschreiber für den Spielstand hockten auf der Veranda. Ein unregelmäßiger Halbkreis aus Liegestühlen, Jagdstühlen und Picknickdecken erstreckte sich vor dem Pavillon und weiter an der Spielfeldgrenze entlang. Gerald Pembridge und Cyril George saßen ein Stück weiter hinten im Schatten einer Ulme. Gerald winkte Bernie und Williamson heran.

»Es läuft nicht sonderlich gut, fürchte ich«, sagte Gerald.

George schmunzelte und nickte. »Gerald hat Recht.« Cyril George gehörte die größte Baufirma in der Gegend, und er machte es sich gemeinhin zur Pflicht, Gerald Pembridge zuzustimmen, denn Gerald war der Vorsitzende des Baurats der Grafschaft.

»Uns fehlt Bill«, sagte Bernie.

»Hat gesagt, er hätte Kopfschmerzen.« Gerald schmunzelte. »Hätte mich nicht vom Spielen abgehalten, als ich in seinem Alter war. Aber daran allein liegt es nicht. Unsere Fänger bekleckern sich auch nicht gerade mit Ruhm. Ted

Evans ist nicht in Form. Hat am Ende des dritten Overs einen kinderleichten Ball durchgehen lassen.«

»Dann werden wir heute Abend also wohl eher unseren Kummer ertränken, statt zu feiern«, bemerkte Williamson.

»Das müsst ihr ohne mich machen, fürchte ich«, erklärte Gerald eilig. »Es ist einer meiner Samstage.«

»Samstage?« Williamson sah Gerald mit großen blauen Augen an. »Was machst du denn an deinen Samstagen?«

»Unser Tanzabend«, erinnerte Gerald ihn. »Darf meine Jungs und Mädels nicht enttäuschen.«

»Sehr gemeinsinnig von dir«, feixte Bernie.

Gerald lächelte und strich mit einer anmutigen Bewegung seiner Finger sein Haar glatt. »Wir leisten alle unseren kleinen Beitrag, stimmt's?«

»Komm doch nachher mit Edna auf einen Drink vorbei«, schlug Cyril George vor. »Die Sedburys kommen zum Abendessen, die werden also auch da sein.«

Bernie sah einem Mann nach, der mit einer Teetasse in der Hand vorbeiging. »Wie's aussieht, schenken sie drinnen Tee aus. Ich könnte eine Tasse vertragen.«

»Ich auch«, pflichtete Williamson bei.

Er und Bernie verabschiedeten sich von den anderen und gingen zur Tür an der Seite des Pavillons. Der Spielstand war inzwischen auf 56 angestiegen, und es waren immer noch keine Schlagmänner aus.

»Ich nehme nicht an, dass es bei dir irgendwelche Neuigkeiten gibt?«, sagte Bernie leise.

»Nichts Konkretes.« Williamson holte eine Pfeife aus der Brusttasche seines Jacketts und spähte in den Kopf. »Aber ich hab dafür gesorgt, dass das richtige Wort an die richtigen Ohren kommt. Ich hab mein Auge darauf, was vor sich geht, mach dir keine Sorgen.«

»Bestens.«

»Gerald scheint recht gelassen.«

»Gibt ja auch keinen Grund, weshalb er es nicht sein sollte«, sagte Bernie. »Oder?«

Sie gingen in den Pavillon. Williamson verschwand auf die Toilette. Bernie holte sich eine Tasse Tee und schlenderte auf die Veranda hinaus. Die Spielstand-Anschreiber saßen in ihrer eigenen Welt versunken am seitlichen Ende. Abgesehen von ihnen waren nur Vorstandsmitglieder des Lydmouth-Cricket-Clubs auf der Veranda geduldet, während ein Spiel im Gange war. Bernie fand, dass er im Moment genug von Williamsons Gesellschaft hatte, und Williamson gehörte nicht zum Vorstand.

Plötzlich brach Applaus aus. Der Lydmouth-Schiedsrichter hob seinen Finger. Einer der Schlagmänner klemmte sich sein Schlagholz unter den Arm und ging mit gesenktem Haupt zurück zum Pavillon.

»Nun, das ist schon mal ein Anfang«, bemerkte Bernie zu Robert Sedbury, der mit einer Pfeife im Mund am Geländer lehnte. »Ich dachte schon, er und sein Schlagpartner würden einen Durchmarsch machen.«

Sedbury lächelte. »Bisher war's einfach nicht unser Nachmittag, was? Liegt weniger daran, dass die so gut spielen, sondern dass wir so schlecht spielen.«

»Wenn wir doch nur Bill Pembridge hätten.«

»Ganz genau.« Sedbury wandte sich um und sah Bernie an. »Nebenbei bemerkt, ich habe mit Wilfred Shipston geredet. Ich hab ihm dein Angebot unterbreitet, natürlich vorbehaltlich einer Gebäudeprüfung und so weiter. Er hat akzeptiert.«

»Freut mich zu hören. Ich würde gern alles so schnell wie möglich regeln.«

»Du willst den Thornhills die gute Nachricht persönlich überbringen, vermute ich?«

Bernie grinste und zeigte dabei kräftige gelbe Zähne. »Das wird mir ein großes Vergnügen sein.«

# 12

»Dort oben, Liebes. Siehst du ihn? Das ist der Ertränker.«

Charlotte Wemyss-Brown streckte ihre beringte Hand aus und zeigte auf einen der Pfeiler, die den Bogen trugen. Jill folgte ihrem Finger mit den Augen. Sie waren im südlichen Vestibül der St.-John-Kirche. Oben an dem Pfeiler befand sich ein Kapitell mit gemeißelten Weinranken als Sockel für den Bogen.

»Das Vestibül ist frühe Spätgotik, aber der Bogengang ist bedeutend älter. Erste Hälfte des dreizehnten Jahrhunderts, wenn nicht früher. Man muss sich ein bisschen seitwärts stellen und nach oben schauen. Wer immer das Kapitell gemeißelt hat, wollte den Ertränker nicht zu offensichtlich in den Vordergrund stellen.«

Jill reckte den Hals und spähte zu den steinernen Weinranken hinauf. Zuerst sah sie nichts außer Blättern und Stielen. Dann veränderte sie ihre Position etwas, und plötzlich sah sie das Gesicht des Ertränkers. Von vorn betrachtet, sah er wie ein Fisch aus. Sein Kopf hatte etwa die Größe eines Eis und etwa die gleiche Form im Querschnitt und erinnerte an einen Karpfen. Er hatte ein kleines Maul und starrende Augen und etwas, das wie Kiemendeckel anmutete, zu beiden Seiten. Doch er war nicht nur ein Fisch. Dem anonymen Bildhauer war es gelungen, dem Gesicht etwas Menschliches zu geben, eine Andeutung von Bewusstsein, von Bösartigkeit.

»Ist das nicht ziemlich seltsam – so etwas in einem Kirchenvestibül?«

»So was ist überraschend häufig, meine Liebe. Diese heidnischen Überbleibsel finden sich in mittelalterlichen Kirchen überall im Land. Die bekannteste Figur ist der ›Grüne Mann‹. Ich vermute, der Ertränker ist eine Art

Fischvariante davon. Ursprünglich war er wahrscheinlich eine römisch-keltische Gottheit, irgendein Wassergott, aber im frühen Mittelalter scheint er irgendwie mit einem walisischen Heiligen namens Druoc verschmolzen zu sein.«

Jill streckte die Hand aus und berührte das kleine Steingesicht. Sie erschauerte.

»Ich vermute, du bist nicht die Erste, die das getan hat«, sagte Charlotte.

»Ihn anfassen oder schaudern?«

»Beides. Der Legende nach ist er halb Mann, halb Fisch – eine hiesige Version eines Öcks, vermute ich. Er haust im Lyd, und wenn es ihn überkommt, zieht er Frauen und Kinder in die Tiefe und treibt seine Schändlichkeiten mit ihnen.«

»Und wenn er genug hat«, fuhr Jill gedehnt fort, »lässt er sie wieder an die Oberfläche treiben. Aber dann sind sie natürlich bereits ertrunken. Ich erinnere mich jetzt. Die Geschichte wird im Kirchenführer erwähnt.« Sie lächelte Charlotte an. »Er ist sehr ausführlich.«

Wenn Charlotte zur Affektiertheit geneigt hätte, dann hätte sie jetzt affektiert gelächelt. »Klein, aber mein«, murmelte sie.

»Und jetzt sagen die Leute also, der Ertränker hätte Mattie Harris geholt?«

»Die Leute in dieser Gegend sind sehr abergläubisch. Wenn es sie überkommt. Besonders die älteren. Die meiste Zeit werden Dinge wie der Ertränker als Witz betrachtet. Doch dann, wenn jemand ertrinkt, ist der Witz mit einem Mal gar nicht mehr komisch. Und sie fangen an, sich zu fragen, ob vielleicht doch etwas an der Legende dran ist.«

»Warum Mattie, frage ich mich?«

»Das arme Ding ist einfach ins Wasser gefallen. Ich frage mich nur, ob es schon jemand Violet Evans erzählt hat?«

»Wem?«

»Violet Evans. Sie hat bis vor kurzem bei Sedbury gearbeitet. Ein ziemlich fülliges Mädchen, aber eine Seele von Mensch. Wunderhübsches Gesicht. Sie war eine Weile in meiner Pfadfindertruppe. Stammt aus einer anständigen, fleißigen Familie. Sie und Mattie Harris waren unzertrennlich, obwohl ich immer fand, dass Mattie einen schlechten Einfluss auf sie hatte.« Charlotte senkte ihre Stimme. »Violet musste sehr überstürzt bei Sedbury aufhören. Wie sich herausstellte, war sie schon im achten Monat schwanger.«

»Das muss doch schon vorher jemandem aufgefallen sein?«

»Offensichtlich nicht. Wenn jemand etwas bemerkt hat, dann haben sie sich gedacht, dass Violet nur noch etwas mehr zugenommen hätte. Kam für alle völlig überraschend, sogar für ihre eigene Familie.« Dann fügte sie mit einem Hauch von Herablassung, als Mutter, die mit einer kinderlosen Frau sprach, hinzu: »Das kann durchaus passieren – besonders wenn es ein sehr kleines Baby ist.«

»Was werden sie jetzt tun?«

»Ach, die kommen schon zurecht. Irgendwie findet sich immer ein Weg. Wir sehen ihre Mutter, Mrs Evans, gelegentlich in der Kirche. Ich habe gehört, sie haben vor, das Baby zur Adoption freizugeben. Ist wahrscheinlich das Beste für alle Beteiligten. Würdest du da nicht zustimmen?«

»Ich weiß nicht.«

»Es ist ein Jammer, die Familie bemüht sich so sehr, und sie sind sehr respektabel. Violets Vaters war der Küster von St. John, als ich noch klein war. Sie haben gerade ein neues Haus im Broadwell Crescent gekauft. Schon komisch, wie die Dinge sich verändert haben.« Charlotte lachte, aber ohne Heiterkeit. »Wie dem auch sei, Liebes, warum interessiert dich das alles so?«

»Reine Neugier.«

»Du hast Urlaub. Wir können nicht zulassen, dass du bei

der ersten Andeutung einer Story wieder an die Arbeit stürzt.«

»Keine Sorge.«

Die beiden Frauen verließen das Vestibül und schlenderten um das westliche Ende der Kirche herum und weiter zur Pforte. Charlottes Rover parkte vor dem Church Cottage. Sie war auf dem Weg zu einer Komiteesitzung in Clearland Court gewesen und hatte einen Zwischenstopp eingelegt, um Jill den Ertränker zu zeigen. Sie stieg in den Wagen und kurbelte das Fenster herunter.

»Du kommst doch zurecht, oder nicht?«

»Warum sollte ich nicht?«

»Kein bestimmter Grund – es ist nur so, dass die Dinge manchmal recht schwierig werden können. Für eine allein stehende Frau, meine ich.« Charlotte ließ den Motor an und rammte den Schaltknüppel in den ersten Gang. »Besonders in einem Ort wie Lydmouth. In mancher Hinsicht ist es natürlich viel einfacher, wenn man in der Großstadt lebt. Der Vorteil von London ist, dass einen so wenige Leute kennen.«

Sie lächelte und gab Gas. Der Rover machte einen Satz vom Bordstein weg. An der Kreuzung zur High Street bremste der Wagen kaum ab, ehe er nach rechts abbog, ein Manöver, das vom wütenden Getöse mehrerer Autohupen begleitet wurde. Charlotte war eine ausgezeichnete Autofahrerin, aber keine sonderlich rücksichtsvolle.

Jill zuckte mit den Achseln und verspürte plötzlich den überwältigenden Drang, Lydmouth und den neugierigen Blicken und lauschenden Ohren all der Leute, die einen kannten, zu entfliehen. Sie würde nach Eastbury zurückkehren, zu dem leeren Cottage, der wunderschönen Aussicht und dem *Pfarrer von Bullhampton.*

Sie stellte eine Tasche mit ein paar weiteren Kleidungsstücken zu den Einkäufen, die sie bereits im Wagen verstaut hatte. Aus einer Laune heraus holte sie noch ein blaues Seidenkleid aus dem Schrank, das viel zu fein für die freudlose Urwüchsigkeit von Walnut Tree Cottage war, besonders wenn es niemand außer ihr sehen würde. Sie verabschiedete sich von Alice und den Kätzchen, die sie völlig ignorierten.

Sobald sie im Wagen saß, änderte sie jedoch ihre Pläne. Aus einem Impuls heraus fuhr sie die Chepstow Road entlang und bog nach rechts in den Broadwell Drive. Sie war schon seit einiger Zeit nicht mehr hier gewesen, und in ihrer Erinnerung war das Grüppchen der im Rohbau befindlichen neuen Häuser am Ende der Straße noch immer eine grüne Wiese mit ein paar Kühen darauf. Das einzige fertige Haus war das an der Ecke.

Sie wäre an diesem Punkt weitergefahren, ihre Neugier befriedigt, hätte da nicht ein Kinderwagen auf dem Weg neben der Gartenpforte in der Sonne gestanden. Es war ein riesiges Ding, vielleicht 30 Jahre alt, in Lila und Gold lackiert und mit der Art von Federung, die Jill mit den Staatskarossen bei der Eröffnung des Parlaments assoziierte. Jill spürte einen Stich in ihrem Innern, halb Furcht, halb blanker Neid.

*Wie ist es, ein Baby zu haben?*

Dann begann der Kinderwagen zu heulen.

Zwei Dinge geschahen gleichzeitig. Jill stieg aus dem Auto und trat zu der Pforte, getrieben von einem Drang zu trösten, der ebenso alt war wie die Menschheit. Die Haustür ging auf. Eine dicke junge Frau kam so eilig den Weg entlanggelaufen, dass die strähnigen goldenen Locken um ihr Gesicht hüpften. Sie nahm das Baby hoch, das augenblicklich verstummte. Erst dann sah sie Jill an.

»Ist sie nicht allerliebst?«, meinte Jill und betrachtete das winzige Gesicht, das sich, eingerahmt von einem Sonnenhütchen, an die Brust seiner Mutter schmiegte. »In dem Alter sind sie so zart, so perfekt.«

»Ja.« Die Frau nickte, als wolle sie bestätigen, dass »perfekt« tatsächlich das einzig angemessene Attribut für ihre Tochter war. Sie drehte sich ein wenig, damit Jill einen besseren Blick auf das Baby werfen konnte.

»Wie alt ist sie? Sie ist doch ein Mädchen, oder nicht?«

Die Frau nickte. »Fast drei Wochen.«

»Wie heißt sie?«

»Grace.«

»Das ist ein wunderschöner Name«, sagte Jill. »Und ich bin sicher, sie wird ihm auch gerecht werden.«

Die Frau konnte nur Violet Evans sein. Sie war attraktiv, obgleich ihr Gesicht von Sorge gezeichnet und ihre Lider von Müdigkeit oder vom Weinen verquollen waren. Sie musste von Mattie gehört haben.

»Ich habe sie nach einer Freundin von mir genannt. Na ja, genauer gesagt, es ist ihr zweiter Vorname.«

»Meinen Sie zufällig Mattie Harris?«

Die Worte waren noch nicht ganz ausgesprochen, da wünschte Jill sich schon, sie könnte sie zurücknehmen. Das Baby brachte sie durcheinander, trübte ihren klaren Verstand.

Violet sah sie verblüfft an. »Woher wissen Sie das?«

»Ich hab nur geraten.«

»Kennen Sie Mattie?«

»Nein.« Jill sah auf ihre Uhr. »Ich muss weiter.«

»Haben Sie irgendetwas von ihr gehört?«, fragte Violet schrill. »Warum sind Sie hier?«

Um alles noch schlimmer zu machen, war das Mädchen nicht auf den Kopf gefallen. Und sie hatte offenbar noch nicht gehört, was passiert war. Jill traf eilig eine Entscheidung.

»Hören Sie, ich fürchte, ich habe schlechte Nachrichten für Sie. Mein Name ist übrigens Jill Francis, und ich arbeite für die *Lydmouth Gazette.*« Jill sah, wie Violets Lippen bebten. »Ich fürchte, ich habe schlechte Nachrichten über Mattie. Ich hatte gedacht, Sie wüssten es bereits. Es tut mir Leid, aber sie ist ertrunken.«

Violets Arm umklammerte Grace. Der Kopf des Babys zuckte, und es begann zu weinen. Augenblicklich lockerte Violet ihren Griff und säuselte beruhigend in das schwarze, federfeine Haar auf Grace' Kopf. Das Weinen verebbte. Als alles wieder still war, legte Violet das Baby sehr behutsam in den Kinderwagen und deckte es zu. Dann drehte sie sich schließlich zu Jill um, die an der Pforte stand und sich wie eine völlige Idiotin vorkam.

»Es tut mir so Leid«, wiederholte Jill. »Ich bin nicht deswegen hergekommen. Um genau zu sein, ich wollte überhaupt nicht mit Ihnen sprechen. Aber dann fing das Baby an zu weinen und – nun, da bin ich zu ihr gegangen.«

Violet legte eine Hand auf den Pfosten der Pforte und studierte Jills Gesicht, so als enthielte es ein Rätsel, das sie lösen wollte. »Was ist passiert – wann?«

»Soweit ich gehört habe, wurde ihre Leiche gestern Abend in der Nähe der New Bridge im Fluss gefunden.«

»Sie konnte nicht schwimmen. Hat immer darüber gelacht und gesagt, wenn man sie ins Wasser werfen würde, würde sie wie ein Stein versinken. Um ehrlich zu sein, ich glaube, sie hatte ein bisschen Angst. Schon komisch, sich vorzustellen, dass Mattie Angst hatte. Ist sie hineingefallen?«

»Das weiß noch niemand mit Gewissheit. Aber sie werden es herausfinden.«

»Das erklärt es.«

»Erklärt was?«

»Warum – warum sie gestern nicht gekommen ist. Wir waren für gestern Abend verabredet. Sie wollte Grace sehen. Ich wollte sie bitten, Graces Patentante zu werden. Heute Morgen bin ich zum Gardenia gegangen. Myra, die andere Serviererin, hat gesagt, sie wäre einfach nicht zur Arbeit gekommen. Meinen Sie, sie wusste Bescheid, dass sie wusste, dass Mattie tot war?«

»Ich bin sicher, sie hätte es Ihnen gesagt, wenn sie es gewusst hätte. Die Nachricht hatte sich vermutlich noch nicht bis zu ihr herumgesprochen.«

Violet rieb sich die Augen. »Es ist schrecklich, alles ist so schrecklich.«

»Haben Sie sich nahe gestanden?«

»Sie war meine beste Freundin. Wir haben uns kennen gelernt, als wir vier waren, am ersten Schultag. Sie ist zu mir gekommen und hat gefragt, ob ich ihre Freundin sein wollte. Und ich hab Ja gesagt, also war ich es. Und seither sind wir Freundinnen geblieben, sogar, als sie mit Gary fortgegangen ist. Und dann ist sie wieder nach Lydmouth zurückgekommen, und alles war wieder wie früher. Wir waren Freundinnen.«

Während sie sprach, wurde Violets Stimme immer lauter. Die Worte brachen aus ihr heraus, ebenso wie die Tränen.

»Es tut mir Leid«, sagte Jill und fühlte schmerzlich die Nutzlosigkeit ihres Beileids.

»Ich kann nicht – ich kann nicht glauben, dass ich sie nie wieder lachen hören werde. Sie hat immer gesagt, ich wäre die Große mit dem kleinen Lachen, und bei ihr wär's genau andersherum. Wenn man sie lachen hörte, hätte man denken können, sie wäre zwei Meter groß. Sie hat über alles gelacht.«

»Vielleicht sollten Sie sich besser hinsetzen, eine Tasse Tee trinken«, schlug Jill vor.

»Wenn sie nicht mehr da ist, dann ändert das alles.«

»Gibt es irgendetwas, was ich tun kann?«

»Nein.« Violet blickte auf. »Außer mir zu sagen, was ich jetzt machen soll.«

Sie schüttelte den Kopf, ein Eingeständnis der Sinnlosigkeit dessen, was sie gesagt hatte. Dann nickte sie Jill zu, schniefte, drehte den Kinderwagen um und schob ihn den Weg hinauf zum Haus. Jill blieb an der Pforte stehen und schaute zu, wie Violet Grace aus dem Kinderwagen hob und sie ins Haus trug. Als Violet die Haustür schloss, hob sie die Hand und winkte halbherzig.

Jill ging zum Wagen zurück und setzte sich hinter das Lenkrad. Sie fragte sich, wieso und in welcher Hinsicht Matties Tod alles verändert hatte. Sie dachte an Mattie, eine kleine Frau mit einem großen Lachen. Doch hauptsächlich dachte sie an Grace, an die weiche, makellose Haut, die runden Wangen, die gerade kleine Nase, die unerträglich zarte Hand mit den Nägeln, die wie winzige Perlen anmuteten.

Jills Hände lagen in ihrem Schoß. Sie hoben sich aus eigenem Antrieb und legten sich, die Handflächen nach unten, auf ihren Bauch. Drei Worte kristallisierten sich aus ihren Gedanken heraus, und sie hörte, wie sie sie laut aussprach, mit kalter, klarer Stimme, die so unvertraut klang wie die einer Fremden.

»Was wäre wenn? Was wäre wenn?«

## 13

Die Hitze und die Luftfeuchtigkeit nahmen im Laufe des Nachmittags beständig zu. Thornhill nahm WPC Joan Ailsmore mit nach Eastbury. Er fand auf typisch feige männliche Art, Frauen könnten Emotionen besser handhaben als Männer. Ailsmore mitzunehmen würde ihn in diesem Punkt der Verantwortung entheben. Und dann war da auch die Tatsache, das Joan sich in den wenigen Monaten, die sie jetzt in Lydmouth war, als scharfsichtige, kompetente Beamtin erwiesen hatte, und Thornhill begann, sich zu fragen, ob er sie nicht auf Dauer in den CID holen sollte.

Die Fahrt nach Eastbury erfüllte ihn mit Unbehagen. Es kam ihm wie ein unheilvoller Zufall vor, dass Mattie Harris' Eltern und Walnut Tree Cottage im selben Dorf waren. Er musste heute Morgen auf dem Weg nach Lydmouth, als er den wohlig-begehrenswerten Anblick von Jill Francis in ihrem Morgenmantel hinter sich zurückgelassen hatte, um zu der bedrückenden Zurschaustellung von Mattie Harris in der Leichenhalle zu eilen, am Cottage der Harris' vorbeigefahren sein.

»Da ist es, Sir«, sagte WPC Ailsmore und zeigte aus dem Beifahrerfenster. »Lower Slade.«

Thornhill bremste und setzte mit dem kleinen Austin zur Pforte zurück. Der Name des Cottages zog sich in ungelenken weißen Lettern über den abblätternden blaugrünen Anstrich. Die beiden Polizisten stiegen aus. Das Haus stand am Fuß des Eastbury Hill, und der lange Vorgarten erstreckte sich an der Hauptstraße entlang. Thornhill hob den Kopf und spähte über das Haus hinweg. Er war fast sicher, dass Walnut Tree Cottage eines der Dächer nahe der Hügelkuppe war. Er fragte sich, ob Jill dort war, auf ihn wartete. Der Gedanke an sie lenkte ihn von seinen Pflichten ab.

Mit unnötiger Gewalt stieß er die Pforte auf. Sie gingen langsam den Aschenweg zu der halb verglasten Haustür hinauf. Abgesehen von einem kleinen Areal neben dem Haus war der größte Teil des Gartens Obst und Gemüse gewidmet. Ausgetrocknete Erde, sprießendes Unkraut und abgestorbene Blätter erzählten ihre eigene Geschichte: ein gepflegter und ertragreicher Garten verwilderte langsam.

Das Haus selbst war ansprechend, zumindest auf den ersten Blick. Es war lang und niedrig, mit kleinen Fenstern. Irgendwann in seinem Leben war es einmal blau getüncht gewesen, doch die Farbe war jetzt zu einem blassen Blaugrau ausgeblichen. Flechten überzogen die steinernen Dachpfannen, und das Dach sackte unter dem Gewicht der

Schindeln durch. Der hohe Schornstein musste dringend neu verfugt werden.

Joan klopfte an die Tür. Sie warteten, dann klopfte sie abermals. Schließlich sahen sie durch die Scheibe, wie ein kleiner, gebeugter Mann mit einem Stock durch die schummrige Diele auf sie zugeschlurft kam. Er öffnete mühsam die Tür und spähte mit feuchten, milchig-braunen Augen zu ihnen empor.

»Guten Tag, Sir. Ich bin Detective Inspector Thornhill aus Lydmouth. Dies ist meine Kollegin, WPC Ailsmore. Sind Sie Mr Harris?«

»Ja. Ja, das bin ich.«

»Dürften wir wohl reinkommen, Sir? Wir müssen mit Ihnen reden.«

Der alte Mann runzelte verwirrt die Stirn, trat jedoch zurück und hielt die Tür auf. »Mutter ist in der Küche. Wir gehen besser da rein, wenn's Ihnen nichts ausmacht.«

Er schlurfte über den Fliesenboden. Thornhill und Joan wechselten Blicke und folgten ihm. Das Haus roch nach Feuchtigkeit und Kohl, unterlegt von anderen, weniger angenehmen Gerüchen. Zu beiden Seiten der Diele gingen Zimmer ab, denen die kleinen Fenster und halb zugezogene Vorhänge fast jedes Licht raubten. Mr Harris führte sie durch eine Tür im hinteren Teil des Hauses. Die Küche war ein heißer, stickiger Raum mit einem Ofenherd an einem Ende. Eine alte Frau saß daneben in einem Schaukelstuhl.

»Zwei Polizisten sind uns besuchen gekommen, Mutter«, sagte Mr Harris mit lauter Stimme. »Ist das nicht nett?«

Die alte Frau blickte auf. Sie war klein und sah aus wie ein Äffchen, wie sie so vornübergebeugt mit einer Zeitung auf dem Schoß dasaß. Sie hatte die Statur eines zehnjährigen Kindes, dachte Thornhill bei sich, doch in jungen Jahren musste sie ähnlich gebaut gewesen sein wie ihre Tochter.

»Ich fürchte, wir haben schlechte Nachrichten«, sagte Thornhill und wünschte, er wäre irgendwo anders, wünschte, er könnte diesen Teil Joan Ailsmore überlassen. »Es geht um Ihre Tochter.«

»Mattie?« Der alte Mann trat zu seiner Frau und stellte sich hinter ihren Schaukelstuhl. Er legte eine Hand auf ihre Schulter, und sie hob ihre pfotengleiche Hand und legte sie auf die seine. »Ist sie tot?«

»Ich fürchte ja. Es tut uns sehr Leid.«

Es herrschte Schweigen. Der alte Mann kratzte sich mit der freien Hand am Kinn. Koks knackte im Ofen. Thornhill lauschte Joans Atem, der so laut war, dass er sich fragte, ob sie eine Erkältung hatte. Da er nicht auf die Trauer der Harris' starren wollte, ließ er stattdessen seinen Blick durch die Küche schweifen. Ein Kalender mit einem Bild von der Salisbury-Kathedrale. Ein halbes Dutzend Bartnelken ragten aus einem Marmeladenglas auf der Fensterbank. Auf einem Ende der Küchenanrichte lag ein Stapel Leihbücher. Durch eine offene Tür war die Spülküche zu sehen, an deren Wand eine Blechwanne hing. Nach den Kerzen auf dem Kaminsims und den Öllampen auf dem Tisch neben dem Ofenherd und auf der Küchenanrichte zu urteilen, gab es keinen Strom.

Es war die alte Frau, die als Erste sprach: »Wie ist es passiert?«

»Sie wurde im Fluss gefunden. Es ist möglich, dass sie ertrunken ist. Wissen Sie, ob sie schwimmen konnte?«

»Nein. Hat Wasser nie gemocht, nicht mal, als sie ein Baby war.« Die Stimme war so leise, dass er sich vorbeugen und die Ohren spitzen musste, um zu verstehen, was sie sagte. »Mattie hasst Wasser, stimmt's nicht, Joe? Wie eine Katze.«

»Ja, Liebes.« Der alte Mann hob den Kopf und sah Thornhill an. »Wie ist es passiert? Ist sie hineingefallen?«

»Ich fürchte, das wissen wir derzeit noch nicht, Sir. Aber wir werden es herausfinden.«

»Wie sollen wir nur zurechtkommen?«, fragte Mrs Harris unvermittelt mit bedeutend kräftigerer Stimme. »Ich brauche Mattie. Wer wird jetzt meine Füße machen?«

»Mach dir darum jetzt keine Sorgen«, sagte Mr Harris. »Die Polizisten wollen nichts von deinen Füßen hören, Mutter.«

»Sie wurde Freitagabend gefunden«, erklärte Thornhill. »Aber wir haben erst heute Morgen herausgefunden, wer sie war. Möchten Sie, dass ich jemand anderen bitte, sie offiziell zu identifizieren? Einen Verwandten vielleicht?«

Der alte Mann blickte auf. »Ich tue es. Sie ist meine Tochter.« Er zögerte, und seine Gesichtsmuskeln zuckten. »Wann – wann ist sie gestorben?«

»Wir sind nicht sicher. Es könnte Donnerstagabend passiert sein. Waren Sie überrascht, als sie nicht nach Hause kam?«

»Nein. Sie sagte, sie würde tanzen gehen, und wenn sie den letzten Bus verpassen sollte, würde sie bei Violet übernachten.«

»Unsere Mattie tanzt für ihr Leben gern«, sagte Mrs Harris. »Hat sie schon immer getan. Ich erinnere mich, dass Mrs Carnegie, das war ihre erste Lehrerin, einmal gesagt hat, Mattie würde tanzen wie eine kleine Elfe. Niemand sonst in der Klasse konnte …«

»Violet?«, fragte Thornhill dazwischen.

»Violet Evans. Arbeitet bei Sedbury, dem Grundstücksmakler.«

Thornhill nickte, und Joan machte sich eine Notiz.

»So ein liebes Mädel, die Violet«, sagte Mrs Harris. »Ich kenn sie schon, seit sie noch ein kleiner Fratz war, sie und Mattie sind zusammen zur Schule gegangen, als wir in der Mincing Lane gewohnt haben, und ich hab sie nie ein böses

Wort sagen gehört oder ein böses Gesicht machen sehen. Ihre Violet muss an einem Sonntag geboren sein, das hab ich ihrer Mutter gesagt. Mattie wurde an einem Mittwoch geboren.«

Die Affenfratze wurde noch runzliger. Die Pfote klammerte sich fester um Mr Harris' Hand.

»Dann dachten Sie also, sie würde bei Violet übernachten?«, hakte Joan als Antwort auf einen Blick von Thornhill nach. »Hat sie das oft getan?«

»Ein-, zweimal im Monat.« Mr Harris schaute verwirrt drein. »Wenn der Tanzabend länger ging. Oder wenn sie Frühschicht im Gardenia hatte.«

»In dem Café halten sie große Stücke auf sie«, erklärte Mrs Harris. »Da gehen viele feine Leute hin, ins Gardenia.«

»Und Sie haben sich keine Sorgen gemacht, als sie auch gestern Abend nicht nach Hause gekommen ist?«, fuhr Joan fort.

»Eigentlich nicht. Sie hat gesagt, dass sie vielleicht Überstunden machen würde, eine private Feier im Café, und wenn sie länger arbeiten müsste, würde sie bei Violet übernachten.«

Mrs Harris beugte sich vor. »Wir kriegen ein Badezimmer«, verriet sie verschwörerisch. »Unsere Mattie sorgt dafür. Wir kriegen auch elektrisches Licht.«

»Das wollen sie alles gar nicht wissen«, sagte Mr Harris. »Polizisten sind viel beschäftigte Leute. Du darfst ihre Zeit nicht vergeuden.«

»Das ist schon in Ordnung, Mr Harris«, sagte Thornhill. »Sagen Sie, wann haben Sie Mattie das letzte Mal gesehen?«

»Donnerstagmorgen, als sie zur Arbeit ging. Wir haben zusammen gefrühstückt, und dann hat sie Mutter eine Tasse Tee gebracht, kurz bevor sie zum Bus gegangen ist. Sieben Uhr fünfundzwanzig. Da fährt der Bus.« Der alte Mann wandte sich ab und starrte auf die Fensterbank mit den Bartnelken im Marmeladenglas.

»Was hat sie angehabt, Mr Harris?«, fragte Joan.

»Sie hatte ihren braunen Regenmantel an, für den Fall, dass es regnete. Und eine kleine Baskenmütze.« Er drehte sich wieder zu ihnen um, und Thornhill sah Tränen auf seinen Wangen glitzern. »Mrs Browning hat ihr erlaubt, im Café ein paar Kleider aufzubewahren, damit sie sich umziehen konnte, wenn sie ausging. Deshalb hatte sie unter ihrem Mantel ihre Serviererinnen-Uniform an.«

»Welche Farbe hatte die Baskenmütze, Sir?«

»Blau oder schwarz. Ich weiß es nicht. Marineblau?«

»Eine hübsche neue Handtasche«, murmelte Mrs Harris und wandte den Kopf, um ihren Mann anzusehen. »Sehr elegant. Mattie hat gesagt, sie hätte Lady Ruispidges Nichte mit einer solchen Handtasche gesehen.«

»Und wie sah die Handtasche aus?« Joan wartete, Bleistift im Anschlag. »Groß, klein?«

Sie bedrängt den alten Mann zu sehr, dachte Thornhill, und er trat einen Schritt vor, um sich schützend zwischen Joan und das Paar neben dem Herd zu stellen.

»Ein großes blaues Ding«, sagte der alte Mann. »Glänzend.«

»Lassen Sie sich von ihr ihre Puderdose zeigen«, drängte Mrs Harris. »Die ist in der Handtasche. Echtes Gold und wunderschön. Sehr damenhaft. Gary hat sie ihr geschickt. Gary ist ihr Mann.«

Mr Harris zog aufgebracht seine Hand weg. »Die Polizisten wollen nichts über Gary hören, Mutter. Er ist ein amerikanischer Pilot, der mit Mattie verheiratet war, aber jetzt sind sie geschieden. Er ist in Korea, hat sie, glaub ich, gesagt.«

»Dürften wir uns wohl Matties Zimmer ansehen, Sir? Manchmal kann das bei Fällen wie diesem hilfreich sein.«

Thornhill ließ sich nicht darüber aus, in welcher Hinsicht. »Wenn es nicht zu viele Umstände macht?«

»Wann kommt Mattie nach Hause?«, wollte Mrs Harris wissen.

Mr Harris sah seine Frau an, sein Gesichtsausdruck eine Mischung aus Gereiztheit und Traurigkeit. Er schlurfte zur Tür der Spülküche. »Hier entlang, Sir«, sagte er zu Thornhill.

Die Spülküche hatte einen Ziegelboden, einen Waschkessel und einen Ausgang. Eine Seite war mit einer angestrichenen Brettertrennwand mit einer kleinen Tür an einem Ende abgeteilt. Mr Harris öffnete die Tür und offenbarte eine nackte Treppe, die hinauf in die Dunkelheit führte.

»Macht es Ihnen was aus, allein raufzugehen? Ich schaff die Treppen wegen meiner Knie nicht.«

»Ist dies der einzige Weg nach oben, Sir?«

Der alte Mann nickte. Er trat zurück, und Thornhill stieg langsam in die Dunkelheit hinauf, ertastete seinen Weg Schritt um Schritt mit den Händen, dichtauf gefolgt von Joan. Ein Rechteck aus Licht zeigte ihm, dass er eine Tür erreicht hatte. Er blieb abrupt stehen, um nach dem Türgriff zu tasten, und der dralle Körper des weiblichen Constables prallte gegen ihn.

»Entschuldigung, Sir«, sagte sie verlegen.

Er fand einen schweren Metallriegel hoch an der rechten Seite, hob ihn an und stieß die Tür auf. Sonnenlicht flutete die Treppe hinab. Thornhill trat in das Zimmer, abermals dicht gefolgt von Joan.

Er hatte dies immer als einen unbehaglichen Moment empfunden – denn wenn sich Menschen in ihrer privatesten Umgebung befanden, hinterließen sie Spuren ihrer Persönlichkeit wie Fossilien in Felsen. In ihrem Zimmer war er der lebenden, atmenden Mattie Harris näher, als er es gewesen war, als er in der Leichenhalle neben ihr gestanden hatte. Er hörte das Klappern eines Schürhakens von unten aus der Küche, gefolgt von einem trockenen, würgenden Laut, der ein Schluchzen gewesen sein mochte.

Das Zimmer war lang und schmal, folgte den Abmessungen der Küche darunter. Es wurde von einem einzelnen Dachfenster erhellt, das Ausblick über einen Anbau an der Rückwand der Küche, einen kleinen, terrassenförmig angelegten Garten, der jetzt von Dornengestrüpp und Nesseln überwuchert wurde, und den steilen Hang von Eastbury Hill bot. Thornhill vermutete, dass Küche und Spülküche jünger waren als der Rest des Hauses, was erklärte, weshalb das Zimmer über eine separate Treppe zu erreichen war. Ein tiefer Alkoven erstreckte sich über die gesamte Fläche der Spülküche. Doch die Dachschräge ließ das Zimmer kleiner und schmaler erscheinen als die Küche.

»Nett und abgeschieden, nicht wahr?«, bemerkte Joan. Sie starrte den Schminktisch neben dem Fenster an – zwei Reihen von Schubladen, getrennt von einem hohen Ankleidespiegel mit einem Rahmen aus poliertem Walnussfurnier –, und ihr Gesicht verriet blanken Neid. »Der muss eine schöne Stange Geld gekostet haben.«

»Und es kann nicht leicht gewesen sein, ihn die Treppen heraufzubekommen.« Thornhill warf einen Blick in den Alkoven, in dem ein Kleiderschrank stand, der eindeutig bescheidener als der Schminktisch und vor kurzem cremefarben gestrichen worden war. »Sehen Sie mal nach, was Sie da drin finden können. Diese Puderdose. Papiere. Alles, was Ihnen ungewöhnlich vorkommt.«

Er ging zu dem Messingbett am anderen Ende des Zimmers hinüber. Es war groß genug für zwei, obgleich die Rosshaarmatratze in der Mitte durchhing wie ein Tal, so dass es schon zwei Menschen sein müssten, die es genossen, eng beieinander zu liegen. Das Bett war gemacht – eine erdbeerrosa Tagesdecke aus Glanzsatin und darunter eine Daunendecke von derselben Farbe. Er fragte sich, ob sie Männer mit hierher gebracht hatte. Wahrscheinlich nicht, wegen der Eltern direkt unter dem Zimmer.

Auf dem Nachttisch stand eine Lampe, und ein leerer Aschenbecher stand auf einer Ausgabe von *Titbits.* Er öffnete den Nachttisch und fand ein unordentliches Sammelsurium von Krimskrams. Er legte den Inhalt Stück um Stück aufs Bett. Eine Packung Präservative, eine lederne Schreibmappe, Streichhölzer, eine Taschenlampe, eine Zehnerschachtel Weights mit einer Zigarette darin, eine Dose Handcreme, eine weitere Dose Gesichtscreme, Nagellack, ein Taschentuch mit Spitzenborte, eine Haarbürste, in deren Borsten sich dunkelrote Haare verfangen hatten, und drei Haarnadeln. Als Letztes holte er eine gerahmte, eindeutig professionell gemachte Porträtaufnahme von Mattie Harris hervor, die in die Kamera lächelte und dabei einen Mund voll schiefer Zähne zeigte. Nicht gerade hübsch, doch sie hatte etwas. Es war schwer, das Schwarzweiß-Abbild der lebenden Frau mit dem Technicolor-Kadaver in der Leichenhalle zu vereinbaren.

»Im Schrank sind nur Kleider, Sir«, sagte Joan. »Nichts Ungewöhnliches, aber ich würde sagen, sie war kein schüchternes Mauerblümchen.«

»Nehmen Sie sich den Schminktisch vor.«

»Das Mädchen war ein Glückspilz.« Joan hob eine Puderquaste hoch und roch daran. »Das ist Fleur de Rose. Sie hat eine große Dose von dem Zeug.«

»Teuer?«

»Das kann man wohl sagen. Ich wünschte, jemand würde mir mal so was schenken.«

Er wandte sich abrupt um, beendete das Gespräch, bevor es noch privater wurde, und öffnete den Reißverschluss der Schreibmappe. Darin waren mehrere Briefe – einige mit Gary, andere mit Violet unterschrieben, und alle mit gänzlich unverfänglichem Inhalt –, eselsohrige Lebensmittelkarten und die Fotografie eines Schwarzen in USAF-Uniform. Außerdem eine Geburtsurkunde, die besagte, dass die Harris' in Mincing Lane gelebt hatten, als Mattie geboren wurde.

»Sir, hier ist etwas, das Sie sich ansehen sollten.«

Er sah zu Joan hinüber. Sie stand über den Schminktisch gebeugt und inspizierte das Fenster.

»Ich glaube, der Riegel ist aufgebrochen worden.«

Er trat zu ihr. Es war ein einfaches Flügelfenster. Als sie hereingekommen waren, hatte es offen gestanden. Joan zeigte auf den Fensterrahmen. Das Metall des Riegels war verbogen. Das Holz darum herum war eingedellt. An dem Mittelpfosten, der die beiden Fensterhälften unterteilte, fanden sich entsprechende Spuren. Etwas vom Lack des Riegels war abgekratzt, und das blanke Metall darunter schaute hervor.

»Jemand hat es aufgehebelt.« Joan strahlte, als hätte ihr jemand ein Geschenk gemacht. »Sieht aus, als hätte der Eindringling etwas mit rundem Querschnitt benutzt, einen Schraubenzieher vielleicht – sehen Sie da den Abdruck im Holz? Und nach den Spuren am Riegel zu urteilen, ist es noch nicht lange her.«

»Ja«, sagte Thornhill. »Das habe ich auch bemerkt.«

Sie warf ihm einen erschreckten Blick zu und trat zurück. Thornhill wusste gut, dass es eine heikle Gratwanderung war, den Eifer seiner Beamten zu schüren und sie gleichzeitig davon abzuhalten, zu selbstsicher zu werden. Er stieß das Fenster mit dem Ellbogen auf, für den Fall, dass Fingerabdrücke vorhanden waren, und beugte sich über die Fensterbank.

Das Dach des Anbaus erstreckte sich unter ihm – mit Schiefer statt mit Steinpfannen gedeckt, was die Theorie bestätigte, dass der Anbau, vermutlich ein Schuppen oder eine

Werkstatt, jüngeren Datums war als das Cottage selbst. Da der Boden dahinter steil anstieg, lag die erste Gartenterrasse keinen halben Meter unterhalb des niedrigsten Punkts des Daches. Und der Abstand zwischen Terrasse und Anbau war kaum größer.

Eine der Schieferpfannen hatte sich gelöst, und es waren ein oder zwei hellere Kratzer auf dem fleckigen Dunkelgrau zu erkennen.

Er sah wieder Joan an. »Sieht wie ein Einbruch aus, oder? Wir müssen uns draußen umschauen, bevor wir gehen, und wir schicken besser die Jungs von der Spurensicherung vorbei. Es ist möglich, dass auch der Nachttisch durchwühlt wurde. Irgendwelche anderen Spuren – Dinge, die nicht an ihrem Platz stehen, Dinge, die fehlen?«

»Sie scheint alles recht ordentlich gehalten zu haben«, sagte Joan. »Aber eine der Schubladen im Schminktisch ist völlig durchwühlt.«

Auf Thornhills Nicken hin zog sie die Schubladen eine nach der anderen auf. Zwei enthielten Unterwäsche, und eine dritte Schals und Taschentücher. Diese schienen unberührt. Doch die vierte war ein Durcheinander aus Papieren, Schminkutensilien und Schmuck.

»Was sind das für Papiere?«, fragte Thornhill.

»Da ist ein Kostenvoranschlag von einem Klempner für den Einbau eines Badezimmers. Lohntüten vom Café. Und dann ist da noch ein Postsparbuch.«

Sie reichte es ihm, und er schlug es auf. Fast 190 Pfund – eine ziemlich hohe Summe für eine Serviererin.

Joan beobachtete ihn aufmerksam. »Laut den Lohntüten, hat sie zwischen drei und vier Pfund die Woche verdient, je nachdem, wie viel Überstunden sie gemacht hat.«

»Dann war sie also wohlhabender, als man erwarten würde.«

»Aber der Einbrecher hat sich nicht dafür interessiert.

Sehen Sie, Sir.« Ihre Begeisterung überwog ihre Vorsicht gegenüber Thornhill. Sie deutete in die Schublade auf einen Anhänger in der Form eines emaillierten, in Gold gefassten Herzens. »Der ist mindestens dreißig Pfund wert. Wer immer hier eingebrochen ist, wollte keine Wertsachen stehlen. Also, worauf hatte er es dann abgesehen?«

## 14

Es führte kein Weg daran vorbei – er musste sie sehen.

Der Tag war wärmer geworden. Die Luft, gefangen in der Flusssenke des Lyd, hing heiß, feucht und windstill über der Stadt und hüllte alles in einen frühabendlichen Dunstschleier. Bill Pembridge parkte den MG an der Chepstow Road, 100 Meter vom Broadwell Drive entfernt, und folgte dem vertrauten Pfad über die Felder, bis er die Wiese hinter der halb fertigen Crescent-Siedlung erreichte. June Evans führte ihren Haushalt wie eine militärische Operation. Das Abendessen stand um sechs auf dem Tisch. Danach wurde abgewaschen. Anschließend wurde von Violet erwartet, dass sie mit Rab spazieren ging, wenn das Wetter gut war.

Er hatte es genau abgepasst. Violet schlenderte langsam an der Hecke am anderen Ende der Wiese entlang. Der Hund jagte ein Kaninchen. Sie sah Bill auf sich zukommen und blieb stehen, wartete auf ihn. Er spürte, wie sich sexuelles Verlangen in ihm regte. Mein Gott, dachte er, ich möchte in dir ertrinken. Er verdrängte den Gedanken. Es war jetzt zu riskant. Außerdem hatte Violet sich verändert, seit das verfluchte Baby da war.

Als er näher kam, rang er sich ein Lächeln ab. »Liebling«, sagte er. »Ich musste dich einfach sehen.«

Er nahm sie in seine Arme und küsste sie. Im allerletzten

Moment wandte sie den Kopf ab, so dass seine Lippen auf ihrer Wange landeten.

»Lass das«, sagte sie. »Jemand könnte uns sehen.«

Ihre Brüste rieben gegen ihn. Sie waren riesig und fest – musste wohl am Baby liegen, vermutete er –, und sie zogen ihn an wie ein Paar gepolsterter Magneten. Er löste sich von ihr.

»Hast du das mit Mattie gehört?«, fragte sie.

Er bemerkte, dass ihre Augen gerötet waren. »Ja. Tragisch, nicht wahr? Ich weiß nicht, wie das passieren konnte.«

»Aber hast du nicht …«

»Oh nein. Sie war wohlauf, als ich sie das letzte Mal gesehen habe.«

»Ich kann es einfach nicht glauben. Ich – ich – denke immer wieder, ich würde sie sehen. Aus dem Augenwinkel.«

»Ich weiß.« Er zog sie an sich und spürte, wie sein Körper auf ihre weiche Fülle reagierte. »Muss auf dem Heimweg ins Wasser gefallen sein. Armes Mädel.«

»Du hättest …«

»Liebling, dafür haben wir jetzt keine Zeit.«

»Aber Mattie«, jammerte sie. »Dass zu allem anderen auch noch Mattie sterben musste.«

Seine Arme schlangen sich fester um sie. »Wir müssen reden.«

»Ich kann nicht lange bleiben. Ich muss wieder zurück und nach Grace sehen.«

»Sie ist wirklich süß, nicht? Es war schön, sie zu sehen.« Bill liebkoste Violets Haar mit den Lippen. »Wie geht es ihr?«

»Es geht ihr gut. Aber sie wollen mich zwingen, sie zur Adoption freizugeben.« Ein Schauder lief über ihren Körper. »Unser Baby.«

»Wirklich?«

Sie standen eine Weile eng umschlungen da, ohne dass einer von ihnen etwas sagte. Bill streichelte ihre Wange. Er fühlte eine warme Träne über seine Hand laufen. Es war schon merkwürdig, dachte er, dass Trauer sexuell erregend sein konnte. Er fragte sich, ob Violet wohl zustimmen würde, wenn er vorschlug, dass sie in das Gehölz dort drüben gingen und …

»Könnten wir nicht jetzt heiraten?«, fragte Violet, und ihre Stimme klang verschnupft. »Dann könnten sie nichts machen. Und Grace könnte bei uns bleiben.«

»Liebling, wir haben das doch alles schon durchgesprochen. Ich muss erst das College hinter mich bringen. Anfangen, meinen Lebensunterhalt zu verdienen. Das ist der richtige Zeitpunkt, um zu heiraten. Wir haben es doch besprochen – weißt du noch?« Er streichelte den blonden Flaum auf ihren Unterarmen. »Dann können wir uns ein Heim einrichten und zusammen glücklich sein.« Er probierte die Wirkung eines Lächelns aus. »Es hat sich nichts verändert.«

»Es *hat* sich etwas verändert. Wir müssen jetzt auch an Grace denken.«

Violet hatte sich ebenfalls verändert, dachte Bill bei sich, und er war nicht sicher, ob es ihm gefiel. Sie war jetzt beinahe herrisch. »Hör zu«, sagte er, »ich weiß, dass dir das schrecklich vorkommen muss, aber vielleicht haben deine Eltern Recht.«

»Wie meinst du das?«

»Wir sollten daran denken, was das Beste für Grace ist. Vielleicht wäre sie glücklicher, wenn sie adoptiert würde. Sie ist so klein, sie würde dich nicht vermissen. Und wir könnten von vorn anfangen.«

Violet wich von ihm zurück. »Nein«, sagte sie. »Nein, nein, nein.«

»Nun, denk wenigstens darüber nach. Das ist eins von den Dingen, die ein Mann vielleicht klarer sieht.«

Aber sie hörte nicht zu. Sie starrte über seine Schulter. »Oh mein Gott«, hauchte sie und griff sich erschrocken mit der Hand an die Kehle.

Bill drehte sich um. Ted Evans war keine 50 Meter entfernt und kam auf sie zugerannt, verkürzte die Distanz mit ausholenden Schritten. Er trug noch immer seine weiße Cricket-Montur. Sein Gesicht war rot, und sein Mund stand offen, doch er sagte nichts.

Rab hatte Ted auch gesehen. Der Hund lief freudig bellend auf ihn zu. Ted Evans kickte ihn achtlos aus dem Weg, ohne sein Tempo zu verlangsamen. Seine Stiefelspitze traf den Hund knapp hinter den Vorderbeinen. Bill vermeinte, das Knacken einer brechenden Rippe zu hören.

Er stieß Violet beiseite und rannte los. Rannte zur Straße, zu seinem Wagen, und betete zu Gott, dass er fitter und schneller war als Ted Evans in seinem Blutrausch.

## 15

Edna Pembridge blickte von Sergeant Kirbys Dienstausweis auf. »Ich vermute, es geht um den unglücklichen Zwischenfall am Samstag«, sagte sie und rümpfte ihre Stupsnase. »So etwas ist immer ein Risiko bei jungen Leuten, aber ich kann Ihnen versichern, dass ich dem ein Ende setzen werde. Ein Junge hat eindeutig nach Alkohol gerochen, also hat das Komitee ihm Hausverbot erteilt. Natürlich ist es Sinn und Zweck dieser Abende, jungen Menschen zu erlauben, sich zu treffen und körperlich zu ertüchtigen, aber alles mit Sitte und Anstand.«

Kirby sah Joan Ailsmore an, dann sagte er: »Ein paar von den Jugendlichen haben also über die Stränge geschlagen, und es hat ein bisschen Techtelmechtel im Gebüsch gegeben?«

»Nichts, womit wir nicht fertig geworden wären, Sergeant. Nur ein bisschen Unfug während der Rumba. Und ich kann mir nicht vorstellen, wer sich da beschwert hat.«

»Deswegen sind wir nicht hier, Mrs Pembridge. Gibt es wohl einen ruhigeren Ort, wo wir uns unterhalten können?«

20 oder 30 junge Leute tanzten im Saal. Die fünfköpfige Kapelle auf der kleinen Bühne schmetterte eine Samba. Sie bestand aus einem Schlagzeuger, einem Klavierspieler, einem Gitarristen, einem Trompeter und einem Bassisten. Kirby bemerkte, dass der Blick des Trompeters immer wieder zu den beiden Polizisten und seiner Frau an der Teemaschine wanderte.

»Wir gehen nach draußen«, entschied Mrs Pembridge. »Hier entlang.«

Sie führte sie durch eine Tür auf der Rückseite des Herrenhauses, die auf einen kleinen matschigen, kiesbestreuten Hof führte. Der Vauxhall der Pembridges war das einzige Auto, das dort parkte. Am anderen Ende war ein Zauntritt, über den man auf einen Fußweg gelangte, und rechter Hand waren die Sportplätze, Gärten und Gebäude des Lydmouth-Lyzeums.

»Sie veranstalten also zweimal die Woche einen Tanzabend?«, fragte Joan. Kirby hatte sie auf Thornhills Vorschlag hin mitgenommen; nicht dass er gezögert hätte.

»Donnerstags und samstags. Mein Mann und ich gehören beide dem Ruispidge-Hall-Komitee an. Wir versuchen, besonders jungen Leuten zu helfen, da sie heutzutage so vielen Versuchungen ausgesetzt sind. Mein Mann spielt in einer kleinen Tanzkapelle, daher kann er bei der Musik mitmachen.«

»Er spielt hier zweimal die Woche?«

»Nein – wir haben ein Rotationssystem, und die Kapelle meines Mannes spielt gemeinhin einen Abend von dreien. Diese Woche tritt er allerdings zweimal nacheinander auf. Aber wir versuchen immer, es so einzurichten, dass wenigstens einer von uns bei den Tanzabenden anwesend ist. Nur, um ein Auge auf alles zu haben.« Joan setzte eine überraschte Miene auf. »Das ist bestimmt eine Menge Arbeit.«

»Wir helfen gern. Superintendent Williamson – Sie kennen ihn natürlich, er ist ein sehr guter Freund von uns – hat mir gerade kürzlich erst gesagt, er sei der Ansicht, die meisten jungen Leute, die auf den Pfad des Verbrechens geraten, tun dies aus Langeweile. Ich glaube, Sie können nicht sagen, dass unsere Tänzer sich langweilen. Ich weiß noch, wie ich Lady Ruispidge habe sagen hören …«

»Wir würden Ihnen gern ein Foto zeigen, Mrs Pembridge«, unterbrach sie Kirby. »Wir möchten nicht zu viel Ihrer Zeit in Anspruch nehmen.«

Er nickte Joan zu, die ein Foto von Mattie Harris aus einem braunen Umschlag zog. Es war die Porträtaufnahme, die Thornhill unter ihren Sachen in Lower Slade gefunden hatte.

Mrs Pembridge spitzte die schmalen Lippen. »Das ist das Mädchen, das verunglückt ist?«

Kirby nickte. »Wann haben Sie sie das letzte Mal gesehen?«

»Donnerstagabend.«

»Eine von Ihren Stammgästen?«

»Ich denke, das kann man sagen. Kommt – kam – gewöhnlich einmal die Woche. Neigte dazu, sich ziemlich unpassend zu kleiden. Ein- oder zweimal musste ich sie mir deswegen vornehmen.«

»Wie meinen Sie das?«, fragte Joan.

Mrs Pembridge warf ihr einen argwöhnischen Blick zu. »Manchmal hat sie ein wenig mehr gezeigt als nötig. Einige unserer Jungs sind sehr leicht zu verleiten.«

»War sie eine gute Tänzerin?«

»Ja, das war sie.« Mrs Pembridge lächelte Joan an. »Besaß ein angeborenes Rhythmusgefühl und war auch sehr anmutig. Natürlich musste man bei den Walzern ein Auge auf sie haben.«

Ein Mädchen ganz nach meinem Herzen, ging es Kirby durch den Sinn, auch wenn sie die falsche Figur gehabt hatte. Er wandte sich wieder an Mrs Pembridge. »War sie an dem – Unfug am Samstag beteiligt?«

»Nein. Sie war nicht hier. Aber ich …«

»Aber sie war am Donnerstag hier. Um wie viel Uhr ist sie gegangen?«

»Das kann ich nicht sagen.« Mrs Pembridge rümpfte abermals die Nase. »Es muss vor dem Ende gewesen sein, denn gewöhnlich helfen mir die Mädchen beim Abwaschen und Aufräumen, und mir ist aufgefallen, dass sie nicht dabei war.«

»Wann war der Tanz zu Ende?«

»Neun Uhr. Wir könnten Gerald fragen – meinen Mann. Er hat an jenem Abend gespielt. Mattie ist nach der Pause wieder hereingekommen, das weiß ich noch. Er erinnert sich vielleicht daran, wann sie gegangen ist. Es ist ungewöhnlich, dass sie früher gegangen ist, jetzt, wo ich darüber nachdenke. Meistens ist sie bis zum Ende geblieben.«

»Gab es sonst noch etwas Ungewöhnliches?«, erkundigte sich Joan.

»Sie hat ihre Baskenmütze vergessen. Die hängt noch an der Garderobe. Eins der Mädchen hat mich heute Abend darauf aufmerksam gemacht.«

»In was für einer Stimmung war sie?«

»Sie wirkte sehr lebhaft. Noch mehr als sonst. Ich erinnere mich daran, dass sie schallend gelacht hat.« Mrs Pembridge blickte zum Herrenhaus hinüber, wo die Musik auf einen Höhepunkt zuarbeitete. »Ich muss jetzt wirklich wieder hineingehen. Die jungen Leute werden gleich nach ihren Erfrischungen verlangen. Würden Sie mich bitte entschuldigen?«

»Hatte sie eine Handtasche?«, fragte Kirby.

Mrs Pembridge stieß ein schrilles, nervöses Lachen aus. »Mattie hatte ihre übliche Handtasche dabei – die konnte man wirklich kaum übersehen. Ein großes blaues Ding, Lacklederimitat. Sehr aufdringlich.« Sie ging ein paar Schritte auf die Tür des Herrenhauses zu. »Sie trug auch recht hohe Absätze. Immer, wohl um größer zu wirken, vermute ich. Sie hat zum Schießen ausgesehen, wenn sie in aller Eile auf den Dingern dahergestöckelt ist. Erst letzten Samstag hab ich sie förmlich rennen sehen, auf den Absätzen …«

»Ja, aber am …«, setzte Joan an.

Kirby stieß sie mit dem Ellbogen an, um sie zum Schweigen zu bringen. »Samstag? Aber ich dachte, Sie hätten gesagt, sie wäre am Samstag nicht hier gewesen?«

»War sie auch nicht. Hatte was Besseres vor, möchte ich wetten. Gerald hat an dem Abend nicht gespielt, aber ich hab vorbeigeschaut, um sicherzustellen, dass alles seinen Gang ging. War auch gut so, wie sich herausstellte. Jedenfalls, als ich gerade hineingehen wollte, hab ich sie auf der Straße vorbeigehen sehen. Sie hat mich nicht gesehen.«

»In welche Richtung ist sie gegangen?«

»Da entlang.« Mrs Pembridge winkte Richtung Norden. »Zur Narth Road. Hatte sich in einer Weise herausgeputzt, die kaum noch etwas der Fantasie überließ, und wie ich schon sagte, diese Absätze! Hat sie aber nicht davon abgehalten, ein ganz schönes Tempo vorzulegen.«

Aber wohin war sie unterwegs gewesen? Soweit Kirby sehen konnte, war sie von allem weggegangen, das für sie in Lydmouth von Interesse gewesen sein könnte – von der Bushaltestelle, von den Pubs, vom samstäglichen Tanz in

Ruispidge Hall, vom Gardenia-Café, von ihrer Freundin Violet Evans.

Die Musik verstummte. Edna Pembridge schlüpfte zurück ins Haus. Kirby gab Joan mit einem Kopfnicken ein Zeichen und folgte ihr. Mrs Pembridge stand bereits hinter der Teemaschine und verwandelte eine Horde durstiger und hungriger junger Tänzer in eine wohl geordnete Schlange.

»Sandwiches auf dieser Seite, bitte, und Tee auf der anderen. Und drängel dich nicht vor, Kenneth Owen, du kommst schon noch an die Reihe.«

Der Mann, der die Trompete gespielt hatte, flüsterte ihr etwas ins Ohr. Sie sah zu Kirby hinüber und winkte ihn heran.

»Dies ist mein Mann, Sergeant …?«

»Kirby, Ma'am.«

»Er hat mich gerade an etwas erinnert. Erzähl du es ihnen, Schatz. Ich hab zu tun.«

Gerald Pembridge lächelte sie an. »Gehen wir nach draußen? Ich könnte eine Zigarette brauchen.«

Sie gingen zur großen Vordertür hinaus und standen auf dem Vorhof an der Chepstow Road. Mehrere der jungen Burschen waren bereits hier draußen und rauchten, doch sie hielten respektvoll Abstand. Pembridge steckte sich eine Zigarette an. Er war ein geschmeidiger, schlanker Mann, vermutlich um die Fünfzig. Er trug eine Smokingjacke und hätte jünger ausgesehen, wären nicht die Falten in seinem Gesicht und sein verdächtig dunkles Haar gewesen. Der Trompeter erinnerte an einen Eintänzer von der Sorte, die bei nachmittäglichen Tanztees reiche Witwen becircen. Kirby stellte sich und Joan vor und zeigte ihm die Fotografie.

»Ja, das ist Mattie Harris, kein Zweifel. Armes Ding.«

»Können Sie sich erinnern, wann sie gegangen ist, Sir?«

»Gegen neun, nehme ich an. Als der Tanz zu Ende war.«

»Aber sie hat nicht beim Abwaschen geholfen.«

»Hat sich vermutlich davongestohlen, um sich zu drücken. Gehörte nicht zu der Sorte Mädchen, die gern ein Geschirrtuch schwenkt.«

Kirby warf einen Blick über seine Schulter. Es war niemand in Hörweite. »Was für eine Sorte Mädchen war sie denn, Sir? Kannten Sie sie gut?«

»Sie ist recht oft hergekommen.« Pembridge richtete seine Fliege. »Älter als die meisten der jungen Leute, die hierher kommen. Tanzte für ihr Leben gern. Aber sie konnte eine ziemlich – wie soll ich es ausdrücken? – eine ziemlich verwirrende Wirkung haben.« Er tippte sich an seine Nase und senkte seine Stimme. »Wenn Sie verstehen, was ich meine.«

»Stand ihr irgendeiner der Jungs besonders nahe?«, erkundigte sich Kirby.

»Nein, kann man nicht sagen. Die Hälfte von ihnen hätt's gern getan, aber das ist eine andere Geschichte. Sie hat nie wirklich irgendetwas – ähm – Anstößiges getan. Nicht, dass wir es bemerkt hätten jedenfalls. Das heißt, nicht bis zu jenem letzten Abend. Was genau das ist, wovon meine Frau wollte, dass ich es Ihnen erzähle.«

»Es ist etwas in der Hall passiert, wenn ich Sie richtig verstehe?«

»Nein, nicht drinnen. Es war hier draußen. Mattie ist in der Pause immer auf eine Zigarette hier herausgekommen. Ich persönlich finde es abstoßend, wenn eine Frau in der Öffentlichkeit raucht, aber das ist nun mal Geschmackssache. Wie dem auch sei, am Ende der Pause ist meine Frau herausgekommen, um alle wieder reinzurufen. Mattie hat sich mit einem jungen Burschen unterhalten. Keiner von unseren Jungs. Muss hier draußen herumgelungert haben. Und sie haben nicht nur geredet. Um es rundheraus zu sagen, sie hat die Arme um ihn geschlungen und ihn geküsst. Ich war nicht der Einzige, der es gesehen hat. Kenny Owen hat's auch gesehen.«

»*Wen* hat sie geküsst?«, drängte Kirby und fragte sich, warum die Leute nie auf den Punkt kamen.

»Den Jungen, der angeblich ihre Leiche gefunden hat. Der, der nicht ganz richtig im Kopf ist. Keiner von unseren Jungs, wie ich schon sagte, aber man sieht ihn hier und dort. Jimmy Irgendwas. Ich hab's – Jimmy Leigh.«

## 16

Kurz vor neun Uhr war es noch immer hell, noch immer heiß. Es musste an der Hitze liegen, dass er so rastlos war, entschied Bernie Broadbent, an der Hitze und den Sorgen.

Er hatte den frühen Teil des Abends mit mehreren anderen Vorstandsmitgliedern des Lydmouth Cricket Clubs sowie dem größten Teil der Mannschaft verbracht und die Erinnerung an ihre Niederlage gegen Ashbridge in der Salonbar und im Garten des Ferryman's Inn ertränkt. Da der größte Teil der Ashbridge-Mannschaft ebenfalls dort gewesen war und ihren Sieg gefeiert hatte, war das keine leichte Aufgabe gewesen.

Ted Evans hatte sich zu ihnen gesellt und noch weniger gesagt als üblich, doch er war nur ein paar Minuten geblieben. Er hatte Schnaps getrunken, mehrere Doppelte in schneller Folge, so als hätte er noch andere Erinnerungen, die er ertränken müsste. Ein Mann, den man im Auge behalten musste, dachte Bernie Broadbent bei sich, ein Mann, vor dem man auf der Hut sein musste.

Er fuhr gemächlich im Riley durch die Stadt. Die Fenster waren heruntergekurbelt, und aus dem Radio scholl Tanzmusik durch den Wagen und hinaus auf die Straße, um allen zu verkünden, dass er hier vorbeigekommen war. Er hatte einiges mehr an Bier intus, als gut war, doch es gab in Lydmouth keinen Polizisten, der ihn anhalten würde.

Nicht, dass er nicht mehr im Stande gewesen wäre zu fahren. Das ganze Leben bestand darin, kalkulierbare Risiken einzugehen, dachte Bernie Broadbent, und darin war er Experte.

Er bog in die Victoria Road und hielt vor Nummer 68, dem Haus, das jetzt praktisch ihm gehörte. Vorbehaltlich des Bausubstanz-Gutachtens und der Vertragsunterzeichnung natürlich, aber er erwartete in dieser Richtung keine Probleme. Der kleine Austin der Thornhills parkte direkt vor ihm. Warum es auf die lange Bank schieben?

Bernie stieg aus dem Auto, stieß die Pforte auf und ging langsam zur Haustür. Er drückte lange und nachdrücklich die Klingel. Während er wartete, drehte er sich um und betrachtete den Riley. Die Haustür ging auf, und er wandte sich langsam um. Vor ihm stand Richard Thornhill.

»Guten Abend, Richard. Hoffe, ich störe nicht, aber ich hätt' dich gern kurz gesprochen. Dauert nicht lange, wenn du jetzt einen Moment Zeit hättest.«

Thornhill machte einen Schritt zurück und hielt die Tür auf. Bernie trat ins Haus und marschierte schnurgerade den Flur hinunter zur Küche. Seine Cousine Edith versuchte gewöhnlich, ihn in das Wohnzimmer an der Vorderseite des Hauses zu bugsieren, doch er zog die Küche vor.

»Ich wollte mir gerade ein Glas Bier einschenken«, sagte Thornhill. »Möchtest du auch eins?«

»Da sag ich nicht nein.«

Bernie setzte sich in den Windsor-Stuhl, der am offenen Fenster stand, und tastete nach seiner Pfeife. Thornhill schob eine Postkarte über den Tisch. Das Foto zeigte ein Strand-Panorama.

»Die ist heute Morgen von Edith gekommen. Sie scheinen sich gut zu amüsieren.«

Thornhill ging, um das Bier zu holen. Bernie griff nach der Postkarte, drehte sie um und las die Botschaft: *Wetter herrlich, aber See noch etwas kalt. D und E kümmert es nicht. Große Diskussionen über Namen für Kätzchen. Die Unterkunft ist sehr nett, aber überfüllt. Wir wünschen alle, du wärst hier. Alles Liebe, Edith.* Thornhill kam mit einer Flasche und zwei Gläsern in die Küche zurück.

»Wann kommen sie zurück?«, fragte Bernie und schaute zu, wie das Bier in das Glas floss.

»Montagabend.«

»Dann bist du in der Zwischenzeit also Strohwitwer?«

»Eigentlich sollte ich das Esszimmer streichen.«

Bernie fing an, seine Pfeife zu stopfen. »Ich kann mir denken, dass der Fund von dem Harris-Mädel dir die Suppe versalzen hat.«

Thornhill schmunzelte. »Das könnte man sagen.«

»Ray Williamson hat gesagt, so wie er es sieht, ist der Fall ziemlich klar. Das ist zumindest ein kleiner Trost.«

»Ist noch zu früh, das zu sagen.«

Bernie beugte sich vor, um das Glas entgegenzunehmen, das Thornhill ihm hinhielt. »Es besteht doch kein Grund zur Sorge, oder?«

»Nur ein paar Fragen, die beantwortet werden müssen.«

Der Teufel soll ihn holen, dachte Bernie – jeder andere Beamte von Richard Thornhills Rang hätte offen über den Fall geredet. Sie beide waren praktisch verwandt, und außerdem gehörte Bernie schließlich zum ständigen Koordinationsausschuss, wodurch er in gewisser Hinsicht einer von Richards Bossen war. Was war bloß los mit diesem Mann? Bernie wusste von den meisten Leuten, wie sie gestrickt waren, was man tun musste, um sie auf seine Seite zu ziehen. Aber es gab ein paar, wie den Mann seiner Cousine, deren innerste Triebfedern sich einfach nicht ausloten ließen.

Er trank einen Schluck Bier und starrte hinaus auf den kleinen Garten mit der Reihe von Spalierobstbäumen entlang der Mauer. »Ihr habt Zugang zur Rückseite des Grundstücks, oder nicht?«

»Ja.« Thornhill sah ihn überrascht an. »Ja, haben wir.«

»Ihr solltet da hinten eine Garage bauen. Da hinter den Birnenbäumen würde gut eine hinpassen.«

»Ja, das ist eine Idee.« Thornhill zögerte. »Ich nehme an, wenn wir das Haus je kaufen, dann werden wir es ernstlich überlegen.«

Bernie wusste, dass das ein wunder Punkt zwischen Edith und Richard war. Sie hatte etwas Geld von ihrer Mutter geerbt und entschieden, es als Grundstock für Davids Schulausbildung zu verwenden. Richard hätte es vorgezogen, wenn es als Anzahlung für das Haus benutzt worden wäre. Es war typisch für ihn, dass weder er noch Edith je angedeutet hatten, dass ein Kredit von Bernie das Problem lösen würde.

»Es gibt da was, was ich dir erzählen sollte«, sagte Bernie und steigerte die Spannung noch, indem er erst einmal in aller Ruhe seine Pfeife anzündete. »Ich hab so ein Gefühl, dass ihr schon bald eine Garage bekommen werdet.«

»Die Entscheidung liegt bei Mr Shipston.«

»Ich hab ein Angebot für das Haus gemacht, Richard. Shipston hat es heute Nachmittag akzeptiert.«

Einen Moment lang herrschte Schweigen. Das hat ihn umgehauen, dachte Bernie mit einiger Befriedigung.

»Was ist mit unserem Mietvertrag?«

»Ich kaufe das Haus mit einem Einlieger. Das ist kein Problem. Shipstons Seite eures Vertrags mit ihm wird einfach auf mich übertragen.«

»Die Leute könnten dieses Arrangement sehr merkwürdig finden.«

Bernie mimte Überraschung. »Warum?«

»Weil Edith deine Cousine ist, du dem ständigen Koordinationsausschuss angehörst und ich Polizist bin.«

Bernie schüttelte den Kopf. »Da läuft nichts unter der Hand ab, Junge. Ich mach aus der Sache kein Geheimnis. Natürlich werd ich es James Hendry gegenüber erwähnen, nur um zu zeigen, dass alles mit rechten Dingen zugeht. Aber er wird keine Einwände haben. Und wenn dein Chief Constable damit glücklich ist, meinst du nicht, dass du es dann auch sein solltest?«

Richard schluckte einen Mund voll Bier. »Warum?«

»Warum ich es gekauft habe? Die Frage ist eher, warum ich es nicht hätte kaufen sollen. Weil ein Haus wie dieses eine Investition ist – die Hälfte eines hübschen, soliden viktorianischen Doppelhauses, einen Steinwurf vom Park entfernt. Und es wird mir ein nettes kleines regelmäßiges Einkommen bringen, während es gleichzeitig im Wert steigt.«

Zu seiner Überraschung legte Richard den Kopf in den Nacken und lachte.

»Was ist daran so komisch?«

»Du hast also vor, den Wert deiner attraktiven Immobilie zu erhöhen, indem du eine Garage anbaust?«

»Warum nicht?« Bernie lächelte, nicht ganz sicher, ob Richard ehrlich amüsiert war oder nicht. »Darauf sollten wir wohl besser anstoßen, was? Auf unsere neue Verbindung.«

Die beiden Männer stießen mit ihren Gläsern an und tranken ihr Bier aus.

»Noch eins?«, fragte Richard.

»Nein. Ich schätze, ich sollte dich jetzt besser weiterstreichen lassen.«

Er nahm Richard mit nach draußen, damit er den Riley bewundern konnte, dann fuhr er nach Hause. Er hatte die Fenster heruntergekurbelt, doch diesmal schaltete er das Radio nicht an. Die Luft war stickig, und er hatte Kopfschmerzen. Wie war es wohl, wenn man Frau und Kinder hatte? Ein Heim, das man für sie renovieren konnte? Das Bier machte ihn sentimental.

In der Chepstow Road sah er eine Traube junger Leute vor der Ruispidge Hall. Die meisten von ihnen redeten vermutlich über Mattie Harris. Er nahm an, dass der samstägliche Tanz gerade zu Ende war. Wie es aussah, hielt diese verknöcherte Kuh Edna Pembridge gerade einem unglücklichen Burschen eine Standpauke.

Der Anblick dieser jungen Leute ließ sein Herz schneller schlagen. So blühend, so unschuldig. Er bog nach links in die Narth Road. Das Gelände des Lydmouth-Lyzeums sauste linker Hand an ihm vorbei. Einen Moment später bog er nach rechts ab und fuhr durch das offene, von hohen Ligusterhecken eingerahmte Tor von Netherfield.

Die Auffahrt schlängelte sich durch das Gebüsch zwischen dem Haus und der Straße und war so angelegt, dass die Villa unvermittelt in all ihrer weißen Pracht vor dem Besucher auftauchte. Bernie stellte den Wagen auf dem Asphaltrund vor der Haustür ab. Auf halbem Wege zwischen dem Riley und dem Haus, betrachtete er zuerst den einen, dann das andere. Ja, es war ein eleganter Wagen. Sogar begehrenswert. Ebenso das Haus, auf seine Art, schnörkellos und gleißend weiß wie ein Ozeandampfer, so dass es im fahlen Licht der Dämmerung zu leuchten schien. Ein Architekt hatte es in den dreißiger Jahren für ihn gebaut, und mehrere Zeitschriften hatten Artikel darüber gedruckt. Doch diesmal konnte ihm der Kitzel des Besitzerstolzes keinen Trost spenden.

Unvermittelt änderte er seinen Entschluss. Statt ins Haus zu gehen, ging er darum herum, an der Garage und dem kleinen, dahinter verborgenen Gemüsegarten vorbei und den lang gestreckten Rasen hinab. Das Grundstück fiel zum Minnow hin ab. Bernie besaß knapp unter einem halben Hektar. Baumreihen säumten die hohen Zäune zu beiden Seiten. Der größte Teil des Gartens war Rasen, abgesehen von einem Tennishartplatz auf der einen Seite, den Bernie

nie benutzte. In den Dreißigern hatte er hier Gartenpartys veranstaltet.

Er folgte dem Weg zum Fluss, nicht, weil er unbedingt dorthin wollte, sondern weil es ein wenig einfacher war, dem Verlauf des Geländes zu folgen, statt still zu stehen. Dann setzte er sich auf eine schmiedeeiserne Bank, holte seine Pfeife hervor und versuchte, sich zu entspannen.

Zwei Minuten später trieb ihn die Rastlosigkeit zurück zum Haus. Seine Schritte hallten auf den Parkettböden. Der Spiegel in der Diele zeigte ihm sein bleiches, trotziges Gesicht. Er schaltete die Musiktruhe im Salon an und versuchte, das Haus mit Tanzmusik zu füllen. Er ging von Zimmer zu Zimmer, während die synkopischen Rhythmen um ihn herum wogten. Hier gab es so viel Leere.

Während er umherging, schlingerten seine Gedanken trunken hin und her wie ein Weberknecht. Gewöhnlich war sein Verstand ebenso diszipliniert wie sein Körper. Aber nicht immer. Gab es jetzt mehr Momente der Anarchie als früher?

*Diese jungen Leute … hab nie tanzen gelernt … sie war eine wunderbare Tänzerin … armes Mädel … nun, wenn Rav es nicht kann, dann kann es keiner. Aber Gerald? Man muss den Hut vor Richard ziehen … frag mich, wie er und Edith wohl sind, wenn sie … nette Kinder, weiß nie, was ich mit ihnen reden soll. Nun, jeder kann sehen, dass es ein schöner Wagen ist … ja, das Haus braucht eine Garage, vielleicht mit Platz für eine Werkbank … Gott, ich wünschte, ich wäre jung … mehr Bier? … diese Sache könnte heikel werden, sehr heikel, aber sie hat auch ihre komische Seite … Mein Gott, sie sind so wunderschön, und sie wissen es nicht …*

Er erreichte die Küche, die ihn immer an einen Operationssaal erinnerte. Kein Raum, um darin zu sitzen, wie bei den Thornhills, sondern ein Ort der Zweckmäßigkeit. Er ging zur Speisekammer durch und nahm eine Flasche Bier aus dem Kasten auf dem Boden. Wieder zurück in der Küche, öffnete er Schublade um Schublade, auf der Suche nach einem Flaschenöffner. Er wusste, dass einer im Barschrank im Salon war und vermutlich ein weiterer in der Anrichte im Esszimmer. Aber es musste doch auch hier in der Küche einen geben.

Der Fehlschlag, in seiner eigenen Küche keinen Flaschenöffner zu finden, nahm plötzlich monströse Ausmaße an. Es war das endgültige Eingeständnis seines Versagens, seiner Unfähigkeit, mit den Dingen fertig zu werden. Er knallte die Flasche so heftig auf den Tisch, dass sein Handgelenk wehtat. Dann stürmte er aus der Küche, durch die Diele und aus der Haustür.

Da stand der Riley, hier waren die Schlüssel. Er wusste, dass ihn jetzt nur eins beruhigen konnte. Er stieg in den Wagen. Gerade als er den Motor anlassen wollte, klingelte das Telefon im Haus.

Ray Williamson, vermutete er. Oder Gerald Pembridge. *Lass sie schmoren.*

Der Motor sprang an. Bernie brauste die Auffahrt hinunter, bog in die Narth Road und hatte die Stadt schon bald hinter sich gelassen.

Das Telefon klingelte zweiunddreißig Mal und verstummte dann.

## 17

Donner grollte wie entferntes Artilleriefeuer weiter unten an der Flussmündung. Jill zuckte zusammen, und ihre Hand stieß den *Pfarrer von Bullhampton* von der Armlehne.

Sie hob das Buch auf und versuchte, sich zu konzentrieren. Es war noch immer sehr warm, obgleich es während der letzten halben Stunde bedeutend dunkler geworden war. Sie saß am offenen Fenster des Schlafzimmers, eine Sturmlampe neben sich auf der Fensterbank. Vor vier Stunden hatte sie das blaue Seidenkleid angezogen. Vor einer Stunde hatte sie es ausgezogen und in den Kleiderschrank gehängt. Sie hatte ihr Make-up abgewaschen und den alten Morgenmantel angezogen.

Sie gab den Versuch auf, sich mit den Bewohnern von Bullhampton anzufreunden. Stattdessen zündete sie sich eine Zigarette an und starrte hinab auf die funkelnden gelben Lichter des Dorfes, auf die Dunkelheit der Flussmündung und die Silhouetten der Hügel am gegenüberliegenden Ufer. Es bestand kein Zweifel, dass Charlotte etwas ahnte. Sie hatte Jill praktisch offen gewarnt. Jill wusste selbst am besten, dass Affären mit verheirateten Männern kein Rezept für Glück waren. Und dann war da jene andere Sorge, die unter allem anderen mitschwang, die tiefste, finsterste Ironie des Ganzen.

Beim ersten Mal, im Church Cottage?

Billige Ausflüchte, ständige Lügen – ist es wirklich das, was ich will?, dachte sie. Sie wusste auch, dass für Richard sein Beruf immer an erster Stelle kommen würde. Manchmal dachte sie, dass dies eins der Dinge war, die sie an ihm liebte, die Tatsache, dass er nicht moralisch flexibel war wie die meisten anderen Männer. Andererseits, wenn Ehebruch kein Zeichen von moralischer Flexibilität war, was dann? Vielleicht lag jener Teil seines Lebens in einer anderen Schublade. Männer konnten so etwas gut – sie errichteten Barrieren, unterteilten ihr Leben mit wasserdichten Schotts.

Sie hörte einen Wagen auf dem Grasweg. Gütiger Gott, er wurde langsamer. Der Wagen hielt an. Das Tor des Schuppens kreischte, was bedeutete, dass es Richards Wagen sein musste. Sie hatten verabredet, dass sie ihren Wagen draußen stehen lassen würde, damit er seinen vor neugierigen Blicken verbergen konnte. Sie schnippte ihre Zigarette durch die Dämmerung auf das hohe Gras unterhalb der Terrasse. Was für eine Idiotin sie gewesen war, nicht nur das Kleid auszuziehen, sondern auch ihr Make-up abzuwaschen. Sie trug die Sturmlampe auf die Kommode und bürstete sich eilig das Haar durch.

Richards Schritte auf dem Weg unter dem Fenster. Sie wusste, dass es seine waren – schnell und leicht –, genauso wie sie wusste, wie seine Haut in der Beuge zwischen Hals und Schulter roch. Sie hörte, wie er leise ihren Namen rief.

Sie trat zurück ans Fenster und schaute zu ihm hinunter. Er trug ein Hemd mit offenem Kragen und hatte sich sein Jackett über die Schulter geworfen.

»Darf ich reinkommen?«

»Natürlich. Warte.«

Sie ging nach unten und öffnete den Türriegel. Richard schlüpfte herein und warf sein Jackett auf einen Sessel.

»Du musst gedacht haben, ich komme nicht. Ich hab im Church Cottage angerufen, aber du warst nicht dort.« Er streckte die Hand aus und berührte zärtlich ihre Wange. »Es tut mir Leid.«

»Ist schon in Ordnung. Ich verstehe.«

»Ich wäre früher gekommen. Bernie hat vorbeigeschaut.« Sein Adamsapfel hob und senkte sich. »Er kauft unser Haus.«

»Er tut *was?*«

»Shipston wollte verkaufen. Er hat uns das Vorkaufsrecht angeboten.« Richard zögerte, ließ eine Lücke, die Ahnung von ungesagten Dingen. »Wir konnten es uns nicht leisten.«

»Was hat er mit dem Haus vor?«

»Nichts. Wir können dort wohnen bleiben wie zuvor. Nur dass er eine Garage und was sonst noch bauen wird.«

»Er kauft kein Haus«, sagte Jill. »Er kauft eine Familie.«

»Ja. Mir gefällt das nicht. Aber ich kann nicht viel dagegen tun. Er wird mit Hendry reden.«

Sie zog ihren Morgenmantel fester um sich. »Möchtest du irgendwas? Ein Sandwich? Was zu trinken?«

»Tee. Ich mach ihn.«

Sie stand im Durchgang zur Küche und schaute ihm dabei zu, wie er mit der Flamme des Primus-Gaskochers kämpfte.

»Ich fürchte, ich kann nicht lange bleiben. Ich sollte besser auf dem Präsidium vorbeischauen und mit Brian Kirby reden.«

»Ich glaube, Charlotte ahnt etwas.«

Richard fiel der Löffel auf den Tisch, wo er kreiselte, bevor er auf die Steinfliesen des Fußbodens klapperte. Keiner der beiden rührte sich, um den Löffel aufzuheben.

»Wie ist das möglich?«, fragte er.

Jill zuckte mit den Achseln. »Sie kann zwei und zwei zusammenzählen und fünf herausbekommen wie jeder andere auch. Und sie hat mich heute Nachmittag gewarnt, sehr, sehr taktvoll, dass Lydmouth nicht der Ort wäre, wo man hoffen könnte, etwas wie dies geheim zu halten.«

Etwas wie dies, ging es ihr durch den Sinn, etwas wie was? Eine Freundschaft? Eine schnelle Nummer? Eine Affäre?

»Wir müssen vorsichtig sein.«

»Bist du sicher, dass du so weitermachen willst?«, fragte Jill zögernd. »Mit allen Konsequenzen?«

Er kam um den Küchentisch herum und ergriff ihre Hände. »Natürlich will ich das. Du weißt doch, dass ich dich liebe.«

Sie legte ihren Kopf an seine Brust, und sie schwiegen einen Moment lang. Er hatte ihr schon einmal gesagt, dass er sie liebte, doch das war gewesen, während sie miteinander geschlafen hatten, also zählte es nicht wirklich. Und sie hatte nichts erwidert, für den Fall, dass die Worte nur aus dem Augenblick geboren waren. Jetzt, im flackernden Schein einer Sturmlampe in einer klammen kleinen Küche, bedeuteten die Worte etwas anderes.

»Ich wünschte, das wäre nicht gerade jetzt passiert.«

»Das mit uns?«, fragte sie entsetzt und wich von ihm zurück.

»Nein, nein. Der Tod von Mattie Harris. Wir haben Gott weiß sowieso schon so wenig Zeit füreinander. Und das Problem ist, ich befürchte, dass der Fall nicht ganz so klar liegt, wie es zuerst schien.«

»Wie meinst du das?«

Die Worte waren noch nicht ganz über ihre Lippen, da wünschte Jill bereits, sie könnte sie zurücknehmen. Sie hatte sich geschworen, dass sie keine Neugier bezüglich seiner Arbeit zeigen würde. Es würde ihn nur unnötig unter Druck setzen, zu viel verlangen. Sie war schließlich Journalistin.

Doch er antwortete ohne Zögern. »Es gibt Anzeichen dafür, dass sie sich entweder in großer Eile angezogen hat oder dass jemand anders sie angezogen hat. Möglicherweise, nachdem sie tot war.«

»Aber sie ist ertrunken, oder nicht?«

»So scheint es. Aber natürlich können wir nicht einmal dessen gewiss sein, bis wir die Obduktionsergebnisse haben.«

Irgendwie hatten sich seine Arme wieder um sie geschlungen, und ihr Kopf lag wieder an seiner Brust. Sie fühlte durch sein Hemd seinen Herzschlag. Sie berührte die Stelle mit ihrem Finger.

»Da ist noch etwas«, fuhr Richard fort. »Sie hat Mrs Browning vom Gardenia erzählt, sie müsse sich den Tag freinehmen, um mit ihrer Mutter zum Krankenhaus zu fahren.

Dann habe ich mit ihren Eltern gesprochen. Ihnen hatte sie erzählt, dass sie am Donnerstagabend tanzen gehen und vielleicht überhaupt nicht nach Hause kommen würde – sie würde bei einer Freundin übernachten. Sie haben gedacht, dass sie gestern wie üblich im Café arbeiten würde. Sie hat gesagt, sie müsste vielleicht Überstunden machen, dann würde sie Freitag abermals bei der Freundin übernachten. Also muss sie am Freitag etwas vorgehabt haben. Die Frage ist nur, was?«

»Und was immer es gewesen ist, es kann nicht zu Stande gekommen sein – immer vorausgesetzt, sie ist Donnerstagabend gestorben.«

»Das können wir noch nicht mit Gewissheit sagen.«

»War diese Freundin Violet Evans?«

Er sah sie an. »Woher weißt du das?«

»Charlotte hat erwähnt, dass Mattie und Violet Freundinnen waren. Also bin ich zu ihr gefahren.«

»Warum?«

»Ich weiß es nicht. Ich wollte einfach sehen, wo sie lebt, und ich war ziemlich durcheinander. Charlotte hatte mich aus der Fassung gebracht, glaube ich … ich wollte nicht mit Violet reden, aber sie war im Vorgarten, mit ihrem Baby, und wir sind ins Plaudern gekommen. Um ehrlich zu sein, ich wünschte, ich wäre nicht hingefahren. Sie hatte das mit Mattie noch nicht gehört. Es hat sie schrecklich mitgenommen.«

»Hat sie erwähnt, ob sie am Donnerstag tanzen gehen wollte?«

Jill schüttelte den Kopf. »Ich glaube nicht, dass sie viel Zeit für so etwas hat. Ich hatte den Eindruck, dass sie im Moment ein schweres Leben hat. Sie wohnt bei ihren Eltern, und sie muss sich um das Baby kümmern. Ich glaube nicht, dass der Vater dabei eine große Rolle spielt. Aber sie war für Freitagabend mit Mattie verabredet.«

»Bist du sicher?«

»Das hat sie gesagt.«

»Hat Violet gesagt, warum?«

»Es gab keinen speziellen Grund.« Jill spürte Ärger in sich aufsteigen. »Sie brauchten keinen *Grund.* Sie waren Freundinnen. Violet hat gesagt, sie wollte Mattie bitten, Patentante des Babys zu werden.«

Der Kessel kochte. Sie sah zu, wie Richard den Tee aufbrühte; seine Bewegungen waren präzise und durchdacht, als wäre er ein Wissenschaftler, der ein Experiment durchführte. Er trug das Tablett ins Wohnzimmer, wo sie sich steif nebeneinander auf das kleine Sofa setzten.

»Was ist mit ihren Kleidern?«, fragte Jill unvermittelt. »Wenn sie irgendwo übernachten wollte, hätte sie sich dann nicht umziehen wollen?«

»Sie hatte ein paar Kleider im Gardenia. Sie hat am Donnerstagabend ihre Uniform dort gelassen und einen Rock und eine Bluse angezogen. Sie hatte auch eine große Handtasche bei sich, die wir bislang nicht gefunden haben. Williamson zeigt ebenfalls Interesse an dem Fall.«

»Aber geht er denn nicht in ein, zwei Wochen in Ruhestand? Und ich dachte, er ist sowieso krankgeschrieben.«

»Ist er auch. Er hat keinen Grund, sich einzumischen. Aber genau das tut er. Ich musste ihn heute Abend anrufen. Er will, dass ich ihn wenigstens einmal pro Tag anrufe.«

Es war leichter, über ein totes Mädchen zu reden, als darüber, wie es um sie beide stand und wie es mit ihnen weitergehen sollte. Richard beugte sich vor, um den Tee einzuschenken. Seine Nähe war irgendwie bedrohlich. Jill wollte ihre Hand unter sein Hemd schieben und seine Brust streicheln. Ein Teil von ihr wollte nicht so empfinden, denn es ließ sie erkennen, dass sie nicht mehr die alleinige Kontrolle über ihren Körper hatte. Er reichte ihr eine Tasse und

Untertasse. Dies war erst das zweite Mal, dass er ihr eine Tasse Tee gemacht hatte, doch der Tee hatte genau die Farbe und Stärke, die sie mochte. Er war ein Mann, der auf kleinste Details achtete. Sie war sich nicht sicher, ob ihr diese Eigenschaft gefiel oder nicht.

»Joan Ailsmore und ich haben uns Matties Zimmer im Cottage ihrer Eltern angesehen.«

»Oh – du hast Joan Ailsmore mitgenommen?«

»Kann manchmal ganz nützlich sein, eine Frau zur Hand zu haben. Sie ist sehr eifrig.«

Und ziemlich attraktiv, wenn auch ein bisschen breit um die Hüften, dachte Jill bei sich.

»Ich werde vielleicht vorschlagen, dass sie sich für eine Versetzung zum CID bewirbt. Wir hatten noch nie einen weiblichen Officer, aber es gibt keinen Grund, weshalb das so bleiben muss. Nun, jedenfalls haben wir ein paar merkwürdige Dinge gefunden. Mattie scheint für eine Serviererin überraschend wohlhabend gewesen zu sein. Sie hat eine Stange Geld für Möbel ausgegeben. Und kein Hinweis auf einen Ratenzahlungsvertrag. Sie hat auch eine Menge für Kleider ausgegeben und hatte vor, ein Badezimmer einbauen zu lassen. Sie hatte sich sogar einen Kostenvoranschlag vom Klempner geholt. Und auf ihrem Postsparbuch waren fast zweihundert Pfund.«

»War sie nicht verheiratet oder so was? Vielleicht stammte das Geld daher.«

»Ich denke, es war wohl mehr ›oder so was‹. Keine Spur von einer Heiratsurkunde. Er war ein amerikanischer Pilot namens Gary, ein Schwarzer, und angeblich ist er derzeit in Korea. Wir werden das überprüfen, soweit es uns möglich ist, aber ich halte es nicht für sehr wahrscheinlich.«

Einen Moment lang tranken sie schweigend ihren Tee, während Jill über WPC Ailsmore nachdachte.

Dann räusperte Richard sich und sagte: »Macht es dir eigentlich etwas aus, wenn ich so frei von der Leber weg rede? Ich hab so was noch nie getan, nicht über die Arbeit. Vielleicht würdest du lieber …«

»Natürlich macht es mir nichts aus.« Sie legte ihre Hand auf die seine und drückte sie. »Und du hast nichts davon gesagt, dass ich es für mich behalten soll, was dir nicht leicht gefallen sein kann.«

Sie lächelten einander an. Die Anspannung zwischen ihnen verflog. Richard stellte seine Tasse ab und lehnte sich zurück. Es war ganz natürlich für Jill, sich an ihn zu schmiegen, ganz natürlich, das Gewicht seines Arms auf ihren Schultern zu fühlen.

»Da ist noch etwas«, fuhr er fort. »Und dann höre ich auf, davon zu reden, das verspreche ich. Matties Zimmer war vom Rest des Hauses abgetrennt. Die Treppe war zu steil für die Eltern. Aber jemand ist kürzlich eingebrochen. Er ist hinaufgeklettert und hat ein Fenster aufgehebelt. Kein Anzeichen dafür, dass irgendetwas fehlt – sie hatte ein paar Schmuckstücke, und die waren noch da.«

Jills Hand wanderte unter sein Hemd und kraulte die Haare auf seiner Brust. »Wann musst du wieder weg?«

»Ich sollte schon längst weg sein.« Er griff herüber und streichelte ihr Bein, schob die Kanten des Morgenmantels auseinander. »Ich hätte überhaupt nicht herkommen sollen. Sagen wir, in einer halben Stunde?«

»Weißt du, was Alec Sutton immer sagt?«, fragte Jill atemlos. Sutton war der Vikar und Jills Vermieter. »Es ist Teil seines Repertoires – eins von diesen Dingen, mit denen er sonntags die Gläubigen unterhält. *Und Gott sagte: Nehmt, was euch gefällt, und bezahlt dafür.*«

Sie schauderte. Mattie Harris war tot. Sie konnte für nichts mehr bezahlen. Richard streichelte ihr Bein, seine Hand glitt zwischen ihre Knie und wanderte langsam zwischen ihren Schenkeln hinauf.

»Wie soll ich für dich bezahlen? Du bist unbezahlbar«, sagte er, was ein sehr befriedigendes Kompliment war. Dann küsste er sie.

## 18

Um Viertel vor zehn rief Sergeant Brian Kirby abermals bei Thornhill zu Hause an. Abermals ging niemand an den Apparat. Er legte den Hörer auf die Gabel. Das sah dem Chef gar nicht ähnlich – Thornhill hatte gesagt, er würde abends auf ein Wort vorbeikommen; er hätte sich schon längst melden sollen.

Kirby, eine Zigarette im Mundwinkel, sah zu Joan Ailsmore hinüber. Sie saß auf der Kante des Nachbarschreibtisches und ließ ein, wie Kirby fand, recht ansehnliches Paar Beine baumeln. Sie waren die Einzigen in dem lang gestreckten CID-Büro. Die Schreibmaschinen waren stumm; die Aschenbecher und Papierkörbe quollen über, warteten auf den morgendlichen Besuch der Putzfrauen. Kirby zog fragend die Augenbrauen hoch.

»Was wollen Sie jetzt tun, Sarge?«, erkundigte sich Ailsmore.

Kirby hatte sich die Alternativen bereits überlegt. In Thornhills Abwesenheit konnte er die Angelegenheit theoretisch an Williamson weiterleiten, obgleich Williamson eigentlich vom Dienst freigestellt war. Oder er konnte selbst die Initiative ergreifen.

»Kommen Sie«, sagte er. Er schob seinen Stuhl zurück und drückte seine Zigarette aus. »Lassen Sie uns einen Besuch machen.«

Hinter dem Hauptgebäude des Polizeipräsidiums war ein großer Hof, auf dem sich behelfsmäßige Büros, Schuppen und Fahrzeuge drängten. Die Turmuhr von St. John schlug die Viertelstunde. Kirby rutschte auf den Fahrersitz eines zweifarbig blauen Hillman Minx, den das CID jüngst auf Probe zu seiner alleinigen Verfügung erhalten hatte, das Ergebnis monatelanger Verhandlungen zwischen dem stellvertretenden Chief Constable, dem Chief Constable und dem ständigen Koordinationsausschuss. Joan stieg auf der Beifahrerseite ein; sie verharrte nicht an der Tür und wartete darauf, dass er sie ihr aufhielt, wie die meisten seiner Freundinnen es taten. Sie hatte sich daran gewöhnt, an erster Stelle Polizistin und erst in zweiter Linie eine Dame zu sein. Zwei Jahre lang war sie in Birmingham Streife gegangen, was ebenfalls für sie sprach. Lydmouth war ja ganz nett und schön, doch es gab hier bei weitem zu viele Provinzler.

Die Uhr schlug zehn, als Kirby den Motor anließ. Er sagte nichts, bis sie die High Street entlang in Richtung Templefields fuhren.

»Überlassen Sie mir das Reden«, sagte er. »Springen Sie ein, wenn's eine lange Pause gibt und Sie sehen, dass ich Ihnen einen Blick zuwerfe. Aber nehmen Sie sie nicht zu hart ran.«

»Dann glauben Sie also nicht, dass er es war?«

Er sah sie einen Augenblick lang an, und ein Grinsen breitete sich auf seinem Gesicht aus. »Nein – weil ich derjenige sein werde, der sie hart rannimmt.«

»Also was denken Sie?«

»Er war's. Natürlich war er es, verflucht noch mal.«

»Aber er hat sie gefunden.«

»Irgendjemand musste sie finden.« Kirby bremste und setzte den Blinker nach rechts. »Oder, was ebenso wahrscheinlich ist, er hat's eingefädelt, dass er sie findet.«

»Jimmy? Aber ich dachte, er hat nicht alle Tassen im Schrank.«

»Auf seine Art ist er durchaus gerissen. Die Sorte Kerle

ist das oft.« Hügelabwärts sah er die Lichter des Bahnhofs und dahinter die New Bridge. Er bog nach links ab. »Ich sag ja nicht, dass er es geplant hat. Wenn er's war, dann hatte er vermutlich nicht vor, sie umzubringen, ebenso wenig, wie er vorgehabt hatte, sie zu finden. Ein beschränkter Verstand wie seiner denkt nicht voraus. Aber als er erst mal von der Brücke gesprungen und im Wasser war, da war es genau die verquere Logik, die man von einem wie ihm erwarten kann. Er hat die Leiche gefunden, also wird keiner denken, dass er es getan hat.«

Mittlerweile fuhren sie die Mincing Lane entlang. Klaviergeklimper scholl aus dem offenen Fenster des King's Head. Ein Stück weiter, kurz vor dem Tor zum Schlachthaus, bog er abermals links ab. Einen Moment später waren sie in River Gardens. In den meisten der adretten kleinen Doppelhäuser brannte Licht, Minnie Calders eingeschlossen.

Sie stiegen aus dem Wagen und gingen schweigend zur Haustür. Joan klingelte. Sie warteten einen Moment, bemerkten die Bewegung einer Gardine im vorderen Fenster. Miss Calder öffnete persönlich die Tür.

»Wissen Sie, wie spät es ist?« Sie trug einen Morgenmantel, und ihr Haar war mit Lockenwicklern bestückt, um die sie einen Schal geknotet hatte. »Ich dachte, wir hätten für heute schon genug von Ihnen gesehen.«

Während sie sprach, hörte Kirby eilige Schritte die Treppe hinauftrampeln und dann das Zuknallen einer Tür über ihnen.

»Wer war das?«

»Jimmy natürlich.« Sie verschränkte die Arme vor der Brust und starrte ihn an. »Er ist nach oben gegangen, um sein Zimmer aufzuräumen, bevor er sich bettfertig macht.«

»Wir hätten da noch ein paar weitere Fragen, Miss Calder.« Kirby rückte näher an sie heran, und sie trat einen

Schritt zurück. »Wir würden Jimmy gern ein oder zwei Dinge fragen.«

Sie deutete mit einem schroffen Nicken auf die Wohnzimmertür. »Na schön. Wir gehen da rein. Sie können zuerst mit mir reden.«

Das kleine Zimmer roch nach Pfefferminz und Plastik. Die Luft war muffig und reglos. Miss Calder schloss die Tür. Sie bot ihnen keinen Platz an.

»Nun?«

»Können Sie uns sagen, wo Sie Donnerstagabend waren?«

»Ich? Warum?«

Kirby ließ das Schweigen länger und länger werden.

»Es war Bingo-Abend«, kapitulierte sie schließlich. »Oben im Saal vom King's Head.«

»Wann sind Sie heimgekommen?«

Ihr Blick wanderte von seinem Gesicht zu der Uhr über dem elektrischen Kamin. »Gegen zehn? Ich weiß es nicht. Viertel nach? Mrs Halleran wird es wissen.«

Da war Kirby sicher. Das Problem war, dass das King's Head für seine unorthodoxen Öffnungszeiten berüchtigt war, und es war mehr als wahrscheinlich, dass Mrs Halleran sich an dem fraglichen Abend höchstselbst eine Verlängerung der Schankzeiten genehmigt hatte. Besonders wenn sie oben Leute sitzen hatte, die spielten und tranken, und die alten Verdunkelungsrollos zugezogen waren.

»War Jimmy zu Hause?«

»Woher soll ich das wissen?«

»Sie haben also nicht nach ihm gesehen?«

Sie schüttelte den Kopf. »Er ist kein Baby. Außerdem dachte ich, er würde schlafen.«

»Jetzt schläft er auch nicht, oder? Und es ist die gleiche Zeit.«

»Er hatte einen aufregenden Tag, Sergeant. Also ist es

nicht überraschend, dass es ihm schwer fällt, zur Ruhe zu kommen, oder?«

Sie standen noch immer zwischen dem Sofa und der Zimmertür. Kirby fragte, ob sie sich hinsetzen könnten, und Miss Calder stimmte widerwillig zu. Er warf Joan einen Blick zu und wartete.

»Es kann nicht immer leicht sein, für Jimmy zu sorgen«, sagte sie. »Muss eine große Verantwortung sein.«

Miss Calder schnaubte, allerdings auf eine Art, die widerstrebende Zustimmung signalisierte. »Ein Junge braucht jemanden, der auf ihn aufpasst, und Jimmy wird immer ein Junge bleiben. Also blieb mir keine große Wahl, als meine Schwester starb. Sie waren sehr verständnisvoll im Krankenhaus, dass muss ich denen hoch anrechnen.«

»Sie waren Krankenschwester?«

Ein weiteres beipflichtendes Schnauben. »Hab für meinen Beruf gelebt, das hat meine Schwester immer gesagt. Und sie hat da nicht ganz falsch gelegen. Egal – das ist alles lange her.«

»Jimmy ist immer ein bisschen langsamer als andere Jungs gewesen?«

»Ja. Meine Schwester hat immer behauptet, die Kinderlähmung wäre schuld daran, aber jeder mit einer Spur medizinischem Wissen hätte ihr sagen können, dass das Unsinn war.«

»Er muss sich erstaunlich gut erholt haben.«

Diesmal wurde Joan mit einem echten Lächeln belohnt. »Wenn man ihn sich jetzt so ansieht, würde man nicht denken, dass sie dachten, er würde nicht durchkommen, was? Dann waren sie sicher, dass er sein Leben lang ein Krüppel bleiben würde. Aber jetzt merkt man ihm nichts mehr an.«

Das Lächeln mutierte zu etwas, das alarmierende Ähnlichkeit mit einem selbstgefälligen Grinsen hatte, so fehl am

Platz auf diesem hageren Gesicht wie eine rosa Schleife an einem Menschen fressenden Tiger. »Doktor Fairclough hat gesagt, das hätte nur an der Pflege gelegen, und einen Großteil der Pflege habe ich selbst übernommen. Er hat im alten Cottage-Hospital gelegen, wissen Sie, wo ich während des Krieges gearbeitet habe.«

Kirby beugte sich vor. »Er ist ein großer Junge, Miss Calder, ein ausgewachsener Mann, selbst wenn er ein bisschen zurückgeblieben ist. Wie ist er denn so mit den Mädels?«

Sie sah ihn an, als habe er etwas Obszönes gesagt. »Unser Jimmy interessiert sich nicht für solche Dinge.«

»Woher wollen Sie das wissen?«

»Sie brauchen sich ihn doch nur mal anzuschauen.« Ihre Hände zupften Wollfusseln von ihrem Morgenmantel. »Er spielt noch immer mit Spielsachen.«

Kirby lächelte. »Gut, dass Sie mich daran erinnert haben, Miss Calder. Es war eine Lok, nicht wahr? Eine kleine Lok zum Aufziehen.«

Sie blitzte ihn wütend an. »Sie können doch jetzt nicht mit so was kommen.«

»Diebstahl ist Diebstahl, wann immer es auch passiert«, erwiderte Kirby tugendhaft. »Ich hoffe, er hat sie inzwischen zurückgegeben?«

»Noch nicht. Es war noch keine Zeit dazu.«

»Dann haben Sie sie also, ja? Ich dachte, Jimmy hätte sie versteckt.«

»Nein, er hat sie noch nicht zurückgebracht. Er kann manchmal sehr trotzig sein. Aber darum brauchen Sie sich nicht zu kümmern. Ich werde sie in jedem Fall bezahlen, machen Sie sich da keine Sorgen. Ich sehe Mr Prout morgen in der Kirche, und da werd ich mit ihm reden.«

»Sieht nicht gut aus – die Tatsache, dass er sie nicht zurückgegeben hat.«

»Aber wenn ich sie doch bezahle …«

»Trotzdem, Miss Calder.« Kirby schüttelte langsam den Kopf und schaute sie schockiert an. »Wir müssen vielleicht doch noch Anklage erheben.«

Das nahm ihr für den Moment den Wind aus den Segeln, und sie starrte ihn stumm an. Er betrachtete ihre ringlosen Hände, die sie auf ihrem Schoß rang, bemerkte die kurz geschnittenen Nägel, die raue Haut und die verdickten Fingerknöchel. Joan sagte nichts.

»Es kommt ganz darauf an«, sagte Kirby schließlich, als würde er aus der Güte seines Herzens heraus ein Zugeständnis machen. »Wenn Jimmy uns in anderer Hinsicht behilflich ist, dann wäre es leichter, ein gutes Wort für ihn einzulegen.«

»Ihnen behilflich sein? Wie?«

»Wir müssen mit ihm reden, Miss Calder.«

»Kann das nicht bis morgen warten?«

»Nein.«

Ihre Hände fielen kraftlos auf ihren Schoß, Handflächen nach oben, kapitulierend. Sie stand auf und sah von Kirby zu Joan. »Also gut. Ich hole ihn. Aber was diese Lok angeht, könnten Sie ...«

»Ich kann nichts versprechen.« Kirby stand ebenfalls auf. »Aber Sie werden es nicht bereuen. Ich denke, es wäre besser, wenn wir allein mit ihm reden würden. Wir gehen nach oben, ja? Ich würde mir gern sein Zimmer ansehen.«

»Aber ich will dabei sein. Er sagt vielleicht etwas, was er nicht so meint, oder lässt Sie ...«

»Lässt uns was?«

»Sie wissen schon. Dinge verdrehen.«

Kirby setzte eine Miene auf, die Entrüstung, Bekümmertheit und Ungläubigkeit miteinander verschmolz. »Sie haben zu viele amerikanische Filme gesehen, Miss Calder. So etwas tun wir nicht.« Er warf einen Blick zu Joan und sah in ihren Augen, dass sie begriff.

»Der Sergeant hat Recht«, erklärte sie lächelnd. »Die Sache ist die, wenn wir mit Jimmy reden, während Sie im Zimmer sind, dann fühlt er sich vielleicht etwas unbehaglich. Es könnte ihn ablenken.«

»Wenn es Ihnen lieber ist, dann nehmen wir ihn mit aufs Revier«, sagte Kirby. »In ein Vernehmungszimmer, was für uns bedeutend umständlicher wäre. Und ich glaube auch nicht, dass es gut für ihn wäre. Aber wenn Sie es so wollen, Miss Calder, dann wird es so gemacht. Würden Sie ihn bitte nach unten rufen?«

»Wäre es für ihn daheim denn nicht angenehmer?«, fragte Joan im Tonfall der einfühlsamen Vernunft, im Gegensatz zu Kirbys Stimme der unbeugsamen Autorität.

»Schon gut«, sagte Minnie Calder, »tun Sie, was Sie wollen. Aber ich will nicht, dass Sie ihm Angst machen. Schließlich ist er tief im Innern nur ein kleiner Junge.«

Sie führte die beiden nach oben zu einem kleinen Treppenabsatz mit drei geschlossenen Türen. Sie öffnete eine der Türen einen Spalt weit, ohne anzuklopfen.

»Hier ist ein Polizist, der sich mit dir unterhalten möchte, Jimmy, und eine Polizei-Dame.«

Das weiße Gesicht des Jungen tauchte in dem Spalt zwischen Tür und Rahmen auf. »Warum?«

»Sie wollen dir ein paar Fragen stellen. Sag einfach die Wahrheit. Du brauchst keine Angst zu haben.«

Kirby lächelte Miss Calder an. »Wir sehen uns dann unten, ja? Sollte nicht lange dauern.«

Sie zog sich endlich zurück, ihre Schritte verklangen langsam und zögernd auf der Treppe. Jimmy wich in sein Zimmer zurück und setzte sich auf das schmale Bett. Kirby folgte Joan hinein und schloss die Tür hinter ihnen. Es war ein Knabenzimmer. Miniaturgrenadiere marschierten über den Nachttisch und spielten lautlos auf ihren Instrumenten. Bilder von Cricketspielern waren sorgfältig aus Zeitungen ausgeschnitten und mit Heftzwecken an der Tür eines Kleiderschranks befestigt worden. Das kleine Bücherregal quoll über von Abenteuerbüchern und Comicheften. Joan trat auf einen Spielzeuglaster und murmelte eine Entschuldigung.

Jimmy riss den Kopf hoch. »Ist er verbeult?«

Kirby hob den Laster auf und inspizierte ihn. »Sieht nicht so aus.«

Noch immer mit dem Spielzeug in der Hand, trat er zum Fenster und zog einen der gestreiften Vorhänge auf. Das Zimmer lag zur Rückseite des Hauses, und um diese Zeit gab es nicht viel zu sehen. Licht aus dem Küchenfenster schien hinaus in den kleinen, dunklen Garten. Eine Schubkarre stand dicht bei der Pforte zum Fußweg gegen den hinteren Zaun gelehnt, die Griffe in die Luft gereckt wie die Hände des Opfers eines Straßenräubers. Der Minnow floss unsichtbar jenseits des Zauns vorbei. Kirby drehte sich um und sah den Kind-Mann auf dem Bett an. Hätte nicht etwas in seinem Verstand aufgehört zu wachsen, wäre er gut aussehend, groß und schlank gewesen. Er bemerkte, dass Jimmys Blick immer wieder verstohlen zu Joan hinüberhuschte.

»Warum hast du uns nicht erzählt, dass du Mattie gekannt hast?«, fragte Kirby barsch.

Jimmy riss den Kopf zu ihm herum. »Ich? Wer hat Ihnen das erzählt? Das ist eine Lüge.«

»Nein, ist es nicht, Jimmy«, sagte Kirby. »Um genau zu sein, du hast sie sehr gut gekannt. Kein Mädchen würde einen Jungen küssen, wenn es ihn nicht sehr gut kennt, oder?«

Er sah, wie das weiße Gesicht rot anlief.

»Es ist eine Lüge. Jemand erfindet Geschichten.«

»Du bist derjenige, der Geschichten erfindet, wenn du sagst, dass du sie nicht gekannt hast. Hör auf damit, Jimmy, das hat doch keinen Zweck. Jemand hat gesehen, wie sie dich am helllichten Tag geküsst hat. Und dieser Jemand gehört nicht zu den Leuten, die Lügen erzählen.«

Jimmy ließ den Kopf hängen. »Ich hab sie ein bisschen gekannt«, murmelte er.

»Wie gut ist ›ein bisschen‹?«

Jimmy zuckte mit den Achseln. Kirby streckte den Arm aus und legte seine Finger unter Jimmys Kinn. Er drückte Jimmys Kopf hoch, bis die beiden einander ins Gesicht sahen. »Da musst du schon mit was Besserem kommen, Jimmy. Denn sonst nehme ich dich mit aufs Revier und sperr dich in eine Zelle. Dir wird es in unseren Zellen nicht gefallen.«

Er verstärkte den Druck, klemmte Jimmys Kinn zwischen seinen Fingern ein. Der Kind-Mann winselte.

»Und weißt du, wann sie dabei gesehen wurde, dass sie dich geküsst hat?«, fuhr Kirby fort, so unerbittlich wie das Schicksal. »Donnerstagabend. Und weißt du noch was? Danach hat sie niemand mehr lebend gesehen.«

Jimmys Zittern wurde heftiger. »Ich hab sie nicht umgebracht«, jammerte er, »ich hab sie nicht umgebracht, ich schwör's auf die Bibel. Sie war meine *Freundin.*«

Kirby ließ los, und Jimmys Kopf fiel nach vorn, als wäre sein Genick gebrochen. Er sah Joan an.

»Sie war ein nettes Mädchen«, sagte Joan leise. »Das sagen alle.«

Jimmy nickte.

»Sie hat mit dir geredet, nehme ich an?«

Jimmy sah hoch. »Ich hab ihr geholfen.«

»Wobei?«

Er kratzte sich am Kopf, ließ Schuppen und krustiges Haarfett herabregnen. »Hab ihre Taschen getragen. Hab aufgepasst, dass ihr nichts passiert.«

Kirby spitzte die Ohren.

»Das war sehr nett von dir«, fuhr Joan fort. »Sie war bestimmt sehr dankbar. Du hast also auf sie aufgepasst?«

»Weil sie meine Freundin war.«

»Und wie hast du auf sie aufgepasst?«

»Ich bin mit ihr mitgegangen. Niemand hat gemeine Sachen zu ihr gesagt, wenn ich bei ihr war. Sie wussten, dass ich sie verprügeln würde, wenn sie so was machen würden.«

Kirby tat so, als inspiziere er den Inhalt des Bücherregals. Der Junge mochte ein Schwachkopf sein, aber er war ein muskelbepackter Schwachkopf.

»Es ist nicht nett, wenn Leute gemeine Sachen zu Frauen sagen«, sagte Joan. »Haben die Leute das mit Mattie gemacht?«

Jimmy schüttelte den Kopf. »Sie hätten sich's nicht getraut, oder? Nicht, solange ich da war.«

Gegen diese Art von Logik konnte man nichts einwenden, dachte Kirby.

»Also, was ist am Donnerstag passiert?«, fuhr Joan fort. »Hast du an dem Abend auf sie aufgepasst, nachdem du sie vor der Ruispidge Hall getroffen hattest?«

»Nein.« Sein Gesicht bebte. »Nein. Sie wollte es nicht. Sie hat mich weggeschickt.« Der Kind-Mann starrte auf seine Hände, und seine Schultern zuckten. »Ich wollte mit ihr mitgehen. Aber sie hat Nein gesagt, hat gesagt, sie käm schon allein zurecht.«

Armer Junge, dachte Kirby, während sich unwillkürlich Mitleid in ihm regte. Das Mädel musste ihm wirklich etwas bedeutet haben.

»Hast du gesehen, wo sie am Donnerstagabend hingegangen ist? Nachdem sie Ruispidge Hall verlassen hat?«

»Nein. Sie ist einfach weggegangen.«

»In welche Richtung?«

»Richtung – zur Narth Road. Genau wie das Wochenende davor.«

»Was meinst du damit?«, unterbrach ihn Kirby. »Was hat sie letztes Wochenende gemacht?«

Jimmy fuhr erschrocken zusammen. »Nichts. Ich hab gar nichts gemacht.«

Joan beugte sich vor und tätschelte seine Hand. »Das wissen wir, Jimmy. Sergeant Kirby möchte nur wissen, wo du sie hast hingehen sehen, mehr nicht.«

»Mehr nicht«, plapperte Kirby nach, während ihn das Gefühl beschlich, dass Joan Ailsmore ihm bei dieser Vernehmung irgendwie die Zügel aus der Hand genommen hatte.

»Es war Samstagabend«, sagte Jimmy.

»Kannst du dich erinnern, um wie viel Uhr?«, hakte sie nach.

Jimmy runzelte die Stirn, dann breitete sich ein Lächeln auf seinem Gesicht aus. »Muss so um acht Uhr gewesen sein. Die Leute kamen gerade aus dem Kino.«

»Guter Junge. So denkt ein Detektiv. Die erste Vorstellung war also gerade zu Ende.«

»Mattie kam von der Bushaltestelle, deshalb hab ich gesagt, ich würd mit ihr mitgehen, um sie zu beschützen. Also sind wir den ganzen Weg bis zur Narth Road gegangen.« Er zeigte auf einen kastanienbraunen Pullunder, der über einer Stuhllehne hing. »Ich hatte meinen neuen Pulli an. Sie hat gesagt, ich würde sehr schick aussehen.«

»Du hast sie also den ganzen Weg bis zur Narth Road begleitet. Das war sehr nett von dir. Hat sie auf dem Weg mit irgendjemandem gesprochen?«

»Nein. Nur mit mir. Sie hat immer mit mir geredet. Außer, als wir zur Ruispidge Hall kamen, weil uns da Leute gesehen haben. Darum hat sie mir gesagt, ich soll hinter ihr gehen.«

»Und wo hast du dich von ihr verabschiedet?«

»Als sie an dem Haus war, wo sie hinwollte.«

»Wessen Haus war das? Weißt du das?«

Jimmy schüttelte abermals den Kopf.

»Wen wollte sie besuchen?«

»Nur einen Freund.«

»Also, wo war das Haus, mein Junge?«, fragte Kirby, außer Stande, sich länger zurückzuhalten. »Auf welcher Straßenseite war es?«

Jimmy überlegte einen Moment, dann sah er Joan an und hielt die rechte Hand hoch.

»War es weit von der Chepstow Road entfernt?«, fragte sie.

»Nicht weit.« Er runzelte abermals die Stirn. »Da war ein großes Metalltor. Weiß – mit Ns in den Flügeln.«

Kirby riss den Kopf hoch, als hätte ihn eine Wespe gestochen. »Ns?«

Jimmy schreckte vor ihm zurück.

»Der Buchstabe N?«, hakte Joan nach. »Das meinst du doch, stimmt's?« Sie wartete Jimmys Nicken ab. »Guter Junge. Und du hast sie an dem Abend nicht noch einmal gesehen?«

»Nein.«

»Hast du sie je begleitet, wenn sie Freunde besucht hat?«

»Nein. Nur wenn sie sich mit Violet getroffen hat. Kennen Sie Violet? Violet ist nett. Sie hat mir Schokolade gegeben.«

»Was war mit anderen Freunden?«

»Sie hatte eine Menge Freunde.«

»Irgendwelche besonderen Freunde, wie du? Andere, die sie vielleicht geküsst hat?«

Jimmy blies die Backen auf und schürzte die Lippen. Er erinnerte Kirby an eine Kuh. »Vielleicht.«

»Hast du sie jemand anderen küssen sehen?«

»Einmal. Aber sie hat gesagt, ich darf's niemandem erzählen.«

»Das geht schon in Ordnung«, sagte Joan. Sie beugte sich dichter zu ihm und berührte ganz kurz sein Bein. »Sie hätte sicher nichts dagegen, dass du es uns erzählst. Wer war es?«

»Ich weiß es nicht.« Er starrte auf Joans Hand. »Es war im Park.«

»Im Jubilee-Park?«

Er nickte. »Ich hab auf sie aufgepasst, aber so, dass sie's nicht gemerkt hat. Und dann ist dieser Mann gekommen, und sie haben angefangen, sich zu küssen und zu schmusen. Hinterher hab ich sie gefragt, wer das war, und sie hat mir gesagt, ich soll's niemandem erzählen.«

»Wie hat er ausgesehen?«

Jimmy zuckte mit den Achseln.

»Jung?«, half Kirby nach. »Alt?«

»Sehr alt.«

»Trug er einen Hut?«

»Weiß ich nicht mehr.«

Sie befragten ihn noch weitere fünf Minuten, konnten ihm jedoch nichts weiter entlocken, oder zumindest nichts Nützliches. Jimmy wusste nichts von dem Mann, abgesehen von der Tatsache, dass er alt war. Er konnte sich nicht einmal besinnen, wann er den Mann mit Mattie im Park gesehen hatte – es konnte Wochen oder gar Monate her sein. Was den Donnerstagabend betraf, war er fast ebenso vage. Er sagte, er wäre durch die Stadt geschlendert, nachdem er und Mattie sich getrennt hatten, und wäre dann nach Hause gegangen, um zu schlafen. Er konnte sich nicht erinnern, jemandem begegnet zu sein, der ihn kannte. Seine Tante war noch im King's Head gewesen, als er heimgekommen war, und er hatte sie bis Freitagmorgen nicht gesehen.

Kirby reichte es. Er überließ es Joan, beruhigend auf Jimmy einzureden, und ging zum Pinkeln in das blitzsaubere Badezimmer. Gütiger Gott, alles war so blank geputzt, dass man vom Fußboden hätte essen können. Anschließend gingen er und Joan nach unten. Minnie Calder erwartete sie in der Diele.

»Nun?«, fragte sie schroff. »Was werden Sie jetzt wegen der Lok unternehmen?«

»Ich werde mit meinen Kollegen darüber reden, Miss«, antwortete Kirby.

»Hat er irgendwas gesagt?«

Kirby schnaubte nur nichts sagend und schob sich an ihr vorbei zur Haustür.

»Dann nehmen Sie ihn also nicht fest?«, ließ sie nicht locker.

Kirby öffnete die Tür, und relativ frische Abendluft strömte in das muffige Haus. »Wir werden vielleicht noch mal wiederkommen und ihm weitere Fragen stellen müssen, Miss Calder. Aber für heute sind wir fertig.«

Er und Joan verließen das Haus. Keiner von beiden sagte ein Wort, bis sie wieder im Wagen saßen und die Mincing Lane entlangfuhren.

»Die möchte ich nicht zur Tante haben.« Joan sah ihn an, und er roch ihr Parfüm. »War das richtig da drin? Was ich gemacht habe, meine ich?«

»Sie waren bestens«, antwortete Kirby knapp.

»Also, was denken Sie? Sind wir da etwas auf der Spur?«

»Ich bezweifle es. Nicht, was ihn angeht.«

»Aber warum?« Fast augenblicklich beantwortete sie ihre eigene Frage. »Es ist dieses Haus in der Narth Road, das mit dem weißen Tor. Wissen Sie, wem es gehört?«

Eine Weile sagte Kirby nichts. Nicht bis er aus der Mincing Lane gebogen und die High Street hinaufgefahren war. Nicht bis er auf den Hof des Polizeipräsidiums gerollt war und den Motor abgestellt hatte. Er wusste, dass Joan es früher oder später herausfinden würde – es lag in der menschlichen Natur, neugierig zu sein, und es gab in der Narth

Road nur ein Haus mit einem weißen Tor und Ns, die in die schmiedeeisernen Spiralen und Ranken verwoben waren.

Er bot ihr eine Zigarette an, zündete ihre und seine an und starrte sie durch den Rauch an, der den kleinen Wagen füllte. »Behalten Sie's erst mal für sich«, sagte er. »Wir sagen's dem Chef, aber niemandem sonst.«

»Rücken Sie jetzt endlich mit der Sprache raus?«, drängte Joan. »Oder muss ich meine rege Fantasie benutzen?«

Kirby grinste sie an. »Sie können Ihre rege Fantasie dazu benutzen, sich vorzustellen, warum Mattie Harris sich am Samstagabend fein herausgeputzt und einem Grafschaftsrat und Mitglied des ständigen Koordinationsausschusses einen Besuch abgestattet hat.«

»Sarge?« Joan zupfte einen Tabakfetzen von ihrer Lippe. »Nehmen Sie mich auf den Arm?«

»Ich wünschte verflucht noch mal, ich täte es. Und ich hoffe bei Gott, dass Jimmy das Blaue vom Himmel herunterlügt. Denn sonst stecken wir in Schwierigkeiten. Das Haus heißt Netherfield, und es gehört Bernie Broadbent.«

## 19

Für Malcolm Sedbury war sein Vater eins der schlimmsten und eins der besten Dinge in seinem Leben. Er erinnerte sich noch an die Zeiten, als der Alte praktisch auf einer Stufe mit Gott dem Allmächtigen gestanden hatte. Damals war er leichter zu ertragen gewesen als jetzt. Zum Teil war natürlich die Kinderlähmung daran schuld, doch man konnte ihr nicht an allem die Schuld geben.

Am Samstagabend zogen sich seine Eltern zum Ausgehen an, weil sie bei den Georges zum Essen eingeladen waren und Mr und Mrs Pembridge sich auf einen Drink zu ihnen gesellen würden, sobald der Tanz in Ruispidge Hall zu

Ende war. Sein Vater, eine steife, unvertraute Gestalt in seinem dunklen Anzug, kam in den Salon hinunter und schenkte sich einen Whisky-Soda ein. Er trat zu Malcolm, der in einem Sessel neben der offenen Verandatür las.

»Die hab ich heute Abend in meinem Ankleidezimmer gefunden«, sagte Robert verlegen und holte ein schlankes Lederetui aus der Tasche seines Smokings. »Haben deinem Großvater gehört. Ich dachte, dass du sie vielleicht haben möchtest.«

Malcolm legte mit einem leisen Seufzer seinen Krimi auf die Armlehne und nahm das Etui. Sein Vater nestelte an seiner schwarzen Fliege. Malcolm ließ den Riegel aufschnappen und klappte den Deckel hoch. Im Etui, auf einem Bett aus blauer moirierter Seide, lagen zwei Rasiermesser mit Elfenbeingriffen mit silbernen Kappen. Er nahm eins von ihnen heraus und klappte es auf.

»Ich wäre an deiner Stelle vorsichtig damit«, warnte sein Vater. »Verflucht scharf, die Dinger. Das letzte Mal, dass ich ein Rasiermesser benutzt habe, war an dem Tag, an dem ich deine Mutter geheiratet habe.« Er lächelte etwas verlegen. »Irgendwie schien es angebracht. Natürlich sind sie heutzutage nicht sonderlich praktisch, aber ich dachte, du würdest dich vielleicht darüber freuen. Oben liegt noch ein Streichriemen. Den kannst du auch haben. Ich – ich zeige dir, wie man sie benutzt.«

»Danke, Dad.« *Für meine Hochzeit?* Malcolm klappte das Rasiermesser wieder zu und legte es zurück in das Etui.

»Ich geh jetzt besser und treib deine Mutter ein bisschen an. Wir kommen noch zu spät.«

Malcolm griff wieder nach seinem Buch.

»Hast du heute Abend etwas vor?«

Malcolm sah hoch. »Ich schau vielleicht bei Bill vorbei. Mal sehen.«

Als seine Eltern endlich fort waren, humpelte Malcolm in

das Arbeitszimmer seines Vaters. Er probierte alle Schubladen des Schreibtischs durch und fluchte, als er feststellte, dass alle abgeschlossen waren. Es hätte die Dinge entschieden vereinfacht, wenn sein Vater es dieses eine Mal vergessen hätte. Nichts sonst war abgeschlossen, nur der Schreibtisch. »Ein guter Teil unserer Arbeit ist vertraulich«, hatte sein Vater Malcolm einmal erklärt. »Wir sind es unseren Klienten schuldig, sicherzustellen, dass niemand spionieren kann.«

Er ging in die Küche. Seine Mutter hatte in der Speisekammer einen Teller mit Schinken und Salat für ihn bereit gestellt. Er aß ein paar Bissen, brachte den Rest jedoch einfach nicht herunter. Schließlich schabte er alles in den Mülleimer und deckte es mit alten Zeitungen zu, damit sie sich nicht aufregte. Er kehrte ins Arbeitszimmer zurück und rief bei den Pembridges an. Bill meldete sich.

»Hattest du Glück?« Bill lallte bereits leicht.

»Nein. Lässt sich nicht ändern. Aber es spielt keine Rolle. Wir müssen einfach abwarten.«

»Komm doch auf einen Drink rüber.«

»In Ordnung.«

»Ich komm und hol dich ab«, bot Bill an.

»Spar dir die Mühe. Ich geh zu Fuß.«

Malcolm griff sich seine Stöcke und verließ das Haus. In gewisser Hinsicht war er stolz auf diese Stöcke. Es war eine langwierige, mühsame Angelegenheit gewesen, erst der Rollstuhl, dann die Krücken und jetzt die Stöcke. Es waren wortwörtlich Jahre des Übens nötig gewesen, doch jetzt konnte er sich auf ebenen, festen Oberflächen mit erstaunlicher Geschwindigkeit bewegen. Manchmal erhaschte er in einem Schaufenster einen Blick auf sich und hätte sich am liebsten vor Abscheu übergeben. Er fand, dass er aussah wie eine ungelenke Spinne, die von einem Versteck zum nächsten krabbelte. Er hasste den Gedanken, dass die Leute ihn anstarrten, ihn hinter seinem Rücken auslachten. Er hasste das Wissen, dass er immer anders sein würde.

Das Haus der Pembridges war in der Albert Road, auf der anderen Seite des Parks, nur ein paar hundert Meter vom Haus der Sedburys entfernt. Zwei alte Buchen standen wie Wächter zwischen dem Haus und der Straße und gaben dem Haus seinen Namen. Malcolm hinkte die Auffahrt hinauf und fand Bill im Garten. Im Rasen war ein runder Goldfischteich eingelassen, und Bill hatte zwei Liegestühle daneben aufgestellt. Auf dem Gras zwischen den Stühlen stand ein Tisch mit einer Whiskykaraffe, einer Siphonflasche mit Sodawasser und zwei Gläsern. Bill hatte die Füße auf die breite Brüstung des Teichs gelegt. Es war noch immer hell, doch die Glut seiner Zigarette tanzte wie ein Glühwürmchen. Er blickte auf, das Glas auf halbem Weg zu seinen Lippen, und Malcolm sah die Erleichterung in seinem Gesicht.

»Pflanz dich hin«, sagte Bill. »Scotch? Dachte, wir setzen uns draußen hin. Es ist verflucht heiß.«

Malcolm ließ sich ungelenk auf den Liegestuhl sinken. Liegestühle waren eine harte Probe, weil man so schwer wieder aus ihnen aufstehen konnte. Bill hatte bereits großzügig Whisky in ein Glas eingeschenkt. Er fügte einen Spritzer Sodawasser hinzu und reichte Malcolm den Drink.

»Es ist heiß«, wiederholte er. »Es liegt nicht nur an mir, oder?«

»Nein.« Malcolm trank einen Schluck.

Bill deutete mit dem Zeigefinger auf den Teich. »Was ich wissen will, ist, wie wir so verflucht blöd sein konnten.«

»Wir hatten eine Menge anderer Dinge zu bedenken. Und außerdem gibt es wirklich keinen Grund zur Sorge.«

»Keinen Grund zur Sorge? Mein Gott, Malcolm …«

»Ich habe einen Plan.«

Schweigen. Bill reckte erwartungsvoll den Hals. Malcolm fragte sich manchmal, was passieren würde, wenn sie je in eine Situation geraten sollten, in der er keinen Plan hatte. So war es schon immer gewesen, selbst vor der Kinderlähmung. Es war eins der wenigen Dinge, die aus jenem anderen Leben verblieben waren, als seine Beine noch genauso kräftig gewesen waren wie die aller anderen, als er noch wie alle anderen gewesen war. In jenem anderen Leben hatte Mr Hendrick, der früher die Knaben-Cricketmannschaft von Ashbridge trainierte, gesagt, er würde vielleicht einmal für die Grafschaftsmannschaft spielen.

»Ich habe eine Idee«, sagte Malcolm. »Das wird alles vereinfachen. Wir würden zwei Fliegen mit einer Klappe schlagen. Und es für alle Beteiligten leichter machen.«

»Ich wusste, dass dir etwas einfällt. Also, was machen wir?«

Malcolm erklärte es ihm. Bills Gesicht glänzte, obgleich sich nur schwer sagen ließ, ob ihn der Alkohol schwitzen ließ oder die Hitze oder die schiere Erleichterung. Sie schenkten sich einen weiteren Whisky ein.

»Ich seh mich besser vor«, sagte Malcolm. »Ich bin nicht sicher, ob ich noch zu Fuß nach Hause gehen kann, wenn ich noch einen trinke.«

»Kein Problem«, verkündete Bill und fuchtelte überschwänglich mit seinem Glas herum. »Mein Pa kann dich nach Hause fahren. Für so was ist der Alte da.«

Sie saßen da und rauchten und tranken, während das Licht aus dem Himmel ausblutete. Albert Road war hoch gelegen. Jenseits der Dächer der Stadt erstreckte sich das graugrüne Flickwerk aus Wiesen und Feldern, mit den dunkleren Hügeln des dahinter liegenden Waldes.

»Danke, alter Freund«, sagte Bill irgendwann.

»Ist schon in Ordnung.«

»Schon 'ne komische Sache. Das Leben, meine ich. Kennst du Violet?«

»Natürlich kenne ich Violet.«

»Ich hab sie heute Abend getroffen. Ich glaube, ich krieg kalte Füße.«

»Wegen dieser ganzen Sache?«

»Zum Teil, denke ich.« Bills makelloses Profil zeichnete sich gegen den dunkler werdenden Himmel ab. »Dann ist da noch das Baby. Ich kann ja wohl kaum mit einem Baby auf die Universität gehen, oder? Außerdem würde Pa mich vermutlich auf die Straße setzen. Ich meine, das wäre keinem von uns gegenüber fair – weder mir noch Violet oder dem Baby.«

»Hast du ihr das gesagt?«

»Nicht so direkt. Wir – wir wurden unterbrochen. Mein Gott, ich komme mir vor wie ein Schuft. Sie hat es derzeit zu Hause nicht gerade leicht. Und jetzt auch noch diese Sache mit Mattie.«

»Ja.« Malcolm trank einen Schluck. »Aber manchmal ist ein Ende mit Schrecken besser als ein Schrecken ohne Ende.«

»So ist es. Genau so ist es.« Bills Begeisterung für dieses Argument war beinahe unanständig. »Männer können solche Entscheidungen einfach besser treffen als Mädchen, denke ich. Wir lassen unseren Verstand nicht von unserem Herzen regieren wie sie. Jemand muss ja das Denken übernehmen, oder?«

»Stimmt genau.« Malcolm empfand jene vertraute Mischung aus Verärgerung, Neid und Zuneigung. »Aber an deiner Stelle würde ich mich aus dem Staub machen, nachdem du es ihr gesagt hast. Verschwinde für ein paar Wochen aus Lydmouth.«

Bill nickte. »Ihr Vater hat mich heute Abend gesehen.«

»Dann würde ich es nicht mehr allzu lange hinauszögern, es ihr zu sagen. Bring's schnell hinter dich und setz dich ab.«

»Ich kann's gar nicht abwarten, dass es Herbst wird«,

murmelte Bill. »Dann kann ich diesem ganzen verfluchten Schlamassel endlich den Rücken kehren.«

Malcolm schnaubte. Jetzt, da er seinen Wehrdienst abgeleistet hatte, konnte Bill sein Jurastudium am University College London beginnen. Wohingegen Malcolm hier in Lydmouth festsaß, ohne irgendjemanden, mit dem er reden konnte.

»Denk doch nur mal«, fuhr Bill fort. »London, all die Mädchen. Schade, dass du nicht mitkommen kannst.«

»Eines Tages«, murmelte Malcolm. Eines Tages würde er Lydmouth entfliehen, schwor er sich. Es musste doch mehr im Leben geben, als der Sohn in Sedbury & Son zu sein, auch wenn man nicht richtig laufen konnte.

»Wenn du deine Prüfung abgelegt hast«, sagte Bill, dessen Gedanken offenkundig in die gleiche Richtung gingen, »dann kommst du nach London. Die müssen da doch jede Menge Grundstücksmakler und Gebäudegutachter brauchen. Wir teilen uns eine Wohnung in Chelsea.«

Das war eine vertraute Version der Zukunft. Malcolm lebte etwas auf, während sie sich ihr Leben in London ausmalten, wie sie es schon so oft getan hatten. Der Himmel wurde dunkler und dunkler. Bill fiel es zunehmend schwer, bei dem, was er sagte, nicht den Faden zu verlieren, doch es spielte keine Rolle, denn Malcolm verstand es auch so.

»Jede Menge Fische im Meer in London«, sagte Bill und sprach dabei jedes einzelne Wort mit größter Sorgfalt aus. »Wir werden auch einen netten für dich finden, alter Knabe, mach dir da keine Sorgen.«

Bill döste ein. Seine Kinnlade klappte herunter, und er begann, leise zu schnarchen. Malcolm trank noch ein Glas Whisky und beobachtete einen Igel, der über den Rasen wanderte. Er dachte an Fische im Meer, und er dachte an Mattie Harris. Er wusste, dass er lieber gehen sollte. Mr und Mrs Pembridge würden bald heimkommen. Er wollte die Demütigung nicht erdulden müssen, nach Hause gefahren zu werden, als wäre er ein müdes Kind am Ende einer Party.

Er angelte nach einer Zigarette, stellte fest, dass die Schachtel leer war, und holte stattdessen die Pfeife hervor, die seine Mutter ihm zu seinem letzten Geburtstag geschenkt hatte. Sie hatte gesagt, damit sähe er erwachsen aus. Er umfasste den Pfeifenkopf und drehte ihn in der Hand, während er sich fragte, ob er die Energie hatte, nach seinem Tabak zu suchen.

All diese Fische im Meer. Aber einer davon hieß jetzt nicht länger Mattie Harris.

Seine Hände verkrampften sich. Eine umklammerte den Pfeifenkopf, die andere den Stiel. Mit einem mühelosen Ruck brach er die Pfeife entzwei. Das war ein Vorteil dabei, ein Krüppel zu sein. Man bekam kräftige Hände.

Irgendwo weiter flussabwärts ertönte Donnergrollen. Aus irgendeinem Grunde erinnerte es ihn an Lachen, Matties Lachen.

## 20

»Ich war unterwegs«, sagte Richard Thornhill. »Wenn Sie es ein bisschen später noch mal versucht hätten, hätten Sie mich erreicht. Erzählen Sie mir lieber, was passiert ist.«

Er hörte zu, während Kirby die Geschehnisse des vergangenen Abends schilderte. Sie saßen in Thornhills Büro im Polizeipräsidium. Auf der anderen Seite des großen Schiebefensters, viel zu groß für das beengte kleine Büro, prasselte unablässig Regen vom grauen Himmel. Das Wetter war endlich umgeschlagen, doch es schien die Schwüle nicht zu lindern.

Glocken läuteten, leise und weit entfernt, riefen die

Gläubigen nach St. John, wo Alec Sutton, der Vikar, ihnen erzählen würde, dass Gott ihnen erlaubte, sich zu nehmen, was immer sie wollten, solange sie dafür bezahlten. Thornhill hob seine Hand ans Gesicht, vorgeblich, um sich die Nase zu reiben, in Wirklichkeit jedoch, um an seinen Fingern zu schnüffeln. Es hing noch immer ein Hauch von Jill an ihnen, dachte er bei sich, etwas war geblieben, ein kleiner Teil von ihr. Kirby redete unbeirrt weiter. Brian war nicht auf den Kopf gefallen – vielleicht roch er den Braten.

Thornhill schlug mit der flachen Hand auf die Schreibtischunterlage. »Sie sagen also, Mattie kannte Jimmy Leigh gut genug, um ihn zu küssen, und dass sie am Donnerstagabend zusammen gesehen wurden. Gerald Pembridge hat diesen Kuss gesehen, ebenso einer der Burschen bei der Tanzveranstaltung. Aber als Sie mit Jimmy gesprochen haben, hat der Ihnen die Suppe versalzen, indem er erzählt hat, er hätte gesehen, dass Mattie am Wochenende zuvor Grafschaftsrat Broadbent einen Besuch abgestattet hat.«

»Ja, Sir, aber …«

»Dieser Mann, mit dem er sie im Park gesehen hat. Könnte das Broadbent gewesen sein?«

»Nein, Sir. WPC Ailsmore ist heute Morgen noch mal zu Leigh gegangen und hat ihm ein Foto gezeigt. Es war nicht Broadbent. Oder zumindest sagt er das.«

»Irgendwas Neues vom Labor?«

Kirby schüttelte den Kopf.

»Haben Sie heute Morgen schon angerufen?«

»Nein, Sir. Wo doch Feiertagswochenende war, da haben die …«

»Rufen Sie sie an, Brian. Und ich würde gern den Bericht über die Spurensuche am Flussufer sehen.«

Kirby verließ das Büro. Selbst in einer hierarchischen Organisation wie der Polizei musste man gelegentlich klarstellen, wer der Boss war. Vielleicht besonders bei der Polizei. Thornhill wusste, dass er sich gestern Abend mit dem Präsidium in Verbindung hätte setzen sollen, dass sein Versäumnis, dies zu tun, ihn der Kritik preisgegeben hatte. Angriff war die beste Verteidigung. Er verdrängte die Einsicht, dass er, wenn er fortfuhr, sich in dieser Weise mit Jill Francis zu treffen, mehr und mehr Zeit mit Angreifen zubringen würde.

Er wusste, dass er Williamson anrufen sollte, doch er entschied, es noch etwas aufzuschieben. Stattdessen überflog er den Inhalt seines Eingangskorbs. Nichts von Interesse, abgesehen von den Fotos – von der Uferböschung, wo man Mattie gefunden hatte, und von Mattie in der Leichenhalle. Er blätterte die Abzüge durch. Andere Menschen hatten Mattie gemocht, sogar geliebt. Doch die Fotografien von jenem reizlosen Gesicht mit seinen unscheinbaren Zügen gaben keinen Hinweis darauf, warum. Wenn Bernie zu ihren Eroberungen zählte, dann würde hier der Teufel los sein. Thornhills Blick blieb an einem Foto von den Gegenständen hängen, die in der Umgebung von Matties Leiche im Fluss und am Ufer gefunden worden waren. Darunter war die Bierflasche, das Etikett deutlich lesbar:

INDIAN PALE ALE
THOROGOOD AND NEPHEW
ELMBURY

Es klopfte an der Tür, und Kirby kehrte zurück.

»Sie hatten noch keine Zeit, sie sich vorzunehmen«, erklärte er steif. »Doktor Murray ist übers Wochenende weggefahren.« Er legte den Bericht auf Thornhills Schreibtisch. »Nichts Neues, fürchte ich.«

Thornhill blätterte den Bericht durch. »Gut. Haben Sie inzwischen die Strömung überprüft?«

»Ja, Chef. Wir haben Korkflöße im Minnow und im Lyd

ausgesetzt, jeweils drei. Fünf von ihnen wurden in einem Umkreis von fünfzig Metern um den Fundort der Leiche angespült.«

»WPC Ailsmore – was für einen Eindruck haben Sie von ihr?«

»Sie hat gestern Abend gute Arbeit geleistet, Sir. Sie hat Jimmy Leigh zum Reden gebracht. Hat es aus ihm herausgelockt. Um ehrlich zu sein, ich hab mich gefragt …«

»Was?«

»Ob es nicht sinnvoll wäre, eine Frau in der Kommission zu haben.«

»Wir werden sehen.«

Thornhills und Kirbys Blicke trafen sich, und einen Moment lang verstanden die beiden Männer einander völlig. Superintendent Williamson hätte die Idee einer Frau beim CID niemals gutgeheißen. Doch Williamson war praktisch Vergangenheit. Es war schwer, sich vorzustellen, wie der CID nach seinem Ausscheiden aussehen würde.

»Grafschaftsrat Broadbent«, sagte Thornhill gedehnt. »Wir werden mal vorbeifahren und schauen, ob er daheim ist.«

Einen Augenblick lang sah Kirby ihn überrascht an. »Ja, Sir. Welcher Wagen?«

»Wir nehmen meinen.«

Thornhill kannte den Grund für Kirbys Überraschung. Der Sergeant wusste, wie mittlerweile wohl die gesamte Polizeitruppe, dass Bernie Broadbent Edith Thornhills Cousin war. Bald würden sie wahrscheinlich auch herausfinden, dass Bernie das Haus gehörte, in dem die Thornhills wohnten. Kirby hatte mehr oder weniger erwartet, dass Thornhill sich zuerst unter vier Augen mit Bernie würde unterhalten wollen. Das war die Art, wie solche Dinge in Lydmouth und praktisch überall sonst geregelt wurden. Alle waren vor dem Gesetz gleich, aber in den Augen des gewöhnlichen Polizisten waren reiche Verwandte, die noch dazu Grafschaftsräte und Mitglieder des ständigen Koordinationsausschusses waren, ein wenig gleicher als die meisten anderen.

Die Straßen waren verlassen, schläfrig von der Ruhe des Sonntagvormittags. Der Regen hatte aufgehört. Als sie schließlich die Narth Road erreichten, versuchte die Sonne bereits, hinter den Wolken hervorzubrechen. Das hohe weiße Tor von Netherfield stand offen. Der kleine Austin schnurrte die Auffahrt hinauf. Kirby schürzte die Lippen und pfiff, als er den Riley sah, der vor der Haustür parkte.

»Nettes Wägelchen. Gehört das ihm? Sieht neu aus.«

»Ist es auch.«

Thornhill ließ den Blick über die Front des großen weißen Hauses schweifen. Jill hatte ihm einmal gesagt, sie fände Netherfield wunderschön, doch er konnte nicht verstehen, warum. Es sah eher aus wie ein riesiger Kuchen mit weißem Zuckerguss als wie ein Zuhause, in dem Menschen lebten.

Kirby läutete. Einen Moment später erschien Bernie und spähte mit blutunterlaufenen Augen an Kirby vorbei zu Thornhill hinüber.

»Morgen«, knurrte er. »Und was kann ich für euch tun?«

»Wir würden uns gern mit Ihnen unterhalten, Sir«, sagte Thornhill. »Dürfen wir reinkommen?«

»Immer doch.«

Bernie führte sie in ein großes Wohnzimmer an der Rückseite des Hauses. Es war voll gestopft mit modernen Möbeln und nur bedingt weniger unpersönlich als der Salon eines Hotels. Hohe Glastüren öffneten sich auf eine geflieste Terrasse, auf der gepolsterte Gartenstühle um einen Tisch gruppiert waren. Eine Kanne Tee und eine halb gegessene Scheibe Toast auf einem Stapel Zeitungen. Tasse, Untertasse und Teller auf einem Tablett daneben.

»Wir haben Sie beim Frühstück gestört?«, bemerkte Thornhill.

»War sowieso nichts Großartiges.« Bernie lächelte, und Charme breitete sich wie Sonnenschein auf den Falten seines Gesichts aus. »Ist gestern spät geworden. Möchtet ihr einen Kaffee? Einen Drink?«

»Nein, danke. Hören Sie, Sir, ich will nicht lange um den heißen Brei herumreden.«

»Warum so förmlich, Junge? Ich bin sicher, Sergeant Kirby weiß, dass wir miteinander verwandt sind.«

»Ja, Sir. Wir sind wegen Mattie Harris hier.«

Bernie zog seine dicken Brauen hoch. »Das Mädel, das ertrunken ist?«

»Wir wissen noch nicht, wie sie gestorben ist. Nicht mit Gewissheit. Kannten Sie sie?«

Bernie zuckte mit den Schultern. »Nicht dem Namen nach. Aber ich muss ihr begegnet sein. Wie ich höre, hat sie im Gardenia gearbeitet, und ich trinke da gelegentlich einen Kaffee. War sie die Bedienung mit den roten Haaren?«

»Das war sie.«

»Armes Ding. Wonach sieht's aus? Konnte sie schwimmen?«

»Offenbar nicht, Sir.«

Bernie gähnte. »Wirklich sehr tragisch.«

»Können Sie uns sagen, was Sie Samstagabend gemacht haben, Sir? Nicht gestern. Vergangenes Wochenende.«

»Samstag? Was soll das werden, Richard? Worauf willst du hinaus?« Bernie wartete einen Moment, doch Thornhill antwortete nicht. »Ich war hier, glaube ich. Hab Papierkram erledigt, der sich angesammelt hatte, hab ein bisschen Fernsehen geguckt. Warum?«

»Haben Sie Mattie Harris gesehen?«

»Sei doch nicht albern, Mann. Wie kommst du denn auf die Idee?«

»Wir haben einen Zeugen, der gesehen hat, wie sie in die Auffahrt von Netherfield eingebogen ist.«

»Dann irrt sich entweder dein Zeuge, oder sie ist nicht zum Haus gekommen. Vielleicht hat sie sich in die Büsche am Tor verdrückt. Wollte ihr Make-up ausbessern? Musste mal? Ich kann mir ein Dutzend Gründe vorstellen. Ich weiß nur, dass sie nicht hierher gekommen ist.«

Thornhill lächelte, wobei er sich bewusst war, dass Kirby stumm an seiner Seite stand wie der Engel, der über die Taten der Menschen Buch führt. »Danke, Sir – damit wäre dann wohl alles geklärt.«

Bernies Ärger verebbte. »Wo du gerade hier bist, Richard, lass mich dir etwas für Edith mitgeben.«

Thornhill erstarrte. »Was?«

»Ich hab ein paar frühe Rosen. Ich habe ein Spalier in der Ecke des Gemüsegartens neben dem Gewächshaus. Sie kommt doch morgen zurück, oder nicht, und bis dahin sollten sie sich halten, wenn ich sie jetzt schneide und du sie ins Wasser stellst, sobald du nach Hause kommst. Es dauert nur einen Moment.«

Er führte sie an der Rückseite des Hauses entlang, um die Garage herum und in den Gemüsegarten. Die Rosen hatten eine zartrosa Farbe, die Thornhill an die Haut eines Säuglings erinnerte. Bernie holte einen flachen Korb aus dem Gewächshaus und schnitt ein Dutzend Blüten.

»Hier«, sagte er, als er fertig war, und reichte Kirby den Korb. »Sie liebt Rosen, deine Edith. Ich kann mich noch daran erinnern, wie sie als kleines Mädchen im Garten meiner Mutter immer an ihnen gerochen und dann gelächelt hat. Hat dabei ausgesehen, als wäre sie im siebten Himmel.« Er schenkte Thornhill ein schiefes Lächeln. »Schau nur, wie der Regen an den Blütenblättern hängt. Die Tropfen funkeln wie Brillanten, nicht wahr?«

Thornhill erwiderte das Lächeln. »Macht es Ihnen etwas

aus, wenn wir mal da runtergehen und einen Blick auf den Fluss werfen, Sir?«

Der herzliche Ausdruck auf Bernies Gesicht erlosch. »Natürlich nicht. Nur zu.«

Thornhill und Kirby gingen zum Fluss hinunter, Kirby noch immer mit dem Blumenkorb, verlegen wie eine Brautjungfer mit einem Hochzeitsstrauß.

»Was wollen wir denn am Fluss?«, fragte Kirby, als sie außerhalb von Bernies Hörweite waren.

»Mattie muss ja irgendwo ins Wasser gelangt sein.«

»Aber Sie denken doch nicht …?«

»Ich denke überhaupt nichts, Brian. Ich schau mich nur um.«

Sie gingen langsam die 30 Meter Uferböschung, die Bernie gehörten, ab. Netherfield lag am Stadtrand, so dass das Wasser frei von Müll und bedeutend sauberer war als weiter flussabwärts. Der Minnow war an dieser Stelle schmaler als später, wenn er durch Templefields floss, und viel schmaler als der Lyd, in dem Mattie gefunden worden war. Doch er sah tief aus, angeschwollen vom Regen der letzten Nacht.

»Es ist durchaus möglich«, sagte Thornhill leise, fast zu sich selbst. »Ihre Leiche könnte bis mitten in die Stadt getrieben sein.«

Kirby schwieg, noch immer verärgert darüber, wie Thornhill ihn vorhin behandelt hatte. Das war einer der Vorteile, wenn man Kinder hatte, dachte Thornhill bei sich – man erkannte, wenn erfahrene Polizisten schmollten. Er vermutete, der zweite Grund, dass sein Sergeant so uncharakteristisch still war, war die Tatsache, wo sie sich hier befanden. Kirby hatte ein sehr klares Bild davon, wie viel Respekt man jenen, die Einfluss hatten, zollen musste. Und in Lydmouth gab es niemanden, der einflussreicher war als Bernie Broadbent.

Sie gingen durch den Garten zurück zum Haus. Bernie

blätterte in einer Zeitschrift und rauchte Pfeife. Die Überreste des Frühstücks waren verschwunden. An ihre Stelle waren ein Glas und eine Flasche Bier getreten.

Bernie sah hoch. »Irgendwelche Spuren gefunden, Richard? Nein, du brauchst nicht zu antworten. Ich vermute nicht, dass ich euch mit einem Glas Bier verlocken kann, oder?«

Thornhill sah automatisch auf die Flasche auf dem Tisch. Er spürte mehr, als dass er es sah, wie Kirby neben ihm erstarrte. Er nahm die Flasche hoch und betrachtete das Etikett.

»Ja«, hörte er Bernie sagen. »Thorogood and Nephew. Kennst du die? Nette kleine Brauerei in Elmbury.«

## 21

Der Geruch von bratendem Hammelfleisch und kochendem Kohl zog durch das Bull-Hotel. Raymond Williamson spürte, wie ihm das Wasser im Mund zusammenlief, und spülte es mit einem weiteren Schluck Bier hinunter.

Er hatte in der Bar des Bull-Hotels gesessen, seit sie am Mittag geöffnet worden war. Der Regen hatte nach einer kurzen Verschnaufpause wieder eingesetzt. Die Schankstube war so dunkel, dass der Barmann das Licht eingeschaltet hatte. Während er wartete, kritzelte Williamson mit seinem Drehbleistift, verzierte die Untersetzer auf dem Tisch mit Bildern von Katzen. Er bemerkte kaum, was er da tat. Er zeichnete immer Katzen, wenn er in Gedanken war, wenn er sich Sorgen machte. Immer dieselbe Katze.

Gerald Pembridge kam herein, während Williamson bei seinem zweiten Bier war. »Bernie noch nicht hier?«

Williamson schüttelte den Kopf. Er gab dem Barmann mit hochgerecktem Finger ein Zeichen, woraufhin dieser nickte und den Bierkrug, den sie für Pembridge reserviert hatten, hervorholte.

»Ich wäre schon früher hier gewesen«, fuhr Pembridge fort. »Aber Edna ist mit dem Wagen zur Kirche gefahren, und Bill ist irgendwo mit dem MG unterwegs. Versucht vermutlich, irgendein Mädel zu beeindrucken, der glückliche Hund. Jedenfalls, meine Wenigkeit musste zu Fuß gehen, und natürlich hat genau da der Himmel seine Schleusen geöffnet.« Während er sprach, trocknete er sich mit einem Taschentuch sein glattes, schlankes Gesicht ab. »Gestern Abend hatten wir in Ruispidge Hall Besuch von deinen Leuten.«

Williamson setzte zu einer Antwort an, bemerkte den herannahenden Barmann und schloss den Mund wieder. Er wartete, bis Pembridge seinen ersten Schluck Bier getrunken hatte. »Wer war es?«

»Ein Bursche namens Kirby. Ein Kriminaler. Hatte eine Frau bei sich.« Pembridge wischte sich mit dem Taschentuch einen Schaumschnurrbart ab. »Dieser Tage gehört ein kleines Schäferstündchen zum Dienst, was?«

»Und was ist passiert?«

»Hast du es denn nicht gehört? Ich dachte, du wärst …«

»Ich werd's schon noch hören«, erwiderte Williamson grimmig. »Aber theoretisch bin ich vom Dienst freigestellt. Und Hendry hat den Fall Thornhill übertragen. Also läuft nicht alles so glatt wie gewöhnlich.«

»Wir haben gespielt, als sie gekommen sind, also haben sie zuerst mit Edna geredet.« Pembridge sprach hastig und monoton. »Sie hat ihnen erzählt, dass Mattie zu unseren Stammgästen zählte, dass sie ein bisschen kokett gewesen ist. Hat gesagt, sie wäre am Samstag nicht dort gewesen, aber Edna hat sie fein herausgeputzt gesehen und daher gedacht, dass sie irgendwohin unterwegs war. Und natürlich hat sie erwähnt, dass Mattie am Donnerstag beim Tanz gewesen war. Hat gesagt, sie hätte erregt gewirkt.« Pembridge hielt inne, um einen weiteren Schluck Bier zu trinken und ließ seinen Blick durch die Schankstube schweifen. »Dann hab ich mit ihnen gesprochen. Hab ihnen gesagt, dass ich gesehen habe, wie Mattie Jimmy Leigh am Donnerstag vor Ruispidge Hall geküsst hat. Einer der Jungs hat's auch gesehen, also hat er es bestätigt.«

»Das ist gut«, sagte Williamson. »Gut, dass du die beiden gesehen hast.«

»Sie haben erst mit Edna gesprochen, und ich hab alles bestätigt, was sie ihnen erzählt hat. Kein Problem.«

Williamson nickte bedächtig. »Ich werd mich mal mit dem Chief Constable unterhalten. In ein paar Minuten werd ich dich verlassen müssen. Hab Bunty versprochen, dass ich vor eins nach Hause komme.«

»Hast du noch Zeit für ein Bier? Da ist Bernie.«

Broadbent kam durch die Schankstube geschlendert. Er winkte ihnen zu, blieb jedoch stehen, um mit zwei Bekannten zu plaudern, die die Theke festhielten. Schließlich setzte er sich zu Williamson und Pembridge an den Tisch. Das Lächeln auf seinem Gesicht erlosch.

»Ich hatte gerade Besuch von Richard Thornhill und Brian Kirby. Deshalb hab ich mich verspätet.«

»Sie sind nach Netherfield gekommen?«, fragte Pembridge hektisch. »Warum denn?«

»Jemand hat gesehen, wie Mattie Harris letztes Wochenende in die Auffahrt eingebogen ist.«

Williamson war damit beschäftigt, eine kleine Lache übergeschwappten Biers auf der polierten Tischplatte in den Kopf einer Katze zu verwandeln. »Wer?«, fragte er.

»Damit wollten sie nicht herausrücken.«

»Ich finde es heraus.«

»Gut«, sagte Bernie. »Jedenfalls, ich hab gesagt, ich hätte sie nicht gesehen. Selbst wenn sie in die Auffahrt eingebogen sein sollte, bedeutet das noch lange nicht, dass sie zum Haus gekommen ist. Ich hab ihnen erzählt, ich hätte einen gemütlichen Abend zu Hause verbracht.«

»Das hat uns gerade noch gefehlt«, stöhnte Pembridge und lief rot an.

»Kein Grund zur Beunruhigung«, beschwichtigte Williamson. »Es geht darum, was Donnerstagabend passiert ist, nicht Samstag. Dafür interessiert sich die Polizei.«

»Sie sind in den Garten gegangen und haben sich am Fluss umgeschaut«, fuhr Bernie fort, während sich Rauch um seinen Kopf kräuselte. »Wieso haben sie das gemacht?«

Williamson hob den Kopf. »Reine Routine. Mattie muss ja irgendwo ins Wasser gelangt sein. Der junge Thornhill versteht sein Handwerk.« Er sah auf die Uhr über der Theke, und abermals stieg ihm der verlockende Duft des bratenden Hammels in die Nase. »Ich muss los.«

Er trank den Rest seines Biers aus und verabschiedete sich mit dem Versprechen, die anderen auf dem Laufenden zu halten. Der kopfsteingepflasterte Hof hinter dem Hotel war nass und schlüpfrig. Williamson fluchte über den Regen, stieg in seinen Wagen und ließ den Motor an. Doch er fuhr nicht gleich los. Er starrte auf die Wischer, die sich wie tanzende Insekten über die Windschutzscheibe bewegten. Das wirkliche Problem war Richard Thornhill. Er war ziemlich sicher, dass er mit allen anderen fertig werden könnte, selbst mit Brian Kirby, selbst mit dem Chief Constable. Thornhill jedoch war immer eine unbekannte Größe.

*Geht immer seinen eigenen Weg. Ich hätte einen Einheimischen auf den Posten setzen sollen, dann wäre das Leben bedeutend einfacher.*

Er löste die Handbremse und ließ die Kupplung kommen. Die Fahrt nach Hause dauerte zehn bis 15 Minuten. Er und Bunty wohnten in einem von Cyril George gebauten

Haus mit fünf Schlafzimmern am Rand eines Dorfes vier Meilen außerhalb von Lydmouth. Wenn er endlich nach Hause kam, würde Bunty bereits bei ihrem dritten Sherry sein und traurig auf die Uhr starren.

Seine Route führte ihn in die Chepstow Road und dann über die Narth Road aus Lydmouth heraus. Es herrschte nur wenig Verkehr. Der Wagen vor ihm, ein kleiner Zweisitzer, bog ebenfalls in die Narth Road ein. Der Wagen beschleunigte augenblicklich, und Williamson schätzte, dass er wenigstens 15 Meilen über der erlaubten Geschwindigkeit drauf hatte. Gott sei Dank war das dieser Tage nicht mehr sein Problem.

Er folgte in bedächtigerem Tempo, kam am Lydmouth-Lyzeum auf der linken und dann dem Tor von Netherfield auf der rechten Seite vorbei. Sobald er die Stadt hinter sich gelassen hatte, beschleunigte er und hatte den Sportwagen schon bald eingeholt. Einen Moment später bremste dieser ab und blinkte rechts.

Als der Wagen in eine kleine Allee zur Rechten bog, erkannte Williamson die beiden Leute darin. Bill Pembridge war am Steuer, doch neben ihm saß kein Mädchen, sondern Malcolm Sedbury.

Williamson kannte die Allee. Sie führte zu dem Haus, in dem sich vor etwa einem Jahr so ein alter Knabe das Lebenslicht ausgeblasen hatte. Klarer Fall von Selbstmord. Brian Kirby hatte die Sache bearbeitet. Wie hieß das Haus noch mal? Sein verfluchtes Gedächtnis wurde auch immer schlechter.

*Ich werde auch nicht jünger.*

Er fuhr weiter. Der Regen hörte auf, und abermals versuchte wässriger Sonnenschein, sich einen Weg durch die Wolkendecke zu bahnen. Williamson kämpfte noch immer mit dem Namen des Hauses, wie ein Hund, der versucht, an das Mark im Innern eines Knochens zu gelangen. Es hielt seinen Verstand beschäftigt. Hielt ihn davon ab, über andere Dinge nachzudenken.

Die Antwort fiel ihm ein, als er sein eigenes Haus erreichte. Er hatte große Steine entlang des Grasstreifens am Straßenrand vor seinem Vorgarten aufgereiht, um andere Leute davon abzuhalten, dort zu parken. *Steine. Irgendetwas mit Steinen.*

Das war der Name des Hauses – Wynstones.

## 22

»Verflucht«, sagte Bill. »Sieht aus, als wären sie schon hier. Was zum Teufel sollen wir jetzt machen?«

In seiner Wut rammte er seinen Fuß auf die Bremse. Der MG kam schaukelnd neben einer Humber-Limousine zum Stehen, die vor dem Garagentor parkte.

Malcolm griff nach dem Türgriff. »Keine Sorge. Der Regen hat aufgehört, also kann ich ihnen zuerst den Garten zeigen.«

Wie so viele heimkehrende Kolonialisten vermittelten Mr und Mrs Christie den Eindruck, englischer als die Engländer zu sein. Er war ein hoch gewachsener, eleganter Mann in einem Tweedjackett von antiquiertem Schnitt, Flanellhosen und blank gewienerten festen Schnürschuhen. Seine Frau war klein, drall und unauffällig in ein hellbraunes Kaschmir-Twinset verpackt, mit einer Perlenkette um den Hals und einem faltigen Gesicht, das die Farbe von Rührteig hatte.

Malcolm stieß die Tür auf. »Mr und Mrs Christie? Ich bin Malcolm Sedbury. Ich hoffe, Sie mussten nicht zu lange warten.«

Einen Moment lang benahmen Mr und Mrs Christie sich ganz natürlich, so wie sie es getan hätten, wenn Malcolm normal gewesen wäre. Dann sahen sie, wie er sich mühsam aus dem Wagen kämpfte, sahen die Stöcke. Ihre Mienen veränderten sich. Malcolm war inzwischen Experte darin, jenes bestimmte Aufflackern von Verlegenheit zu identifizieren, jenes Regen von Mitleid, jenes Zucken von Abscheu.

Als er schließlich aufrecht stand, gab er den Christies die Hand und stellte Bill vor. »Ich dachte mir, wir sehen uns zuerst den Garten an, solange der Regen eine Verschnaufpause einlegt«, sagte er. »Bill kann das Haus für uns aufschließen.« Er lächelte Mr Christie an. »Und ich vermute, Sie möchten einen Blick auf den Fluss werfen. Mein Vater sagte, Sie sind Angler.«

Mr Christies hageres, gleichgültiges Gesicht erwachte strahlend zum Leben wie eine Wüste im Regen. Mrs Christie seufzte hörbar. Malcolm löste den Schlüssel zum Bootshaus vom Ring und warf Bill das restliche Bund zu. Mr Christie begann mit einer ausführlichen Aufzählung aller Fische, die er im Verlauf seines langen Lebens gefangen oder fast gefangen hatte, hauptsächlich Lachse und Forellen.

Während Mr Christie redete, schlenderten die drei gemächlich den Weg hinunter, der an der Seite des Hauses entlang in den hinteren Garten führte. Das Merkwürdige war, dass Mr Christies anglerische Großtaten alle in Großbritannien stattgefunden hatten. Falls er geangelt hatte, während er in Malakka war – angeblich den größten Teil seines Berufslebens –, dann zog er es vor, dies nicht zu erwähnen. Vielleicht waren malaiische Fische britischen in irgendeiner Weise unterlegen.

Mrs Christie gab zu verstehen, dass sie gern länger geblieben wäre, um den Rosengarten in Augenschein zu nehmen, den Zustand der Grasnarbe des Krocketrasens zu studieren und an dem Geißblatt zu riechen, das in duftendem Überfluss an der Südwand eines kleinen Sommerhauses in der Mitte des Gartens rankte. Doch ihr Mann trieb sie unbeirrt weiter zum Fluss.

»Ja«, sagte Malcolm als Antwort auf eine der wenigen Fragen, die Mr Christie an ihn richtete. »Wir haben uns beim Anwalt erkundigt, und wir haben es schriftlich. Die Angelrechte gehören zum Haus.«

Während er hinkte und redete, fragte er sich beständig, was unterdessen im Haus vor sich ging. Er hätte liebend gern über seine Schulter geschaut, so sinnlos es auch gewesen wäre, denn Bill würde kaum an einem der Fenster stehen und winken.

Als sie den Fluss erreichten, ließ Mr Christie glückselig den Blick über das Wasser schweifen und nickte. Mrs Christie nutzte die Gelegenheit, um Malcolm zu fragen, ob es Anzeichen von Nässe im Mauerwerk des Hauses gäbe.

»Alles knochentrocken, Mrs Christie. Das ist der Vorteil eines modernen Hauses. Es gibt da eine sehr gute Isolierung gegen das Eindringen von Nässe.«

»Ah – das Bootshaus«, rief Mr Christie aus, und seine erstickten, antiquierten Vokale verstümmelten die Worte so sehr, dass Malcolm einen Moment lang vermeinte, er hätte Malaiisch, nicht Englisch gesprochen.

»Ich habe den Schlüssel, Sir«, sagte Malcolm. »Möchten Sie einen Blick hineinwerfen?«

Es war ein kleines Holzgebäude, das an der Gartenmauer lehnte, am Kopf einer kurzen Helling hinab zum Minnow. Die Tür auf der Rückseite war mit einem Vorhängeschloss gesichert. Malcolm schloss es auf. Die Nässe hatte das Holz quellen lassen, und er kämpfte einen Moment lang mit der Tür. Er bemerkte, dass Mrs Christie ihren Mann mit dem Ellbogen anstieß.

»Lassen Sie mich das machen«, bot Mr Christie an. »Ich hab die im Handumdrehen auf.«

»Nicht nötig, Sir, danke.«

Malcolm zog die Tür auf. Drinnen war ein kleines klinkergebautes Ruderboot aufgebockt, und an der Wand hing ein Außenbordmotor.

»Und das gehört auch zum Haus dazu?«, erkundigte sich Mr Christie.

»Theoretisch stehen das Boot und der Motor separat zum Verkauf.« Malcolm bemerkte, dass der Boden nass war. »Aber ich denke, die derzeitigen Besitzer würden ein angemessenes Angebot nicht ablehnen. Nebenbei bemerkt, wir sind mit dem Boot ein-, zweimal rausgefahren, seit das Haus leer steht, und haben den Motor laufen lassen. Alles funktioniert bestens.«

»Ausgezeichnet, ausgezeichnet.«

Es war an diesem Punkt, dass die Dinge anfingen, aus dem Ruder zu laufen. Es war Mrs Christies Schuld. Statt Malcolm zu erlauben, sie und ihren Mann durch die Rhododendronbüsche an der Seite des Hauses, die die Christies noch nicht gesehen hatten, zu führen, hielt sie schnurgerade auf den Rosengarten zu. Sie betrachtete die Büsche, die beschnitten werden mussten, und erklärte munter, dass es hier eine Menge zu tun gäbe. Während sie im Rosengarten war, verlor ihr Mann die Geduld und ging zur Vorderseite des Hauses, wobei er dem Weg an der Garage entlang folgte, den sie gekommen waren.

Der Zeitpunkt war unglücklich gewählt. Bill war auf halbem Wege zwischen der Haustür und dem MG, den Kopf zur anderen Seite des Hauses gewandt, der Seite mit den Rhododendronbüschen. Malcolm ließ einen seiner Stöcke scheppernd gegen ein Abflussrohr schlagen. Bill riss den Kopf in Richtung des Geräuschs herum. Er winkte kurz und schwenkte ab, machte eine 180-Grad-Wendung und verschwand eilig um die Hausecke.

Wenigstens schienen die Christies nichts bemerkt zu haben. Sie waren mit ihren eigenen Angelegenheiten beschäftigt. Außerdem wussten sie natürlich, dass Bill zusammen mit Malcolm gekommen war, wenngleich sie auch keine Ahnung davon hatten, in welcher Funktion – ob als Freund oder Angestellter, zum Beispiel –, oder davon, was er tat.

Malcolm lenkte die Christies Richtung Haustür, in der Hoffnung, dass es Bill gelingen würde, sich unbemerkt zurück zum Auto zu schleichen. Hier ergab sich ein weiteres Problem. Mr Christie war um des Flusses willen hier. Er interessierte sich nicht für das Haus. Mrs Christie andererseits wollte jedes einzelne Zimmer sehen. Sie wollte überschlagen, wie viele Handtücher man im eingebauten Wäscheschrank stapeln konnte, wie viele Gäste im Esszimmer Platz finden würden, und wollte sich nach der Verfügbarkeit einer Haushaltshilfe erkundigen.

»Es ist sehr sauber für ein Haus, das einige Zeit unbewohnt gewesen ist«, bemerkte sie lobend. »Und auch gut gelüftet.«

Mr Christie kämpfte unterdessen mit den Riegeln an der Hintertür.

»Es gibt eine Frau, die einen Vormittag die Woche kommt«, sagte Malcolm. »Sie macht sauber und hält ganz allgemein ein Auge auf alles. Wenn Sie beschließen sollten, das Haus zu kaufen, bin ich sicher, dass Sie sie überreden könnten, öfter zu kommen.«

Mr Christie hatte jetzt die Tür geöffnet.

»Mir fehlen die Bediensteten«, gestand Mrs Christie. »Personal war dort nie ein Problem. Wir hatten einen so wunderbaren Butler. Aber man konnte ihn natürlich nicht mit nach Hause bringen.«

»Ich geh nur noch mal kurz in den Garten«, verkündete Mr Christie und schlüpfte zur Tür hinaus. »Ich will noch mal einen Blick auf den Fluss werfen.«

»Oooh«, säuselte Mrs Christie. »Das ist aber eine sehr geräumige Speisekammer, das muss ich sagen.«

»Natürlich zur Nordseite gelegen. Vielleicht mit einem Hauch Ostseite, aber wirklich nur ein Hauch.«

»Und ist das hier die Spülküche?«, fragte Mrs Christie und ging zu einer weiteren Tür.

Durch das Küchenfenster hatte Malcolm einen guten Blick auf den Garten. Mr Christie näherte sich langsam, aber stetig dem Fluss. Bill, der versucht hatte, diskret durch den Rosengarten und an der Garage vorbei das Haus zu umrunden, war gezwungen gewesen, sich ganz bis zum Flussufer zurückzuziehen. Selbst auf diese Entfernung konnte Malcolm die Beule unter seinem Blazer sehen.

Selbst der arme, angelbesessene Christie konnte sie kaum übersehen. Nicht, wenn er näher kam.

## 23

»Das Problem ist«, sagte Richard Thornhill, »dass wir es nicht mit Sicherheit wissen, bis wir den Laborbericht haben. Aber die Leute wollen, dass es ein Unfall war. Alle, von Williamson bis zu Bernie Broadbent.«

»Vielleicht war es ja auch einer«, sagte Jill.

»Vielleicht.«

Sie musterte sein schmales, angespanntes Gesicht. Natürlich sah er die Dinge anders als alle anderen. Richard gehörte zu den Leuten, die in fast jeder Situation gegen den Strom schwammen. War das der Grund, weshalb er hier bei ihr war und auf der Terrasse von Walnut Tree Cottage saß?

»Jimmy Leigh hätte im Zeugenstand nicht die geringste Chance«, fuhr er fort. »Jeder weiß das. Aber die Tatsache bleibt, dass Jimmy Mattie Harris vor Bernie Broadbents Haus gesehen hat. Und dann ist da noch die Flasche.«

»Die *was?*«

»Eine Bierflasche. Pale Ale, gebraut von Thorogood and Nephew in Elmbury. Bernie macht derzeit irgendwelche Geschäfte in Elmbury, und jemand hat ihm eine Kiste von dem Zeug geschenkt. Wahrscheinlich ist er der Einzige in Lydmouth, der was davon hat.« Er fuhr sich mit der Zunge über die Lippen. »Eine Flasche davon wurde nahe der Stelle, wo Matties Leiche gefunden wurde, angespült.«

»Das beweist überhaupt nichts, oder? Sie muss nicht zur gleichen Zeit flussabwärts getrieben sein.«

»Nein. Aber es könnte ein weiteres kleines Indiz sein, das Bernie mit Mattie in Verbindung bringt.«

»Das ist reine Spekulation, Richard.« Sie lächelte ihn an. »Ich dachte, es wäre Polizisten nicht erlaubt, ihre Fantasie einzusetzen.«

»Es ist alles ein bisschen zu dicht vor der eigenen Haustür«, sagte er. »Jetzt sogar wortwörtlich. Macht es einem schwer, klar zu denken. Aber das Timing ist schon auffällig, findest du nicht? Vielleicht weiß Bernie, dass er in der Tinte steckt. Vielleicht ist es eine Art von Bestechung, dass er das Haus gekauft hat. Eine Art Versicherung gegen ein mögliches zukünftiges Problem.«

»Nein«, sagte Jill.

»Warum nicht?«

»Weil Bernie kein Narr ist. Und nur ein Narr würde versuchen, einen so eigensinnigen Kerl wie dich zu bestechen.«

Sie beugte sich über die Armlehne ihres Gartenstuhls und küsste ihn. Sie saßen Seite an Seite. Die Terrasse lag am Hang des Hügels und bot ihnen, wie eine Loge in der Oper, freien Ausblick über das Panorama unterhalb von ihnen. Paradoxerweise war sie gleichzeitig sehr abgeschirmt. Niemand konnte sie hier überraschen, da sie das Klappern der Pforte an der Seite des Hauses hören würden.

»Es tut mir Leid, aber ich kann nicht lange bleiben«, erklärte er und legte seine Hand auf die ihre. »Ich konnte nicht ertragen, dich nicht zu sehen, also hab ich gesagt, ich gehe mir ein Sandwich holen.«

»Meinst du, irgendjemand vermutet etwas? Wegen uns, meine ich?«

Er schüttelte den Kopf. »Ich wüsste nicht wie.« Sein Griff wurde fester. »Aber wenn, dann wäre es Brian.«

Jill fröstelte, der schwülen Wärme zum Trotz. Der Himmel sah aus, als würde er jeden Moment seine Schleusen öffnen. Ein paar Minuten später begleitete sie Richard zu seinem Wagen. Auf dem Rücksitz lag ein Strauß Rosen, die ersten, die sie in diesem Jahr gesehen hatte. Einen Moment lang hätte sie ihn fast umarmt, denn nicht jeder Mann war sich der Bedeutung romantischer Gesten bewusst. Doch dieser Moment währte nicht lange, denn sie erkannte augenblicklich, dass er ihr die Rosen bereits gegeben hätte, wenn sie für sie gewesen wären. Er verabschiedete sich, ohne auch nur einen Blick auf die Rosen zu werfen.

Für wen waren sie dann?, fragte Jill sich, als das kleine Auto zwischen den Heckenreihen verschwand. Für Edith?

Diese Möglichkeit – die Wahrscheinlichkeit – rumorte in ihren Eingeweiden wie Glasscherben. Während sie zum Cottage zurückging, begann es von neuem zu regnen, fette Tropfen, die träge vom Himmel fielen und ihre nackte Haut mit der Wucht eines schnippenden Fingers trafen. Sie packte die beiden Gartenstühle, schob sie unter das schützende Dach des Portals und ging ins Cottage.

»So viel zu meinem unmoralischen Wochenende«, sagte sie laut.

Sie setzte sich ans Fenster, zündete sich eine Zigarette an und schlug den *Pfarrer von Bullhampton* auf.

# 24

Ted Evans ging gerade vom Schrebergarten nach Hause, als er Bill Pembridge erblickte. Der Bursche schlenderte pfeifend und mit einer Zigarette in der Hand vom Ferryman den Treidelpfad entlang. Fein herausgeputzt in Blazer und Krawatte, als hätte er auf der ganzen Welt keine einzige Sorge. Noch nicht.

Die Tatsache, dass Pembridge *hier* war, war eine weitere Demütigung. Teds Schrebergarten war mehr als eine Quelle für frisches Gemüse. Er war eine Erweiterung seiner Persönlichkeit. Dies war vielleicht der einzige Platz auf der Welt, wo Ted ganz er selbst war. Es war sein Allerheiligstes.

Als der Frühling zum Sommer wurde, hatte er mehr und mehr Zeit hier verbracht. Es gab 40 Schrebergärten von identischer Größe, doch jeder war so individuell wie sein Besitzer. Teds war einer der gepflegtesten. Seine Pflanzen standen in Reih und Glied, als wären sie auf dem Exerzierplatz angetreten; sein Schuppen hatte erst kürzlich einen neuen Kreosot-Anstrich erhalten; und Unkraut brauchte nur sein Haupt aus der Erde zu recken, da wurde es schon vernichtet. Er kannte die meisten der anderen Schrebergärtner, doch im Großen und Ganzen redeten nur wenige mit ihm, außer über rein praktische Belange, zum Beispiel, wie man Kaninchen fern hielt und wann genau Eierkürbisse ausgepflanzt werden sollten.

Wie gewöhnlich an schönen Sonntagen, hatte er den größten Teil des Nachmittags hier im Schrebergarten gearbeitet. Als er Bill Pembridge sah, ging er hinter einer Esche in Deckung. All die Sorgen, all die Angst, all die Enttäuschungen verschmolzen zu einem einzigen Speer des Zorns, hart wie Granit. Er lehnte das Fahrrad sorgfältig gegen den Baum und trat auf den Treidelpfad.

Der junge Pembridge war keine zehn Meter entfernt. Er blieb augenblicklich stehen und sah ihn erschrocken an.

*Der eingebildete Fatzke scheißt sich vor Angst in die Hose.*

»Schön«, sagte Ted gedehnt. »Es ist an der Zeit, dass wir beide uns mal unterhalten.«

»Hören Sie, Mr Evans, ich fürchte, ich hab's ein bisschen eilig. Könnte ich nicht …«

»Du hast es ein bisschen eilig, mein Mädel sitzen zu lassen.«

»Violet? Ich weiß nicht, was Sie meinen.«

»Hast du gestern schon vergessen?«

»Ich – ich hab sie zufällig getroffen, als ich spazieren gegangen bin. Hab nur kurz angehalten und ein bisschen mit ihr geplaudert. Es war ganz …«

»Halt den Mund«, sagte Ted leise. »Du hattest dich mit ihr verabredet. Sie hat's mir erzahlt. Und als du mich hast kommen sehen, bist du abgezischt. Ich hab dich immer schon für einen Windhund gehalten, und ich hatte Recht.«

Bills Blick huschte umher, auf der Suche nach einem Ausweg. Es gab keinen. Auf der einen Seite war der Lyd, auf der anderen die Umzäunung der Schrebergärten. Und wo immer er sich hinwandte, Ted würde ihn kriegen.

»Du warst es«, sagte Ted. »Du hast meine Tochter geschwängert.«

»Ich versichere Ihnen …«

»Deine Versicherungen sind einen feuchten Dreck wert.« Er machte einen Schritt auf Bill zu. »Was wirst du also tun?«

»Inwiefern, Mr Evans?«

»Violet. Ich vermute, du hast gesagt, dass du sie heiraten würdest, oder irgendsolchen Unsinn. Das ist es doch, was Burschen wie du gewöhnlich Mädchen wie Violet versprechen. Aber du hast dich verrechnet, stimmt's? Denn Burschen wie du sind gewöhnlich nicht so dumm. Es ist keine gute Idee, ein Mädchen zum Narren zu halten, das einen Vater wie mich hat.«

Mit dem Wort *mich* schnellte Teds linke Faust vor. Schmerz schoss seinen Arm hinauf, als sie auf Pembridges Mundwinkel traf. Der Junge riss die Arme hoch, versuchte, sein Gesicht zu schützen, doch er war zu langsam, um zu verhindern, dass Teds andere Faust gegen den Wangenknochen knapp unter seinem linken Auge schmetterte. Er jaulte auf und schlug die Hände vors Gesicht. Blut quoll zwischen seinen Fingern hervor. Ted nahm sorgfältig Maß und trat ihm in den Unterleib. Der junge Bursche klappte zusammen.

Ted war ganz ruhig. Er hatte alle Zeit der Welt. Er fragte sich, was er als Nächstes tun sollte. Einen Arm brechen vielleicht? Oder etwas Schmerzhafteres, das nicht so schnell verheilen würde? Oder den Dreckskerl ein für alle Mal von seinem Elend erlösen, damit er nie wieder einem Mädchen wehtun konnte? All diese Möglichkeiten, und alle so einfach. Das war das Wunderbare an Gewalt, dachte er, sie machte alles so einfach.

»Bitte, Mr Evans, bitte«, flennte der junge Bursche, und Blutbläschen blubberten aus seinem aufgeschlagenen Mund. »Ich heirate sie, ich tue alles, was Sie wollen.«

Der greinende kleine Mistkerl fiel doch tatsächlich auf die Knie und versuchte, sich an Teds Beine zu klammern. Teds Zorn schlug augenblicklich in tiefste Verachtung um. Er packte den Jungen unter den Achseln und hob ihn hoch, bis sie einander in die Augen sahen.

»Ich würde dich mein Mädchen nicht heiraten lassen, selbst wenn du der letzte Mann auf der Welt wärst.«

Ted starrte mit dem begehrlichen Blick eines Liebhabers in das zerschundene Gesicht und lächelte.

»Bitte, Sir, bitte ...«

Er spuckte aus. Dann schaute er zu, wie sein Speichel an

Bill Pembridges Stirn hinabglitt und in seine linke Augenhöhle lief. Schließlich schleifte er den Jungen wie einen Sack Kohlen die Uferböschung hinunter und warf ihn in den Fluss. Der Bursche ruderte hektisch mit den Armen, um sich über Wasser zu halten, während er prustend nach Luft schnappte. Blutige Fäden rankten sich wie Seetang um ihn.

»Wenn der verfluchte Ertränker dich nicht holt«, sagte Ted, »dann tue ich es.«

## 25

Vor dem Polizeipräsidium parkte ein kleiner Austin mit einem Strauß Rosen auf dem Rücksitz. Waren sie ein böses Omen?

Rosen deprimierten Malcolm Sedbury. Als er an jenem Tag, an dem er von der New Bridge gesprungen war, vor so vielen Jahren, nach Hause gekommen war, war seine Mutter damit beschäftigt gewesen, die Büsche vor dem Haus zu beschneiden. Sie hatte seine triefnassen Kleider gesehen, hatte ihn mit Fragen bombardiert wie ein Staatsanwalt, hatte ihm eine Standpauke gehalten und ihn ohne Abendbrot ins Bett geschickt. Und so hatten Rosen selbst hinterher eine besondere Bedeutung für ihn behalten, auf immer unlösbar verkettet mit einer angstvollen, wütenden Stimme, unlösbar verkettet mit dem heroischen Sprung von der New Bridge, unlösbar verkettet mit den letzten Tagen, bevor die Kinderlähmung ihren Tribut gefordert hatte.

Stufen führten zur Eingangstür des Polizeipräsidiums hinauf. Malcolm wusste, dass er sie erklimmen konnte, obgleich er Stufen hasste, weil sie ihn noch ungelenker als üblich aussehen ließen. Er hatte fast die oberste Stufe erreicht, als ein uniformierter Constable auf der anderen Seite der

Tür auftauchte, sie öffnete und ihn besorgt fragte, ob er Hilfe bräuchte.

Malcolm erwiderte lächelnd, er käme schon zurecht, und ließ sich den Flur hinunter zum Tresen führen. Dort warteten bereits mehrere Leute, normale Bürger, und er musste den üblichen Spießrutenlauf unter ihren Blicke absolvieren. Hinter dem Tresen stand ein uniformierter Sergeant, der sich vorbeugte, um zu hören, was Malcolm sagte. Es kam Malcolm vor, als schenke der Mann ihm übertriebene Aufmerksamkeit, vielleicht in dem Glauben, dass Malcolm, da er nicht richtig laufen konnte, auch nicht richtig sprechen könnte. Oder nicht richtig denken, was wahrscheinlicher war.

»Guten Tag, mein Name ist Malcolm Sedbury. Hören Sie, ich glaube, ich habe Informationen über den Unfall bei der New Bridge letzte Woche. Der Unfall, den Mattie Harris hatte.«

Der Sergeant nickte. »Was für Informationen?«

»Ich muss sie kurz, bevor es passiert ist, gesehen haben. Oder, genauer gesagt, ich hab sie nicht gesehen, sondern gehört.«

»Einen Moment bitte, junger Mann.«

Der Sergeant verschwand hinter der verglasten Trennwand, und Malcolm hörte Stimmengemurmel. Einen Moment später kam der Mann wieder zurück und flüsterte Malcolm zu: »Es kommt gleich jemand herunter, um mit Ihnen zu sprechen. Möchten Sie sich vielleicht hinsetzen?«

Malcolm wartete auf einer Bank und wich sorgsam den Blicken der anderen Leute aus, während er sich zwang, nicht nur ruhig, sondern gelassen zu bleiben. Er saß ganz still da, atmete regelmäßig, achtete darauf, dass seine Hände ganz natürlich auf seinen Schenkeln ruhten. Er fragte sich, warum die anderen an einem Feiertagsmontag hergekommen waren. Es schien sonderbar, dass außer ihm auch andere Angelegenheiten mit der Polizei zu regeln hatten.

Dann hörte er Stimmen und blickte auf. Ein schlanker Mann in einem dunklen Anzug blätterte hinter dem Tresen irgendwelche Papiere durch. Der Sergeant hob die Klappe, um den Mann in den Flur durchzulassen. Er kam zu Malcolm herüber.

»Mr Sedbury? Ich bin Detective Inspector Thornhill.«

Malcolm erhob sich mühsam. Er fragte sich, ob man einem Beamten in Zivil die Hand gab. Wahrscheinlich nicht.

»Wenn Sie bitte mitkommen würden«, sagte Thornhill, »hier drinnen können wir uns ungestörter unterhalten.«

Er öffnete eine Tür und ging voran in einen großen quadratischen Raum an der Vorderseite des Gebäudes. Die Einrichtung bestand aus einem zerkratzten Mahagonitisch, um den sich eine unordentliche Ansammlung von Stühlen gruppierte.

»Nehmen Sie bitte Platz«, sagte Thornhill.

Malcolm hängte seine Stöcke über die Rückenlehne eines Stuhls. Einer der Stöcke rutschte ab und fiel zu Boden. Thornhill hob ihn auf und hängte ihn kommentarlos wieder an die Lehne.

»Wie ich höre, haben Sie Informationen über die junge Frau, die letzte Woche im Fluss gefunden wurde.«

»Ja, das stimmt. Ich glaube, mein Freund und ich haben sie an dem Abend vor ihrem Tod gehört.«

»Sie gehört?«

»Es war ziemlich dunkel.«

»Wann genau war das, Sir?«

»Donnerstagabend, muss so gegen Viertel nach zehn gewesen sein. Ich war mit einem Freund zusammen – Bill Pembridge –, und wir waren auf einen Drink und um Zigaretten zu kaufen im Ferryman's Inn. Sie wissen doch, dass es da einen Biergarten am Fluss gibt?«

Thornhill nickte.

»Wir haben dort gesessen, in dem Biergarten. Und wir

haben nebenan auf der Wiese ein Pärchen gesehen. Sie wissen schon, die zu den Schrebergärten hin. Manchmal – manchmal treffen sich Pärchen dort.«

Thornhills Mundwinkel zuckte. »Wenn sie unter sich sein wollen.«

Malcolm lächelte. »Ja. Nun, das Mädchen war Mattie. Und es war ein Mann bei ihr.«

»Konnten Sie ihn erkennen?«

»Nein. Er war größer als sie, ziemlich kräftig, aber mehr weiß ich nicht. Er hatte uns den Rücken zugekehrt, verstehen Sie, und es war schon fast dunkel.«

»Aber Mattie haben Sie erkannt.«

»Allerdings nicht so sehr an ihrem Aussehen. Es war ihr Lachen. Mattie hatte ein unverwechselbares Lachen. Irgendwie kehlig.«

»Dann haben Sie sie also gekannt? Persönlich, meine ich?«

»Eigentlich nicht. Aber man hat sie hier und dort gesehen. Sie war ein Mädchen, das einem ins Auge fiel, Inspector – diese roten Haare. Und ich hab sie ein paarmal im Gardenia gesehen – Sie wissen doch, dass sie dort bedient hat?«

Thornhill nickte. »Was haben sie und der Mann gemacht?«

»Sie haben – geschmust.«

»Dann gab es also keine Anzeichen für einen Streit, nur so zum Beispiel?«

»Nicht dass wir es bemerkt hätten. Aber wir waren nur ein paar Minuten dort, und wir haben nicht besonders auf die beiden geachtet. Wie ich schon sagte, ich weiß nur, dass sie gelacht hat.«

»Und was ist dann passiert?«

»Wir sind nach Hause gefahren«, erklärte Malcolm. »Ich wäre schon früher zu Ihnen gekommen, aber ich habe bis gestern nicht gewusst, dass das Mädchen im Fluss Mattie Harris war.«

»Wie haben Sie es herausgefunden?«

»Mr und Mrs Pembridge haben es Samstagabend meinen Eltern gegenüber erwähnt. Mattie ist in Ruispidge Hall zum Tanzen gegangen, und sie haben erzählt, dass die Polizei vorbeigekommen wäre, um sie zu befragen. Dann hat mein Vater es gestern Abend mir gegenüber erwähnt, und ich hielt es für das Beste, zu Ihnen zu kommen.«

Thornhill stellte ein paar weitere Fragen, doch Malcolm erkannte, dass nichts Neues mehr kam. Thornhill bat ihn, eine offizielle Aussage zu machen, und holte zu diesem Zweck einen jungen Constable herein.

Eine halbe Stunde später quälte Malcolm sich die Stufen zur High Street hinunter. Der Regen hatte wieder eingesetzt, und das Pflaster war mit dunklen Tropfen gesprenkelt, die wie nasse Toffees aussahen. Er hörte eine Tür aufgehen und schaute zurück. Inspector Thornhill stand über ihm am Kopf der Stufen.

»Würden Sie wohl Ihren Freund Bill Pembridge bitten, vorbeizukommen, wenn es ihm passt? Wir würden gern auch von ihm eine Aussage aufnehmen.«

Malcolm nickte.

»Sie werden ganz nass«, bemerkte Thornhill knapp. »Kann ich Sie irgendwo hinfahren?«

»Um ehrlich zu sein, ich hatte vor, bei Bill Pembridge vorbeizuschauen.«

»Wo wohnt er?«

»Albert Road.«

»Ich kann Sie hinfahren, wenn Ihnen das eine Hilfe ist.«

Der Regen war inzwischen stärker geworden, und das Angebot klang plötzlich sehr verlockend. Malcolm zwängte sich auf den Beifahrersitz des kleinen Austin. Das Wageninnere roch erstickend nach Rosen. Thornhill fuhr schweigend, versuchte nicht, eine Unterhaltung anzuknüpfen. Waren alle Detectives so?, fragte Malcolm sich. Thornhill bog in die Auffahrt zum Haus der Pembridges ein und setzte Malcolm an der Vordertür ab.

»Und bitte vergessen Sie nicht – sagen Sie dem jungen Pembridge, er möchte vorbeikommen. Sagen Sie ihm, er soll nach Sergeant Kirby fragen. Auf Wiedersehen.«

Als sich das Motorgeräusch verlor, hörte Malcolm eine entfernte Trompete eine Blues-Tonleiter spielen. Er klingelte. Bill öffnete die Tür, zuerst zu Malcolms Erleichterung, dann zu seiner Überraschung.

»Was zum Teufel ist denn mit dir passiert?«

Bill schnitt eine Grimasse und zuckte dabei vor Schmerz zusammen. »Hatte gestern einen Zusammenstoß mit Ted Evans. Auf dem Heimweg vom Ferryman.«

»Hat das …?«, fragte Malcolm eilig.

»Ist alles bestens gelaufen. Um ehrlich zu sein, ich war recht zufrieden mit mir. Dann ist dieser Mistkerl Evans über mich hergefallen, als ich an den Schrebergärten vorbeikam.«

Bills Stimme wurde immer lauter, während er sprach, und Malcolm zog warnend die Augenbrauen hoch.

»Keine Sorge«, sagte Bill. »Pa ist oben und macht auf Louis Armstrong, und meine Mutter ist irgendwo unterwegs und tut wohltätige Dinge.«

»Was hat Evans gesagt?«

»Er hat es endlich in seinen dicken Schädel gekriegt, dass ich der Vater des Babys bin. Also hat er mir ein paar Beleidigungen an den Kopf geworfen und dann versucht, mich zu verprügeln.«

Malcolm war versucht, zu sagen, dass es so aussah, als hätte Evans es auch geschafft.

»Ich hab mich meiner Haut gut gewehrt«, fuhr Bill fort. »Aber sein erster Schlag hat mich überrumpelt.« Er berührte vorsichtig sein Gesicht. »Ich dachte, er hätte mir die Nase gebrochen. Er war völlig außer Kontrolle. Das Beste, was ich tun konnte, war, mich abzusetzen.«

Malcolm dachte an den schmalen Treidelpfad zwischen den Schrebergärten und dem Fluss. »Und wie hast du das gemacht?«

»Ich bin in den Fluss gesprungen und weggeschwommen.« Bill zuckte mit den Achseln, gab sich lässig. »War recht erfrischend, ehrlich gesagt. Das erste Bad des Jahres.«

»Der Mann ist ein Tier«, wütete Malcolm. »Hast du ihn angezeigt?«

»Na ja, nein. Das würde nicht gut aussehen, oder? Und die ganze Angelegenheit würde ans Licht kommen.« Er blinzelte, als hätte ihn kurz eine Lampe geblendet. »Wär Violet gegenüber nicht fair.«

»Vielleicht hast du Recht. Die Polizei könnte fragen, was du überhaupt dort gemacht hast. Was haben deine Eltern gesagt?«

»Hab ihnen erzählt, ich wär gegen eine Tür gelaufen.«

»Und *das* haben sie dir geglaubt?«

»Sie glauben alles, was ich sage.« Bills Tonfall klang verbittert. »Du weißt ja, wie sie sind.«

Das wusste Malcolm. Er hatte sich manchmal Eltern wie Bills gewünscht, Eltern, die einen in Ruhe ließen, die nicht versuchten, einen in Watte zu packen; denen es egal war, was man tat, solange man ihr Leben nicht verkomplizierte oder sie bei ihren Freunden schlecht aussehen ließ. Mr Pembridge arbeitete immerzu, abgesehen von den Abenden mit seiner kleinen Kapelle. Mrs Pembridge hatte ihre Komitees. Womit Bill alle Freiheit der Welt hatte.

»Sei rücksichtsvoll mit Violet. Dad hat beim Frühstück gesagt, dass er sie feuern wird. Er wird ihr noch heute Morgen einen Brief schreiben.«

»Armes Ding«, sagte Bill mechanisch. »Aber sie kommt

schon zurecht – sie ist eine gute Sekretärin. Heutzutage verdienen die sich eine goldene Nase.«

Die Trompete verstummte.

»Er kommt gleich für sein zweites Frühstück runter«, erklärte Bill. »So regelmäßig wie sein verfluchter Stuhlgang.«

»Lass uns verschwinden.«

»Wohin?«

»Egal.«

Fünf Minuten später saßen sie im MG und fuhren aus der Stadt hinaus Richtung Eastbury. Regen trommelte auf die Motorhaube, und das Wasser auf der Windschutzscheibe verzerrte die Welt auf der anderen Seite, gab allem etwas leicht Beunruhigendes, wie ein unerwarteter Blick in das Monstrositätenkabinett auf einem Jahrmarkt.

»Die Polizei will eine Aussage von dir aufnehmen«, sagte Malcolm.

»Du warst schon bei ihnen? Ich dachte, du wolltest bis heute Nachmittag warten.«.

»Wollte ich auch. Aber dann schien es besser, es hinter mich zu bringen.«

»Wie ist es gegangen?«

»Ich hab mit einem Inspector namens Thornhill gesprochen. Ein Kriminalbeamter.«

»Er hat doch nicht ...«

»Es ist alles bestens gelaufen. Warum auch nicht? Die Polizei braucht alle Hilfe, die sie von den Bürgern kriegen kann.« Malcolm warf einen Blick auf Bill. »Vielleicht solltest du bis morgen warten, bevor du hingehst. Sie glauben dir die Sache mit der Tür vielleicht nicht.«

Bills Hände verkrampften sich um das Lenkrad. »Um ehrlich zu sein, ich hab's wohl ein bisschen beschönigt. Ich dachte – ich dachte, er würde mich umbringen. Er ist die Sorte Mann, die das fertig bringt.«

»Er ist ein Tier.« Malcolm ballte eine Faust, dann spreizte er die Finger wieder. »Er sollte irgendwo eingesperrt werden, wo er keinen Schaden anrichten kann.«

## 26

Es waren WPC Ailsmores Augen, die das goldene Funkeln am Wasserrand erspähten.

»Sehen Sie mal, Sarge«, sagte Joan und zeigte nach unten. Ihr Gesicht war gerötet, und die Erregung ließ sie bemerkenswert hübsch aussehen. »Da vorn.«

Sie und Kirby waren auf der Wiese hinter dem Biergarten des Ferryman's Inn. Der Trampelpfad am Ufer war ein vager, matschiger Schemen. Nur wenige Leute hatten Grund, jenseits der Schrebergärten, des Cricket-Felds und des Pubs umherzuwandern. Der Regen war zurückgekehrt, prasselte unaufhaltsam herab. Joan hatte sich mit Regenmantel, Kopftuch und Gummistiefeln dagegen gewappnet. Doch Kirby hatte seinen Regenmantel daheim gelassen und wurde immer gründlicher durchnässt.

An dieser Stelle wurde das Ufer flacher. Der weiche Boden war von Generationen von Hufabdrücken zerfurcht. Wenn Kühe auf der Wiese weideten, kamen sie zum Trinken hierher. Die Stelle war ein Spurensicherungsalbtraum. Die Chancen, in dem aufgewühlten Morast Spuren von Mattie Harris zu finden, waren praktisch gleich Null.

Die schmale goldene Puderdose lag in einem Hufabdruck. Sie hätten sie von dem Trampelpfad aus, der sich um die Viehtränke zog, nicht sehen können. Man musste schon unten am Wasserrand sein. Joan bückte sich und streckte die Hand aus.

»Nicht anfassen«, fauchte Kirby.

Vorsichtig trat er näher, schüttelte sein Taschentuch aus und ging in die Hocke. Er hob die Puderdose auf und ließ sie in einen braunen Umschlag fallen, eingehüllt in das Taschentuch, um die Oberfläche zu schützen.

»Was denken Sie?«

»Es steht eine goldene Puderdose auf der Liste der Gegenstände, von denen wir glauben, dass sie sie in ihrer Handtasche hatte«, sagte Kirby. »Wir werden die ganze verfluchte Wiese absuchen müssen. Die Tasche ist aus blauem Plastik und ziemlich groß.«

»Dann sollte sie ja nicht schwer zu finden sein.«

»Wenn sie hier ist.«

Sie verbrachten die nächste Viertelstunde damit, methodisch die Wiese abzugehen, die Köpfe gesenkt, auf der Suche nach allem, das eine Verbindung zu Mattie Harris haben könnte. In einer Ecke der Wiese, wo sich zwei Hecken unter dem Baldachin eines Ahorns trafen, fanden sie Zigarettenstummel, ein verwittertes Kondom und eine leere Bierflasche. Keine große Überraschung. Im Sommer stahlen sich verliebte Pärchen oft aus dem Pub auf diese Wiese. Kirby war selbst einmal mit einem Mädchen hier gewesen. Der Wind trug den Schlag der Kirchenuhr von St. John herüber, der verkündete, dass es halb zwölf war.

Er schüttelte sich wie ein nasser Cockerspaniel, schüttelte nicht nur den Regen, sondern auch die Erinnerungen ab. »Lassen Sie uns sehen, ob Belper schon zurück ist.«

Sie verließen die Wiese und gingen durch den Biergarten zum Ferryman's Inn. Sie hatten den Hillman des CID auf dem Hof an der Seite des Gasthauses geparkt. In der Zwischenzeit hatte er Gesellschaft von einem beigefarbenen, verrosteten Vorkriegs-Morris-Lieferwagen erhalten. Eine Tür flog auf. Ein glatzköpfiger Mann mittleren Alters kam aus dem Pub. Sein Bauch quoll über den Hosenbund und presste gegen seine Hemdknöpfe.

»Wir machen erst um zwölf auf. Und abgesehen von den Wagen der Gäste ist der Hof hier Privatbesitz.«

»Mr Belper?« Kirby holte seinen Dienstausweis hervor. »Detective Sergeant Kirby. Dies ist meine Kollegin WPC Ailsmore. Wir würden Ihnen gern ein paar Fragen stellen.«

Die Miene des Mannes blieb mürrisch, doch jetzt gesellte sich ein argwöhnischer Ausdruck in seinen Augen hinzu. Er rieb sich seinen kurz geschorenen Bart. »Worum geht's?«

»Warum gehen wir nicht hinein?«, schlug Kirby vor. »Ich bin es leid, im Regen zu stehen.«

Belper zuckte mit den Achseln. Er ging wortlos voran ins Haus. »Treten Sie sich die Füße ab. Meine Frau hat heut Morgen den Fußboden gewischt.«

Sie setzten sich in die Schankstube. Die Zapfhähne waren noch abgedeckt, ansonsten jedoch war alles bereit. Mrs Belper, eine verschrumpelte Frau, die gute zehn Jahre älter aussah als ihr Mann, spähte in die Schankstube, sah die Besucher und zog sich eilig in den hinteren Teil des Hauses zurück.

»Ich werde Sie nicht lange aufhalten, Sir«, sagte Kirby und dachte sehnsüchtig an ein schönes Glas Whisky, um die Nässe zu bekämpfen. »Wir stellen nur Erkundigungen über ein Mädchen an, das Donnerstagabend möglicherweise hier gewesen ist.«

»Donnerstag? Da war's hier proppenvoll. Da war eine Busladung aus Birmingham hier, irgendein Angelclub. Außerdem war die halbe Cricket-Mannschaft da. Irgendjemand hatte Geburtstag, plus die Stammgäste. Und es war ein schöner Abend, also hatten wir etliche Leute, die einfach nur vorbeigeschaut haben, um das gute Wetter auszunutzen.«

Es war eine erschöpfende Antwort, zu erschöpfend? Oder hatte Belper einfach entschieden zu kooperieren, da ihr Besuch nichts mit dem Ferryman selbst zu tun hatte. Er stand in dem Ruf, ein bärbeißiger Mistkerl zu sein. Die meisten Gastwirte pflegten freundliche Beziehungen mit der Polizei, er aber hatte sich nie darum geschert. Er behandelte Polizisten ebenso mürrisch wie jeden anderen. Andererseits hielt er sich an die Gesetze und hatte seine eigenen Methoden, mit unliebsamen Gästen fertig zu werden.

»Kannten Sie Mattie Harris?«

Belper schüttelte den Kopf. »Das Mädel, das sie ertrunken unten an der New Bridge gefunden haben?«

»Ganz genau.«

»Das war Freitag.«

»Es besteht die Möglichkeit, dass sie seit Donnerstag im Wasser gelegen hat.«

»Hab sie nie gesehen, zumindest nicht, soweit ich sagen kann. Das bedeutet nicht, dass sie nicht hier gewesen ist. Ich kenn die Hälfte meiner Gäste nicht. Besonders im Sommer.«

»Aber Sie kannten ihren Namen.«

»Klar. Inzwischen kennt jeder in Lydmouth ihren Namen.«

Kirby nickte zustimmend. »Sie war ein zierliches Mädchen mit vollen roten Haaren. Sie ist den Leuten aufgefallen. Sie hat viel gelacht.«

»Nun, mir ist sie nicht aufgefallen. Die meisten meiner Gäste lachen zu viel.« Belper holte einen Tabaksbeutel hervor und begann, eine Zigarette zu drehen. »Die Sache ist die, sie kann hier gewesen sein, aber nicht im Pub. Der Garten war Donnerstag proppenvoll. Und wenn jemand anders hereingekommen ist, um die Drinks zu kaufen, dann gäb's keinen Grund, weshalb wir sie hätten sehen sollen.«

»Wissen Sie, ob Donnerstagabend irgendjemand auf die Wiese gegangen ist?«

»Woher soll ich das wissen? Ich hab den ganzen Abend hinter der Theke gestanden.«

Kirby versuchte herauszufinden, ob Belper irgendjemanden identifizieren konnte, der am Donnerstagabend im

Biergarten gewesen war. Doch Belper behauptete, nicht im Garten gewesen zu sein. Sie waren an dem Abend unterbesetzt gewesen, und er war der Meinung, dass auch weder seine Frau noch die Thekenbedienung dort draußen gewesen wären, abgesehen von ein paar kurzen Runden, um Gläser einzusammeln. Kirby bat ihn, mit seiner Frau und der Thekenbedienung zu reden und zusammen eine Liste aller Gäste aufzustellen, die sie namentlich kannten und die am Donnerstagabend im Ferryman gewesen waren. Er sah auf die Uhr. Hier würden sie nichts weiter erfahren. Es war an der Zeit, mit der Puderdose zum Revier zurückzufahren.

Auf dem Weg nach draußen blieb er jedoch im Gang neben der Tür zum Hof stehen. »Kennen Sie zufällig Malcolm Sedbury, Mr Belper? Oder Bill Pembridge?«

»Den jungen Pembridge? Ja, er gehört zur Club-Mannschaft. Konnte am Samstag nicht antreten, was vermutlich der Grund war, weshalb wir gegen Ashbridge verloren haben. Kein Pflichtgefühl, das ist das Problem mit dieser Generation.«

»War er Donnerstagabend hier?«

Belper kratzte sich am Kopf, fuhr mit den Fingernägeln durch sein strohiges, fettiges Haar. »Ja, ich glaube schon. Wie ich schon sagte, es waren auch andere vom Cricket-Club da. Aber ich bin ziemlich sicher, dass er ein bisschen später vorbeigekommen ist. Als die anderen schon hier waren. Muss draußen im Garten gewesen sein, denn ich hab ihn nicht wieder gesehen, nachdem er zwei Drinks und eine Schachtel Zigaretten gekauft hat.«

Alles in allem ein recht erfolgreicher Vormittag, wenn auch ein nasser, dachte Kirby bei sich, während sie zum Polizeipräsidium zurückfuhren. Wenn es Matties Puderdose war, dann bestätigte das die Aussage des jungen Sedbury. Sie hatten einen Zeitpunkt und einen Ort, wo Mattie zuletzt gesehen worden war.

Mal angenommen, der Abend hatte mit Sex mit einem Galan auf jener Wiese geendet. Mattie hätte sich in der Dunkelheit anzogen. Zehn zu eins, dass sie betrunken gewesen war. Sie könnte in den Fluss gefallen und zu betrunken gewesen sein, um sich retten. Vom Ferryman war es nicht weit zur New Bridge, und die Strömung des Minnow am Westufer hätte sie quer hinüber zum Ostufer des Lyd gezogen, unter die Trauerweide, wo sie gefunden worden war.

Andererseits …

»Ist sie gefallen, oder wurde sie gestoßen?«, sagte Joan, deren Gedanken sich offensichtlich auf einem parallelen Gleis bewegten, ein Zufall, der ihm nicht ganz gefallen wollte. »Das ist die große Frage, oder nicht, Sarge?«

Sie parkten den Wagen hinter dem Präsidium. Kirby angelte den Umschlag aus seiner Tasche.

»Kann ich sie mir mal ansehen?«, fragte Joan. »Ich bin auch vorsichtig.«

»Wüsste nicht, was dagegen spricht.« Es war ein kleiner Wagen, und Kirby gefiel es, Joan nahe zu sein. Sich zusammen die Puderdose anzusehen, würde sie einander noch näher bringen. »Aber nicht anfassen. Lassen Sie mich das machen.«

Er drehte den Umschlag herum und ließ die noch immer in sein Taschentuch eingewickelte Puderdose auf seine Handfläche gleiten. Dann zog er das Taschentuch behutsam auseinander.

»Sie ist aus Gold«, sagte Joan mit einem Hauch von Neid in der Stimme. »Können Sie sie öffnen?«

Sie war ihm jetzt sehr nahe. Kirby saß stocksteif da, wohl wissend, dass sich, wenn er sich nur ein paar Zentimeter auf sie zubewegte, ihre Arme berühren würden. Er mochte ihr Parfüm. Hauptsächlich um den Moment länger auszukosten, drückte er vorsichtig den Schnapper der Puderdose.

Der Puder war trocken, doch der Spiegel im Deckel war

gesprungen. Joan berührte seinen Arm und beugte sich noch dichter heran. Seine Haut kribbelte. Sie hielt ihre Nase eine Handbreit über die Puderdose und schnüffelte.

»Fleur de Rose, denke ich«, sagte sie. »Sie hatte eine Dose von dem Zeug in ihrem Zimmer.«

»Nicht billig?«

»Kostet ein Vermögen. Sie muss von irgendwoher Geld bekommen haben.«

Kirby klappte die Puderdose zu, wickelte sie wieder in das Taschentuch und schob sie zurück in den Umschlag. »Wir reden besser mit dem Chef. Vorausgesetzt, dass er sich nicht wieder abgesetzt hat.«

Sie gingen nach oben. Thornhill war in seinem Büro und lauschte jemandem, der am Telefon mit ihm sprach. Er winkte Kirby und Joan herein und zeigte auf die Stühle.

»Gut«, sagte er zu seinem Gesprächspartner am anderen Ende. »Das lässt sich nicht ändern. Die Entscheidung liegt natürlich beim Chief Constable … Danke, auf Wiederhören.« Er legte den Hörer auf und sah über den Schreibtisch hinweg. »Nun?«

»Wir haben auf der Wiese neben dem Ferryman eine Puderdose gefunden, die Mattie Harris gehört haben könnte. Sie lag am Flussufer, unten am Wasser. Keine anderen Spuren von ihr auf der Wiese, jedenfalls nicht, soweit wir sehen konnten, aber der Wirt bestätigt, dass der junge Pembridge am Donnerstagabend in dem Pub war.«

»Kann es ein Unfall gewesen sein, dass sie hineingefallen ist?«

»Es ist möglich. Sie konnte nicht schwimmen, und nur mal angenommen, dass sie betrunken und allein im Dunkeln war …«

»Es ist nicht möglich«, erklärte Thornhill entschieden. »Das war eben das Labor.«

»Dann ist sie also nicht ertrunken?«

»Oh doch. Sie ist ertrunken. Und kurz bevor sie gestorben ist, hat sie eine beachtliche Menge Gin getrunken. Lässt sich nur schwer mit Gewissheit sagen, aber es könnte eine halbe Flasche oder mehr gewesen sein. Da ist noch etwas anderes – sie war im dritten Monat schwanger, als sie gestorben ist.«

»Das wäre dann ein weiteres mögliches Motiv. Vielleicht für Selbstmord?«

Thornhill schüttelte den Kopf. »Sie hatte blaue Flecke an den Schultern. Die wurden ihr so gut wie sicher um die Todeszeit herum zugefügt, von jemandem, der hinter ihr stand.«

Joan öffnete den Mund, sagte jedoch klugerweise nichts. Dies war keine Situation, in der eine kleine WPC etwas Nützliches beitragen konnte.

»Dann haben wir's also mit einem möglichen Mord zu tun, Sir?«, meinte Kirby zögernd. »Jemand hat sie im Fluss festgehalten, hat ihren Kopf unter Wasser gedrückt, bis sie ertrunken ist?«

»Nicht im Fluss, Brian. Das ist das andere Problem. Es ist kein Flusswasser in ihren Atemwegen. Es ist Leitungswasser. Mit einer hohen Konzentration von Badesalz.«

## 27

*Der Sonntag verstrich mit mehr oder weniger Unterhaltung über den Mord; ebenso der Montagmorgen.*

Jill war auf Seite 163 des *Pfarrers von Bullhampton.* Blieben nur noch 150 übrig. Während sie las, kreiste die alte Unruhe in ihrem Bewusstsein wie ein Bomber auf der Suche nach der wirkungsvollsten Stelle, um seine Ladung abzuwerfen.

Der Trollope-Roman hatte weniger mit dem klerikalen

Leben zu tun, als der Titel vielleicht vermuten ließ. Jemand hatte einen der Farmer des Dorfes ermordet, und einer der Hauptverdächtigen war der leichtsinnige Sohn des örtlichen Müllers. Um die Dinge noch schlimmer zu machen, hatte der Müller eine wunderschöne Tochter, ein gefallenes Mädchen, die mit einem anderen Verdächtigen zusammengelebt hatte. Wie es schien, war fast jeder bereit, das Schlimmste von Bruder und Schwester zu denken, aus Gründen, die nur wenig mit der Last der Beweise zu tun hatten. In Trollopes Welt waren Frauen, die außerehelichen Sex hatten, zweifache Opfer. Männer befriedigten ihre Lust mit ihnen und setzten sich dann ungeschoren ab und überließen es den Frauen, den Preis zu bezahlen. Die Gesellschaft ihrerseits verzieh, was die Männer taten, während sie die Frauen wie Aussätzige behandelte.

Hatten sich die Dinge in den letzten 80 Jahren so sehr verändert? War die Situation für Mattie Harris anders gewesen? War sie für Jill Francis anders? Wenn die persönlichen Emotionen und Handlungen nicht in das vorherrschende gesellschaftliche Raster pasten, wo stand man dann?

Man stand im Regen, ganz einfach.

Sie hörte Richards Wagen durch das offene Fenster. Sie hatte ihn nicht erwartet. Edith und die Kinder kamen heute Abend heim. Es war genug Zeit, um im Spiegel über dem Kamin einen kurzen prüfenden Blick auf ihr Make-up und ihr Haar zu werfen. Aber war auch genug Zeit zu überlegen, was sie sagen oder tun sollte?

Er lief durch den Regen den Pfad entlang, stand triefend im Eingang und streifte seinen Regenmantel ab. Er kam in das kleine Wohnzimmer und sah sie an. Sie stand mit einem Arm auf der Rücklehne des Sofas da, während ihre Finger an dem groben Stoff nestelten. Sie wusste nicht, was sie zu ihm sagen sollte, also wartete sie darauf, dass er zuerst sprach.

»Es tut mir Leid«, sagte er zu ihrer Verblüffung. »Ich hätte dich da nicht mit hineinziehen dürfen.«

»Keine Sorge. Ich nutze die Gelegenheit, um endlich mein Buch zu Ende zu lesen.«

»Ich meine nicht dieses Wochenende. Oder zumindest nicht nur.«

Sie starrte ihn kläglich an und sah das Spiegelbild ihrer Qual in seinem Gesicht.

»Dann meinst du also, wir sollten es beenden?«, fragte Jill.

»Das wäre das Vernünftigste.« Er schluckte. »Kurz nachdem wir uns begegnet sind – erinnerst du dich noch? –, da dachte ich, ich könnte in deinen Augen ertrinken. Jetzt habe ich das Gefühl, je besser ich dich kennen lerne, desto mehr ertrinke ich.« Sein Mund zuckte. »Und ich will immer nur weiter ertrinken.«

Es war ein Meter Abstand zwischen ihnen, doch es kam ihr so vor, als wäre er auf der anderen Seite der Welt. Jill dachte an die Müllerstochter.

»Richard, meine Periode ist nicht gekommen.«

Etwas flackerte in seinen Augen auf. »Du könntest schwanger sein?«

»Es ist möglich. Das erste Mal – damals im Church Cottage.« Sie sah auf den Teppich. »Kurz nachdem die Kätzchen geboren waren.«

»Großer Gott.«

»Ich stehe eine Abtreibung nicht durch. Nicht noch einmal. Ich werde es nicht tun.«

Er wusste von jener unglücklichen Episode in ihrem Leben, bevor sie nach Lydmouth gekommen war. Er wusste, dass das in gewisser Hinsicht der Grund dafür war, weshalb sie überhaupt nach Lydmouth gekommen war.

»Nein. Das verstehe ich.« Er setzte sich abrupt hin, als ob seine Beine sein Gewicht nicht länger trügen. »Ich werde tun, was immer ich kann.«

»Ich muss aus Lydmouth weg.«

»Natürlich. Und ich auch.«

»Sei nicht albern. Du kannst Edith und die Kinder nicht verlassen. Du kannst deine Arbeit nicht aufgeben.« Ein Teil von ihr war beglückt, dass er es anscheinend in Betracht zog, und ein anderer Teil von ihr war entsetzt, um ihrer selbst willen ebenso wie um seinetwillen. »Das lasse ich nicht zu.«

»Liebling«, sagte Thornhill gedehnt, so als probiere er ein Wort einer fremden Sprache. »Ich will nicht von dir getrennt sein. Und wenn du schwanger bist, dann ist es ebenso meine Verantwortung wie deine.«

»Später. Wir sprechen später darüber.« Sie ging neben ihm in die Hocke, ergriff seine Hände, die kalt waren. »Weswegen bist du hier? Solltest du nicht arbeiten?«

»Ich muss noch einmal mit den Harris' sprechen.« Seine Finger umklammerten die ihren. »Mattie war schwanger, als sie gestorben ist. In ihren Atemwegen ist Badewasser, kein Flusswasser. Und sie hat blaue Flecke an den Schultern.«

»Oh Gott. Dann war es also Mord?«

»Es besteht die Möglichkeit, dass ihr die Prellungen vor dem Tod zugefügt wurden. Dann könnte das Ertrinken selbst ein Unfall gewesen sein. Sie war sehr betrunken. Betrunken genug, um die Besinnung zu verlieren.«

»In diesem Fall«, sagte Jill mit klarer, harter Stimme, während unwillkommene Erinnerungen sie überfluteten, »ist es ziemlich eindeutig, was sie gemacht hat.«

»Wie meinst du das?«

»Sie hat sich voll laufen lassen und hat ein sehr heißes Bad genommen. Sie hat versucht abzutreiben, Richard. Ich hab es selbst auf diese Weise versucht, ein einziges Mal, und es hat verdammt noch mal nicht funktioniert.«

# 28

Um sechs Uhr gab es nicht mehr viel, was Thornhill tun konnte. Er wusste, dass er Williamson anrufen sollte, doch das eilte nicht. Edith und die Kinder sollten fahrplangemäß um 6 Uhr 39 in Lydmouth eintreffen. Aber an Feiertagen verspäteten sich die Züge oft, daher würde er sie nicht vom Bahnhof abholen. Wenn er jetzt das Revier verließ, verschaffte ihm das eine halbe Stunde zu Hause, bevor sie kamen. Hier hielt ihn nichts.

Er hatte am Telefon mit dem Chief Constable gesprochen, der schlechte Laune hatte, weil der Regen seine nachmittägliche Golfrunde verdorben hatte. Auf dem Rückweg von seinem Besuch bei Jill im Walnut Tree Cottage war er bei Mattie Harris' Eltern vorbeigefahren, was nichts gebracht hatte, außer sie noch mehr aufzuregen. Mr Harris konnte nicht glauben, das irgendjemand seiner Tochter etwas hätte antun wollen. Thornhill hatte es nicht übers Herz gebracht, ihm zu sagen, dass sie zum Zeitpunkt ihres Todes sowohl betrunken als auch schwanger gewesen war.

Unterdessen hatte Brian Kirby eine Spurensuche im Biergarten des Ferryman und auf der Wiese nebenan beaufsichtigt. Sobald der Pub am Abend öffnete, würde eine Mannschaft von Beamten die Gäste befragen. Thornhill musste mit Violet Evans reden, hatte jedoch entschieden, das auf den nächsten Morgen zu verschieben. Er wollte Joan Ailsmore mitnehmen, und die war derzeit am Ferryman's Inn beschäftigt. Jimmy Leigh konnte ebenfalls warten.

Die Spurensicherung hatte die Puderdose untersucht. Im Innern waren zwei verwischte Abdrücke von Mattie, außen jedoch hatten sie keinerlei Abdrücke gefunden.

»Blitzsauber, Sir«, hatte der leitende Sergeant der Abteilung gesagt. »Macht einen schon argwöhnisch, was?«

»Kann das auf natürlichem Wege passiert sein?«, hatte Thornhill gefragt. »Können die Abdrücke vom Regen weggewaschen worden sein? Oder haben sie sich an irgendwas in der Handtasche abgerieben?«

Der alte Sergeant hatte den Kopf geschüttelt. »Irgendetwas findet sich immer. Nein, sieht so aus, als hätte jemand die Puderdose abgewischt.«

Thornhill fuhr nach Hause in die Victoria Road. Die Rosen, die mittlerweile zu welken begannen, ließen das Auto wie einen Leichenwagen riechen. Plötzlich ging ihm auf, dass Jill möglicherweise gestern oder heute die Rosen auf dem Rücksitz bemerkt hatte. Zuerst mochte sie vielleicht gedacht haben, sie wären für sie, doch dann hätte sie sicher erraten, dass sie für Edith waren. Er schlug mit der flachen Hand aufs Lenkrad, während er in die Chepstow Road bog. Wie hatte er nur so blöd sein können? Er hätte leicht erklären können, dass sie ein Geschenk von Bernie Broadbent an Edith waren.

*Bernie Broadbent. Mein neuer Vermieter.*

Er schlug abermals auf das Lenkrad. Es brachte keine Erleichterung – nur das Bewusstsein seiner eigenen Dummheit, das sich zu der Frustration gesellte, die er sowieso schon empfand, plus eine schmerzende Hand.

Das Haus roch muffig und war schmutzig. Er hatte eine vage Ahnung, dass Edith gewöhnlich einmal am Tag lüftete, also ging er von Zimmer zu Zimmer, unten und oben, und öffnete die Fenster. In gewisser Hinsicht war das keine gute Idee, denn es gab ihm Gelegenheit, zu sehen, wie unordentlich alles war. Edith war drei Tage fort gewesen, und schon geriet alles aus den Fugen. Er unternahm einen flüchtigen Versuch, die Daunendecke über das Bett zu ziehen und die Tagesdecke glatt zu streichen. Im Badezimmer schraubte er die Kappe auf die Zahnpastatube und legte seine Rasierutensilien ordentlich in die Glasschale, die Edith für diesen Zweck bereit gestellt hatte.

Das Erdgeschoss war problematischer. Wenigstens das Wohnzimmer war ordentlich, weil er nicht darin gewesen war, obgleich sich auf allem eine dicke Staubschicht gebildet zu haben schien, seit Edith weggefahren war. Das Zimmer, das sie als Esszimmer bezeichneten, konnte er bedenkenlos links liegen lassen, da es nur halb möbliert war und tapeziert und gestrichen werden musste. Die stumme Übereinkunft lautete, dass es nicht den gleichen Sauberkeits- und Ordnungsmaßstäben unterworfen war wie das restliche Haus. Doch die Trittleiter, die neuen Pinsel, die Tapetenrollen und Farbeimer erzählten schweigend die Geschichte eines weiteren Fehlschlags.

Das wirkliche Problem lauerte jedoch in der Küche. In der Spüle türmte sich schmutziges Geschirr, und der Herd musste geputzt werden. Sich zum Frühstück Eier und Speck zu braten war ein Fehler gewesen. Die Geschichte dessen, was er im Haus gegessen und getrunken hatte, lies sich mühelos vom Küchentisch ablesen. Da war auch eine Flasche Whisky, Zeugnis eines Moments genießerischer Schwäche, die Thornhill augenblicklich in der Anrichte verschwinden ließ. Er fand die Postkarte von Edith unter den Zeitungen auf dem Tisch und gab ihr einen Ehrenplatz auf dem Kaminsims. Und dann entdeckte er, dass der Boiler ausgegangen war. Es würde also für wenigstens anderthalb Stunden, möglicherweise länger, kein heißes Wasser geben.

Noch immer ganz der achtsame Hausmann, vertauschte er seinen Anzug mit einem kragenlosen Hemd und einer betagten Kordhose. Er kniete sich vor den Boiler und begann, den Rost auszusieben. Es klingelte an der Tür. Er fluchte, knallte den Schürhaken auf den Rost und ging zur Tür. Einen Moment später starrte er in das rote Gesicht und die eisig-blauen Augen von Detective Superintendent Ray Williamson.

»Ich hatte nicht erwartet, Sie gemütlich daheim anzutreffen«, raunzte Williamson.

»Es gab für heute nichts Sinnvolles mehr zu tun, Sir. Und ich habe theoretisch dienstfrei.«

Williamson schnaubte. »Wollen Sie mich nicht hereinbitten?«

»Natürlich, Sir. Hier entlang.«

Thornhill führte ihn in das staubige Wohnzimmer und bat ihn, in einem Sessel neben dem ausgefegten Kamin Platz zu nehmen. Soweit er sich erinnern konnte, war Williamson noch nie hier gewesen. Der Superintendent war kein Freund von privaten Kontakten mit Untergebenen.

»Ich hatte Ihren Anruf erwartet, Thornhill.«

»Ich hätte Sie auch heute Abend angerufen, Sir. Ich wollte nur erst von Sergeant Kirby hören.«

»Was treibt er denn?«

»Er sucht das Gelände um das Ferryman's Inn ab und befragt die Gäste.«

»Sind Sie sicher, dass Sie die Zeit rechtfertigen können, die Sie mit dieser Geschichte verschwenden? Ich habe bislang nichts gehört, das mich überzeugt hätte, dass es kein Unfall war. Ein dummes Ding trinkt ein bisschen zu viel, fällt in den Fluss, alles sehr tragisch – aber kein Fall für den CID.«

»Aber eine Menge Dinge an diesem Fall sind nicht ganz so klar. Um genau zu sein, einige sind eindeutig verdächtig.«

Williamson winkte ab. »Der junge Pembridge und sein Freund Sedbury haben gesehen, wie Mattie Harris sich am Flussufer mit einem Mann gestritten hat. Das weiß bereits die ganze Stadt.«

Was bedeutete, dass wie üblich jemand vom Revier geplaudert hatte.

»Malcolm Sedbury hat mir gegenüber gesagt, er hätte nichts von einem Streit bemerkt.«

»Da sehen Sie's«, gab Williamson zurück. »Solche hysterischen Gerüchte kriegt man bei Fällen wie diesem. Die Leute versuchen, die Dinge zu verkomplizieren. Sie wollen keine einfache Erklärung. Sie wollen etwas Sensationelleres.« Er kratzte sich am Schenkel. »Aber was soll's, Pembridge und Sedbury hatten wahrscheinlich selbst schon kräftig einen hinter der Binde.«

»Es gibt da noch andere Ungereimtheiten, Sir. Ich habe heute Nachmittag mit Mr Hendry gesprochen, und er findet, dass uns jetzt keine andere Wahl bleibt, als das Ganze als einen möglichen Mordfall zu behandeln.«

Er herrschte langes Schweigen. Williamsons Gesicht schien etwas von seiner Farbe zu verlieren. Er hörte stumm zu, während Thornhill die Beweise auflistete. Mattie Harris' unerklärlicher Wohlstand; die widersprüchlichen Lügen, die sie ihren Eltern und ihrer Chefin erzählt hatte; der Fund ihrer Puderdose in der Nähe des Ferryman's Inn, nachdem jemand alle Fingerabdrücke abgewischt hatte; die Tatsache, dass sie sich so achtlos angezogen hatte oder möglicherweise angezogen worden war; der Befund des Gerichtsmediziners, insbesondere die Prellungen, die Schwangerschaft und das Badewasser in den Atemwegen; und dann war da noch die merkwürdige Intimität mit Jimmy Leigh und die Behauptung des Kind-Mannes, dass er gesehen hätte, wie Mattie am Wochenende zuvor in Bernie Broadbents Auffahrt eingebogen wäre.

»Unsinn«, brach Williamson sein Schweigen. »Sie dürfen nicht glauben, was so einer wie der erzählt. Sie können darauf wetten, dass er sich das ausgedacht hat – um sich interessant zu machen. An Ihrer Stelle würde ich nicht herumlaufen und das verbreiten.«

»Aber Sir …«

»Aber was die anderen Beweise angeht, muss ich Ihnen zustimmen.« Williamsons Tonfall war beinahe versöhnlich geworden. »Auf den ersten Blick scheint es da einige offene Fragen zu geben. Wann findet die gerichtliche Untersuchung statt?«

»Morgen, Sir. Wir werden natürlich um eine Vertagung bitten.«

»Wie auch immer«, fuhr Williamson fort, und seine Stimme klang gedankenverloren, »es würde mich nicht überraschen, wenn es am Ende doch ein Unfall in der einen oder anderen Form war. Manche Mädchen fordern Ärger geradezu heraus. Wir werden vielleicht nie herausfinden, was genau passiert ist.« Er sah Thornhill einen Moment lang in die Augen. »Und vielleicht ist das auch besser so.«

*Du armer alter Mann, in ein paar Wochen wirst du endlich zum alten Eisen gehören. Und es besteht jetzt schon kein Grund mehr, warum irgendjemand auf dich hören sollte.*

Doch während er dies dachte, versuchte Thornhill, Williamsons Gesichtsausdruck zu deuten. Es sah beinahe so aus, als hätte Williamson Mitleid mit ihm, was keinerlei Sinn ergab.

Der Superintendent stand auf. »Man muss sich das Leben nicht schwerer machen, als es ohnehin schon ist, wie ich immer sage, Thornhill. Halten Sie mich auf dem Laufenden. Ich erwarte morgen einen Telefonanruf, verstanden?«

Williamson ging in die Diele und bemerkte den Strauß Rosen, der auf dem Konsolentisch lag und jetzt noch welker aussah als zuvor. »Die sind früh dran, oder nicht? An Ihrer Stelle würde ich sie ins Wasser stellen.«

Die Tür schlug zu, und Thornhill war wieder allein. Er trug die Rosen in die Küche, füllte eine Vase mit Wasser und stopfte die Stiele hinein, wobei er sich an einem Dorn stach. Man musste wahrscheinlich irgendetwas mit Rosen tun, bevor man sie ins Wasser stellte – Blätter abschneiden oder irgendetwas mit den Stielenden machen –, doch für derartige Feinheiten war keine Zeit. Er griff sich abermals den Schürhaken und bearbeitete damit den Rost, während er sich wünschte, er wüsste, worauf Williamson hinausgewollt hatte.

Er hatte gerade den Boiler angezündet, als er Ediths Schlüssel im Schloss hörte. Er ging in die Diele, und die Kinder stürzten sich auf ihn. Ein Gefühl tiefer Liebe übermannte ihn. Die drei Tage hatten sie verändert, und ihn auch. Sie wirkten etwas größer, als er sie in Erinnerung hatte, und irgendwie lebhafter.

»Daddy«, sagte Elisabeth, »Daddy, ich bin auf einem Esel geritten, der George geheißen hat. Können wir nicht auch einen Esel haben?«

»Ich hab ein neues Taschenmesser, Dad.« David löste sich von ihm und zog am Arm seines Vaters. »Da sind fünf Werkzeuge dran. Willst du es sehen?«

Edith kam ins Haus, noch damit beschäftigt, ihr Portemonnaie wegzustecken, und gefolgt vom Taxifahrer mit ihren Koffern. Die Kinder sausten nach oben. Edith umarmte Thornhill mit einer Innigkeit, die ihn überraschte. Sie wirkte beunruhigend groß, ihr Körper fest und irgendwie unerschütterlich, erfüllt von einer seltsamen Vertrautheit, wie ein Geruch, den man mit der Kindheit assoziiert und seither kaum gerochen hat.

»Du hast mir gefehlt«, flüsterte sie. Sie trat einen Schritt zurück und musterte ihn, ließ ihren Blick über seine Hemdsärmel und Kordhose schweifen. »Du bist schmutzig. Was hast du denn bloß gemacht?«

»Der Boiler ist ausgegangen. Ich hab versucht, ihn wieder anzuzünden.«

»Du Armer.« Sie hakte sich bei ihm ein und zog ihn in die Küche. Ihr Blick fiel sogleich auf die Vase mit den Rosen auf dem Tisch. »Oh, die sind wunderschön! Du bist zu lieb.«

Einen Augenblick lang wünschte er, es wäre möglich zu

lügen. »Die sind nicht von mir, fürchte ich. Die sind von Onkel Bernie – anscheinend die Ersten des Jahres.«

Sie hob die Vase hoch und roch an den Rosen. Er hatte ihre Begeisterung für Blumen nie verstanden, hatte nie verstanden, warum sie ihr solche Befriedigung gaben. Es war etwas Sinnliches an ihrer Freude, eine Sinnlichkeit, die sich in einer Sprache ausdrückte, die er nicht verstand. Es tat ihm weh.

»Und wie geht's mit dem Tapezieren voran?«

Einen Moment lang starrte er sie verständnislos an. Er war so mit den Geschehnissen des Wochenendes beschäftigt gewesen, mit Jill auf der einen und dem Harris-Fall auf der anderen Seite, dass er vergessen hatte, dass Edith nichts von den Ermittlungen wusste. Er erklärte ihr, was passiert war, sah, wie die Freude aus ihrem Gesicht wich. Unterdessen trampelten die Kinder über ihnen umher, eroberten ihre Zimmer und ihre Besitztümer zurück.

»Und deshalb ist auch das Haus so unordentlich, fürchte ich«, schloss er, wohl wissend, dass er nur teilweise die Wahrheit sagte, denn es wäre vermutlich in jedem Fall unordentlich gewesen. Überrumpelt von seiner eigenen Ehrlichkeit, fügte er hinzu: »Es war hier sehr merkwürdig ohne dich und die Kinder.«

»Jetzt sind wir ja wieder da.« Edith betrachtete das Ganze offensichtlich als eine Herausforderung, der sie sich freudig stellte. »Alles wird in null Komma nichts wieder in seinen geordneten Bahnen laufen. Jetzt schau ich lieber mal nach, was in der Speisekammer ist. Ich wette, du bist nicht mal dazu gekommen, den Eintopf aufzuwärmen, den ich für dich hingestellt hatte.«

»Den hab ich ganz vergessen.«

»Sollte immer noch gut sein. Wir können ihn heute zum Abendbrot essen. Komm und setz den Kessel auf, während ich nachschaue, was wir sonst noch haben.«

Sie lächelte, ganz die zufriedene Herrin des Hauses, die Herrin über ihn. Im Augenblick war er willens mitzuspielen. Nicht nur willens – er wollte es.

»Es gibt Neuigkeiten«, sagte er. »Bernie ist vorbeigekommen und ...«

Das Telefon im Esszimmer klingelte. Ediths Lächeln gefror.

»Ich geh ran.« Thornhill ging ins Nebenzimmer und griff nach dem Telefon, das neben einem ungeöffneten Farbeimer auf dem Bücherregal stand.

»Sir?« Brian Kirbys Stimme. »Wir haben da ein kleines Problem. Dachte mir, ich sag Ihnen besser Bescheid.«

»Was ist passiert?«

»Irgendwie hat es sich herumgesprochen, dass Jimmy Leigh Mattie Harris kannte. Und die Leute haben sich erzählt, er wäre dabei gesehen worden, wie er sich Donnerstagabend beim Ferryman mit ihr gestritten hätte.«

Die verquere Logik des Gerüchts führte schnurgerade zum nächsten Schritt. »Sie sagen also, Jimmy hätte sie umgebracht?«

»Ja, Sir. Aber das ist noch nicht das Schlimmste. Ein paar Burschen haben sich über Mittag im King's Head voll laufen lassen. Zwei von ihnen haben Mattie gekannt, als sie noch im Schlachthaus in der Mincing Lane gearbeitet hat. Sie haben sich gegenseitig hochgeschaukelt. Dann hat irgendein heller Kopf beschlossen, sie sollten das Gesetz in die eigenen Hände nehmen.«

## 29

Als der Postbote am Dienstagmorgen kam, aß Violet Evans gerade ihr zweites Frühstück, wenn man die Toastscheiben nicht mitzählte, die sie nach dem Aufwachen gegessen hatte. In diesem Falle wäre es ihr drittes. Ihr Vater, der gerade von seiner rituellen Sitzung im Klohäuschen zurückgekehrt war, steckte sich in der Diele seine Hosenklammern an, während ihre Mutter seine Sandwiches in einen Khakibeutel packte, den er mit zur Arbeit nahm.

Es war nur ein Brief gekommen. Ted bückte sich, hob ihn von der Fußmatte auf und brachte ihn Violet, die ihn durch die offene Küchentür beobachtete. Er legte den Brief wortlos neben ihren Teller. Es war ein weißes Büttenkuvert; ihr Name und ihre Adresse waren unsauber getippt, mit einem Buchstabierfehler und zwei Ausstreichungen. Violet kannte sowohl das Briefpapier als auch die Schreibmaschinentype nur zu gut.

Sie legte ihren Löffel beiseite und öffnete das Kuvert. Robert Sedbury sah sich mit Bedauern gezwungen, ihre Anstellung bei Sedbury & Son zu beenden. Er würde ihr ihren noch ausstehenden Lohn mit einem separaten Schreiben zusenden. Sedbury & Son war willens, ihr ein Zeugnis auszustellen, sollte sie dies benötigen, musste sie jedoch darauf hinweisen, dass die Firma sich, trotz Violets durchgehend ausgezeichneter Arbeitsleistung, nichtsdestoweniger außer Stande sah, einem potenziellen zukünftigen Arbeitgeber die Tatsache ihres plötzlichen und unerklärten Fernbleibens zu verheimlichen. Mr Sedbury, ergebenst und mit freundlichen Grüßen.

Violet reichte den Brief ihrem Vater, wohl wissend, dass es nichts helfen würde, es hinauszuschieben. Sie beobachtete ihn, während er den Brief langsam und konzentriert las. Es war die Entscheidung des alten Sedbury, niemand sonst war daran beteiligt, schätzte sie. Malcolm hätte ihr geholfen, wenn er gekonnt hätte. Mr Brown hätte sich letztendlich vielleicht mit der Vorstellung angefreundet, dass eine ledige Mutter für Sedbury & Son arbeitete. Aber nicht Mr Sedbury. Er konnte manchmal weich wie Butter sein – man brauchte sich nur anzusehen, wie er mit Malcolm umging –, doch er war ein Mann, der über andere ebenso hart urteilte wie über sich selbst. Für den blöden alten Kleinkrämer war der gute Name von Sedbury & Son praktisch ebenso sakrosankt wie der der königlichen Familie.

Ihr Vater ließ den Brief fallen. Bevor er auf dem Tisch landete, erfasste ihn ein Luftzug, und er schwebte im Zickzack zu Boden.

»Du dummes Gör«, sagte er leise. »Wir haben uns auf dich verlassen. Ich werde mit Mr George sprechen müssen, Mutter, uns bleibt keine andere Wahl.«

»Was meinst du damit?«, fragte June.

»Ich meine damit, dass wir uns dieses Haus nicht leisten können. Wir können uns die Hypothek nicht leisten. Nicht ohne Violets Lohn. So einfach ist das.«

»Dafür wird Mr George doch sicher Verständnis haben?«

»Er ist Geschäftsmann, kein verfluchter Menschenfreund. Das Beste, worauf wir hoffen können, ist, dass er sich bereit erklärt, das Haus zurückzukaufen und uns genug dafür zu geben, um die Hypothek abzuzahlen. Ansonsten müssen wir es auf dem offenen Markt zum Verkauf anbieten und jemanden wie Sedbury seine Provision nehmen lassen. Natürlich nur, wenn die Bausparkasse nicht die Zwangsvollstreckung einleitet, bevor es verkauft ist.«

»Aber wo sollen wir dann wohnen?«

»Gott weiß wo.« Ted Evans riss seiner Frau seinen Beutel aus der Hand und stampfte durch die Diele zur Haustür. »Und was dich betrifft, mein Kind, weißt du noch, was deine Großmutter immer über Mädchen gesagt hat, die sich schwängern lassen? Besser der Tod als die Schande. Vielleicht hat sie damit gar nicht so falsch gelegen.«

Er verließ das Haus, und Violet bemerkte, dass er selbst in seinem Zorn die Tür leise schloss. Er war ein Mann, der die unbelebten Dinge, mit denen er umging, mit Respekt behandelte.

Grace, die vor der offenen Hintertür in ihrem Kinderwagen lag, fing an zu weinen. Der Mutterinstinkt überwog zeitweilig den Schock, und Violet eilte zu ihr. Doch ihre Mutter war ihr zuvorgekommen. Sie hob Grace hoch und wiegte sie hin und her, um sie zu beruhigen.

»Sind nur Blähungen, denke ich«, sagte June.

»Ich nehme sie, wenn du möchtest.«

»Das lässt du besser mich machen, Vi. Ich hab nachgedacht.«

»Wie meinst du das?«

»Ich hab deinen Dad noch nie so gesehen. Du warst immer sein Liebling, aber jetzt ... Er ist kein Mann, der seine Meinung ändert, wenn er sich einmal entschieden hat, Liebes, das weißt du.«

Violet ließ sich schwer auf einen der Küchenstühle sinken und legte die Handflächen auf den Tisch. »Ich verstehe nicht, worauf du hinaus willst. Ich verstehe überhaupt nichts mehr.«

»Es fällt mir nicht leicht, das zu sagen, aber es wäre besser für dich, wenn du fortgehen würdest.« June setzte sich an den Tisch, Grace noch immer im Arm, und streichelte eine von Violets Händen, als wäre sie eine Katze. »Er wird vergeben und vergessen. Ich weiß nicht, was wir tun sollen, wenn wir das Haus verkaufen müssen. Uns irgendwo ein möbliertes Zimmer nehmen, vermute ich, und das Geld wird knapp sein, wenn wir die Anzahlung verlieren, die wir geleistet haben. Er scheint überzeugt zu sein, dass das der Fall sein wird. Es wird nicht leicht für dich sein, in dieser Gegend eine anständige Anstellung zu finden.«

»Du schickst mich weg?«

»Es könnte das Beste für alle Beteiligten sein, Liebes. Nur für ein Jahr oder zwei. Wir bleiben natürlich in Kontakt, ich komm dich besuchen. Du könntest vielleicht nach Cardiff gehen. Das ist nicht weit weg, da kann ich mit dem Zug hinfahren, nicht? Such dir eine Stelle als Sekretärin. Das ist eine Arbeit, die dir liegt, das wissen wir alle, und vielleicht findest du einen Chef, der Verständnis hat, wenn du ihm erzählst, warum du bei Sedbury aufhören musstest.«

»Aber was wird mit Grace? Ich kann sie nicht mit zur Arbeit nehmen. Und ich kenne niemanden in Cardiff. Da gibt es niemand, der auf sie aufpassen könnte.«

»Es wär das Beste, wenn du sie bei mir lassen würdest.« June lehnte sich zurück, hielt Grace an ihre Schulter gedrückt und wiegte sie hin und her. »Vielleicht sollten wir das Baby in dem Glauben aufwachsen lassen, ich wäre ihre Mutter. Ich weiß, wie grausam das klingen muss, Liebes, aber das wäre auf lange Sicht besser für alle. Besonders für Grace.«

Violet stieß einen erstickten Laut aus. Sie stand auf. Wenn Mattie hier wäre, wäre alles anders, schoss es ihr durch den Sinn. Mattie wüsste, was zu tun wäre.

June rührte sich nicht. Tränen schimmerten in ihren Augen. Grace schlief und sabberte auf die Kleiderschürze ihrer Großmutter. Violet hielt sich an der Tischkante fest und schwankte, als wäre sie betrunken. Sie öffnete den Mund, fand jedoch keine Worte. Blindlings stürzte sie aus der Küche und hinauf in das Zimmer, das sie mit Grace teilte.

Unten war alles still. Violet stellte sich im Geiste vor, wie ihre Mutter Grace wiegte, hin und her, hin und her. Ich bin nutzlos, erklärte sie ihrem Spiegelbild, fett und nutzlos. Niemand will mich, niemand braucht mich. Selbst Grace wäre mit Mum besser dran. Mum weiß, wie man mit Babys umgeht.

Routine setzte ein. Violet starrte nach dem Frühstück immer in den Spiegel. Ihre Hand griff mechanisch nach der Gesichtscreme. Schritt für Schritt folgte sie dem Ritual.

Eins führte zum Nächsten, wie bei einem vertrauten Gebet. Und wie ein Gebet hielt es ihre Gedanken beschäftigt. Sie ertappte sich dabei, dass sie sich mit größerer Sorgfalt schminkte als üblich – mit derselben Aufmerksamkeit und Konzentration, die sie darauf verwandt hätte, wenn sie sich in ein paar Minuten auf den Weg zur Arbeit bei Sedbury & Son machen würde. Allerdings auch wieder nicht ganz so, denn Mr Sedbury fand Frauen, die sich schminkten, vulgär, daher musste man sich vorsehen, was man benutzte. Doch es gab keinen Grund mehr, sich vor Mr Sedburys Missbilligung zu fürchten. Sie trug dunkleren Lidschatten auf und tuschte ihre langen Wimpern. Sie entschied sich für einen Hauch Rouge auf den Wangen und einen leuchtend roten Lippenstift, den Mattie ihr zum Geburtstag geschenkt hatte.

Ihr Gesicht verwandelte sich vor ihren Augen. Ebenso ihre Laune. Als sie sich anzog, wählte sie ein leichtes Sommerkleid, von dem Bill einmal gesagt hatte, dass es ihm gefiele, und ein Paar hochhackige grüne Wildledersandaletten. Es dauerte weitere fünf Minuten, den passendsten Hut, Handtasche und ein Paar Handschuhe zu finden.

Sie ging nach unten. Grace schlief wieder in ihrem Kinderwagen. Ihre Mutter wusch ab.

»Wo willst du denn in diesem Aufzug hin?«, fragte June, halb neugierig, halb besorgt.

»Ich gehe aus.«

June setzte an, etwas zu erwidern, überlegte es sich jedoch und sagte etwas anderes: »Nimm deinen Regenmantel mit, oder wenigstens einen Schirm. Im Moment mag ja die Sonne scheinen, aber für später haben sie Regen vorhergesagt.«

Violet zuckte mit den Achseln. »Bis später.«

Ihre Mutter mochte es vorziehen, so zu tun, als wäre alles ganz alltäglich, doch es bestand kein Grund, dass Violet es auch tun sollte, jetzt nicht mehr. »Violet …«, hörte sie ihre Mutter sagen, als sie die Haustür schloss, so leise, wie ihr Vater es getan hatte. Wenigstens das würde er ihr nicht vorhalten können. Sie bog aus dem Crescent und ging den Broadwell Drive hinunter zur Chepstow Road. Es musste ihr Glückstag sein – ein Bus näherte sich gerade der Haltestelle. Ein paar Minuten später war sie am Busbahnhof in der Stadtmitte, wo bereits ein Bus der Linie Sieben auf sie wartete.

Es war noch immer ihr Glückstag. Der Bus folgte der Straße, die mehr oder weniger parallel zum Lyd verlief und schließlich durch Eastbury führte. Violet sprach auf der Fahrt mit niemandem. Es setzte sich auch niemand neben sie, wahrscheinlich, weil da nicht genügend Platz war, dachte sie. Wenn kümmerte es? Sie starrte aus dem Fenster auf den vom Regenwasser angeschwollenen Fluss, der zum Meer strömte. Sie wollte sowieso mit niemandem reden, und niemand wollte mit ihr reden. Sie interessierten sich nicht für ihre Probleme, und warum sollten sie auch? Der einzige Mensch, mit dem Violet reden wollte, war Mattie Harris, und die war tot.

Violet stieg an der Haltestelle gegenüber dem einzigen Laden im Dorf aus. Sie ging die Straße zurück zum Lower Slade Cottage, sehr langsam und bedächtig, wegen der unvertraut hohen Absätze. Die Schuhe drückten. Sie kannte Matties Eltern schon fast ihr ganzes Leben lang. Sie waren bedeutend älter als ihre eigenen, eher wie Großeltern als wie Eltern. »Ist schon komisch, nicht?«, hatte Mattie einmal zu Violet gesagt. »Sie haben all diese Jahre versucht, Kinder zu bekommen, und als sie schließlich alle Hoffnung aufgegeben hatten, wurde ich geboren. Deshalb machen sie immer so ein Theater um mich.«

Mattie hatte ihr erzählt, dass sich bei ihren Eltern langsam das Alter bemerkbar machte und dass insbesondere ihre Mutter anfing, immer wirrer zu werden, doch die Realität, auf die sie in der niedrigen, überheizten Küche traf, war ein Schock für Violet: Mrs Harris saß am Ofen und stöhnte leise, während sie sich hin- und herwiegte; Mr Harris schlurfte umher, unablässig beschäftigt, bemüht, aufrechtzuerhalten, was unaufhaltsam zerfiel.

»Wer ist das?«, fragte Mrs Harris.

»Das ist Violet, Mutter. Violet Evans. Matties Freundin. Setz dich, Vi. Möchtest du einen Tee? Oder einen Keks? Mutter möchte auch einen Keks, nicht wahr?«

»Für mich nichts, danke.« Violet lächelte und setzte sich auf einen Stuhl, den Mr Harris für sie hervorgezogen hatte. »Das mit Mattie tut mir so Leid.«

»Ja. Ich glaube nicht, dass Mutter es schon richtig begriffen hat. Aber sie weiß, dass etwas nicht stimmt.« Er schlurfte zu seiner Frau hinüber und tätschelte ihre Hand.

»Wer ist das?«, fragte Mrs Harris laut und begann zu zittern.

»Es ist alles in Ordnung, Liebes, es ist nur Vi. Erinnerst du dich? Matties Freundin Violet? Sie waren unsere Nachbarn in Mincing Lane.«

»Soll ich lieber wieder gehen?«, flüsterte Violet.

»Nein, nein. Es ist schon in Ordnung. Es ist schön für Mutter, ein bisschen Gesellschaft zu haben.« Er ließ die Hand seiner Frau los und beugte sich näher zu Violet. »Dieser Polizist ist hier gewesen, der Inspector. War jetzt schon zweimal hier. Hat einen Haufen Fragen gestellt.« Die Stimme des alten Mannes hob sich, wurde trotzig. »Ich lasse nicht zu, dass sie Mutter belästigen. Das ist nicht fair.«

Nein, dachte Violet bei sich, es ist nicht fair. Nichts ist fair.

»Aber wer würde Mattie denn nur etwas antun?« Mr Harris hatte sich beim morgendlichen Rasieren geschnitten, und das getrocknete Blut prangte wie eine kleine dunkelpurpurne Mondsichel auf seinem kreideweißen Gesicht. »Sie hatte auf der ganzen Welt keinen einzigen Feind. Du kennst Mattie – jeder mag sie.«

»Ihr etwas antun? Aber …«

»Mein kleines Mädchen. Und jemand hat ihr etwas angetan, sie vielleicht sogar ermordet.«

»Sie war meine beste Freundin«, brach es aus Violet heraus. »Ich werde nie wieder eine Freundin wie sie haben.«

*Mattie ermordet?*

Sie begann haltlos zu weinen. Sie weinte für sie alle – für Mattie, Matties Eltern und sich selbst. Die verlaufende Wimperntusche brannte in ihren Augen und ließ alles verschwimmen. Die Harris' waberten wie Gespenster. Wie konnte man jemanden wie Mattie ersetzen? Mattie wusste immer, was zu tun war. Mattie hätte gewusst, was sie mit Grace machen sollte. Mattie hätte gewusst, was sie mit Bill machen sollte. Als Mattie starb, waren Teile von anderen Menschen und deren Zukunft mit ihr gestorben.

»Na, na«, sagte Mr Harris und tätschelte mit einer Hand ihren Kopf, während er ihr mit der anderen ein schmutziges Geschirrtuch hinhielt. »Schnäuz dich mal richtig, das sag ich Mutter auch immer, wenn sie weint. Dann fühlst du dich gleich besser.«

Während sie das Geschirrtuch nahm, sah Violet in Mr Harris' Gesicht. Auch er hatte Tränen in den Augen.

»Ermordet? Sind Sie sicher? Hat die Polizei das gesagt?«

»Nein.« Mr Harris starrte in ihr Gesicht, als suche er darin nach der Antwort. »Nicht direkt. Nur dass die Ermittlungen weitergehen und dass es vielleicht kein Unfall war. Aber so, wie der Inspector geredet hat, die Dinge, die er gefragt hat, was könnte es sonst sein? Jemand hat sie umgebracht. Jemand hat unsere Mattie umgebracht.«

»Würde es helfen, wenn Sie wüssten, wer es war? Oder warum?«

Der alte Mann zuckte mit den Achseln. »Wie könnte das helfen? Das Einzige, was helfen würde, wäre, wenn Mattie zurückkäme.«

»Wann kommt Mattie heim?«, fragte Mrs Harris plötzlich hinter ihnen. »Werden wir losgehen, wenn Mattie heimkommt? Und wer ist das Mädchen, mit dem du da redest?«

Mr Harris drehte sich um, um sie zu beruhigen. Violet legte das Geschirrtuch auf den Tisch und holte ein Taschentuch aus ihrer Handtasche. Sie putzte sich die Nase und wischte sich die Tränen weg, während sie mit halbem Ohr dem beruhigenden Gemurmel von Mr Harris' Stimme lauschte.

*Mattie ermordet?*

»Was hast du gesagt, wann kommt Mattie, um uns abzuholen?«, fragte Mrs Harris.

»Bald«, erwiderte Mr Harris. »Sehr bald, denke ich.«

Während das Hin und Her der Fragen und Antworten der Harris' weiterging, ließ Violet ihren Blick über die Sachen auf dem Tisch neben ihr schweifen. Es sah aus, als hätte Mr Harris versucht, mindestens sechs Dinge gleichzeitig zu tun – einen Brief an den Bestattungsunternehmer zu schreiben, eine Einkaufsliste aufzustellen, die Haushaltsbücher zu führen, zwei Kartoffeln zu schälen, eine Mausefalle zu bestücken und einen Knopf an ein weites, verwaschenes weißes Kleidungsstück zu nähen, das eins von Mrs Harris' Nachthemden sein mochte. Violets Verzweiflung flutete einen Moment von ihrer eigenen Situation auf die der Harris' über. *Mattie ermordet?* Sie griff nach dem Messer und der halb geschälten Kartoffel und entfernte den Rest der Schale mit der gleichen Sorgfalt und Konzentration, die sie auf eine Stickerei verwendet hätte. Sie war gerade mit der zweiten Kartoffel fertig, als Mr Harris an den Tisch zurückkehrte.

»Tee«, sagte er stirnrunzelnd. »Wollte ich dir nicht einen Tee machen?«

»Für mich nichts, danke. Ich habe keinen Durst.«

Er strich sich mit der Hand über die Stirn. »Ich war doch gerade dabei, irgendetwas zu tun oder nicht?« Sein Blick fiel auf die Kartoffeln, und er runzelte die Stirn. Dann erhellte sich seine Miene. »Das war doch nicht nötig, Violet. Mutter und ich kommen schon zurecht.«

»Das weiß ich. Haben Sie jemanden, der für Sie einkaufen geht?«

»Mrs Williams von nebenan. Nein, wir kommen schon zurecht. Der Doktor wollte Mutter in ein Pflegeheim einweisen, aber ich hab's nicht zugelassen. Sie hat's bei mir besser. Die würden nicht wissen, was sie mag.«

»Nein, bestimmt nicht. Gibt es irgendetwas, womit ich Ihnen helfen kann, wo ich schon mal hier bin.«

Abermals sprangen ihm Tränen in die Augen. »Du bist ein gutes Mädchen. Mattie hat immer gesagt, du wärst ein gutes Mädchen, und sie hatte Recht.« Er schüttelte den Kopf und sah sich in der Küche um. »Aber es gibt nichts. Nichts, außer den Leihbüchern.«

»Möchten Sie, dass ich sie abgebe und Ihnen neue dafür hole?«

»Nein – gib sie einfach nur ab. Das waren die Bücher unserer Mattie, verstehst du, und sie sind morgen fällig. Da sammeln sich schnell Säumnisgebühren an, wenn man überzieht.«

Violet biss sich auf die Lippe. »Ja, das stimmt.«

»Und es sind drei Bücher, also würde da im Handumdrehen eine ganz schöne Summe zusammenkommen. Mrs Williams würde sie ja zurückbringen, aber sie kommt nicht oft nach Lydmouth. Nur wenn ihre Tochter sie hinfährt.«

»Das ist schon in Ordnung. Ich bringe sie gern zurück.«

Mr Harris nahm drei Romane von der Küchenanrichte und gab sie Violet, die sie in ihre Handtasche stopfte.

»Mattie war ein richtiger kleiner Bücherwurm. Eine richtige kleine Gelehrte.«

Die Titel lauteten *Die Melodie des Herzens, Die ungebändigten Träume der Liebe* und *Mein Königreich für einen Kuss.*

Violet musste hier weg. Wenn sie noch länger in dieser überheizten, übel riechenden Küche blieb, würde sie ohnmächtig werden. Als sie sich von Mrs Harris verabschiedete, fragte die alte Frau sie, wer sie war und wann Mattie kommen würde, um sie abzuholen.

*Mattie ermordet?*

»Es ist ein bisschen schwierig mit ihr heute«, flüsterte Mr Harris, während er Violet zur Haustür brachte. »Es fehlt ihr nichts, aber sie ist nicht ganz auf der Höhe. Morgen wird es ihr besser gehen.«

»Ja«, sagte Violet. »Da bin ich sicher.«

## 30

Richard Thornhill erblickte sie einen Augenblick zu spät. Es blieb keine Zeit, auf die Herrentoilette zu flüchten, keine Zeit, für einen taktischen Rückzug zum Wagen, keine Zeit, sich hinzuknien und seinen Schnürsenkel zuzubinden, während er vorgab, für alles um ihn herum blind und taub zu sein. Als sich ihre Blicke trafen, standen sie einander gegenüber, nur durch die verglaste Eingangstür des Krankenhau-ses getrennt. Er war nicht überrascht, Charlotte Wemyss-Brown hier zu sehen. Sie hatte eine geradezu legendäre Fülle wohltätiger Verpflichtungen, und wahrscheinlich hatten wenigstens ein halbes Dutzend davon mit dem Krankenhaus und seinen Patienten zu tun.

Er hielt die Tür für sie auf, und sie marschierte nach draußen.

»Guten Morgen, Mr Thornhill.« Charlotte nannte Edith inzwischen beim Vornamen, Thornhill jedoch stand in der Bekanntschaftshierarchie noch immer mehrere Sprossen unter seiner Frau. »Schreckliche Geschichte, nicht wahr?«

Thornhill wünschte, er wäre persönlich zu Violet Evans gefahren, um sie zu befragen, statt Kirby und Joan Ailsmore hinzuschicken. »Welche Geschichte?«

»Dieser arme Junge – Jimmy Leigh. Es grenzt schon an Verfolgung. Diese betrunkenen Rüpel haben sich als Richter und Geschworene aufgespielt. Sie hätten ihn umbringen können. Am Wollen hat's nicht gelegen, dass es nicht dazu gekommen ist. Sie haben sie doch festgenommen, hoffe ich?«

Thornhill gestand, dass es zu ein paar Festnahmen gekommen war.

»Dann hoffe ich, Sie sorgen dafür, dass sie mit der ganzen Härte des Gesetzes bestraft werden. Werden sie ins Gefängnis kommen?«

Thornhill wies darauf hin, dass alles Weitere beim Richter lag, nicht bei ihm.

»Unsinn.« Charlotte machte zwei Schritte nach links und zwang Thornhill damit, ihr zu folgen, was dazu führte, dass er gekonnt in der Ecke zwischen der Außenwand des Krankenhauses und dem Eingangsportal gefangen war. »Sie erwarten doch wohl nicht, dass ich glaube, dass der Richter dem, was die Polizei sagt, keine Beachtung schenkt.«

Thornhill wies darauf hin, dass das CID keinen Anteil an den Festnahmen gehabt hatte. Das war Sache seiner uniformierten Kollegen gewesen.

Charlotte fuchtelte mit den Fingern und stieß einen abfälligen Laut aus. »Ich kenne den armen Jungen seit Jahren. Ich bin überzeugt, dass er keiner Fliege etwas zu Leide tun könnte. Ich war sehr gut mit seiner Tante bekannt, als sie noch Krankenschwester im Cottage Hospital war. Arme Frau – es hat sie so schwer getroffen, als er an Kinderlähmung erkrankte, und dann musste sie ihn auch noch pflegen. Nun, wenigstens ist diese Geschichte am Ende gut ausgegangen.« Sie blitzte Thornhill an, und ihre Brust blähte sich unter ihrem Regenmantel wie die einer Taube. »Und diese Sache wird auch gut ausgehen, da bin ich sicher. Zumindest, so weit es Jimmy betrifft.«

Sie ließ die Worte wie eine Drohung klingen. Doch ihrer offensichtlichen Aufrichtigkeit zum Trotz hatte Thornhill den seltsamen Eindruck, dass ihre Empörung nicht ganz echt war. Nein – das stimmte nicht, berichtigte er sich sogleich im Stillen, die Empörung war durchaus echt. Doch vielleicht galt sie etwas anderem als Jimmy Leighs Misere. Er entdeckte einen Anflug von Berechnung in Charlottes Gesicht und wünschte, er wäre irgendwo anders. Er hatte noch nicht lange in Lydmouth gelebt, als er erkannt hatte, dass nur ein Idiot sich mit Charlotte Wemyss-Brown anlegen würde, und dass nur ein Vollidiot sie unterschätzen würde.

»Nebenbei gefragt, wie ist denn die gerichtliche Untersuchung heute Vormittag verlaufen?«

»Sie wurde vertagt.«

»Und wir wissen ja alle, was das bedeutet. Aber suchen Sie nicht in der falschen Richtung nach dem Schuldigen, Mr Thornhill. Jimmy war um halb elf nicht einmal in der Nähe des Ferryman. Und außerdem war er immer ein *sanfter* Riese. Ich persönlich finde, wir haben die Pflicht, wehrlose Mitglieder der Gesellschaft zu beschützen.« Sie hielt inne, um Kräfte zu sammeln, wie ein Schwimmer, der auf den richtigen Moment wartete, um in eine Welle einzutauchen. »Männer und Frauen. *Besonders* Frauen, würden Sie da nicht zustimmen?«

Thornhill nickte, während ihn das Gefühl beschlich, dass

er sowohl wortwörtlich als auch metaphorisch gesprochen mit dem Rücken zur Wand stand. Er wusste, dass Charlotte endlich auf den Punkt kam und dass es ein Punkt war, mit dem er nicht konfrontiert werden wollte.

»Frauen müssen an ihren guten Ruf denken. Der gute Name einer Frau ist wertvoller als Juwelen, Mr Thornhill, das muss ich Ihnen ja wohl nicht sagen.«

»Nein«, pflichtete Thornhill bei. »Und wenn Sie mich jetzt entschuldigen würden …«

»Aber es geht nicht nur um den Ruf, nicht wahr?« Charlotte schwenkte ihre Handtasche wie ein mittelalterlicher Ritter, der vor einem Duell auf Leben und Tod auf dem Schlachtfeld das Gewicht seines Morgensterns ausprobiert. »Es besteht kein Zweifel, dass wir Frauen das schwächere Geschlecht sind, teils, weil wir so empfindsam sind. Nehmen Sie zum Beispiel Miss Francis.«

Thornhill wünschte, er könnte genau das tun.

»Sie ist sehr empfindsam, und sie hat in letzter Zeit unter großem Druck gestanden, und jetzt beginnt ihre Gesundheit darunter zu leiden. Mein Mann und ich mussten darauf bestehen, dass sie sich ein paar Tage freinimmt. Männer sind in dieser Hinsicht bedeutend robuster.«

Es begann abermals zu regnen. Charlotte achtete nicht darauf.

»Und wie geht es der lieben Edith und den Kindern? Sind sie schon aus Bournemouth zurück?«

»Seit gestern Abend. Es geht ihnen allen gut, danke der Nachfrage.«

»Richten Sie ihr Grüße von mir aus. Es war nett, sich mit Ihnen zu unterhalten, Mr Thornhill, aber ich muss jetzt weiter. Auf Wiedersehen.«

Charlotte drehte sich ohne ein Lächeln um und marschierte zum Parkplatz. Thornhill ging ins Krankenhaus. Seine Hände waren klamm. Gewöhnlich wurde er mit

Charlotte Wemyss-Brown fertig. Aber gewöhnlich war er auch nicht des Ehebruchs schuldig. Es bestand kein Zweifel, dass sie entweder Bescheid wusste oder etwas ahnte. Sie hatte ihm unmissverständlich zu verstehen gegeben, dass er sich von Jill fern halten sollte, und sich die Mühe gemacht, einige der Gründe zu betonen, weshalb eine solche Freundschaft gänzlich unschicklich war. Er erschauerte, und es überlief ihn heiß und kalt, als hätte er Schüttelfrost. Die Vorstellung, Charlotte könnte Bescheid wissen, war ein Albtraum. Wem würde sie davon erzählen?

Er betrat das Krankenhaus. Jimmy Leigh lag auf einer der Männerstationen, am Ende eines langen Saals, neben dem Fenster. Er saß vollständig angezogen auf seinem Bett, mit dem Rücken zu allen anderen, und starrte auf den Regen, der auf den aufgeweichten Rasen fiel.

»Armer Junge«, flüsterte die Stationsschwester Thornhill zu. »Da gerät mir richtig das Blut in Wallung.«

»Behalten Sie ihn hier?«

»Dazu besteht kein Grund, Inspector. Er hat ein Bad im Fluss genommen und steht noch etwas unter Schock, aber das ist zum Glück alles. Nicht dass wir uns für den glimpflichen Ausgang bei der Bande bedanken müssen, die das getan hat. Ihn so von der New Bridge zu werfen – sie hätten ihn umbringen können.«

»Sie haben ihn nicht wirklich hinuntergeworfen, Schwester. Sie haben ihn zum Fluss gejagt, und er ist hineingesprungen.«

»Was spielt das für eine Rolle?« Ihre schmalen Schultern zuckten. »Das Ergebnis ist dasselbe. Zum Glück kann Miss Calder ein Auge auf ihn haben, wenn er wieder zu Hause ist. Sie wissen doch, dass sie Krankenschwester war?«

»Ja.«

»Ich hab früher im Cottage Hospital mit ihr zusammengearbeitet. Sie kommt heute Mittag, um ihn abzuholen.«

»Ich kann ihn nach Hause fahren, wenn das helfen würde«, bot Thornhill unvermittelt an.

Sie waren langsamer und langsamer gegangen, hatten das Erreichen des Saalendes hinausgezögert. Bei diesen Worten blieb die Schwester gänzlich stehen.

»Das wäre sehr freundlich. Ich weiß, dass Miss Calder den ganzen Vormittag zu Hause ist. Sie erwartet einen Mann, der Erde für den Garten liefert.« Sie trat an Jimmys Bett. »Jimmy, Schatz«, sagte sie munter und hob ihre Stimme beachtlich, als wäre er taub. »Inspector Thornhill hier würde sich gern mit dir unterhalten. Und er hat freundlicherweise angeboten, dich in seinem Wagen nach Hause zu Tante Minnie zu fahren. Ist das nicht nett von ihm?«

Jimmy blickte auf und nickte. Thornhill fragte sich, was, wenn überhaupt etwas, ihm durch den Kopf ging. Der Kind-Mann war ordentlich in Flanellhose, einen kurzärmeligen Pullover und ein weißes Hemd mit Schlips gekleidet. Die Schwester half ihm in sein Sportsakko und klopfte ihm die Schultern ab.

»Richte deiner Tante liebe Grüße aus, Jimmy, und du kannst ihr von mir sagen, dass du ein sehr artiger Junge gewesen bist.«

Er lächelte sie an, was sein Gesicht augenblicklich verwandelte, und sie erwiderte das Lächeln. Es war, als wäre in Jimmys Verstand die Sonne hinter den Wolken hervorgetreten und erlaube einen flüchtigen Blick auf das, was hätte sein können. Ebenso unvermittelt erlosch sie wieder.

Er griff nach seinem kleinen Koffer und verließ mit Thornhill die Station. Als sie die Tür erreichten, sah Thornhill über die Schulter. Die Schwester schaute ihnen noch immer nach. Jimmy stürzte durch die Tür, als wolle er flüchten. Keiner von ihnen beiden sagte ein Wort, bis sie den Wagen erreichten.

»Wie geht es dir?«, fragte Thornhill.

»Gut.«

»Du magst Krankenhäuser nicht besonders.«

»Kann sie nicht ausstehen.«

Thornhill steckte den Schlüssel ins Zündschloss, ließ aber den Motor noch nicht an. »Ich weiß, dass du PC Hemlet schon erzählt hast, was passiert ist.«

»Sie haben meine Angel kaputtgemacht. Dieser Fred Baker hat's getan. Werden sie ihn bestrafen?«

»Das müssen wir abwarten.«

Jimmy hatte am Minnow geangelt, als die Bande aus dem King's Head ihn gestern Nachmittag aufgespürt hatte. Sie hatten ihn grölend und johlend wie einen Fuchs durch Templefields hinunter zum Fluss gejagt. Jimmy war von der New Bridge gesprungen. Sie hatten ihn mit Steinen beworfen, während er davonschwamm, glücklicherweise ohne größeren Schaden anzurichten, vielleicht, weil sie so betrunken waren. Dann waren die Polizei und der Krankenwagen eingetroffen.

»Warum bist du in den Fluss gesprungen? Du bist ein guter Läufer, wie ich gehört habe. Du hättest irgendwo hinlaufen können, wo du um Hilfe hättest bitten können.«

Jimmy schüttelte heftig den Kopf. »Wer würde mir schon helfen? Hab mir gedacht, ich spring noch mal für den Ertränker rein.« Seine Lippen verzogen sich. »Aber er wollte mich nicht haben. Mein Dad ist ertrunken – haben Sie das gewusst?«

»Du hast versucht, dich umzubringen?«

Jimmy zuckte mit den Achseln. »Natürlich nicht. Aber ich kann schwimmen. Der Ertränker weiß das.« Er warf einen kleinlauten Blick zu Thornhill hinüber, dann schaute er wieder weg. »Stecken Sie mich ins Gefängnis, Sir?«

»Ins Gefängnis? Weshalb sollten wir das tun?«

»Die Lok, Sir. Ich dachte …«

»Davon ist gar keine Rede, Jimmy, das verspreche ich

dir. Deswegen brauchst du dir keine Sorgen mehr zu machen.«

»Darf ich die Lok behalten?«

Thornhill versuchte, nicht zu schmunzeln. »Das weiß ich nicht. Du hast sie schließlich gestohlen, also wird der Spielzeugladen entweder die Lok oder das Geld haben wollen, nicht wahr?«

Jimmy nickte zögernd.

»Ich wollte mit dir über etwas anderes reden«, fuhr Thornhill fort. »Erinnerst du dich noch, dass Mr Kirby dich am Samstagabend besucht hat, um mit dir zu reden?«

»Mit der netten Dame?«

»Mit der netten Dame. Weißt du, wer Mr Broadbent ist?«

Jimmy nickte. Wie Charlotte gehörte Bernie Broadbent zu den bekannteren Einwohnern von Lydmouth, besonders seit seiner Wahl in den Grafschaftsrat.

»Ich hab mich gefragt, ob du ihn je mit Mattie gesehen hast.«

Ein Kopfschütteln.

»Bist du sicher?«

Jimmy nickte.

»Du hast Mr Kirby erzählt, sie wäre zu einem Haus in der Narth Road gegangen. Du hast sie im Park einen alten Mann küssen sehen. Und du hast sie zu den Evans' gehen sehen. Hast du sie je mit irgendjemand anderem gesehen?«

Thornhill ging mit Jimmy nochmals mehr oder weniger die gleichen Fragen durch, die Kirby und Joan Ailsmore bereits beackert hatten. Es kam nichts Neues dabei heraus. Jedes Mal, wenn Thornhill nachbohrte, antwortete der Kind-Mann entweder, er wüsste es nicht, oder er flüchtete sich in Schweigen. Es war wie eine Lehrbuchillustration der Tatsache, dass begriffsstutzige Menschen schwerer zu vernehmen waren als scharfsinnige.

Schließlich ließ Thornhill den Motor an. Sie fuhren vom

Gelände des Krankenhauses und bogen nach links in die Chepstow Road. An dem Zebrastreifen in der High Street hielten sie, um einer Schar von Müttern und Kleinkindern zu erlauben, die Straße zu überqueren. Jimmy starrte ausdruckslos aus dem Beifahrerfenster. Thornhill trommelte mit den Fingern auf das Lenkrad, während er im Geiste den weiteren Verlauf des Vormittags plante.

»Das ist er!«, rief Jimmy plötzlich aus.

Thornhill wandte den Kopf. »Wer?«

Jimmy zeigte aus dem Fenster. Sie hatten vor einem großen viktorianischen Haus gehalten, das ein wenig von der Straße zurückversetzt stand und jetzt Büros der Grafschaftsverwaltung beherbergte. Ein hoch gewachsener Mann schlug die Tür eines Wagens auf dem Vorplatz zu und ging mit weit ausholenden Schritten zum Eingang. Es war Gerald Pembridge. Thornhill erinnerte sich etwas verspätet, dass in dem Gebäude auch das Bauamt untergebracht war.

»Was meinst du mit ›das ist er‹?«

Jimmy hatte die Augen weit aufgerissen und sah Thornhill mit sehr klarem Blick an. »Das ist der, nach dem Sie gefragt haben, Sir. Dieser böse alte Mann. Der, der Mattie im Park geküsst hat.«

## 31

»Siehst du die da?«, fragte die Frau in der Schlange. »Weißt du, wer das ist? Das ist Violet Evans. Mit der sollte die Polizei mal reden. Schau dir nur mal die Absätze an.«

Die fünf Kundinnen im Laden drehten sich geschlossen um und sahen aus dem Schaufenster. Jill gehörte zu ihnen, die Letzte in der Schlange. Sie war zu Fuß vom Walnut Tree Cottage hergekommen, um Zigaretten zu kaufen, die sie noch nicht brauchte. Sie hatte eine Ausrede gebraucht, um das Haus zu verlassen, selbst bei Regen. Doch im Moment regnete es nicht, und ihr war in ihrem Regenmantel unangenehm heiß.

»Hat bei Sedbury gearbeitet«, fuhr die Sprecherin fort. Sie hatte eine Warze auf der linken Wange, die sich beim Sprechen hob und senkte. »Hat sich schwängern lassen – hast du das gewusst? –, deshalb musste sie dort aufhören. Mattie und sie haben immer zusammengesteckt. Wenn irgendjemand über ihre Bekanntschaften Bescheid weiß, dann sie.«

»Sie sagten durchwachsen, Mrs Fish?«, fragte die Frau hinter dem Tresen. »Nicht vom Bauch?«

Jill schlüpfte aus dem Laden. Violet Evans stand mit gesenktem Kopf an der Bushaltestelle. Als Jill hallo sagte, fuhr Violet erschrocken zusammen, und das Blut schoss ihr in die Wangen. Wie eine ertappte Sünderin, dachte Jill bei sich, wohl wissend, dass Schuld Formen annehmen konnte, die nicht einmal Wordsworth sich erträumt hatte. Violet hatte geweint, und ihre Wimperntusche war verlaufen. Sie hatte die Art Gesicht, das junge Männer dazu bringt, Drachen zu töten, und alte Männer dazu, sich zum Narren zu machen. Sie hatte sich offensichtlich bei der Auswahl ihrer Kleidung Mühe gegeben, und Jill fragte sich, warum.

»Wie geht es Grace?«, erkundigte sie sich.

Die Miene des Mädels erhellte sich. »Sie ist allerliebst. Sie hat bereits ein Pfund zugelegt.«

»Sie ist wunderschön.« Jill hörte den wehmütigen Unterton in ihrer Stimme und fuhr eilig fort: »Ich wohne in einem Cottage dort auf dem Hügel. Nur für einen kurzen Urlaub.«

»Ich bin hergekommen, um Matties Eltern zu besuchen.« Violets Lippen bebten. »Ich weiß nicht, wie sie zurechtkommen sollen, jetzt, wo sie tot ist.«

»Haben sie noch andere Kinder?«

»Mattie war ein Einzelkind. Es gibt überhaupt keine weiteren Familienangehörigen, oder zumindest keine nahe stehenden. Und sie sind gesundheitlich nicht auf der Höhe, besonders Matties Mum. Und natürlich hat all dieses Gerede davon, dass es kein Unfall war, alles noch schlimmer für sie gemacht. Haben Sie schon davon gehört?«

»Die Polizei muss alle Möglichkeiten in Betracht ziehen, wenn jemand unerwartet stirbt«, antwortete Jill vorsichtig.

»Sie wurde ermordet, ich weiß es. Irgendein Mann hat sie umgebracht. Sie fehlt mir so sehr.«

»Natürlich.«

Während sie sich unterhielten, schritten Violet und Jill langsam zu einer Bank in der Nähe der Bushaltestelle, außer Sicht des Schaufensters. Sie setzten sich. Es war, als ob das Hinsetzen etwas in Violet geöffnet hätte.

»Ich glaube nicht, dass Graces Daddy mich noch heiraten will.« Sie sah Jill flehentlich an. »Sie werden es doch niemandem erzählen, oder?«

»Nein.«

»Mum und Dad wollen, dass ich Grace bei ihnen lasse. Sie wollen, dass ich nach Cardiff oder irgendwo anders hingehe, mir eine andere Anstellung suche und versuche, neu anzufangen, wo niemand weiß, was passiert ist.«

»Und wie stehen Sie dazu?«

»Ich gebe Grace nicht her. Ich lasse nicht zu, dass sie sie mir wegnehmen.« Sie öffnete ihre große, pralle Handtasche und angelte nach Zigaretten. »Es ist schon komisch. Mir war noch nie in meinem Leben so elend zu Mute, aber Grace ist das Beste, was mir je passiert ist. Und dabei liegt es an Grace, dass mir so elend zu Mute ist. Das ergibt keinen Sinn, oder?«

»Manchmal ergeben die Dinge eben keinen Sinn.«

»Für andere Leute schon. Die geraten nie in irgendeinen Schlamassel. Die wissen immer, was zu tun ist.«

Violet bot ihr eine Zigarette an, doch Jill lehnte ab. Sie schaute zu, wie die junge Frau sich ihre Zigarette anzündete, und bemerkte die verquollenen Ränder unter ihren Augen und die Sorgenfalten auf ihrer Stirn.

»Was ich nicht weiß«, brach es unvermittelt aus Violet heraus, »ist, ob ich zur Polizei gehen soll.«

»Weswegen?«

»Mattie.«

»Wissen Sie etwas darüber, wie sie gestorben ist?«

Violet schüttelte den Kopf. Sie starrte auf ihre Handtasche, die noch immer geöffnet auf ihrem Schoß lag. Jill folgte der Richtung ihres Blicks und bemerkte zwei oder drei Leihbücher in der Tasche. Liebesromane. War es ein Wunder, dass einem alle Erwartungen zerstört wurden, wenn man seine Hoffnungen an Geschichten mit Titeln wie *Die ungebändigten Träume der Liebe* nährte? Andererseits hatte die Lektüre von Jane Austen und den Brontë-Schwestern möglicherweise auf sie selbst die gleiche Wirkung gehabt, also hatte sie keinen Anlass zur Überheblichkeit.

»Für sie hat es nichts bedeutet.« Violet schnappte den Verschluss der Handtasche zu. »Sie war wie ein Mann. Man tut's einfach.«

»Was genau?«

»Sie wissen schon. Es tun.«

»Glauben Sie, dass das etwas damit zu tun hatte, wie sie gestorben ist?«

Violet sah sie mit großen, nachdenklichen Augen an. Sie waren tiefblau und von dunklen Wimpern umrandet, wie die einer Puppe. Doch ihr Verstand war eindeutig nicht der eines Püppchens.

»Glauben Sie das?«, ließ Jill nicht locker.

»Sie werden es niemandem erzählen? Schwören Sie's?«

»Ja.«

Sie klopfte Asche von ihrer Zigarette. »Sie hat sie die alten Männer genannt. Die meisten von ihnen waren alt. Na ja, ziemlich alt. Sie hat über sie gelacht, über die Dinge, die sie wollten.«

»Hat sie ihre Namen erwähnt?«

»Oh nein«, sagte Violet hastig.

»Warum hat sie das gemacht?«

»Wegen des Geldes natürlich. Sie wollte für ihre Mum und ihren Dad ein Badezimmer einbauen lassen, verstehen Sie, und Strom legen lassen. Das konnte sie von ihrem Lohn im Gardenia nicht bezahlen.«

»Vermutlich nicht.«

»Sie hat immer gesagt: Was macht es schon? Ihre Frauen wollten es wahrscheinlich nicht mehr mit ihnen tun. Niemand würde es je erfahren, denn die Männer hätten zu viel Angst, um etwas auszuplaudern. Manchmal hat es ihr Spaß gemacht. Und sie hat gesagt, dass es manchmal ein richtiger Witz wäre. Da war ein Mann, der nicht konnte, aber er hat sie trotzdem bezahlt, hat sie dafür bezahlt, dass sie so tat, als hätte er es mit ihr getan. Hat ihr *zehn Pfund* gegeben.« Sie lachte, und es war, als würde unvermittelt eine Blase der Heiterkeit an die Oberfläche ihres Elends steigen. »Aber ich vermute, Sie finden es abscheulich, dass ein Mädchen so was tut. Geld nimmt und das alles.«

»Nein, das tue ich nicht. Aber ich glaube, Sie sollten es der Polizei erzählen.«

Violet schüttelte den Kopf. »Ich weiß nicht. Matties Dad – es würde ihm das Herz brechen.«

»Hören Sie, Violet«, sagte Jill. »Selbst wenn, wäre es trotzdem gut, es der Polizei zu erzählen. Wenn Sie wollen, fahre ich Sie nach Lydmouth. Es dauert nicht lange, zum Cottage zurückzugehen und meinen Wagen zu holen.«

»Nein«, erklärte das Mädchen. »Ich möchte erst einmal darüber nachdenken, wenn es Ihnen nichts ausmacht.« Sie ließ die Zigarette fallen und drückte sie unter ihrem grünen

Wildlederschuh aus. »Und außerdem kommt da gerade der Bus, also brauche ich Sie nicht zu bemühen. Aber trotzdem vielen Dank.«

Der Bus fuhr an der Haltestelle vor. Violet rannte förmlich, um sich den mit Kopftüchern bewehrten Frauen anzuschließen, die einstiegen. Als der Bus wieder anfuhr, schaute sie aus dem Fenster und hob die Hand in einem angedeuteten Winken knapp über den Rahmen der Scheibe.

Jill blieb einen Moment auf der Bank sitzen und ging noch einmal durch, was Violet ihr erzählt hatte. Vertraulichkeit hin oder her, sie wusste, dass sie es Richard sagen musste. Sie wusste auch, dass sie das Mädchen verschreckt hatte. Wieder einmal hatte sie sich zum Narren gemacht.

Doch hatte Mattie sich auch zum Narren gemacht? Hatte sie einen zu hohen Preis für eine Zehnpfundnote und einen Witz bezahlt?

## 32

»Er wird Zeit für mich haben«, erklärte Thornhill, während er seinen Polizeiausweis auf den Schreibtisch knallte und ihn dann wieder wegzog. »Sagen Sie ihm einfach, dass ich hier bin, ja?«

Die Sekretärin sah ihn erschrocken an. Sie klopfte an die Tür des angrenzenden Büros und schlüpfte hinein, wobei sie die Tür eilig hinter sich schloss, jedoch nicht schnell genug, dass nicht noch ein Schwall von Gelächter herausdringen konnte. Einen Moment später kam Gerald Pembridge heraus und strich sich mit langen weißen Fingern sein dunkles Haar glatt. Die Sekretärin folgte in seinem Schlepptau. Er machte eine elegante Figur in seinem dunklen Nadelstreifenanzug, der ihn schlanker wirken ließ, als er war.

»Ja, Inspector? Worum geht es?«

»Ich würde Ihnen gern ein paar Fragen stellen, Sir.«

»Kann das nicht warten? Ich bin mitten in einer sehr wichtigen Besprechung. Haben Sie schon mit Ihrem Sergeant gesprochen? Ich habe ihm alles erzählt, was ich weiß.«

»Es gibt da etwas, worüber Sie nicht mit ihm gesprochen haben, Sir.«

Pembridge wedelte in einer seltsam weibischen Geste mit den Fingern. »Ach, na gut. Bringen wir es hinter uns.« Er wandte sich an seine Sekretärin. »Sagen Sie drinnen Bescheid, dass ich für ein paar Minuten fortgerufen wurde. Fragen Sie nach, ob einer von ihnen noch Kaffee will.« Er drehte sich wieder zu Thornhill um. »Nebenan ist ein leeres Büro. Das können wir benutzen.«

Der Raum war klein und roch nach Mottenkugeln. Pembridge bot Thornhill keinen Stuhl an. Er trat ans Fenster und blickte auf die High Street hinab.

»Ich wollte mit Ihnen über Mattie Harris sprechen«, sagte Thornhill.

»Mattie?« Pembridge drehte sich zum Büro um. Er hatte schmale, glatte Züge, überraschend zart für einen Mann seiner Statur. »Ich glaube nicht, dass ich dem, was meine Frau und ich Ihrem Sergeant erzählt haben, noch etwas hinzufügen kann.«

»Ich glaube, das können Sie doch, Sir. Wir haben einen Zeugen, der gesehen hat, wie Sie Mattie Harris vor ein paar Wochen im Jubilee-Park geküsst haben. Ich dachte, Sie würden dazu vielleicht gern Stellung nehmen.«

Pembridges Kopf schnellte zu Thornhill herum. »Unsinn.« Er versuchte zu lachen und versagte kläglich. »Wer immer das gesagt hat, muss sich geirrt haben.«

»Nein, Sir. Die Lichtverhältnisse waren gut, und der Zeuge hat Sie beide erkannt.«

Pembridge wollte etwas sagen, doch dann überlegte er es sich und setzte sich stattdessen an den leeren Schreibtisch.

»Hören Sie, dafür gibt es eine völlig harmlose Erklärung. Es ist mir klar, wie es aussehen muss, Inspector, aber – nun – sie hat sich nach Wohnmöglichkeiten erkundigt, und ich habe ihr den einen oder anderen Rat in Bezug auf Sozialwohnungen gegeben. Sie hat mir einen Kuss auf die Wange gegeben, aus reiner Dankbarkeit. Sie war ein sehr zutrauliches Mädel, verstehen Sie. Und sie kannte mich gut, weil sie immer zu den Tanzabenden kam. Da war nichts dabei, wirklich, nichts, was Sie interessieren muss.«

Ihm gingen die Worte aus, und er starrte hilflos auf die zerkratzte, tintenfleckige Schreibtischplatte. Thornhill nahm unaufgefordert ihm gegenüber Platz. Aus diesem Blickwinkel konnte er sehen, dass Pembridge oben auf dem Kopf kahl wurde und seine Haare kunstvoll so arrangiert hatte, dass sie den Kreis weißer Haut darunter verbargen.

»Es war nicht nur ein kleines Küsschen auf die Wange, Sir«, sagte Thornhill bedächtig. »Mir wurde es als Küssen und Schmusen beschrieben.«

Pembridge vergrub sein Gesicht in den Händen, zeigte dabei noch mehr von der kahlen Stelle. »Hören Sie, ich war ein verdammter Narr, aber muss das an die große Glocke gehängt werden? Es würde Edna umbringen, wenn sie es erfahren würde.«

Thornhill antwortete nicht, ließ nur das Schweigen länger und länger werden. Dann holte er sein Notizbuch hervor, klappte es auf und sagte in barschem Kasernenhofton: »Erzählen Sie mir, was passiert ist. Wie hat es angefangen?«

»Sie kam oft nach Ruispidge Hall – war einer unserer Stammgäste. Man kam nicht umhin, sie zu bemerken. Nicht wirklich hübsch, aber … Ich weiß auch nicht, sie hatte etwas. Wenn sie lachte, wollte man mitlachen. Und sie war auch eine wunderbare Tänzerin.« Er zuckte mit den Achseln. »Ich war oben auf der Bühne und habe Trompete gespielt, und sie schien immer in meine Richtung zu schauen.«

»Aber wenn Sie oben auf der Bühne waren und Trompete gespielt haben, dann können Sie nicht viel Zeit zum Reden gehabt haben.«

Pembridges Lippen verzogen sich zu einem höhnischen Grinsen. »Wie viel Zeit braucht man bei einer wie der schon? Wir haben in der Pause ein bisschen geplaudert. Ihr gefiel, wie ich spielte.« Er zupfte unbewusst seine Manschetten zurecht und ließ dabei schwere goldene Manschettenknöpfe sehen. »Einen Abend im März war Edna krank, also war ich allein dort. Mattie blieb nach dem Ende, um mir beim Aufräumen zu helfen. Das – das war das erste Mal.«

Thornhill fragte sich, wo sie es getrieben hatten. Auf der Bühne? Etwas an diesem Gespräch erfüllte ihn mit Scham, als wäre dies ein Traum, und er hätte sich dabei ertappt, wie er schmutzige Postkarten durchblätterte.

»Wie viele Male gab es denn?«

»Nicht viele – zwei – nein, drei weitere Male.«

»Wo?«

»Einmal in Ruispidge Hall und einmal hier. Und dann das letzte Mal im Park. Ich war so dumm. So viele Risiken.«

»Wann wollten Sie sich wieder mit ihr treffen?«

Pembridge schüttelte energisch den Kopf. »Wir hatten beschlossen, die Affäre zu beenden – wenn man es eine Affäre nennen kann. Ende April, im Park, das war die letzte schnelle Nummer. Edna war – nun, nicht wirklich argwöhnisch, aber … und dann war da auch die Frage des Geldes.«

»Das Sie Mattie zugesteckt hatten?«

»Nicht zugesteckt, Inspector. Ich habe ihr ein oder zwei kleine Kredite gegeben. Die Sache ist die, meine Frau macht die Buchführung für den Haushalt und unsere privaten Konten, und sie neigt dazu, unerklärte Ausgaben zu bemerken. Deshalb – nun, das im Park war das letzte Mal.«

*Kleine Kredite? Genug, um den Einbau eines Badezimmers im Cottage ihrer Eltern zu bezahlen?*

»Haben Sie sie geliebt?«, fragte Thornhill.

»Gott, nein. Wie kommen Sie denn auf die Idee?«

»So was passiert.«

»Nicht uns, nicht Mattie und mir. Nein, es war schlicht so, dass ich Bedürfnisse hatte, und sie war bereit, sie zu befriedigen. Ich bilde mir gern ein, dass sie auch ein bisschen Spaß dabei hatte.« Er lächelte Thornhill verschwörerisch an. »Sie sind doch nicht schockiert, oder? So was ist gar nicht so ungewöhnlich.«

Pembridge gewann zusehends seine Fassung zurück. Gleich würde er anfangen, sich im Glanz seiner Potenz zu sonnen. Doch Thornhill war kaum in einer Position, einen verheirateten Mann dafür zu verurteilen, dass er Sex außerhalb der Ehe gefunden hatte. Er starrte grimmig über den Schreibtisch, bis der andere Mann den Blick abwandte. Es war beunruhigend, akzeptieren zu müssen, dass er etwas mit Gerald Pembridge gemein hatte.

»Wann war also das letzte Mal, dass Sie Mattie Harris unter vier Augen getroffen haben?«, fragte Thornhill schroff.

Pembridges Lider flatterten. »Wie ich Ihnen schon sagte – gegen Ende April – das Mal im Park. Ich kann Ihnen sogar das genaue Datum nennen – es war der dreiundzwanzigste, das ist Ednas Geburtstag. Es war mehr oder weniger aus einer spontanen Laune heraus.«

»Sind Sie sicher, dass es danach keine weiteren Treffen oder private Unterhaltungen mehr gegeben hat?«

Pembridge schüttelte den Kopf. »Natürlich habe ich sie bei mehreren Gelegenheiten in Ruispidge Hall gesehen. Aber wir haben nicht miteinander geredet. Ich fand, die Sache hätte ihren Reiz verloren, und ich denke, sie sah es ebenso.« Er stand unvermittelt auf, trat ans Fenster und starrte auf die Straße hinab. Als er weitersprach, zitterte seine Stimme leicht. »Können Sie mir sagen, wer uns im Park gesehen hat?«

»Nein.«

»Es ist nur – nun, meine kleine Affäre mit ihr kann nichts damit zu tun haben, dass sie ertrunken ist, über einen Monat nachdem wir zum letzten Mal ...«

»Das habe ich nicht zu entscheiden, Sir.«

Wenn Pembridge ein Hund gewesen wäre, hätte er sich brav gesetzt und mit dem Schwanz gewedelt. »Kommen Sie jetzt nicht auf falsche Ideen. Ich mache keine Gewohnheit aus solchen Sachen. Und schon gar nicht in Lydmouth. Es wird nicht wieder vorkommen, das kann ich Ihnen versichern.«

Thornhill wandte den Blick von Pembridge ab. Er griff nach seinem Hut und stand auf. Etwas störte ihn, doch er konnte nicht sagen, was.

Pembridge fingerte an seinem Manschettenknopf herum. »Was passiert jetzt?«

»Das kommt darauf an.«

Pembridge eilte um den Schreibtisch herum wie ein unterwürfiger Kellner, um Thornhill die Tür aufzuhalten. Er legte die Hand auf den Türgriff und wandte sich um. »Sind Sie Mattie Harris je begegnet?«

»Nein. Wenn überhaupt, dann kenne ich sie nur vom Sehen.«

»Wenn Sie sie gekannt hätten, würden Sie verstehen, warum ich mich so zum Narren gemacht habe. Sie war kein schlechtes Mädel. Nur ein wenig anders als die meisten. Ein Freigeist. Für sie war alles ein großer Spaß.«

Thornhill nickte und ließ seinen Blick zum Türgriff wandern.

»Tut mir Leid, ich halte Sie auf.« Pembridge öffnete die Tür und verneigte sich fast, als Thornhill das Büro verließ. »Sie lassen mich wissen, was passiert, ja?«

»Wir werden uns bei Ihnen melden, wenn es nötig sein sollte«, erwiderte Thornhill vage.

Er ignorierte die Hand, die Pembridge ihm hinstreckte, und marschierte die Treppe hinunter. Erst als er seinen Wagen erreichte, ging ihm auf, was ihn gestört hatte.

Die Pembridges waren eng mit den Williamsons befreundet. Gerald Pembridge und Ray Williamson gehörten derselben Freimaurerloge an. Sie spielten zusammen Golf. Ihre Frauen gingen zusammen einkaufen. Warum also hatte Pembridge Thornhill nicht an diese wichtige Tatsache erinnert? Oder, was das anging, warum hatte er nicht darauf bestanden, ausschließlich mit Williamson zu reden?

## 33

Bevor er ging, zog Malcolm die oberste Schublade seiner Frisierkommode auf und holte das Lederetui hervor. Er nahm eins der Rasiermesser heraus und steckte es in seine linke Hosentasche. Wenn man körperlich benachteiligt war, hatte er sich überlegt, dann musste man eine Möglichkeit finden, diesen Nachteil wettzumachen. Nicht dass es irgendetwas mit vernünftiger Überlegung zu tun hatte – er würde kaum das Rasiermesser zücken und als Waffe benutzen. Es war eher ein Talisman. Er nahm es als Glücksbringer mit. Er nahm es mit, damit es ihm Mut gab.

Er schleppte sich ins Stadtzentrum. Als er schließlich die Bushaltestelle an der High Street erreicht hatte, schwitzte er. Bill wusste nicht, dass er hier war, wusste nicht, was er vorhatte. Komischerweise war es leichter, in Bills Namen tapfer zu sein, als in seinem eigenen. Bill war zu Hause und schlief die kombinierten Nachwirkungen der gestrigen Prügel und des heutigen flüssigen Mittagessens aus.

Malcolm stieg an der Haltestelle hinter dem Krankenhaus aus. Eine Frau, die alt genug war, um seine Mutter zu sein, half ihm. Malcolm bedankte sich bei ihr, während er sich fragte, warum Hilfsbereitschaft fast ebenso schwer zu ertragen war wie Spott. Der Regen hatte aufgehört. Malcolm mühte sich den Broadwell Drive entlang, schwang seinen Körper dabei mit Hilfe seiner Stöcke vorwärts. Die Luft war schwül, und er fühlte sich klebrig und schmutzig.

*Was sind die passenden Worte?*

Zorn brodelte in ihm hoch. Er bog in den Broadwell Crescent ein. Ein Rauchwölkchen stieg vom Schornstein des Hauses der Evans auf, teilte sich in zartere Schleier, die wie graue Geisterfinger winkten. Er hörte das Scheppern von Metall auf Stein und drehte sich nach dem Geräusch um. Ted Evans arbeitete mit zwei anderen Männern am anderen Ende der Sackgasse. Ein Graben erstreckte sich zwischen zwei halb fertigen Häusern, und die Männer waren damit beschäftigt, ein Rohr hineinzumanövrieren. Malcolm schleppte sich mühsam auf sie zu, wich dabei einer großen Pfütze aus, überwand einen Haufen Mauersteine. Die Männer achteten nicht auf ihn. Doch er war ziemlich sicher, dass sie ihn gesehen hatten, denn sie bewegten sich steif wie schlechte Schauspieler.

Er blieb an der Stelle stehen, wo einmal die Gartenpforte eines der Häuser sein würde. »Mr Evans?«

Ted drehte sich um, sein Gesicht war ausdruckslos. Die anderen Männer ignorierten die Störung.

»Könnte ich Sie kurz sprechen?« Malcolm bemerkte, wie sich seine Stimme bei der letzten Silbe hob, und er atmete tief durch, um sich zu beruhigen. »Ich werde Sie nicht lange aufhalten.«

Ted kam langsam die Straße entlang, ließ dabei seine Hände locker herabbaumeln. Sein Blick war starr auf Malcolm gerichtet. Ausnahmsweise war Malcolm fast froh darüber, ein Krüppel zu sein. Wenn seine Beine voll funktionstüchtig gewesen wären, wäre er wahrscheinlich davongerannt.

»Ja?«

Malcolm machte einen Schritt zurück und richtete sich so gerade auf, wie er konnte. Er hängte sich seinen linken Stock über den rechten Arm, dann steckte er die linke Hand in seine Hosentasche und hoffte, dass er gelassen und entspannt aussah, ganz Herr der Lage.

»Ich bin Malcolm Sedbury.«

Teds Blick wanderte kurz zu den Stöcken und den verkrüppelten Beinen. »Ich weiß.«

»Ich denke, es ist an der Zeit, dass wir uns mal unterhalten, Mr Evans.«

»Hast du heute die Zeitung gelesen?«

Malcolm schüttelte den Kopf; ihn beschlich das Gefühl, dass ihm gerade die Kontrolle über die Situation entrissen worden war.

Ted zog eine Ausgabe der *Gazette* aus seiner Jackentasche. Sie war so zusammengefaltet, dass sie eine der Schlagzeilen auf der ersten Seite zeigte. »›Ertrunkene Serviererin‹«, las er vor. »›Gerichtliche Untersuchung vertagt‹.«

»Das machen sie oft«, sagte Malcolm laut. »Die Polizei braucht Zeit für ihre Ermittlungen. Reine Routine.«

»Ach wirklich? *Deshalb* wurde die Untersuchung also vertagt. Um ihnen Zeit für ihre Ermittlungen zu geben, ja?« Der Sarkasmus brannte wie ein Peitschenhieb. »Man lernt nie aus, nicht wahr? Hab ich mich oft gefragt.«

Malcolms Finger streichelten den Elfenbeingriff des Rasiermessers in seiner Tasche. »Deswegen bin ich nicht hergekommen. Ich wollte mit Ihnen über Bill Pembridge reden.«

»Ach ja?«

»Sie haben ihn gestern zusammengeschlagen.«

Der andere Mann sagte nichts, starrte ihn nur an.

»So etwas können Sie nicht machen«, fuhr Malcolm fort. »Nicht in diesem Land.«

Ted grinste.

»Ich gehe zur Polizei«, erklärte Malcolm schrill.

»Sei nicht kindisch, Junge.«

»Ich meine es ernst. Ich tu's wirklich.«

»Das wirst du nicht tun, es sei denn, du bist dümmer, als ich denke.« Ted machte einen Schritt auf Malcolm zu, dann noch einen. »Es gab keine Zeugen, oder? Es steht also sein Wort gegen meins. Und jeder in der Stadt würde erfahren, warum ihr denkt, dass ich es gewesen bin. Weil der verdammte Bill Pembridge meine Tochter geschwängert hat, deswegen.«

»Hören Sie, Mr Evans, ich ...«

»Schämt er sich für das, was er getan hat? Dass alle Welt es erfährt? Ich glaube nicht, dass er mit viel Mitleid rechnen könnte, was meinst du?« Ted deutete mit dem Daumen auf die schweigenden Arbeiter hinter ihm. »Ein paar von meinen Jungs würden ihn sich vielleicht gern mal zur Brust nehmen. Um zu vollenden, was jemand anders angefangen hat, wenn man so will, denn ich sage damit nicht, dass ich es war. Willst du es so haben?«

Malcolm spürte, wie Tränen unter seinen Lidern brannten. »Sie sollten sich lieber vorsehen.« Seine Finger klammerten sich um das Rasiermesser. »Haben Sie mich verstanden?«

Teds Grinsen wurde breiter. Malcolm atmete schwer und zitterte.

»Verrat mir mal was«, sagte Ted. »Wie gut habt *ihr* Mattie Harris gekannt? Du und dein Freund?«

Malcolm schwang auf seinem Stock herum, wollte nur noch weg. Doch er hatte sich zu abrupt bewegt. Das Ende des Stocks versank in einem tiefen, wassergefüllten Schlagloch. Er versuchte, den Stock herauszuziehen, doch der Matsch hielt ihn fest. Der Widerstand genügte, ihn aus dem Gleichgewicht zu bringen, und sein Gewicht verlagerte sich ruckartig nach rechts. Eine schiere Ewigkeit hing er in der Luft, wusste wie ein Mann, der von einer Klippe gesprungen ist, dass der nächste Augenblick eine Katastrophe bringen würde, und doch schien dieser Augenblick unendlich.

Der andere Stock, der noch immer an seinem Arm baumelte, verhedderte sich in seinen Beinen. Malcolm fiel auf ein Knie, dann kippte er nach vorn in den Matsch. Er war jetzt auf allen vieren. Einen Stock hatte er gänzlich verloren, und der andere, den er noch immer mit der Hand umklammerte, war halb in dem Schlagloch versunken. Sein Blazer und seine Hose waren vermutlich ruiniert.

Schlimmer, viel schlimmer als der Sturz war die Hilfsbereitschaft. Ted zog ihn mit demütigender Mühelosigkeit wieder auf die Füße. Die beiden anderen Arbeiter kamen, um zu helfen. Einer hob die Stöcke auf, und der andere gab ihm einen Lappen, damit er sich den Matsch abwischen konnte.

»Möchtest du dich einen Moment hinsetzen, Junge?«, fragte Ted. »Um wieder zu Atem zu kommen?«

Malcolm riss sich aus Teds Griff los und wich auf seinen Stöcken zwei schwankende Schritte zurück. »Nein, danke.«

»Gehört das da dir?«

Malcolms Blick folgte der Richtung, in die Teds Finger zeigte. Das Rasiermesser lag neben dem Schlagloch, das Elfenbein leuchtete hell auf dem Dunkelbraun der Erde. Ted hob es mit ausdruckslosem Gesicht auf.

»Das steckst du wohl besser ein.«

Malcolm jonglierte ungelenk seine Stöcke, nahm das Rasiermesser und steckte es in seine Blazertasche.

»Sieh dich mit dem Ding vor«, warnte Ted. »Wenn du nicht aufpasst, schneidest du dich noch.«

## 34

Elisabeth konnte gar nicht abwarten, nach Hause zu kommen, denn sie war mitten in einem komplexen Tagtraum, der sich um ihr Puppenhaus, einen Teddybären und eine Indianersquaw drehte, die eigentlich David gehörte. Sie zog ihre Mutter in die Victoria Road. Das Erste, was Edith sah, war der Riley, der vor Nummer 68 parkte. Hinter dem Lenkrad saß Onkel Bernie, den Ellbogen auf den Rahmen des heruntergekurbelten Fensters gestützt und eingehüllt in eine Rauchwolke. Wenn es etwas gäbe, das Edith an Onkel Bernie hätte ändern können, dann wäre es seine Angewohnheit, unerwartet vorbeizukommen. Sie vermutete, er pflegte diese Neigung zu unangemeldeten Besuchen, weil er irgendwie dachte, dass man so etwas unter Verwandten eben machte.

»Hallo, Edie«, grüßte er. »Hab ich es richtig abgepasst für eine Tasse Tee?«

»Ich will gerade den Kessel aufsetzen.« Edith stupste ihre Tochter an. »Sag hallo zu Onkel Bernie, Elisabeth.«

Die Wagentür ging auf, und Bernie drückte das kleine Mädchen überschwänglich an sich, was Elisabeth mit der distanzierten Liebenswürdigkeit einer Krankenschwester in einer Irrenanstalt hinnahm, die von einem Patienten eine welke Gänseblümchenkette geschenkt bekam. Bernie sah Edith über Elisabeths Kopf hinweg an.

»Richard hat es mir schon erzählt«, sagte sie. »Das mit dem Haus.«

»Ach, das.« Er zuckte mit den Achseln. »Es ist wirklich nur eine Investition. Übrigens, hast du schon die Abendzeitung gesehen?«

»Nein, noch nicht. Warum?«

»In der *Post* warnen sie Frauen, nicht allein auszugehen. Die Leute reden vom Ertränker.«

»Die alte Geschichte?« Edith sah besorgt auf Elisabeth herab. »Wasch dir die Hände, Liebes, und zieh dich um, bevor du zum Abendbrot herunterkommst.«

Elisabeth löste sich taktvoll aus Bernies Umarmung. Sie gingen alle drei ins Haus. Elisabeth eilte nach oben. Bernie hielt schnurgerade auf die Küche zu. (»Das Herz des Hauses, hat mein alter Herr immer gesagt.«) Kurz darauf hatte er es sich in dem Windsor-Stuhl am Fenster bequem gemacht.

»Diese Sache in der *Post«*, sagte Edith, »das ist wegen dieser Serviererin, nehme ich an.«

»Du hast davon gehört?«

»Richard leitet die Ermittlungen. Aber was hat der Ertränker damit zu tun?«

»Eine komische Sache, Aberglaube«, sagte Bernie und klopfte auf der Suche nach Streichhölzern seine Taschen ab. »Wie eine ansteckende Krankheit – wie Kinderlähmung, zum Beispiel –, wenn's erst mal angefangen hat, lässt es sich nur schwer aufhalten.«

»Aber es ist doch ein Altweibermärchen.«

»Das Problem mit Altweibermärchen ist, dass eine Menge alter Weiber an sie glauben. Und nicht nur alte Weiber.«

Edith ging in die Spülküche, um den Kessel aufzusetzen. Als sie in die Küche zurückkam, um den Tisch fürs Abendessen zu decken, stand Bernie am Fenster und starrte in den Garten hinaus.

Er drehte sich um, als sie hereinkam. »Wann kommt David nach Hause?«

»In einer halben Stunde. Dienstags hat er nach der Schule noch Cricket-Training.«

Bernie nickte. »Er entwickelt sich zu einem geschickten kleinen Werfer. Das wird ihm gut zustatten kommen, wenn er nach Ashbridge geht.«

Im September würde David in der Unterstufe einer Privatschule ein paar Meilen außerhalb von Lydmouth anfangen. Edith bezahlte dafür mit Hilfe einer kleinen Erbschaft von ihrer Mutter, Geld, das Richard gern als Anzahlung für das Haus benutzt hätte.

»Er passt da bestens hin«, sagte Bernie und beschwichtigte damit eine Sorge, die Edith noch niemandem gegenüber eingestanden hatte, nicht einmal Richard. »Ein kluger kleiner Bursche wie er fügt sich überall ein.« Er riss ein weiteres Streichholz an und schaute einen Moment lang zu, wie Edith den Tisch deckte. »Wie steht Richard dazu, dass ich das Haus gekauft habe?«

»Es freut ihn. Natürlich.«

»Das Stück Land da hinten hat einen separaten Zugang von der Chepstow Road. Ich hab schon zu Richard gesagt, dass es genau der richtige Platz für eine Garage wäre. Und ich denke, es würde den Wert des Hauses erhöhen, wenn ich eine Zentralheizung einbauen ließe.«

»Das – das ist nicht nötig. Nicht, was uns angeht.« Vor Ediths geistigem Auge tauchte eine Vision von gleichmäßig beheizten Räumen ohne Kohlenstaub auf jeder horizontalen Oberfläche auf. »Wir kommen schon zurecht.«

»*Wir* sind mit Brot und Schmalz zurechtgekommen«, sagte Bernie. »Zu neunt und mit einem einzigen Plumpsklo hinten auf dem Hof. Mit vieren von uns Kindern in einem Bett. Aber Spaß hat es nicht gemacht.«

»Es wäre wunderbar. Aber kostet das alles denn nicht eine Menge Geld?«

Bernie strahlte sie an. »Ich hab's dir doch gesagt. Es ist eine Investition.«

»Richard hat sich ein bisschen Sorgen gemacht, dass die Leute reden könnten.«

»Weil wir verwandt sind? Das ist wirklich kein Grund zur Sorge, Edie. Ich pass schon auf, dass jeder weiß, dass die Sache koscher ist.«

Edith bereitete das Abendessen in einem Taumel des

Glücks zu. Zentralheizung und eine Garage – es war besser, als sie es sich je erträumt hätte. Einen Moment lang wanderten ihre Gedanken in einen Bereich der Spekulation ab, den sie bisher immer zu vermeiden versucht hatte. Onkel Bernie war ein sehr reicher Mann. Aber Edith war nur seine Cousine zweiten Grades, und er hatte mehrere näher stehende Verwandte.

»Oh, ehe ich es vergesse, vielen Dank für die Rosen. Sie sind wunderschön.«

Kurz darauf kam David nach Hause, und Bernie plauderte mit ihm über Cricket, etwas, das Richard nur selten tat, da er praktisch keinerlei Interesse an organisiertem Sport hatte. Elisabeth kam nach unten, und sie setzten sich alle vier an den Abendbrottisch.

Bernie wusste, wann es Zeit war, das Feld zu räumen. Bevor er ging, machte er mit David und Elisabeth noch eine kurze Runde in seinem neuen Wagen. Als er wieder vor Nummer 68 hielt, kamen die Kinder mit strahlenden Gesichtern ins Haus gelaufen, und Edith ging hinaus, um sich von Onkel Bernie zu verabschieden.

Er reckte seinen massigen Kopf aus dem Fahrerfenster. »Hör mal, Edith, ich hab nachgedacht. Vielleicht ist es sinnvoller, wenn ich das Haus in deinem Namen kaufe, statt in meinem.«

»Aber das geht doch nicht!«

»Warum nicht?« Er grinste sie an. »Pass auf dich auf, mein Kind.«

Der Wagen fuhr los und bog in die Chepstow Road ein. Edith stand auf dem Bürgersteig, eine Hand an der Gartenpforte, und versuchte zu verdauen, was Onkel Bernie gesagt hatte. Fünf Minuten später stand sie noch immer da, als Richard in dem Austin vorfuhr und sie aufschreckte.

»Was ist passiert?«, fragte er. »Du siehst aus, als hättest du mit den Feen gesprochen.«

»Onkel Bernie ist vorbeigekommen. Er überlegt, das Haus auf unseren Namen zu überschreiben.«

»Ich kann nicht behaupten, dass mir die Idee gefällt.«

»Da ist nichts Fragwürdiges daran. Er ist mein Cousin.«

»Und er ist außerdem Mitglied des ständigen Koordinationsausschusses.«

»Warum musst du immer so kleinlich sein?« Sie fasste ihn am Arm. »Tut mir Leid. Das habe ich nicht so gemeint.«

Er gab ihr einen Kuss auf die Wange. »Es muss dir nicht Leid tun. Vielleicht hast du ja Recht. Es war ein anstrengender Tag.«

»Warum? Wegen dieser Serviererin?«

»In gewisser Hinsicht. Die *Post* schlachtet die Tatsache aus, dass wir die gerichtliche Untersuchung in Bezug auf die Todesursache vertagt haben. Sie deuten mehr oder weniger an, dass wir die Sache als Mordfall behandeln. Ich glaube, jemand aus unseren eigenen Reihen hat ihnen das gesteckt.«

»Ist es denn ein Mordfall?«, fragte Edith, und ihre Stimme hob sich.

Thornhill zuckte mit den Achseln. »Das weiß momentan noch niemand. Nicht mit Gewissheit.«

»Ich hoffe, dass es keiner ist, Schatz.«

Sie hakte sich bei ihm unter, und sie gingen zusammen ins Haus. Die Kinder stürzten sich auf Richard.

»Daddy«, säuselte Elisabeth in ihrem einschmeichelndsten Tonfall. »Wann holen wir die Kätzchen ab?«

»Welche Kätzchen?«

»Du weißt schon – die von Miss Francis.«

»Ach, *die* Kätzchen. Ich dachte, wir würden nur eins holen.«

»Nein – zwei. Eins für jeden.«

Edith drückte Richards Arm. »Das ist nur fair, schätze ich.«

»Einen Jungen und ein Mädchen«, verlangte Elisabeth.

»Meins nenne ich Buster«, sagte David.

»Meins heißt Alexandra«, verkündete Elisabeth.

Er lächelte sie alle drei an. »Wir werden sehen.«

Nach und nach entwickelte es sich zu einem jener Abende, an denen sich jeder von seiner besten Seite zeigte. Die Kinder aßen ihr Abendbrot. Richard half David bei den Hausaufgaben. Die Kinder machten sich bettfertig, und dann spielten sie Bettelmann und Schnippschnapp. Während Edith das Abendessen für Richard und sie selbst zubereitete, las er den Kindern ihre Geschichten vor.

Die ganze Zeit über hatte Edith das Gefühl, sie ginge auf Glasscherben. Ein paar Stunden lang waren sie eine glückliche Familie. Das war natürlich wunderbar, außer dass es in ihr die Frage aufkeimen ließ, was genau sie den Rest der Zeit über waren.

Nach dem Abendessen folgte Richard ihr in die Spülküche und übernahm den Abwasch. Die Kinder waren im Bett. Wenn er abwusch, was selten vorkam, gab es eine Menge Schaum und Gespritze, jedoch weniger Sorgfalt, als Edith lieb war. Doch sie wollte ihn nicht entmutigen.

Sie wartete, bis sie mit dem Abtrocknen fertig war, ehe sie den Stier bei den Hörnern packte. Sie hängte das Geschirrtuch an den Herd und sagte beiläufig: »Stimmt etwas nicht? Du wirkst ein bisschen gereizt, Schatz.«

»Nein, es ist alles in Ordnung.« Richard drehte sich um, um den Kessel auf den Herd zu stellen. »Ich denke nur über die Arbeit nach.«

»Du machst dir doch keine Sorgen wegen Onkel Bernie und dem Haus?«

»Nein. Das ist es nicht.«

Er starrte sie einen Moment lang an, sein Gesicht düster und angespannt. Sie kannte ihn gut genug, um zu erkennen, dass er überlegte, ob er etwas sagen sollte oder nicht. Doch als er sich schließlich räusperte und den Mund öffnete, kam nichts weiter heraus als: »Du machst es dir jetzt bequem und legst die Füße hoch. Ich koch den Kaffee.«

## 35

Zuerst sah Bill den Hund, der über die Wiese sauste wie ein Papierfetzen im Wind und gebannt der unsichtbaren Logik einer Fährte folgte. Bill ging hinter der Weißdornhecke in Deckung und wartete. Vorsicht war besser als Nachsicht. Es könnte Ma Evans sein oder gar Ted selbst. Es würde ihn nicht wundern, wenn der alte Mistkerl Violet bei Wasser und Brot in ihr Zimmer eingesperrt hätte.

Zu seiner Erleichterung sah er Violet über den Zauntritt auf die Wiese klettern. Eingedenk dessen, was beim letzten Mal passiert war, blieb er, wo er war. Sie begann ihre Runde an der Hecke entlang. Das Sonnenlicht schimmerte auf ihrem blonden Haar. Rab, noch immer auf der Fährte des unsichtbaren Kaninchens, hetzte in das kleine Gehölz an der anderen Ecke der Weide. Violet schwenkte ab, um ihm zu folgen.

Er humpelte parallel zu ihr hinter der Hecke entlang auf die andere Seite des Gehölzes. Seine Bewegungen waren steif und langsam. Teds Tritt in den Unterleib bereitete ihm noch immer Beschwerden. Er erreichte die Bäume vor Violet und stand im grünen Zwielicht, als sie am Wiesenrand auftauchte.

»Rab?«, rief sie. »Rab?«

In diesem Moment sah der Hund Bill und stürmte mit freudigem Gebell auf ihn zu.

»Violet, ich bin's.«

Sie sagte nichts, doch sie trat ins Gehölz. Um seine Verwirrung zu verbergen, bückte Bill sich und kraulte Rabs

Brust. Als Violet auf fünf, sechs Schritte herangekommen war, blickte er hoch.

»Ich musste dich sehen«, flüsterte er heiser.

Sie starrte ihn an. »Es gibt nichts zu sagen, Bill. Jetzt nicht mehr.«

»Doch, natürlich.« Er richtete sich auf, machte einen Schritt auf sie zu und sah, wie sie zurückwich. »Hör zu, Vi, ich halte …«

»Was ist mit deinem Gesicht passiert?«

Seine Hand flog an seine geschwollene Lippe. »Ich – ich bin gegen eine Tür gelaufen.«

Violet zuckte mit den Achseln, als hätte seine Verletzung keinerlei Bedeutung für sie.

»Wir müssen bereden, was wir tun sollen«, sagte er.

»Dafür ist es zu spät.« Sie hob ihren Kopf und blitzte ihn an. »Hast du die Zeitung gesehen?«

Er schüttelte den Kopf.

»Die gerichtliche Untersuchung wurde vertagt. Die *Post* sagt mehr oder weniger deutlich, dass Mattie ermordet wurde.«

Bill schluckte. »Das kann nicht sein.«

»Genau das steht aber zwischen den Zeilen. Die Polizei ist noch mal bei Matties Eltern gewesen und hat es praktisch rundheraus gesagt. Also, wer hat sie umgebracht, Bill?«

»Woher soll ich das wissen?« Er fuhr mit der Zunge über seine geschwollene Lippe. »Aber das alles hat nichts mit uns zu tun, hörst du? Es hat nichts mit uns zu tun.«

»Hat es nicht?«

»Natürlich nicht, verflucht noch mal.« Er zwang sich, ruhiger zu sprechen. »Was wirst du tun?«

»Ich gehe fort.«

»Wohin?«

Sie schüttelte den Kopf. »Das geht dich nichts an. Jetzt nicht mehr.«

»Das kann nicht dein Ernst sein.« Plötzlich konnte er den Gedanken, dass Violet nicht mehr da sein würde, kaum ertragen. Er wollte sie nicht heiraten, doch er wollte auch nicht, dass sie fortging. »Was wirst du mit dem Baby machen?«

»Sie hat einen Namen. Grace.«

»Du musst mich dir wenigstens helfen lassen. Wie willst du denn deinen Lebensunterhalt bezahlen?«

Sie ignorierte ihn. Es war, als hätte er sich vor ihren Augen in Rauch aufgelöst. Sie kehrte ihm den Rücken zu und trat aus dem Gehölz auf die Wiese. Der Hund schaute ihr hinterher, dann sah er zu Bill, unsicher, bei wem er bleiben sollte. Bill bückte sich und kraulte die Brust des Hundes, während er überlegte, was er nun tun sollte. Plötzlich jaulte der Hund auf, riss seinen Kopf herum und biss Bill in die Hand. Dann lief er mit einem kehligen Knurren hinter Violet her.

Erst jetzt erinnerte Bill sich daran, dass Ted den Hund das letzte Mal, als er hier auf der Wiese gewesen war, getreten hatte. Bill rieb sich die verletzte Hand. Er musste eine gebrochene Rippe berührt haben. Er hob eine Hand und befühlte seine geschwollenen Lippen und die Prellung unter seinem linken Auge. Seine Hoden schmerzten teilnahmsvoll.

Vielleicht würde Violet ihrem Vater erzählen, dass er hier war. Bill humpelte im Schutz der Hecke eilig zurück zu seinem MG. Je schneller er sich bewegte, desto schlimmer wurde der Schmerz zwischen seinen Beinen. Jener gemeine Tritt am Sonntagabend hatte ihn fast zum Krüppel gemacht.

Jetzt bestand kein großer Unterschied mehr zwischen ihm und Malcolm Sedbury.

## 36

Jill fuhr nach Gloucester, um dem leeren Cottage auf dem Eastbury Hill zu entfliehen und um ihren rastlosen Verstand mit etwas anderem zu beschäftigen. Sie nahm die längere Route – zuerst hinauf nach Ross und dann in östlicher Richtung nach Gloucester. Die mittlerweile altvertrauten Gedanken sausten vom Eastbury Hill herab und folgten ihr, welche Richtung sie auch immer einschlug.

Sie könnte durchaus schwanger sein. Sie wollte nicht schwanger sein. Sie war sich nicht sicher, ob sie schwanger sein konnte. Sie wollte kein Baby. Sie wollte ein Baby. Sie war sich nicht sicher, ob sie je im Stande sein würde, ein Baby zu haben. Wenn sie eine Abtreibung vornehmen ließe, was sie nicht tun würde, wo würde sie dann jemanden finden, der es machte?

Beim letzten Mal war sie in London gewesen, und außerdem war der Vater des ungewollten Babys willens und bereit gewesen, alles zu arrangieren. Er hatte es sogar mit einem fast anstößigen Eifer getan. Doch Lydmouth war nicht Earls Court. Sie schreckte vor dem bloßen Gedanken an die Möglichkeit eines selbst herbeigeführten Aborts zurück.

*Das arme, arme Mädchen.*

In Gloucester stellte Jill den Wagen auf einem Stück Brachland hinter einem kleinen Hotel an der Westgate Street ab. Sie kaufte sich eine Zeitung und aß in dem niedrigen Speisesaal des Hotels Scholle mit Pommes frites.

Im *Citizen* gab es einen kleinen Artikel über die vertagte gerichtliche Untersuchung zur Feststellung der Todesursache bei Mattie Harris. Der Ton war bedeutend weniger sensationslüstern als der der *Post,* doch der Schreiber ließ dennoch kaum Zweifel daran, dass niemand den Tod ernsthaft für einen Unfall hielt. Jill fragte sich, ob Richard Thornhill noch immer auf dem Revier war oder ob er bereits zu Edith und den Kindern heimgefahren war. Vermutlich war er inzwischen zu Hause. Sie malte sich aus, wie sie die alltägliche Freude des Beisammenseins zelebrierten. Eine Familie. Das beharrliche Lärmen ihrer Gedanken wurde lauter und bitterer.

Sie bestellte Kaffee und blätterte die Zeitung zu den Kinoanzeigen durch. Im Gaumont lief der neue Larry-Jordan-Film. Also ging sie ins Kino, wo es ihr gelang, die Gedanken an Richard Thornhill sowie die Möglichkeit, dass sie schwanger sein könnte, länger zu verdrängen, als sie es für möglich gehalten hatte.

Der Film spielte im 19. Jahrhundert: Larry Jordan mimte einen englischen Gentleman, der zum Katholizismus übertrat, nachdem die große Liebe seines Lebens einen anderen geheiratet hatte, und in erstaunlich kurzer Zeit zum Kardinal aufstieg. Jill aß Pralinen, rauchte und weinte still und glücklich in ihr Taschentuch.

Alle guten Dinge haben einmal ein Ende, in diesem Fall ein tragisches. Als das Licht über dem Publikum aus schniefenden Frauen anging, verblasste Larry Jordans Zelluloidmakellosigkeit schnell.

Jill ging zurück zu ihrem Wagen. Es war inzwischen fast dunkel. Die Beleuchtung auf der Rückseite des Hotels war schlecht, und Jill tastete sich vorsichtig über den unebenen Hof. Das Leben wäre so viel einfacher, wenn Richard Thornhill sicher in den höheren Rängen der römisch-katholischen Kirche geborgen wäre wie Larry Jordan in *Höhere Berufung.* Am anderen Ende des Parkplatzes ging eine Tür auf, und bierseliges Gelächter und das Geklimper eines Kneipenklaviers schollen heraus.

Der direkteste Weg zu ihrem Wagen führte sie an einem der wenigen anderen Autos vorbei, die auf dem Brachland parkten. Eins der Fenster musste einen Spalt weit offen gestanden haben, denn als Jill vorbeiging, hörte sie das eilig unterdrückte Lachen eines Mannes und Keuchen wie von jemandem, der gerade ein Rennen gelaufen war. Es war nicht schwer zu erraten, was in dem Wagen vor sich ging. Ein Teil von ihr hoffte, dass das Pärchen dort drinnen sich angemessen schützte, und ein Teil von ihr beneidete die beiden schlicht. Jetzt, wo Edith zurück war, würde sie sich daran gewöhnen müssen, ohne das auszukommen.

Jill kniff ihre Lippen zusammen und eilte auf die Geborgenheit ihres Ford Anglia zu. Sie stieg ein und warf einen Blick zurück zu dem anderen Wagen. Irgendetwas an seinem Umriss war ihr vertraut. Sie öffnete ihre Handtasche, fand ihr Etui und nahm eine Zigarette heraus. Sie rauchte derzeit viel zu viel – sie würde sich einschränken müssen; sie konnte es sich schlichtweg nicht leisten, so viel zu rauchen.

Sie ließ ihr Feuerzeug aufschnappen, und die Flamme schien nicht nur ihre Zigarette, sondern auch ihre Erinnerung zu entzünden. Der Wagen war ein Riley-RMF, wie der, auf den Bernie Broadbent so stolz war.

Sie zog tief an der Zigarette. Der RMF war ein neues Modell. Es konnte in der Gegend nicht viele davon geben. Unvermittelt überkam sie Ekel vor dem, was in dem Wagen vor sich ging, doch dann ermahnte sie sich, dass gerade sie allen Grund hatte, hastigem, heimlichem Sex gegenüber tolerant zu sein.

Plötzlich schwang die Fahrertür des Riley auf. Verlegen wie ein ertappter Voyeur, verbarg Jill die glühende Zigarettenspitze unterhalb des Fensterrahmens und hoffte, dass sie im Wagen nicht zu sehen wäre.

Jemand stieg aus. Jill erhaschte einen Blick auf Bernie, der sich vom Fahrersitz herüberbeugte, in der Hand ein Stück Papier, möglicherweise einen Geldschein. Sie fand, dass er grimmig wirkte, sogar traurig. Gleich darauf schlug die Tür zu, und der Motor des Riley sprang an.

Der Wagen fuhr in einem weiten, langsamen Bogen zur Straße. Einen flüchtigen Augenblick lang fingen die Lichtkegel der Scheinwerfer winkende Finger und ein hübsches Gesicht ein, als wäre es ein feindlicher Bomber. Dann bog der Wagen auf die Straße und verschwand in Richtung Stadtmitte von Gloucester.

Jill atmete tief aus. Sie beobachtete, wie die dunkle, elegante Gestalt des jungen Mannes mit dem hübschen Gesicht sich katzengleich auf die erleuchteten Fenster des Pubs zubewegte.

## 37

Rückblickend dachte Thornhill, dass er es an der Art hätte erkennen müssen, wie Sergeant Fowles ihn begrüßte, als er am Mittwochmorgen aufs Präsidium kam. Er war etwas lässiger als gewöhnlich. Thornhills Gedanken waren mit anderen Dingen beschäftigt, und so schenkte er dem keine Beachtung.

Er ging nach oben ins Büro der Mordkommission. Niemand blickte auf, als er den Raum betrat. Niemand außer Brian Kirby. Der Rest der Anwesenden vermittelte den Eindruck, so sehr in ihre jeweiligen Beschäftigungen vertieft zu sein, dass nur eine Bombe sie aus ihrer Konzentration hätte aufschrecken können.

Kirby kam mit einer Tasse Tee in der Hand vom schwarzen Brett an der hinteren Wand des Raums herübergeschlendert. Es gab nichts am schwarzen Brett, was des Lesens wert gewesen wäre, doch es hing neben dem Fenster, das auf den Parkplatz hinter dem Präsidium hinausging, wo Thornhill kurz zuvor den Austin abgestellt hatte.

»Morgen, Sir«, sagte Kirby.

»Morgen, Brian. Irgendwas Neues?«

»Ja und nein.« Kirby beugte sich vor und senkte seine Stimme. »Mr Williamson ist zurück.«

»Kommen Sie in mein Büro«, sagte Thornhill in normaler Lautstärke. Sobald sie in dem Raum waren, schloss er die Tür und sagte: »Nun?«

Kirby spreizte die Finger. »Er ist vor einer Viertelstunde hereingeschneit, Sir. Ist trotz Krankschreibung gekommen. Hat gesagt, er hätte entschieden, selbst die Leitung des Harris-Falls zu übernehmen.« Kirby hielt einen Augenblick länger als nötig inne. »In Absprache mit Mr Hendry. Oh, und er hat Anweisung gegeben, dass Sie zu ihm kommen sollen, sobald Sie einträfen.«

Thornhill nickte und sagte Kirby, er könne gehen. Er verbrachte einen Moment damit, seinen Eingangskorb durchzusehen, teils für den Fall, dass über Nacht irgendetwas Wichtiges hereingekommen war, und teils, um sich Zeit zum Überlegen zu verschaffen. Diese Sache entwickelte sich zusehends zu der Art von Ermittlung, die er fürchten gelernt hatte. Zu der Art von Ermittlungen, deren Auswirkungen weit über den betreffenden Fall hinaus gingen. Zu der Art, die die Grenze zwischen den Schuldigen und den Unschuldigen verwischte.

Er trat in Williamsons großes Büro mit Blick auf die High Street. Der Superintendent saß hinter seinem Schreibtisch und wirkte irgendwie kleiner und verwundbarer denn je.

»Kleine Planänderung, Thornhill. Hat Kirby es Ihnen schon gesagt?«

»Soweit ich verstanden habe, kommen Sie wieder zum Dienst, um die Harris-Ermittlung zu übernehmen, Sir.«

»Das geht natürlich nicht gegen Sie«, versicherte Williamson und sah dabei aus, als meine er genau das Gegenteil. »Haben Sie schon gehört, dass Trotter krank ist?«

Thornhill schüttelte den Kopf. Detective Inspector Trotter war der Chef des CID für den Framington-Bezirk, der am Südzipfel der Grafschaft lag.

»Pfeiffersches Drüsenfieber, wie es heißt. Ich möchte, dass Sie da unten das Ruder übernehmen, bis Trotter sich wieder erholt hat. Oder nicht, wie immer es sich ergibt. Und in der Zwischenzeit werde ich hier ein Auge auf die Dinge halten.«

»Ja, Sir«, sagte Thornhill, wohl wissend, dass es sich nicht lohnte, zu protestieren. Außerdem lag Eastbury im Framington-Bezirk.

»Und jetzt bringen Sie mich besser auf den neuesten Stand darüber, was hier los war, bevor Sie sich auf den Weg machen. Laut Sergeant Kirby ist der einzige wichtige Fall, der im Moment ansteht, diese Sache mit der Serviererin.«

»Ja, Sir. Haben Sie …?«

Williamson tippte auf eine Akte auf seiner Schreibtischunterlage. »Ich bin durchgegangen, was wir bislang haben. Wie ich die Sache sehe, liegt der Fall klar, und Sergeant Kirby stimmt dem zu.«

»Entschuldigung, Sir – in welcher Hinsicht liegt der Fall klar?«

Williamson zündete erst einmal in aller Ruhe seine Pfeife an, die er in seinem derzeitigen Zustand eigentlich nicht rauchen durfte. Zu beiden Seiten seines Schreibtisches stand jeweils eine gerahmte Fotografie – eine zeigte ihn selbst, wie der dem Lord Lieutenant die Hand schüttelte, und die andere zeigte seine Frau Bunty. Sie waren beide zur Tür gedreht, so dass nicht Williamson, sondern seine Besucher sie ansehen mussten.

»Oh, nebenbei bemerkt – eine gute Nachricht gibt es.« Die blassblauen Augen des Superintendents waren feucht, und seine Lippen sahen aus, als wären sie aus zerknülltem rosa Seidenpapier gemacht. »Als ich heute Morgen mit Mr Hendry gesprochen habe, hat er erwähnt, dass sich der ständige Koordinationsausschuss wohl doch endlich bereit erklären würde, uns Wagen zu stellen. Das bedeutet einen zivilen Streifenwagen zur alleinigen Verfügung für jeden CID-Bezirk in der Grafschaft. Wir haben seit Jahren versucht, sie dazu zu überreden. Bis dahin kann der Lydmouth-Bezirk natürlich den Hillman behalten.« Er zog an seiner Pfeife und hustete dann so heftig, dass er sie in den Aschenbecher legen musste. Als sich der Husten wieder gelegt hatte, sagte er: »Cyril George und Bernie Broadbent hatten gestern Abend ein Gespräch mit ihm.«

Thornhill überkam das vertraute Gefühl, den Boden unter den Füßen zu verlieren. Broadbent und Cyril George gehörten beide dem Koordinationsausschuss an, der unter anderem den Etat der Polizei verwaltete. Hendry hatte schon seit Monaten, wenn nicht Jahren, versucht, sie zu überreden, den Ankauf von Wagen für die Bezirks-CID zu genehmigen. Jetzt hatten sie es plötzlich getan. Cyril George und Bernie Broadbent waren mit Gerald Pembridge befreundet, ebenso wie Williamson und auch James Hendry.

Irgendwo, irgendwie war ein Handel abgeschlossen worden.

»Der Tod des Mädchens war eindeutig kein Unfall«, kehrte Williamson abrupt zum Thema Mattie Harris zurück. »Totschlag oder Mord, würde ich sagen.« Er deutete mit einer ungeduldigen Geste auf die Akte auf seinem Schreibtisch. »Und wir brauchen nicht lange zu suchen, um den zu finden, der dafür verantwortlich ist, oder? Es geht schlicht und einfach darum, die Beweise richtig zu ordnen.«

»Ich bin nicht sicher, ob ich Ihnen folgen kann, Sir.«

»Jimmy Leigh. Das sieht doch ein Blinder mit Krückstock. Wir wissen, dass er in das Mädel vernarrt war. Er war, soweit uns bekannt ist, der Letzte, der sie gesehen hat. Er hat kein Alibi. Er hat einen gewalttätigen Zug an sich, oder ich müsste mich schon sehr irren. Und er hat es sogar geschafft, die Leiche zu *finden.* Lieber Gott, Mann – was wollen Sie denn noch?«

»Das sind alles nur Indizien, Sir. Und wie wollen Sie zum Beispiel das Badewasser in ihrer Lunge erklären?«

»Sie war schwanger, oder nicht? Hat versucht, das Baby loszuwerden. Wie all diese dummen Mädchen … vielleicht hat er ihr dabei geholfen, und da hat es ihn übermannt. Vielleicht ist er sogar der Vater des Babys – haben Sie daran schon mal gedacht?«

»Jimmy hat gesagt, er hätte gesehen, wie Mattie am Wochenende zuvor in die Auffahrt von Grafschaftsrat Broadbents Haus gebogen ist.«

Williamson hatte einen weiteren Hustenanfall, und sein Gesicht lief purpurrot an. »Herrgott noch mal, Thornhill. Ich hatte mehr von Ihnen erwartet. Ist Ihnen denn nicht in den Sinn gekommen, dass Leigh nicht gerade ein verlässlicher Zeuge ist? Der Junge hat vermutlich das Erste gesagt, was ihm eingefallen ist, als Brian Kirby mit ihm gesprochen hat. Können Sie sich vorstellen, was die Geschworenen daraus machen würden? Vom Staatsanwalt ganz zu schweigen?«

»Aber wir sollten doch sicher bedenken …«

Der Superintendent klopfte seine Pfeife so energisch im Aschenbecher aus, dass sich Asche und ungerauchter Tabak über die polierte Schreibtischplatte verteilten. »Was wirklich jeder Beschreibung spottet, ist, dass Sie bereit sind, zu glauben, dass ein Mann wie Grafschaftsrat Broadbent etwas mit jemandem wie Mattie Harris zu tun haben könnte. Die Tatsache, dass er der Onkel Ihrer Frau ist, macht es noch unbegreiflicher.« Williamson hielt inne, dann fügte er mit ruhigerer Stimme hinzu: »Und selbst wenn Leigh die Wahrheit sagt, er hat sie nicht zum Haus gehen sehen, oder? Also könnte sie einen anderen Grund gehabt haben, in die Auffahrt zu huschen. Ein dringendes Bedürfnis vielleicht?«

Es folgte ein langes, unbehagliches Schweigen. Thornhill musterte seine Nägel, die sauber waren. Er wünschte, er wäre irgendwo anders. Er schaute hoch und sah, dass Williamson ihn anstarrte. Sie warteten beide darauf, dass Thornhill seine Wahl traf. Das Problem war nur, dass er sich in einer Lage befand, wo jede Entscheidung die falsche war.

»Es gibt noch ein anderes Problem«, sagte er gedehnt.

»Kann das nicht warten?«, fragte Williamson und meinte damit, ob es nicht ewig warten könnte.

»Gerald Pembridge hat mir gegenüber zugegeben, dass er eine Affäre mit Mattie Harris hatte.«

Williamson lehnte sich in seinem Sessel zurück und stopfte in aller Ruhe seine Pfeife. Er deutete mit dem Stiel auf die Akte auf seinem Schreibtisch. »Davon steht hier nichts.«

»Nein, Sir. Ich habe noch keinen Bericht geschrieben.«

»Wann hat Pembridge dieses Geständnis gemacht?«

»Gestern Morgen, Sir. Jimmy Leigh hat mir gesagt, dass er vor ein paar Wochen im Park gesehen hätte, wie Mr Pembridge Mattie Harris geküsst hat.«

»Ah – Jimmy Leigh. Es kommt immer wieder auf ihn zurück, stimmt's? Und Sie haben ihm geglaubt?«

»Mr Pembridge hat zugegeben, eine Affäre gehabt zu haben.«

»War noch jemand zugegen, als er, wie Sie behaupten, dieses Eingeständnis gemacht hat?«

»Nein, Sir.«

»Dann würde ich es an Ihrer Stelle für mich behalten, Thornhill, wenn ich mich nicht völlig zum Narren machen wollte. So wie ich mir das Ganze vorstelle, war Gerald Pembridge wahrscheinlich ein bisschen überrumpelt, als Sie mit ihm gesprochen haben – er ist ein netter Mann, aber er neigt zur Panik –, und er hat es einfach missverstanden. Er hat vermutlich gedacht, Sie wollten wissen, ob er Mattie Harris gekannt hat, und natürlich hat er sie gekannt – das Mädel ist immer zu diesen Schwofereien gegangen, die er und Edna veranstalten.«

»Sir, er hat zugegeben, dass sie eine sexuelle Beziehung hatten. Daran besteht kein Zweifel.«

Williamson nickte schwerfällig. »Das mag sein. Ich bin trotzdem nicht überzeugt. Aber wie dem auch sei, würde es vor Gericht standhalten? Ist es relevant?«

Thornhill schwieg.

»Kümmern Sie sich nicht mehr darum, ich werde persönlich mit Pembridge reden.« Williamsons Tonfall war jetzt fast sanft, und der gutturale Lydmouth-Akzent trat stärker hervor als gewöhnlich. »Und ich denke wirklich nicht, dass wir Leighs Behauptungen allzu viel Beachtung schenken sollten. Er ist verzweifelt. Er versucht, den guten Ruf der angesehensten Bürger der Stadt zu besudeln. So werden es die Geschworenen sehen, glauben Sie mir. Und das ist es, was zählt.«

Williamson schob die Akte beiseite, griff sich einen Brief aus seinem Eingangskorb und studierte ihn mit augenscheinlich tiefster Konzentration. Nach einer Weile blickte er zu Thornhill auf, der noch immer auf seinem Stuhl saß und versuchte, seinen Zorn in Zaum zu halten.

»Worauf warten Sie, Mann? Auf Sie wartet Arbeit. Sollten Sie sich nicht lieber auf den Weg nach Framington machen?«

## 38

Am späten Mittwochvormittag erklärte Violet ihrer Mutter, dass sie zur Bücherei fahren würde, was auch stimmte. Sie nahm die drei Liebesromane mit. Sie gaben ihr das Gefühl, noch immer ein Stück von Mattie zu haben, den geisterhaften Beistand einer Freundin.

Die Sonne schien, als sie sich zu Fuß auf den Weg in die Stadt machte. Lydmouth sah anders aus als sonst, als sähe sie die Stadt aus einer anderen Perspektive. Es war wie jeder andere Tag in ihrem Leben. Sie winkte einer der Freundinnen ihrer Mutter auf der anderen Straßenseite zu und hatte mit dem Besitzer des Süßwarenladens, in dem sie kurz Halt machte, um ein Viertel Knuspertoffees zu kaufen, eine erregte Unterhaltung über das Wetter. Warum kam es ihr dann so vor, als wäre das alles nicht mehr ihr Leben?

Sie entschied, die Bücherei bis zum Schluss aufzusparen. Mit einem Knuspertoffee in jeder Backe schlenderte sie die Castle Street hinauf. Im letzten Moment verließ sie der Mut. Mr Sedburys Auto war nicht vor Sedbury & Son geparkt, doch das hatte nichts zu bedeuten, da er oft zu Fuß ins Büro kam oder Mrs Sedbury ihn und Malcolm mit dem Wagen absetzte. Schemenhafte Gestalten bewegten sich wie Fische unter Wasser im vorderen Büro. Sie stellte sich ihre Gesichter vor, wenn sie hineingehen würde – sah das Mitleid, die Neugier, die Missbilligung.

Ihr Herz raste. Sie wandte den Kopf ab und ging eilig an der dunkelgrünen Eingangstür vorbei. Die Tasche mit den Leihbüchern schlug gegen ihren Schenkel. Ein Stück die Straße hinauf war eine Bank neben einer Bushaltestelle. Violet setzte sich und angelte in ihrer Tasche nach den Knuspertoffees.

Eine Tür knallte. Violet erstarrte, ein Toffee auf halbem Weg zu ihrem Mund. Die Schritte, die den Bürgersteig entlangkamen, waren langsam, schleifend und unregelmäßig. Sie stopfte den Knuspertoffee wieder in die Tüte.

»Violet«, sagte Malcolm Sedbury.

Sie sah ihn an. Er atmete ebenfalls schwer, genau wie sie, jedoch nicht aus demselben Grund. Es war für ihn eine Anstrengung gewesen, hinter ihr herzulaufen. Er lächelte und setzte sich ungelenk neben sie auf die Bank.

»Ich hab dich vorbeigehen sehen«, erklärte er. »Konnte dich nicht gehen lassen, ohne mit dir zu reden.«

»Ich wollte vorbeikommen, um meine Sachen abzuholen.«

»Ich wünschte, du würdest uns nicht verlassen.«

»Nun, dein Dad sieht das anders, und damit hat es sich.« Sie sah ihn an. »Tut mir Leid. Ich sollte es nicht an dir auslassen.«

»Das ist schon in Ordnung. Du hast viel durchmachen müssen.«

Violet zupfte einen losen Faden von ihrem Rock. Sie wollte nicht, dass Malcolm die Tränen in ihren Augen sah. Es schien so lange her zu sein, dass jemand etwas wirklich Mitfühlendes zu ihr gesagt hatte.

»Würde es die Dinge erleichtern, wenn ich deine Sachen zusammenpacken würde? Du kannst mir sagen, was du brauchst.«

»Würdest du das tun? Es sind nur die Sachen in der untersten Schublade meines Schreibtischs.« Sie warf ihm einen verlegenen Blick zu. »Meines ehemaligen Schreibtischs. Ihr habt inzwischen bestimmt jemand anders eingestellt.«

»Eine Aushilfe mit einem Gesicht wie ein Hefekloß«, sagte Malcolm. »Sie taugt überhaupt nichts. Selbst mein Vater sagt das. Weißt du schon, was du jetzt tun wirst?«

Sie zuckte mit den Achseln.

»Bill hatte gesagt, er wollte gestern bei dir vorbeischauen und mit dir reden.«

»Hat er auch.« Violet drehte sich zu Malcolm um. »Und ich wünschte, er hätt's nicht getan. Ich wünschte, ich hätte ihn verflucht noch mal nie kennen gelernt, das schwöre ich.«

»Ich vermute, in deiner Lage würde ich ebenso empfinden.«

»Alles ist schief gelaufen«, sagte Violet und spürte, wie die Tränen zurückkehrten. »Und seit Mattie tot ist, ist alles noch schlimmer geworden. Es hört nicht auf, es wird immer schlimmer und schlimmer.«

»Violet«, sagte Malcolm, dann verstummte er.

»Was?«

»Wie es aussieht, scheint die Polizei zu denken, dass ihr Tod kein Unfall war. Die gerichtliche Untersuchung wurde vertagt.«

»Ich weiß.«

Die Worte hingen zwischen ihnen. Violet dachte bei sich, wenn sie nur angestrengt genug lauschte, würde sie all die Dinge hören, die weder sie noch Malcolm aussprachen, all jene geisterhaften Unterhaltungen, die sie nie führen durften.

»Also, was wirst du jetzt tun?«, fragte Malcolm.

»Vielleicht ist es das Beste, wenn ich weggehe.«

»Brauchst du Geld?«

Violet zuckte mit den Achseln. »Ich hab fünf oder sechs Pfund. Das ist alles, was ich übrig habe. Grace zu kriegen war teuer.«

»Würde es helfen, wenn ich dir etwas leihen würde? Ich könnte fünfzehn Pfund zusammenkratzen.«

Sie nickte. Mattie hatte Geld von Männern genommen. War dies hier etwas anderes?

»Ich gebe dir einen Scheck, den du dir bar auszahlen lassen kannst.«

»Ich – lieber nicht«, sagte sie mechanisch. »Es wäre nicht recht.«

»Du kannst es mir zurückzahlen, sobald du wieder Boden unter den Füßen hast.«

»Ich wünschte …«

»Was?«

Sie schüttelte den Kopf. »Spielt keine Rolle.«

»Wo wirst du hingehen?«

»Keine Ahnung. Vielleicht nach Cardiff.«

Er starrte sie einen Moment lang an, und der Blick seiner braunen Augen war traurig. »Ich hol deine Sachen und einen Scheck. Wartest du hier? Es wird nicht lange dauern.«

Sie schaute ihm hinterher, während er sich den Bürgersteig entlang zum Büro seines Vaters mühte. Malcolm hatte sie immer verwirrt, und jetzt vertiefte sich diese Verwirrung. Sie konnte sich nicht vorstellen, dass Bill je so einfühlsam und hilfsbereit sein würde, wie Malcolm es gewesen war. Fast wünschte sie sich, sie hätte sich in Malcolm verliebt, nicht in Bill. Sie fragte sich, wie er wohl nackt aussah, ob die Kinderlähmung mehr als nur seine Beine verkrüppelt hatte.

Ein weiterer Knuspertoffee fand seinen Weg in ihren Mund. Malcolm hatte auch etwas Beunruhigendes an sich, und nicht nur in körperlicher Hinsicht. Warum war er so nett zu ihr? Warum lieh er ihr Geld? So war er früher nie gewesen. Er war nie gemein zu ihr gewesen, doch er hatte Abstand gehalten. Sie hatte ihn immer als Bills Freund gesehen. Bei der Arbeit war er Mr Malcolm, einer der Chefs.

Doch jetzt hatte sich das aus irgendeinem Grund geändert. Und das Erschreckendste daran war, dass sie den genauen Zeitpunkt dieser Wandlung benennen konnte.

Malcolm hatte am Samstagnachmittag angefangen, nett zu ihr zu sein. Kurz bevor sie von Matties Tod erfahren hatte.

## 39

»Was machst du denn hier?«, fragte Jill und blinzelte ihn gegen das Sonnenlicht an.

»Sie haben mir den Harris-Fall entzogen.« Richard rieb sich die Stirn. »Tut mir Leid, dass ich dich so überfalle.«

»Du überfällst mich überhaupt nicht. Ich bin froh, dich zu sehen.« Jill legte ihr Lesezeichen in den *Pfarrer von Bullhampton* und kämpfte sich so anmutig wie möglich aus dem Liegestuhl. »Möchtest du einen Tee?«

»Nein, danke. Ich sollte mich lieber wieder auf den Weg nach Framington machen.«

»Framington?«

»Zeitweilige Versetzung.« Er setzte sich auf die niedrige Mauer der kleinen Terrasse. »DCI Trotter hat Pfeiffersches Drüsenfieber.«

Sie hockte sich neben ihn. Eine Weile lang saßen sie Seite an Seite und sahen hinaus über die Flussmündung. Jill hatte den ganzen Tag draußen verbracht. Alle sagten, das gute Wetter würde sich nicht halten, daher wollte sie es auskosten. Es verletzte sie ein wenig, dass Richard ihre mögliche Schwangerschaft nicht erwähnt hatte. Wenn er eine Frau gewesen wäre, wäre das sein erster Gedanke gewesen.

»Erzählst du mir, was dich beschäftigt?«, fragte sie schließlich.

Er lächelte. »Es gibt sonst niemanden, dem ich es erzählen kann. Ich denke, was passiert ist, ist, dass Mattie Harris Freunde in hohen Positionen hatte. Jimmy Leigh hat gesehen, wie sie vor ein paar Wochen Gerald Pembridge geküsst hat. Ich habe mit ihm gesprochen, und er hat zugegeben, dass er eine Affäre mit Mattie hatte. Nicht dass er das je öffentlich eingestehen würde. Und Jimmy hat auch gesehen, wie Mattie am vorletzten Wochenende nach Netherfield gegangen ist.«

»Bernie Broadbents Haus?«

Er nickte. »Sie werden es beide abstreiten. Also steht Jimmy Leighs Wort gegen das ihre, und außerdem wird Jimmy sowieso niemand glauben.«

»Aber *Bernie* – ich kann das kaum glauben.« Sie wollte gerade mehr sagen, wollte erwähnen, was sie gestern Abend gesehen hatte, doch Richard gab ihr keine Gelegenheit dazu.

»Bernie gehört dem ständigen Koordinationsausschuss an, ebenso wie Cyril George, ein weiterer dicker Freund von Pembridge. Williamson kennt sie natürlich alle über die Freimaurer. Was zweifellos auch der Grund ist, weshalb er trotz Krankschreibung zurückgekommen ist und den Fall übernommen hat. Er hat sich in den Kopf gesetzt, dass Jimmy Mattie Harris umgebracht hat, wenn sie denn ermordet wurde. Und wenn er wüsste, dass ich dir das alles erzähle, dann würde er vermutlich annehmen, dass ich Tollwut habe, und mich erschießen lassen.«

»Aber der Chief Constable wird doch sicher ...«

»James Hendry wird ihnen keine Schwierigkeiten machen«, schnitt ihr Richard schroff das Wort ab. »Er hat seit Jahren versucht, den Koordinationsausschuss zu überzeugen, dass der CID neue Autos braucht, und zwar zu unserer alleinigen Verfügung. Der SKA hat immer abgelehnt, aber plötzlich haben sie ihre Meinung geändert. Er wird es nicht riskieren, das aufs Spiel zu setzen.«

»Also bist du die Fliege in der Suppe?«

»Bernie droht, unser Haus auf Edies Namen zu überschreiben.«

»Ich verstehe nicht.«

»Ich denke, das ist teilweise eine nicht ganz so subtile Methode, mich bei der Stange zu halten. Es ist keine Bestechung, aber es würde wie eine aussehen. Und ich bin nicht sicher, ob ich ihn davon abhalten kann, es zu tun. Sie ziehen mich mit in ihre Ränkespiele hinein, Jill. Es ist wie Treibsand. Und wenn sie untergehen, dann gehe ich mit ihnen unter.«

»Und was ist das mit Framington?«

»Zu ihrem Glück wurde Dick Trotter gerade rechtzeitig krankgeschrieben. Framington hat eine große CID mit einer Menge Beamter. Daher sieht eine zeitweilige Versetzung ganz natürlich aus. Besonders da sich Williamson plötzlich wieder wohlauf genug fühlt, um zum Dienst zurückzukehren. Worauf das alles hinausläuft, ist, dass sie Mattie Harris unter den Teppich kehren werden. Und vermutlich dafür sorgen, dass Leigh gleich mit ihr verschwindet.«

»Ich hab gestern Violet Evans getroffen«, sagte Jill. »Unten im Dorf. Sie muss Matties Eltern besucht haben. Ich hatte eine sehr interessante Unterhaltung mit ihr.«

»Das hast du mir gar nicht erzählt.«

»Ich hab dich seitdem nicht gesehen.« Sie starrte ihn einen Moment lang an. »Oh Richard, ich wünschte, die Dinge wären anders.«

Er ergriff ihre Hand. »Es tut mir Leid.«

»Es ist genauso mein Fehler wie deiner. Oder niemandes Fehler. Nur eins von diesen Dingen, die man nicht ändern kann.«

»Was ist mit deiner Periode? Ich hätte schon vorhin fragen sollen.«

»Bis jetzt nichts. Aber sie kann noch kommen. So sehr hat sie sich noch nicht verspätet.«

Er hielt noch immer ihre Hand. Er begann, mit seiner freien Hand zuerst die Hand, dann das Handgelenk und dann den Arm dahinter zu streicheln. Sie erschauerte. Er beugte sich zu ihr, und sie spürte seinen Atem auf ihrem Gesicht.

»Da ist noch etwas anderes, was ich dir sagen sollte«, fuhr sie ziemlich hastig fort. »Violet hat gesagt, dass Mattie manchmal mit älteren Männern geschlafen hat, für Geld. Sie wollte einen Teil davon benutzen, um ein Badezimmer im Cottage ihrer Eltern einbauen zu lassen. Violet wollte nicht damit herausrücken, wer die Männer waren. Sie hat behauptet, sie wüsste es nicht.«

»Aber du hältst es zumindest für möglich, dass sie die Namen von Matties Liebhabern kennt?«

Richards Hände setzten ihre Wanderung fort, erkundeten andere Teile ihres Körpers. Jill räkelte sich genießerisch wie eine Katze.

»Ich denke, dass die Chance besteht. Mehr kann ich nicht versprechen.«

Ihr fiel etwas anderes ein, was Violet gesagt hatte: dass einer der alten Männer nicht wirklich mit Mattie hatte schlafen wollen, sie aber dafür bezahlt hatte, dass sie so tat, als hätte er es getan. Könnte das mit dem zusammenpassen, was sie am vergangenen Abend auf dem Parkplatz bei dem Kino gesehen hatte?

Zwei Dinge hielten sie davon ab, es gleich zu erwähnen. Eins war, dass sie Bernie mochte und nicht einsah, warum das Gesetz ein Exempel an ihm statuieren sollte, so wie es mit Oscar Wilde passiert war. Sie musste sich zumindest erst vergewissern, dass Richard die Information vertraulich behandeln würde. Der andere Grund war, dass Richards Hände sich inzwischen ungehemmt und Genuss bringend unter ihrem Rock betätigten. Sie war bereit, das Risiko einzugehen, das Glück beim Schopf zu packen, so flüchtig es auch sein mochte. Die Gelegenheit bot sich für sie beide vielleicht nie wieder. Sie verschränkte ihre Hände in seinem Nacken und zog ihn zu sich.

»Komm«, sagte sie. »Lass es uns tun. Hier. Im Garten.«

## 40

Superintendent Williamson hockte auf dem heruntergeklappten Klodeckel und zeigte mit seinem dicken Finger auf den Boden, als wäre es der Finger eines rachsüchtigen Gottes. Das Waschbecken wurde von einem Sockel getragen, mit einem Spalt von etwa zwei Zentimetern zwischen dem Sockel und der Wand dahinter. Aus diesem Blickwinkel konnte man gerade eben ein kleines Häufchen rosa Pulver ausmachen, das meiste davon in der Fußleistenritze, leuchtend hell vor dem grünen Linoleum.

Quälend langsam bückte er sich tiefer und tiefer zu dem Pulver hinab. Seine Fingerspitze berührte den Rand des Häufchens. Noch langsamer, noch quälender richtete er sich wieder auf und roch mit einem entrückten Ausdruck auf seinem Gesicht an seinem Finger.

»Für mich sieht das wie Gesichtspuder aus.« Er roch abermals an seinem Finger. »Ein bisschen wie das Zeug in Mattie Harris' Puderdose. Sehen Sie mal, ob Sie Sally die Spürnase finden können. Ein Mädel weiß solche Sachen.«

Kirby trat zur Badezimmertür. Er konnte hören, wie Joan im Wohnzimmer mit Minnie Calder sprach. Zwei weitere Constables durchsuchten das Haus, einer oben, der andere unten. Ein dritter befragte die anderen Anwohner von River Gardens. Der ursprünglichen Gruppe hatten noch zwei andere Beamte angehört, doch die waren jetzt anderweitig beschäftigt – sie jagten Jimmy Leigh. Der Kind-Mann hatte es mit der Angst bekommen, als die Streifenwagen vor dem Haus vorgefahren waren, und hatte das Weite gesucht. Laut Minnie Calder war er wie eine Rakete aus der Hintertür geschossen, den Garten hinunter und durch die Pforte auf den Treidelpfad entlang des Minnow.

Kirby ging nach unten. Minnie Calder saß bleich und verängstigt in einem Sessel. Sie schien geschrumpft zu sein, seit sie eingetroffen waren. Kirby winkte Joan aus dem Wohnzimmer.

»Wir brauchen Ihre Fachkenntnis, Constable«, flüsterte er auf der Treppe.

Joan blieb so abrupt stehen, dass er gegen ihren Schenkel prallte.

»Entschuldigung«, sagte Kirby und grinste sie an. »Worum geht's?«, fragte Joan.

Kirby zwinkerte auf geheimnisvolle, jedoch aufreizende Weise, wie er hoffte, und antwortete nicht. Lass sie im Ungewissen, das war immer ein gutes Motto, bei der Liebe ebenso wie bei polizeilichen Ermittlungen. Er führte sie ins Badezimmer, wo Williamson noch immer auf der Kloschüssel thronte.

»Ah, Sally die Spürnase!« Williamson winkte sie zu sich und zeigte dann auf den Sockel des Waschbeckens. »Sehen Sie das Pulver da? Was meinen Sie, was das ist?«

Joan warf Kirby einen verwirrten Blick zu und kniete sich hin. Die beiden Männer beobachteten sie mit Interesse, welches in Kirbys Fall nicht rein beruflich war.

»Nehmen Sie nur ein kleines bisschen vom Rand«, befahl Williamson. »Und niesen Sie um Himmels willen nicht. Das ist ein Beweismittel.«

Joan berührte vorsichtig das Pulver und richtete sich auf. Sie roch an ihren Fingern. »Ich würde sagen, das ist Gesichtspuder, Sir.« Sie schnüffelte abermals daran. »Um genau zu sein, es ist mit ziemlicher Sicherheit Fleur de Rose.«

Williamson strahlte sie an. »Braves Mädchen. Wo hab ich den Namen nur schon mal gehört?«

»Es ist der Name des Puders, den Mattie Harris benutzt hat, Sir.« Joan sah stirnrunzelnd zu ihm hoch, versuchte zu erraten, was er wollte. »Es war etwas davon in der Puderdose, die wir gefunden haben, und in ihrem Zimmer stand ein ganzer Topf davon.«

»Dies ist ein neues Haus, stimmt's?«, wollte Williamson wissen. »Minnie Calder ist die einzige Frau, die hier je gelebt hat, stimmt's?«

Er sah von einem zum anderen, bis sie beide im Chor antworteten: »Ja, Sir.«

»Dann müssen wir also nur herausfinden, ob sie Fleur de

Rose benutzt. Und falls nicht, dann, ob irgendeine Frau, die in diesem Badezimmer gewesen sein könnte, Fleur de Rose benutzt hat. Und dann werden wir sehen, ob das Labor das Urteil Ihrer empfindlichen Nase bestätigen kann.« Seine Mundwinkel verzogen sich zu einem Lächeln. »Das ist es, was die Geschworenen mögen – handfeste Beweise. Sachen, die man sehen kann. Und in diesem Fall auch riechen.«

»Wenn es also Fleur de Rose ist, Sir«, sagte Kirby bedächtig, »und wenn wir niemanden sonst finden können, der es benutzt hat und im Haus gewesen ist, dann dürfen wir annehmen, dass es Mattie Harris' Puder ist?«

Williamson nickte. »Ich ergehe mich natürlich nicht gern in Spekulationen, obgleich ich sagen würde, dass die Fakten mehr oder weniger für sich selbst sprechen. Jimmy Leigh läuft weg, sobald er uns heute Nachmittag sieht. Der Junge hat ein schlechtes Gewissen. Mattie Harris hat einen Braten in der Röhre. Hat versucht, ihn auf die traditionelle Weise loszuwerden. Aber sie hat kein eigenes Badezimmer, also braucht sie die Hilfe eines Freundes, eines Freundes mit modernen sanitären Anlagen. Und hier ist der junge Leigh, völlig vernarrt in sie, mit einem hübschen Badezimmer in seinem Haus. Und an Donnerstagabenden geht sein Tantchen aus, um im King's Head Bingo zu spielen, also besteht keine Gefahr, dass sie gestört werden. Wissen wir, wann Miss Calder nach Hause gekommen ist?«

»Der Nachbar schätzt, es war gegen Mitternacht, Sir«, sagte Kirby. »Aber er will sich da nicht festlegen.«

»Also gut. Mattie tischt ihrer Chefin und ihren Eltern ein paar Lügen auf, damit sie sich am Freitag erholen kann. Dann kommt sie am Donnerstagabend nach dem Tanz hierher. Sie ist vermutlich schon betrunken, als sie in die Wanne steigt, und lässt ihre Handtasche fallen. Vielleicht ist dabei der Spiegel der Puderdose gesprungen. Der Deckel geht auf, und etwas von dem Puder kippt aus. Als sie in der Wanne sitzt, gehen Leigh die Pferde durch. Hat vermutlich noch nie eine nackte Frau gesehen.« Williamsons blasse Augen huschten zu Joan Ailsmore hinüber. »Das ist ein Anblick, der seltsame Dinge mit einem Mann machen kann, besonders mit einem, der nicht ganz richtig im Kopf ist wie Leigh. Vielleicht haben sie gestritten. Wer weiß? Spielt im Grunde keine Rolle, *warum* er es getan hat.«

»Aber wie ist sie anschließend in den Fluss gelangt, Sir?«, fragte Kirby. Er ahnte, dass es genau das war, was Williamson von ihm hören wollte.

»Nichts leichter als das. Er ist ein großer, kräftiger Mann. Sie war ein kleiner Spatz von einem Mädel.« Williamson stand auf und ging durch das Badezimmer zum Fenster. Er stieß es weit auf und beugte sich hinaus. »Er kann sie in die Schubkarre dort unten gelegt haben. Die, wie ich sehe, im Regen stehen gelassen wurde, so dass sich daran jetzt keine Spuren mehr finden lassen. Er könnte sie ebenso gut getragen haben. Es ist nicht weit – nur durch die Pforte dort. Dann hat er sie in den Minnow geworfen. Der Fluss führte Hochwasser.«

»Er muss sie angezogen haben«, bemerkte Joan.

»Er ist kein Vollidiot, Constable.« Williamson blitzte sie ärgerlich an. »Außerdem stellt sich einem da die Frage, ob Tantchen ihm nicht hinterher beim Aufräumen geholfen hat. Sie ist wie eine Löwenmutter, wenn es um den Burschen geht.«

Es klang alles völlig plausibel, fand Kirby. Williamson ließ sich unvermittelt wieder auf seinen Thron sacken. Sein triumphierendes Strahlen erlosch, und sein rotes Gesicht nahm einen gräulichen Ton an.

»Ist alles in Ordnung, Sir?«, fragte Kirby besorgt.

»Bestens«, murmelte er. »Machen Sie weiter. Sehen Sie, was Sie sonst noch finden können. Ich verschnaufe nur kurz, und dann unterhalten wir uns mal mit Minnie Calder.«

Doch als sie nach unten kamen, behauptete Miss Calder, noch nie auch nur von einem Gesichtspuder namens Fleur de Rose gehört zu haben, und sie mochte diesen ausländischen Schund sowieso nicht. Von diesem Zeugs würden sie nichts in ihrem Haus finden. Sie hielt verbissen an ihrer Version des Donnerstagabends fest. Sie war nicht sicher, wann sie vom Bingo heimgekommen war, aber sie schätzte, dass es vor halb elf gewesen sein musste, und sie hatte natürlich angenommen, dass Jimmy schliefe. Ja, sie hatte das Badezimmer benutzt, bevor sie zu Bett gegangen war, und nein, sie hatte nichts Ungewöhnliches bemerkt.

Kirby wusste, dass es nicht leicht sein würde, ihr beizukommen. Es gab nur wenig an ihrer Geschichte, das widerlegt werden konnte, und Minnie Calder war nicht die Sorte Frau, die in einem Vernehmungszimmer oder im Zeugenstand verschüchtert zusammenbrechen würde.

Es klingelte an der Haustür. Jimmy stand auf der Schwelle, flankiert von zwei Constables. Er drückte eine aufziehbare Lok an seine Brust.

»Wir haben ihn vor dem alten Fenner-Werk flussaufwärts gefunden, Sarge«, sagte einer der Constables. »Hat versucht, die da unter seinem Pullover zu verstecken, und hat einen Heidenaufstand gemacht, als wir versucht haben, sie ihm wegzunehmen. Wenn Sie mich fragen, der ist völlig irre.«

Williamson mühte sich, angezogen von den neuen Stimmen, die Treppe herunter und scheuchte sie alle ins Wohnzimmer. Minnie Calder verkroch sich noch tiefer in ihrem Sessel. Das Zimmer war überfüllt. Jimmy verpestete die Luft mit seinem Geruch, säuerlich und verschwitzt, der Geruch von Angst.

»Oho«, sagte Williamson. »Der Wanderer kehrt heim, Miss Calder. Und wie's aussieht, haben wir auch gleich Diebesgut gefunden. Wenn's kommt, kommt's knüppeldick, was?«

Jimmy Leigh stöhnte. Er riss sich von den beiden Constables los und sackte neben dem Sessel seiner Tante auf den Teppich und vergrub seinen Kopf in ihrem Schoß. Sie streichelte sein Haar, grub ihre Finger tief in seinen Schopf. Die Lok lag umgekippt auf dem Kaminvorleger.

Es klopfte an der halb offenen Tür, und Joan kam mit einem Umschlag in der Hand ins Zimmer. Sie sah von Kirby zu Williamson.

»Ja?«, sagte der Superintendent, den Blick noch immer auf Minnie Calder und Jimmy Leigh gerichtet.

»Ich dachte, Sie sollten sich das hier mal ansehen, Sir.«

Williamson nahm den Umschlag und holte das zusammengefaltete Blatt Papier heraus, das darin war. Etwas anderes flatterte zu Boden. Kirby sah Panik in Minnie Calders Gesicht aufflackern, dann sah er, wie diese Panik augenblicklich unterdrückt wurde. Und erst da schaute er nach unten, um zu sehen, was heruntergefallen war. Es war eine Haarlocke, zusammengehalten von einer blauen Schleife.

Williamson entfaltete das Blatt Papier. »Schau, schau. Kein Wunder, dass Sie so an dem jungen Mann hängen, Miss Calder. Schließlich ist er Ihr Sohn.«

## 41

Violet nahm die Leihbücher aus der Tasche, schlug sie auf und schob sie über den Tresen der Bibliotheksgehilfin hin, einer gertenschlanken jungen Frau, etwa im gleichen Alter wie sie selbst. Die Gehilfin runzelte die Stirn, als sie das Abgabedatum im ersten Buch sah, und ihre Miene verfinsterte sich noch mehr, als sie den Stapel durchging.

»Ich fürchte, die sind alle ein bisschen überzogen«, sagte Violet und lehnte sich auf den hohen Tresen.

Das gertenschlanke Mädchen nickte. Sie blätterte die Ausleihkarten in den Ablagekästen durch, bis sie die erste für Matties Bücher fand. »Miss *Martha* Harris, stimmt's? Nicht Mary J?«

»Ja, aber …«

»Dürfte ich mal.« Das Mädchen wollte nach dem zweiten Buch greifen, doch Violets Ellbogen war im Weg. »Für das hier gibt es eine Reservierung.«

Jemand hatte die Bücherei betreten. Violet bemerkte aus dem Augenwinkel eine füllige Frau mittleren Alters, die ihre Bücher nachdrücklich auf dem Tresen stapelte, so als wollte sie sie an ihren Platz in der Hierarchie der Dinge erinnern.

»Entschuldigung.«

*»Die ungebändigten Träume der Liebe«*, sagte die Bibliotheksgehilfin und legte das Buch auf einen separaten Stapel. »Und kostet fünf Pence für jedes Buch, Miss Harris, das macht also zusammen eine Säumnisgebühr von einem Schilling und drei Pence.«

Violet erwog, ihr zu erklären, dass sie nicht Mattie Harris war, dass Mattie Harris tot war und nicht mehr träumen konnte, weder von Liebe noch von sonst etwas, doch es schien zu kompliziert und hätte zu lange gedauert. Und jeder in der Bücherei würde mithören und sich fragen, wer dieses hässliche, dicke Mädchen war, das sich da zum Narren machte. Außerdem hatte sie Malcolms Scheck eingelöst und kam sich reich vor. Violet holte ihr Portemonnaie hervor, das ziemlich fettig war von der Portion Bratfisch und Pommes frites, die sie zu Mittag gegessen hatte. Sie holte die Münzen heraus, eine nach der anderen.

»Nur noch einen Moment, Mrs Wemyss-Brown«, sagte die junge Bibliotheksgehilfin und drehte sich um, um die beiden anderen Bücher auf den Handwagen hinter ihr zu legen. Ein weißer Umschlag flatterte aus *Mein Königreich für einen Kuss.* Sie bückte sich, hob ihn auf und legte ihn auf den Tresen. »Den haben Sie im Buch vergessen.«

Ein Sixpencestück, ein Schilling und ein halbes Dutzend Kupferpennys rutschten durch Violets Finger und fielen klimpernd auf den gebohnerten Parkettfußboden, wo sie tanzten, kreiselten und davonrollten, um sich in dunklen Ecken zu verstecken. Die gertenschlanke Bibliotheksgehilfin schnalzte missbilligend und blickte flehentlich gen Himmel. Mrs Wemyss-Brown hingegen kniete sich hin und half Violet, die Münzen aufzusammeln.

»Das ist mir einmal mitten in der Lebensmittelabteilung von Harrods' passiert«, sagte sie so laut, dass man sie zweifellos noch in der Handbibliothek im oberen Stock verstehen konnte. »Zum Glück war da ein schrecklich gut aussehender indischer Playboy zur Hand, der mir beim Aufsammeln geholfen hat. Anschließend hat er mich zum Tee ausgeführt.«

Violet legte einige der Münzen auf den Tresen, stopfte den Umschlag in ihre Handtasche und bedankte sich mit einem Lächeln. Alle Augen waren auf sie gerichtet. Violet wünschte, sie wäre unsichtbar, und stürzte aus der Bücherei. Sie rempelte gegen den Türrahmen und stolperte die Stufen hinab. Draußen, auf der High Street, blieb sie stehen, rang gierig nach Luft und fragte sich, warum sie sich immer wieder zum Narren machte. Sie öffnete ihre Handtasche und steckte mit zitternden Händen den Rest der Münzen zurück in ihr Portemonnaie.

Erst dann holte sie den Umschlag hervor. Er war klein und weiß und adressiert an Mattie Harris, Lower Slade Cottage, Eastbury. Das war nicht weiter überraschend.

Aber die Adresse war in Bill Pembridges Handschrift geschrieben.

# 42

»Mattie Harris?«, fragte Bernie Broadbent. »Warum fragst du gerade *mich?«*

»Wie du weißt, haben wir einen Zeugen, der gesehen hat, wie sie vorletztes Wochenende in deine Auffahrt gebogen ist.«

»Schöner Zeuge.« Bernie öffnete die Tür weiter. »Ich vermute, du kommst besser rein.«

Er ging voran, doch nicht ins Wohnzimmer, sondern in ein kleines Arbeitszimmer an der Seite des Hauses. Das Fenster bot einen Ausblick über die nassen Büsche. Die Möbel waren abgewetzt und alt, doch ohne jeglichen Anspruch auf antiken Wert. Es passte nicht zu der wohlhabenden Anonymität des restlichen Hauses. Bernie setzte sich in einen Drehstuhl hinter dem Schreibtisch und forderte Thornhill mit einem Nicken auf, Platz zu nehmen.

»Hör zu, Richard, soweit ich gehört habe, war der betreffende Zeuge Jimmy Leigh. Ich muss dir wohl nicht sagen, dass es solche und solche Zeugen gibt. Ich hab nichts gegen den Jungen, nicht persönlich, aber die Chancen stehen gut, dass er Mattie Harris umgebracht hat, und die meisten Leute in dieser Stadt würden keinen Pfifferling darauf geben, was er behauptet gesehen zu haben.«

»Wir glauben, dass Miss Harris Beziehungen mit wenigstens einem älteren Mann hatte«, erklärte Thornhill vorsichtig. »Mit ziemlicher Gewissheit mit mehreren.«

»Sie war recht freigiebig mit ihrer Gunst, ja? Mir gefällt die Richtung nicht, die diese Unterhaltung nimmt. Einmal ganz abgesehen von allem anderen, bist du verflucht unhöflich. Wenn du nicht Ediths Mann wärst, hätte ich dich schon vor die Tür gesetzt.«

»Dann behauptest du also, dass Mattie Harris niemals

hier gewesen ist, dass du sie nicht gekannt hast?«, ließ Thornhill nicht locker.

»Ich hab's dir schon mal gesagt – sie hat im Gardenia bedient.«

»Aber du bist sicher, dass sie nie hier gewesen ist?«

Bernie lehnte sich auf seinem Drehstuhl zurück und legte seine Hände auf die gepolsterten Armlehnen. »Ein kleines Vögelchen hat mir gezwitschert, dass dich dieser Fall nichts mehr angeht.«

»Wenn sie ermordet wurde, dann geht es jeden etwas an, herauszufinden, wer es getan hat.«

»Komm mir jetzt nicht mit Haarspaltereien. Ray Williamson hat den Fall übernommen, und das weißt du auch. Was wird er wohl sagen, wenn ich ihm erzähle, dass du deine Nase hier reingesteckt hast?«

Thornhill zuckte mit den Achseln.

»Also, gibt es noch irgendwas, was du sagen möchtest?« Bernie stand auf. »Denk bitte nicht, dass ich dich loswerden will, aber ich hab zu tun.«

Thornhill stand ebenfalls auf. »Edith hat mir erzählt, dass du überlegst, das Haus auf ihren Namen zu überschreiben.«

Bernie nickte und ging um den Schreibtisch herum zur Tür.

Thornhill rührte sich nicht von der Stelle. »Es wäre mir lieber, wenn du das nicht tätest.«

»Warum nicht?«

»Weil die Leute nur noch mehr reden werden, wenn es herauskommt. Und es wird herauskommen.«

»Ich hab nichts zu verbergen«, erklärte Bernie. »Und wie steht's mit dir?«

Thornhill starrte ihn an, während er die Wut und die Angst bezähmte, die er wie einen unsichtbaren Nebel um sich herum aufsteigen fühlte.

»Wie auch immer, du kannst mich nicht davon abhalten.« Bernie lächelte. »Es gibt keinen Grund, weshalb ich es ihr nicht schenken sollte. Es ist ihr gutes Recht, das Geschenk anzunehmen, ohne dich um Erlaubnis bitten zu müssen. In gewisser Hinsicht hat es nichts mit dir zu tun. Meinetwegen kannst du ihr ja Miete zahlen.«

Bernie hielt die Tür auf. Thornhill trat ihm voran hinaus in die Diele. Er verabschiedete sich mit einem stummen Nicken; er wusste nicht, ob er sich zurückhalten könnte, wenn er den Mund aufmachte.

Er fuhr davon, ohne noch einmal zurückzuschauen. Die alten Männer hatten sich den Fall untereinander sauber zurechtgeschustert. Bernie hatte Recht – Thornhill hatte nicht länger offiziellen Anteil an dieser Ermittlung. Und wenn Bernie Williamson erzählte, dass er ihm einen Besuch abgestattet hatte, dann wäre der Teufel los.

Am Ende der Narth Road wartete er an der Kreuzung so lange, dass der Wagen hinter ihm hupte. Dann entschied er sich und bog nach rechts in die Chepstow Road ein, statt zum Präsidium in der Stadtmitte zu fahren. Dort erwartete ihn niemand, und er wusste, dass er nicht willkommen sein würde.

Ebenso wenig war er im CID-Büro in Framington willkommen. Trotters Stellvertreter, ein jüngst beförderter Detective Inspector, schien Framingtons Kriminalkommission bedeutend effizienter zu leiten als DCI Trotter. Verständlicherweise ging ihm Thornhills Auftauchen fast ebenso gegen den Strich, wie es Thornhill gegen den Strich ging, nach Framington abkommandiert worden zu sein.

*Jetzt ist es auch schon gehupft wie gesprungen.*

Er bog in den Broadwell Drive. Die Straße war noch immer ein Privatweg und ungepflastert, daher fuhr er vorsichtig, denn der Austin war sein eigener Wagen. Broadwell Crescent sah sogar noch schlimmer aus, die matschige Fahrbahn war mit Schlaglöchern, achtlos weggeworfenen Brettern und zerbrochenen Mauersteinen übersät. Er ließ den Wagen im Broadwell Drive stehen und bahnte sich durch den Schutt einen Weg zum Haus der Evans'. Dort läutete er die Türglocke, und schließlich öffnete eine mollige Frau mittleren Alters in einem geblümten Morgenmantel. Babygeschrei scholl die Treppe hinunter.

»Mrs Evans?« Thornhill nahm den Hut ab. »Wäre es wohl möglich, dass ich kurz mit Miss Violet Evans spreche?«

»Sie ist nicht da.« Die Frau schaute über ihre Schulter, die Treppe hinauf. »Kann ich ihr was ausrichten?«

»Ich bin Detective Inspector Thornhill.« Er probierte die Wirkung eines Lächelns aus, und Mrs Evans' Gesicht erhellte sich etwas und ließ flüchtig erkennen, wie hübsch sie gewesen sein musste, als sie noch jünger war. »Ich wollte nur kurz mit Miss Evans sprechen.«

»Es geht um den Tod von Mattie Harris, oder?«

Er nickte. »Wann wird sie wieder zurück sein?«

»Sie sollte schon wieder hier sein. Sie ist zur Bücherei gegangen, und dann wollte sie noch ein paar Sachen einkaufen. Aber das war schon vor Stunden.« Ihre Stirn runzelte sich missbilligend. »Das Baby hat bald wieder Hunger.«

Thornhill hörte Schritte hinter sich, dann das leise Scheppern des Riegels der Gartenpforte. Er drehte sich um. Ted Evans kam den Weg herauf, seinen Beutel über der Schulter und die Pfeife im Mund.

»Wer ist das?«, fragte er barsch.

»Das ist Mr – von der Polizei.«

»Detective Inspector Thornhill, Sir. Wir sind uns schon einmal begegnet.«

»Ja. Weshalb sind Sie hier?«

»Ich hatte gehofft, ich könnte mich kurz mit Ihrer Tochter über Mattie Harris unterhalten, Sir.«

Ted zuckte mit den Achseln. »Wenn sie nach Hause kommt, sagen wir ihr, dass Sie hier waren.«

Es war eine deutliche Abfuhr, und Thornhill wusste, dass es keinen Sinn hatte zu streiten. Doch als er den Mund öffnete, um sich zu verabschieden, kam ihm ein Gedanke.

»Sie müssen Mattie Harris auch gekannt haben. Die Harris' waren einmal Nachbarn von Ihnen, oder nicht? Was haben Sie von ihr gehalten?«

»Sie hat nichts getaugt«, erklärte Ted. »Bringt nichts, das zu beschönigen. Hat mit allem geflirtet, was Hosen trug, jung oder alt.«

»Oh, aber sie hatte einen liebenswerten Charakter, Ted«, platzte Mrs Evans heraus. Und dann schlug sie die Hand vor den Mund, als wolle sie die Worte zurückhalten, und sah ihren Mann flehentlich an.

Thornhill verabschiedete sich und fuhr nach Hause, wobei er hoffte, dass er Violet unterwegs begegnen würde. Sie war die Einzige, die möglicherweise die Existenz von Mattie Harris' alten Männern bestätigen konnte. Sie kannte vielleicht sogar ihre Namen. Sie hatte Mattie vielleicht mit einem oder mehreren von ihnen gesehen.

Als er in die Victoria Road heimkehrte, bauten die Kinder gerade mit der Wäscheleine und einem alten Laken ein Zelt hinten im Garten, während Edith in der Küche war und die Rosen neu arrangierte.

»Hallo, Liebling«, sagte sie und hielt ihm ihre Wange hin. »Du kommst früh. Hattest du einen angenehmen Tag?«

Vielleicht war sie draußen in der Sonne gewesen, oder vielleicht war es schlicht die Tatsache, dass sie glücklich war, doch ihr Gesicht strahlte. Edith hatte Aussicht auf ein Haus, eine Zentralheizung. David ging nächstes Schuljahr nach Ashbridge. Sie war sogar, Gott stehe ihr bei, wieder zu Hause bei ihm, nach einem Wochenende in Bournemouth, das zu viel Familie und zu wenig Spaß beinhaltet hatte. Er hatte sie schon lange nicht mehr so strahlen sehen. Woran lag das? Einen flüchtigen Moment lang sah er die Monotonie ihres Lebens, den alltäglichen Trott immer gleicher Haushaltspflichten, und fragte sich, wie irgendjemand dabei glücklich sein konnte. Aber das ist es, was sie will, sagte er sich, das ist es, was die meisten Frauen wollen; und plötzlich fragte er sich, ob das stimmte.

»Es gibt keinen Grund, weshalb wir kein Rosenbeet hinten am Ende des Rasen anlegen können«, sagte sie. »Es ist eine schöne, sonnige Stelle, und es würde den Blick in den Garten ziehen. Was meinst du?«

»Gute Idee.« Er wandte sich ab und tat so, als würde er aus dem Fenster auf den möglichen Platz für das Rosenbeet starren. »Wenn ich wieder einen freien Tag habe, grabe ich es für dich um. Schau dir nur die Wolken an. Da braut sich wieder was zusammen.« Sie trugen ihren Tee hinaus in den Garten und sahen den Kindern beim Spielen zu.

»Sie haben mir den ganzen Tag wegen der Kätzchen in den Ohren gelegen«, sagte Edith. »Meinst du, es ist in Ordnung, wenn ich Miss Francis anrufe?«

Thornhill wollte schon sagen, dass es keinen Sinn hätte, sie vor nächster Woche anzurufen, dann ging ihm auf, dass Edith sich vielleicht wundern würde, woher er wusste, dass Jill nicht zu Hause war, also tat er so, als würde er sich an seinem Tee verschlucken. Er räusperte sich. »Ich bin sicher, dass sie nichts dagegen hätte.«

»Ich hab ihre Nummer im Telefonbuch nachgeschlagen, aber sie steht noch nicht drin. Vielleicht wäre es das Beste, wenn ich sie bei der *Gazette* anrufe.« Edith sah ihn forschend an. »Bist du sicher, dass es dir nichts ausmacht, dass die Kinder die Kätzchen bekommen?«

»Die Frage ist doch eher, ob es dir etwas ausmacht. Ich kann mir vorstellen, dass nach den ersten ein, zwei Tagen du die meiste Arbeit mit ihnen haben wirst.«

»Wenigstens werden sie nicht allzu viel an Futter kosten. Ich hab mit dem Schlachter gesprochen. Er ist sehr entgegenkommend.«

Thornhill schmunzelte und nickte, wohl wissend, dass der Schlachter entgegenkommend war, weil das CID letztes Jahr seinen Sohn wegen seiner Beteiligung an einem Einbruch im Tabakgeschäft vernommen hatte. Es war keine Anklage erhoben worden, und der Schlachter war irrtümlich, doch nützlich dankbar.

»Sie werden so süß sein«, fuhr Edith fort und rührte mit großer Konzentration in ihrem Tee. »Manchmal frage ich mich, ob wir uns nicht noch ein Kind anschaffen sollten. Sie sind so niedlich, wenn sie klein sind. Und jetzt, wo das Geld nicht mehr ganz so knapp ist ...«

»Ja«, sagte Thornhill. »Darüber lässt sich nachdenken.«

Er starrte auf seine Kinder. David war inzwischen fest in das Laken eingewickelt. Seine Schwester kostete diesen seltenen Moment körperlicher Überlegenheit aus und trat ihn.

»Elisabeth, lass das«, rief Edith. Sie senkte ihre Stimme. »Wenn wir noch eins wollen, dann je früher, desto besser.«

»Ja, du hast Recht.«

Sie sahen einander an, beide mit einem verhaltenen Lächeln. Thornhill fühlte sich, als hätte er einen Bergkamm erklommen, nur um zu erkennen, dass ihn kein sanft abfallender Hang erwartete, sondern dass ein tiefer, steiler Abgrund vor ihm gähnte. Er wollte etwas sagen – irgendetwas, um das mit halb erahnten Möglichkeiten gefüllte Schweigen zu brechen. Da klingelte es an der Haustür, und der unbehagliche Moment war vorüber.

»Ich seh mal nach, wer das ist«, sagte er.

»Und ich geh wohl besser und befreie David.«

Sergeant Kirby stand unter dem Portal, einen Regenmantel über der Schulter und einen verkniffenen Ausdruck auf dem Gesicht.

»Brian. Was kann ich für Sie tun?«

»Ich habe mich gefragt, ob wir uns wohl kurz unterhalten könnten, Chef.« Er stand im rechten Winkel zur Haustür und spähte die Victoria Road hinunter, als wolle er sich vergewissern, dass ihm niemand gefolgt war. »Das heißt, wenn Sie einen Moment Zeit haben.«

»Kommen Sie ins Esszimmer. Möchten Sie ein Bier? Wenn die Sonne noch nicht hinter dem Horizont untergegangen ist, dann sollte sie es verdammt noch mal sein.«

Ein überraschter Ausdruck huschte über Kirbys Gesicht. Thornhill fluchte nur selten, nicht einmal milde, und er war gemeinhin ein zurückhaltender Trinker.

Die Thornhills aßen ein- oder zweimal im Jahr im Esszimmer, wenn Edith fand, dass sie eine gesellschaftliche Stellung anstreben sollten, die nicht ihrem Stand entsprach. Die Hälfte des Fußbodens wurde von Teekisten, heimatlosen Möbeln, Stapeln uneingeräumter Bücher, der Ausrüstung eines Amateurmalers und -tapezierers und all den angesammelten Kleinigkeiten eingenommen, für die Edith noch keinen Platz gefunden hatte. Jetzt, wo es bald ihr Haus sein würde, würde sie sich wohl richtig einrichten wollen, schätzte Thornhill. Tapeten würden geklebt, Regale gebaut und der Anstreichpinsel würde geschwenkt werden müssen.

Er setzte Kirby an den Tisch und ließ ihn mit den Farbeimern allein, während er Gläser und Bier aus der Speisekammer holte und Edith Bescheid sagte, wer gekommen war – bildete er sich die Erleichterung auf ihrem Gesicht nur ein? Als er ins Esszimmer zurückkehrte, saß Kirby noch immer am Tisch und schaute ausdruckslos vor sich hin, als hätte er in der Zwischenzeit keinen Muskel bewegt. Thornhill reichte ihm ein Glas und eine geöffnete Flasche. Eine Weile lang tranken die beiden Männer schweigend.

Kirby holte seine Zigaretten hervor. »Macht es Ihnen was aus?«

Thornhill schüttelte den Kopf und schob ihm einen Aschenbecher hin. »Ist etwas passiert?«

Kirby wich seinem Blick aus und sah auf die Schachtel in seiner Hand. »Wir waren heute Nachmittag bei Minnie Calder. Ein ganzer Haufen von uns.« Er rollte die Zigarette zwischen Daumen und Zeigefinger, und goldene Tabakkrümel schwebten auf das dunkle Mahagoni des Tisches. »Einschließlich des Superintendent.«

»Und?«

»Leigh hat nur einen Blick auf die Streifenwagen in River Gardens geworfen, da ist er auch schon zur Hintertür raus abgezischt. Hat sich 'ne richtige Hetzjagd mit unseren Jungs geliefert. Am Ende haben sie ihn auf der Straße vor Fenner geschnappt – das alte Sägewerk dicht beim Schlachthaus, wissen Sie, welches ich meine?«

Thornhill nickte und trank einen Schluck.

»Er hatte die Lok bei sich, die er am Samstag geklaut hat. Hat sie an sich gedrückt, als wär's ein Teddy oder so was.« Kirby betrachtete stirnrunzelnd die Zigarette zwischen seinen Fingern, dann steckte er sie sich in den Mund und riss ein Streichholz an. »Na, jedenfalls, die Durchsuchung des Hauses hat zwei interessante Dinge zu Tage gefördert. Eins war eine Geburtsurkunde. Wie sich herausstellt, ist Minnie Calder gar nicht seine Tante – sie ist seine Mum. Die übliche Geschichte – sie hat in London gearbeitet, hat sich mit einem Kerl eingelassen, den sie beim Schwof im Hammersmith Palais kennen gelernt hat, und hat dann ihre Schwester und ihren Schwager überredet, den Jungen als ihr eigenes Kind aufzuziehen.«

»Weiß Leigh es schon?«

»Mr Williamson hat es vor den beiden ausposaunt. Schocktaktik, schätze ich. Ich glaube nicht, dass Leigh es schon richtig begriffen hat. Hat ausgesehen, als hätte ihm jemand einen Knüppel über den Schädel gezogen. Ein Schulfreund von mir hat im selben Boot gesessen, hat herausgefunden, dass seine große Schwester seine Mum war, genau wie hier, aus heiterem Himmel. Ist losgegangen und hat sich freiwillig zur Armee gemeldet, hat ein falsches Alter angegeben, und sie …«

»Brian«, unterbrach Thornhill ihn. »Sie haben gesagt, dass bei der Durchsuchung zwei Dinge gefunden wurden.«

Er sah einen erschrockenen Ausdruck in Kirbys Augen aufflackern und wusste sofort, dass dies der Grund war, weshalb er hier war, dass dies der Grund war, weshalb er über Jimmys Abstammung schwadronierte.

»Ja, nun, Chef, die andere Sache war, dass Mr Williamson etwas Gesichtspuder auf dem Badezimmerboden gefunden hat. Hinter dem Waschbecken. So als ob jemand eine Puderdose hat fallen lassen, und etwas von dem Puder wäre ausgekippt. Joan meint, dass es Fleur de Rose ist, das gleiche Zeug, das Mattie Harris benutzt hat, das Zeug, das in der Puderdose war, die wir am Ufer gefunden haben.«

Kirby umriss Williamsons Theorie: dass Mattie Jimmy gefragt hätte, ob sie am Donnerstagabend, während Minnie Calder im King's Head war, in seinem Haus ein Bad nehmen könnte, in der Hoffnung, einen Abort herbeizuführen; dass Jimmy seine Erregung nicht hatte beherrschen können und sie umgebracht hatte; und dass er sie hinterher angezogen und in den Minnow geworfen hatte, damit es so aussah, als wäre sie ertrunken.

»Vielleicht hat Miss Calder ihm geholfen«, bemerkte Thornhill. »Ihr Verstand, seine Muskeln.«

»Das hat Mr Williamson sich auch überlegt.«

Thornhill zuckte mit den Achseln. »Es passt alles zusammen. Aber gibt es genügend Beweise, um Anklage zu erheben?«

»Der Superintendent ist mit ihm auf dem Revier. Versucht, ihn zu einem Geständnis zu kriegen. Zuerst hat er es bei der Calder versucht, aber da konnte er nichts werden. Also bearbeitet er jetzt Leigh.« Kirby schluckte. »Nicht dass er viel erreicht. Der Junge sitzt einfach nur da und heult. Sagt kein einziges verdammtes Wort.«

»Die Beweise kann man nicht widerlegen«, sagte Thornhill, während er sich fragte, ob er je lernen würde, mit der Demütigung zu leben, zu wissen, dass Williamson von Anfang an Recht gehabt hatte.

»Nun, genau da liegt der Hund begraben, Sir. Man kann.«

»Wie meinen Sie das?«

»Erinnern Sie sich, dass ich und Joan am Samstag hingegangen sind, um mit Calder und Leigh zu reden? Ich musste mal pinkeln, während wir dort waren.« Kirby atmete tief durch und wurde rot. »Sie wissen ja, wie das ist. Manchmal gehen ein paar Tropfen daneben. Auf den Fußboden zwischen Klo und Waschbecken. Und Minnie Calder ist das Paradebeispiel für einen Putzfimmel. Da war ein Lappen hinter dem Klo, also hab ich mich gebückt, um aufzuwischen.« Er sah Thornhill an. »Mein Gott, das klingt so blöd.«

»Reden Sie weiter.«

»Die Sache ist, von da aus, wo ich war, konnte ich hinter das Waschbecken sehen. Wenn da irgendwas gewesen wäre, dann wär mir das sicher aufgefallen, denn ich hab noch gedacht, wie verflucht blitzblank alles war, wie pingelig sie sein musste. Verstehen Sie? Ich würde mein Erspartes darauf verwetten, dass sie den ganzen Laden wenigstens zweimal die Woche von oben bis unten putzt. Und wenn sie gewusst hätte, dass Mattie Harris in ihrer hochheiligen neuen Badewanne gestorben ist, dann wär sie noch gründlicher als gewöhnlich gewesen. Hätte *sie* den Gesichtspuder auch übersehen?«

»Brian, sind Sie sich da wirklich sicher?«

»Sicher genug, um es, wenn nötig, vor Gericht zu beschwören?«

Es herrschte langes Schweigen. Keiner der beiden rührte sich. Rauch waberte zur Zimmerdecke hinauf. Es wurde dunkler, als am Himmel langsam Wolken aufzogen. Im Garten fing Elisabeth an, laut zu heulen.

Brian Kirby war einer der aufmerksameren Beamten in der Truppe, und Thornhill vertraute ihm mehr als den meisten seiner Kollegen. Er hatte außerdem keinen Grund, Unruhe zu stiften. Womit es zwei gute Gründe gab, ihm zu glauben. Wenn der Gesichtspuder am Samstag nicht dort gewesen war, dann musste er in der Zwischenzeit dort deponiert worden sein. Wenn der Gesichtspuder Fleur de Rose war, dann musste er von jemandem dort deponiert worden sein, der wusste, welchen Puder Mattie Harris benutzt hatte, jemand, der die Last der Beweise gegen Jimmy Leigh erdrückender machen wollte. Williamson hatte den Puder entdeckt. Warum hatte Williamson persönlich die Oberaufsicht bei der Durchsuchung des Hauses in River Gardens übernommen? Er war Superintendent, Herrgott nach mal, kein Sergeant.

Kirby trank einen großen Schluck von seinem Bier, stellte das Glas ab und wischte sich mit dem Handrücken den Mund ab. »Er ist so gut wie im Ruhestand, Chef. Er kann nicht so dumm sein. Und außerdem, warum sollte er so was tun wollen? Es ergibt alles keinen Sinn.«

Es ergab durchaus Sinn, wenn die alten Männer von Lydmouth ihre Verbindung mit Mattie Harris vertuschen wollten. Es ergab auch durchaus Sinn, wenn einer von ihnen der Vater des Babys gewesen war. Und wenn Williamson selbst einer der alten Männer wäre?

»Sir«, sagte Kirby eindringlich. »Was soll …«

Das Telefon am Ende des Bücherregals begann zu klingeln, und das schrille Geräusch zerschnitt die warme, verrauchte Atmosphäre im Zimmer wie Schneidedraht. Thornhill riss den Hörer von der Gabel.

»Lydmouth Zwei-Eins-Eins-Vier.«

»Inspector Thornhill?« Charlotte Wemyss-Browns laute Stimme donnerte durch die Leitung wie eine wohlerzogene Lawine. »Entschuldigen Sie vielmals, dass ich Sie zu Hause störe. Ich habe es zuerst auf dem Revier versucht, aber man sagte mir, dass Sie nicht dort wären. Ich hätte natürlich eine Nachricht hinterlassen können, aber ich fand, dass es etwas wäre, das *Sie* wissen sollten.«

»Warum ich, Mrs Wemyss-Brown?«

Am anderen Ende der Leitung ertönte eine gedämpfte Explosion, die Thornhill schließlich als ein verärgertes Schnauben identifizierte. »Weil Sie die Ermittlungen im Harris-Fall leiten. Das sollten Sie selbst doch wohl am besten wissen.«

Wenn er mit Mrs Wemyss-Brown zu tun hatte, hatte Thornhill oft das Gefühl, dass sie in einem Paralleluniversum lebte, in dem sie nach Gutdünken die üblichen gesellschaftlichen Konventionen außer Kraft setzen konnte. »Was wollten Sie mir sagen?«

Es bestand keine Notwendigkeit, Mrs Wemyss-Brown davon in Kenntnis zu setzen, dass er nicht länger für den Harris-Fall zuständig war. Er sah, wie Kirby eine weitere Zigarette aus seiner Schachtel schüttelte und sie sich zwischen die Lippen steckte.

»Da war heute Nachmittag eine junge Frau in der Bücherei«, trötete Charlotte. »Mollig, blondes Haar, offenes, hübsches Gesicht. Was alles noch merkwürdiger gemacht hat.«

Thornhill hielt seine Ungeduld in Zaum.

»Verstehen Sie, sie wirkte wirklich nett. Was das Ganze so seltsam machte. Warum in aller Welt sollte sie sich als Mattie Harris ausgeben?«

# 43

»Ein Glas Sherry«, meinte Jill. »Ja, sehr gern.«

Auf Bernies Vorschlag hin gingen sie mit ihren Drinks nach draußen. Der Himmel war im Südwesten tintenschwarz, ansonsten jedoch klar. Sie setzten sich in zwei der Gartenstühle auf der Terrasse. Jill nippte an ihrem Sherry, während sie zuschaute, wie Bernie mit völliger Konzentration Bier in ein Glas einschenkte. Sie ertappte sich dabei, wie ihre Hand unter dem Tisch verstohlen ihren Bauch streichelte, für den Fall, dass dort jemand war, der Trost brauchte. Sie zündete sich eine Zigarette an, um ihrer Hand etwas anderes zu tun zu geben.

»Sie haben nur knapp Richard Thornhill verpasst.« Bernie trank einen Schluck. »Er war beruflich hier. Und wie steht es mit Ihnen, Miss Francis? Sind Sie beruflich hier, oder ist dies ein freundschaftlicher Besuch?«

Er sah sie gespielt ernst über den Rand seines Glases an. Sie musste unwillkürlich lächeln.

»Keins von beidem, um ehrlich zu sein. Oder möglicherweise beides. Es hängt davon ab, wie man es betrachtet.«

Er kicherte. »Eine typisch weibliche Antwort.«

»Ich bin wegen Mattie Harris hier.«

Er zog die Augenbrauen hoch. »Genau deswegen war auch Richard hier. Hatte sich irgendwie die blöde Idee in den Kopf gesetzt, dass ich sie gekannt hätte.«

»Und, haben Sie?«

»Was wird das hier?« Die Heiterkeit in seinem Gesicht erlosch. »Würden Sie mir vielleicht mal sagen, was hier vorgeht? Warum sind Sie hier?«

»Ich war gestern Abend in Gloucester. Ich habe mir einen Film angeschaut.«

»Wirklich interessant.«

»Wenn Mattie Harris tatsächlich ermordet wurde, dann käme es für so ziemlich alle sehr gelegen, wenn sich herausstellen würde, dass Jimmy Leigh der Schuldige ist, habe ich den Eindruck.«

Bernie runzelte die Stirn. Er beugte sich vor und stützte die Ellbogen auf den Tisch, beide Hände um sein Glas gelegt. Er erinnerte noch immer an einen Dachs, aber jetzt an einen wütenden. »Besteht irgendeine Verbindung zwischen den beiden Dingen, die Sie gerade gesagt haben?«

»Als der Film zu Ende war, bin ich zurück zu meinem Wagen gegangen. Ihr Wagen war auch dort – Ihr neuer.«

»Mein Wagen? Wie können Sie da so sicher sein?«

»Weil ich Sie später gesehen habe. Als die Tür aufging. Als der junge Mann ausgestiegen ist.«

»Sie haben sich getäuscht.«

»Worin habe ich mich getäuscht?« Sie musterte ihn einen Moment lang, bemerkte die Schweißperlen unter dem Haaransatz auf seiner Stirn, sah, wie die Fingerknöchel seiner Hände, die das Glas hielten, weiß wurden. »Darin, dass Sie in dem Wagen saßen? Oder darin, dass es ein homosexuelles Rendezvous war?« Sie sah, wie er bei den letzten Worten zusammenzuckte. »Nein, ich habe mich nicht getäuscht. In beiderlei Hinsicht. Was ich gesehen und gehört habe, war unmissverständlich.«

Bernie trank des Rest seines Biers. »Ich sage trotzdem, dass Sie sich getäuscht haben. Und Sie können nichts beweisen.«

»Nicht? Wer sagt, dass ich allein war?« Die Lüge kam spontan über ihre Lippen, doch als sie erst einmal ausgesprochen war, hatte Jill nicht den Wunsch, sie zurückzunehmen. »Und abgesehen davon, ist es keine Sache von Beweisen. Ein Wort hier, eine Anspielung dort – mehr ist nicht nötig.«

»Um meinen Namen in den Schmutz zu ziehen?« Bernie

warf seinen Kopf in den Nacken und lachte. »Sie haben vielleicht Nerven, Miss Francis, das muss ich Ihnen lassen. Mir in meinem eigenen Garten zu drohen. Mir noch dazu mit einem Haufen Lügen zu drohen. Warum tun Sie das? Das würde ich gern wissen.«

»Ich tue es für Jimmy Leigh. Ich glaube, dass einige Leute versuchen, ihn zum Sündenbock zu machen. Superintendent Williamson und möglicherweise Gerald Pembridge. Nicht rund heraus. Nur mit ein paar kleinen Zurechtrückungen dessen, was wirklich passiert ist. Einem Umarrangieren der Geschehnisse, um sie passend zu machen. Und irgendwie stecken Sie mit drin. Aber wenn Sie vortreten und die Wahrheit über Mattie Harris sagen würden, dann hätte Jimmy vielleicht eine bessere Chance, dass jemand seiner Seite der Geschichte Gehör schenkt. Was haben Sie schließlich zu verlieren?«

Bernie kicherte. »Eine ganze Menge, so wie es sich anhört. Zuerst sagen Sie, ich wär vom anderen Ufer, und als Nächstes behaupten Sie, dass ich eine Affäre mit dieser kleinen Serviererin gehabt hätte. Beides geht wohl nicht.«

»Warum nicht?« Sie drückte in aller Ruhe ihre Zigarette aus. »Als ich noch in London gewohnt habe, kannte ich etliche Leute, die es so gemacht haben.«

Bernie starrte sie an, dann lachte er abermals, diesmal ohne jeden Hauch von Heiterkeit. Schon das bloße Gerücht darüber, was er getrieben hatte, würde genügen, ihn für alle Ewigkeit in Lydmouth zum Aussätzigen zu machen. Wenn es irgendwelche Beweise gegen ihn gab, könnte er eines Sittlichkeitsverbrechens angeklagt werden. Jill hatte letztes Jahr für die *Gazette* über einen ähnlichen Fall berichtet, und der Angeklagte war zu 18 Monaten Gefängnis verurteilt worden.

Bernie ging ins Haus. Einen Moment später kehrte er mit seinem Tabaksbeutel und gefülltem Bierglas zurück. Er setzte sich, und sie schaute zu, wie er mit dicken, kräftigen Fingern seine Pfeife stopfte.

»Sind Sie sicher, dass man Leigh etwas anhängen will?«

»Ja – absolut.«

»Woher wissen Sie das?«

»Ich bin Journalistin. Es ist mein Beruf, Dinge herauszufinden.«

Bernie zündete seine Pfeife an. »Ich würde nicht wollen, dass der Junge leiden muss, nur weil ich den Mund nicht aufmache. Ich möchte aber betonen, Miss Francis, das hier hat nichts mit dem zu tun, was Sie vielleicht, vielleicht auch nicht, gestern Abend gesehen haben. Wenn Sie wollen, dass ich etwas für Leigh tue, wird das nicht erwähnt. Weder jetzt noch irgendwann später.«

»Natürlich. Es geht mich auch nichts an.«

»Ebenso wenig wie Jimmy Leigh, sollte man meinen – aber über Geschmack lässt sich nicht streiten.« Er blies Rauchwölkchen in die Abendluft und schaute ihnen hinterher, während sie durch den Garten schwebten und sich dann auflösten. »Ja, Mattie Harris war mit Gerald Pembridge befreundet. Er musste aufhören, sich mit ihr zu treffen – ich glaube, Mrs Pembridge hatte Wind davon bekommen –, aber er dachte, ich wäre vielleicht daran interessiert – nun, sie zu übernehmen.«

»Und waren Sie daran interessiert?«

»Ein Mann in meiner Position muss sehr vorsichtig sein, welches Bild er nach außen präsentiert«, antwortete Bernie und bahnte sich sorgfältig einen Weg durch die Worte, die er wählte, so als wären sie ein Feld voller Steine. »Und natürlich kann es seine Nachteile haben, Junggeselle zu sein. Manchmal lade ich ein paar Freunde zum Kartenspielen ein. Es ist nett, bei solchen Gelegenheiten eine Gastgeberin zu haben. Aber kommen Sie jetzt nicht auf falsche Gedanken, es ist alles …«

»Freunde?«

»Ihre Namen tun nichts zur Sache«, erwiderte er mit einem leisen Knurren in seiner tiefen Stimme.

*Die alten Männer?* Ray Williamson, dachte Jill, Gerald Pembridge, vielleicht Cyril George.

»Kartenspiele?«

»Gewöhnlich Poker. Lassen Sie uns ein wenig durch den Garten gehen. Ich halte es nicht aus, irgendwo festzusitzen.«

Sie folgte ihm den Gartenweg entlang. Über ihnen sausten Schwalben umher. Jill vermeinte, näher am Fluss einen einsamen Mauersegler auszumachen.

»Wir haben uns ein paarmal getroffen«, sagte Bernie über seine Schulter hinweg. »Das letzte Mal am vorletzten Samstag. Mattie hat die Drinks eingeschenkt, hat dafür gesorgt – dafür gesorgt, dass sich alle wohl gefühlt haben.«

Er wandte sich ab und hastete den Weg hinunter, während Jill sich fragte, was genau sich hinter jenem Euphemismus verbarg. Vielleicht hatten sie um Matties Gunst gespielt. Oder vielleicht hatten sie nacheinander mit ihr geschlafen. Bernie musste derjenige gewesen sein, von dem Violet erzählt hatte, der Mann, der vorgeben wollte, dass sie es getan hätten, der Mann, der Mattie zehn Pfund für eine kleine Lüge gegeben hatte.

Bei der Vorstellung, wie diese nicht mehr ganz taufrischen Männer um Mattie Harris herumscharwenzelten, wurde ihr übel. Für sie war Mattie nur ein Spielzeug gewesen, eine Art Puppe. Und es drängte sich die Frage auf, ob einer von ihnen Gefallen an raueren Spielchen gehabt hatte, der Art von Spielen, die für Püppchen schlecht ausgehen.

Bernie erreichte das Flussufer. Er setzte sich auf eine Bank neben dem Bootssteg und wartete, dass Jill sich zu ihm gesellte. Rauch waberte über seinem Kopf. Plötzlich beugte er sich vor und starrte ins Wasser.

»Was ist?«, fragte Jill, als sie ihn erreichte.

Er sah zu ihr hoch. »Sagen Sie mir das.« Er zeigte mit dem Stiel seiner Pfeife. »Sehen Sie das da drüben? Der Ast, der sich zwischen den beiden Pfeilern des Anlegers verkeilt hat. Irgendwas hat sich daran verfangen. Irgendwas Blaues.«

Jill trat auf den Bootssteg und spähte über die Kante. »Ja«, sagte sie. »Sie haben Recht – es ist etwas Blaues.«

»Müll. So was findet man heutzutage überall. Selbst hier oben. Man sollte doch denken, die Leute können ihr Zeugs wieder mit nach Hause nehmen.«

»Das ist kein Müll.« Sie sah ihn an. »Ich glaube, das ist etwas, nach dem die Polizei schon gesucht hat.«

## 44

Robert Sedbury begann sich zu fragen, ob er übereilt gehandelt hatte. Er hatte letzte Woche zwei Abende länger im Büro gearbeitet. Er war am Samstag hergekommen. Und jetzt war Mittwoch, und er machte schon wieder Überstunden.

Hätte es sich vermeiden lassen?

Malcolm war ebenfalls hier – Robert konnte quälend langsames Tippen aus dem Büro seines Sohnes hören. Einer der Bauernhöfe auf dem Ruispidge-Anwesen stand zur Auktion an, und er stellte die Angaben zu der Immobilie zusammen. Es war eine langwierige Angelegenheit – Land, Haus, Maschinen, Vieh und Möbel mussten in separaten Kategorien aufgelistet und in einzelnen Posten aufgeführt werden. Auch Robert hatte seine Briefe selbst getippt, wenn er nicht gerade damit beschäftigt war, falsch abgelegter Korrespondenz nachzuspüren.

Ja, er musste der Tatsache ins Gesicht sehen: Ohne Violet

Evans lief im Büro alles aus dem Ruder. Ihm war nie wirklich bewusst gewesen, wie viel sie geleistet hatte. Sie war die erste Anlaufstelle für alle Besucher und Anrufer gewesen. Sie hatte Briefe und Verträge getippt. Sie hatte die Ablage verwaltet. Sie hatte dafür gesorgt, dass die Schlüssel an den richtigen Haken hingen und Büromaterialien bestellt wurden, bevor sie ausgingen. Sie hatte die Angestellten davon abgehalten, ohne guten Grund die Zeit der Soziusse zu vergeuden. Sie hatte immer prompt Tee und Kaffee gekocht, und sie wusste, welche Kekse jeder der Soziusse am liebsten mochte. Sie hatte dafür Sorge getragen, dass das Büro ordentlich aussah. Sie hatte ein Auge auf die Frauen gehalten, die zum Putzen kamen, und sie hatte darauf geachtet, dass immer frische Milch da war.

Ohne sie schien es doppelt so lange zu dauern, alles halb so effizient zu tun. Hatte er möglicherweise einen Fehler gemacht? Er wand sich unbehaglich in seinem Sessel, gefangen zwischen seinem Gewissen und seiner Bequemlichkeit. Hätte er vielleicht verständnisvoller sein, bereitwilliger verzeihen sollen? Schließlich hatte er keinen wirklichen Schaden davongetragen.

Er stand auf und reckte sich. Der Himmel wurde zusehends dunkler. Robert Sedbury ging nach nebenan in Malcolms Arbeitszimmer. Sein Sohn tippte mit zwei Fingern, während eine Zigarette in seinem Mundwinkel baumelte.

»Lass uns für heute Schluss machen. Ich geb dir einen Drink aus.«

Malcolm hielt im Tippen inne und nahm die Zigarette aus seinem Mund. »Danke, aber lieber nicht. Ich würde das hier gern heute Abend noch fertig machen.«

»Du siehst müde aus.«

»Mir geht es gut, Dad.« Ein verärgerter Unterton schwang in Malcolms Stimme mit. »Warum gehst du nicht allein los? Ich schließ ab, wenn ich fertig bin.«

»Man kann doch nicht immer nur arbeiten, man muss sich auch mal amüsieren.«

»Mach nicht so ein Theater darum. Aber wo du gerade hier bist, hast du etwas von Mr Christie gehört?«

Robert nickte. »In der zweiten Post war ein Brief. Sie wollen ein Angebot für Wynstones machen. Ich glaube, es war das Angeln, das letztendlich den Ausschlag gegeben hat. Und hast du schon das Neueste über das Haus Nummer achtundsechzig in der Victoria Road gehört?«

»Hat Broadbent es sich anders überlegt?«

»Ganz im Gegenteil. Er will, dass der Verkauf so schnell wie möglich über die Bühne geht. Aber George Shipston hat mir erzählt, dass er vorhat, das Haus auf den Namen seiner Nichte zu überschreiben. Du weißt schon – Edith Thornhill. Die Mieterin. Ein nettes kleines Geschenk für sie, findest du nicht?«

Malcolm rieb sich mit der Hand, in der er die Zigarette hielt, die Stirn, als wolle er die Falten glätten. »Manchen Leuten fällt anscheinend alles in den Schoß.«

Er steckte sich die Zigarette wieder in den Mund und begann abermals zu tippen, lauter zwar, doch nicht schneller als zuvor.

Robert betrachtete einen Moment lang den gesenkten Kopf seines Sohnes. »Ich komm nachher vorbei und hol dich ab, wenn du möchtest.«

»Ist schon in Ordnung, Dad. Ich rufe Bill an.«

Robert griff sich seinen Regenschirm und seinen Aktenkoffer und verließ das Büro. Als er zum Abschied nach hinten rief, antwortete Malcolm nicht.

Mittlerweile war über die Hälfte des Himmels dunkel. Robert war noch keine 100 Meter weit gekommen, als es zu regnen anfing. Zuerst fielen ein paar vereinzelte, jedoch dicke Tropfen. Er ging schneller, in der Hoffnung, das Bull-Hotel zu erreichen, bevor es richtig losging. Dann kam ein plötzlicher Guss, so heftig, dass Robert seinen Schirm aufspannte. Hinterher war es einige Augenblicke lang völlig trocken, als müsse der Regengott Atem schöpfen.

Und dann öffneten sich alle Schleusen. Der Regen prasselte spritzend auf die Straße, den Bürgersteig und die Dächer, überzog alle Oberflächen mit einem grauen Glanz. Autos bremsten auf Schrittgeschwindigkeit ab, während ihre Wischer hilflos gegen die Wassermassen ankämpften, die an den Windschutzscheiben hinabliefen. Die Rinnsteine, die die Straße vom Bürgersteig trennten, füllten sich augenblicklich und verwandelten sich in reißende Ströme, die immer breiter wurden.

Robert eilte die High Street entlang und stellte sich im Eingang einer Eisenwarenhandlung unter. Der Regenschirm hatte seinen Kopf und seine Schultern verhältnismäßig trocken gehalten, doch von den Ellbogen abwärts bot er das gesamte Spektrum von klamm bis triefnass. Er fluchte leise.

Genau in diesem Moment bemerkte er, dass er nicht allein war.

Ganz hinten in der Nische, gegen die verglaste Ladentür gepresst, stand Violet Evans. Sie hatte weder Mantel noch Regenschirm. Ihr Sommerrock und die leichte Bluse waren durchnässt, so dass der Stoff an ihren üppigen Rundungen klebte. Sie trug einen winzigen Hut, der nunmehr so aufgeweicht war, dass er wie ein nasser Lappen aussah. Ihre Dauerwelle war ruiniert.

»Miss Evans! Ähm – guten Abend. Scheußliches Wetter.«

Regen prasselte auf das Pflaster. Autoreifen zischten auf der Straße entlang. Violet sagte nichts. Es war schwer, ihr Gesicht auszumachen – teils weil sie ganz hinten im Eingang stand, teils weil der Regen die Stadt in vorzeitige Dämmerung tauchte.

»Wie geht es Ihnen?«, erkundigte sich Robert in dem

Versuch, die Peinlichkeit der Situation zu überspielen. »Wir – wir müssen ein Taxi für Sie finden.«

Sie murmelte etwas, das er nicht verstand.

»Wie bitte?«

»Verdammte Männer.«

Er tat so, als hätte er es nicht gehört. »Sagen Sie, suchen Sie schon nach einer neuen Anstellung?«

»Ich gehe fort.«

»Wirklich?« Robert spürte, wie sich Enttäuschung in ihm regte. »Wohin denn?«

»Aber vielleicht erzähle ich zuerst, was ich weiß.« Sie trat einen Schritt näher an ihn heran, und er wich instinktiv zurück. »Verdammte Männer«, flüsterte sie. »Es sind Dreckskerle. Allesamt. Man kann keinem von ihnen trauen.«

Robert fragte sich, ob sie getrunken hatte. »Miss Evans, ich …«

»Mattie hat das gewusst. Sie wusste Bescheid über Männer. Hat's auf die harte Art gelernt, stimmt's?«

Darum ging es also. Violet war offensichtlich außer sich über den Tod ihrer Freundin. »Es hat uns so Leid getan, das mit Miss Harris zu hören. Sie war eine enge Freundin von Ihnen, nicht wahr?«

*»Freundin?* Nennt man das so?«

Robert hielt es für das Beste, das zu ignorieren. Nach einer verlegenen Pause fuhr er fort: »Es – es hat uns auch Leid getan, dass wir Sie entlassen mussten. Ich bin sicher, Sie verstehen, dass es keine leichte Entscheidung war.« Er war mittags bei der Bank gewesen, um Geld abzuheben, eine recht stattliche Summe, da sie das Haushaltsgeld für die Woche beinhaltete. »Es spricht nichts dagegen, diese Entscheidung noch einmal zu überdenken, wenn etwas Zeit verstrichen ist. Wenn – wenn wir uns alle wieder beruhigt haben. Man darf nichts übereilen.«

Er steckte eine Hand in seine Jackentasche, tastete nach

seiner Brieftasche. Ein Teil von ihm fand, dass er sich zum Narren machte. Ein anderer Teil von ihm dachte, dass es manchmal besser war, töricht zu handeln, als kaltherzig zu sein. Und ein dritter Teil erinnerte ihn beharrlich daran, dass der Büroalltag in jeder Hinsicht bedeutend angenehmer wäre, wenn Violet Evans nur zurückkommen und wieder sie selbst sein würde, freundlich und liebenswert.

»In ein, zwei Monaten vielleicht. Und in der Zwischenzeit müssen Sie mir erlauben, einen kleinen Beitrag zu Ihren Unkosten beizusteuern.«

»Nein.« Sie starrte ihn an. Selbst in dem Schummerlicht konnte er sehen, dass ihre Gesichtsmuskeln sich krampfhaft bewegten, so als würde sie Bonbons kauen. »Nein«, wiederholte sie und dehnte die Silbe diesmal so aus, dass es mehr wie ein Jaulen als wie ein Wort klang.

»Nein was?«

»Ich will Ihr Geld nicht. Das ist es, was Männer tun, sie geben Mädchen Geld. Sie haben Mattie Geld gegeben, viel Geld. Damit sie den Mund hält. Aber ich werde den Mund nicht halten.«

Er wünschte, er könnte sein gerade ausgesprochenes, wenn auch verhaltenes Angebot einer neuen Anstellung zurücknehmen. Violet war eindeutig hysterisch.

»Mattie war nicht meine Freundin.« Sie trat noch dichter an ihn heran. »Wissen Sie, was sie wirklich war? Sie war eine dumme *Kuh.*«

»Miss Evans, Sie sind überreizt. Sie müssen nach Hause gehen …«

»Halten Sie den Mund.« Sie drängte sich an ihm vorbei und stieß ihn dabei rücklings gegen das Schaufenster. »Aber ich sag Ihnen was. Mattie Harris hat bekommen, was sie verdient hat.«

Violet schluchzte erstickt auf und rannte in den strömenden Regen hinaus. Robert sah, wie sie über die Straße taumelte. Ein Auto bremste gerade noch rechtzeitig und hupte wütend. Er stieß in einem lang gezogenen, bebenden Seufzer den Atem aus. Dann rannte er, dem Sturzregen zum Trotz, die High Street hinauf zum Eingang des Bull-Hotels.

Hier umfing ihn augenblicklich wieder die Normalität. Der alte Quale zeigte sich mitfühlend und gab ihm ein Handtuch. Robert war so erleichtert, dass er dem Mann ein zu großes Trinkgeld gab, was zum Angebot einer trockenen Hose führte. Zehn Minuten später betrat er wärmer, trockener und bedeutend fröhlicher die Salonbar. Gerald Pembridge hatte sich elegant über ein Ende der Theke drapiert, neben sich einen Whisky mit Soda.

»Was kann ich für dich bestellen, Robert?«

»Ich glaube, ich hätte gern einen Brandy. Ich bin nass bis auf die Knochen.«

»Wir können nicht zulassen, dass du dir eine Erkältung einfängst. Trink lieber einen Doppelten.« Gerald gab die Bestellung an den Barmann weiter und wandte sich wieder zu Robert um. »Hast du schon das Neueste gehört?«

»Nein.«

»Die Polizei hat jemanden wegen des Mordes an dieser kleinen Serviererin festgenommen.«

»Wirklich? Mattie Harris?«

»Mit etwas Glück hat's jetzt ein Ende mit dem Gerede über den Erträнker. Ist auch höchste Zeit.«

»Wen haben sie festgenommen?«

»Jemanden namens Jimmy Leigh. Du hast ihn sicher schon mal gesehen. Sieht ganz normal aus, wenn auch ein bisschen unbedarft, aber im Oberstübchen herrscht gähnende Leere. Wie's scheint, hatte er ein – wie sagt man gleich – ein krankhaftes Verlangen nach der Serviererin. Ihm müssen wohl die Pferde durchgegangen sein.«

»Ich bin jedenfalls froh, dass sie ihn geschnappt haben.«

»Ich auch. Edna wollte letzten Abend nicht allein weggehen. Hatte zu viel Angst.«

Der Barmann stellte Roberts Brandy auf die Theke und wandte sich um, um Pembridges Glas aufzufüllen.

»Es muss natürlich gesagt werden«, fuhr Pembridge fort, »dass wir nicht so lange auf eine Festnahme hätten warten müssen, wenn Ray Williamson von Anfang an die Zügel in der Hand gehabt hätte. Hast du gehört, dass sie ihn trotz seiner Krankschreibung zurückholen mussten, um den Fall zu übernehmen? Zuerst hatten sie irgendeinen anderen Burschen, einen Mann namens Thornhill.«

»Ach ja? Der ist mit Bernie Broadbents Nichte verheiratet, oder nicht?«

»Genau der. Er ist vorbeigekommen, um mit mir zu reden. Die Harris ist manchmal zum Tanzen in Ruispidge Hall gewesen. Kann nicht behaupten, dass ich viel von ihm gehalten habe. Ziemlich unbedeutendes Licht. Und kein Einheimischer, was natürlich auch nicht hilft.«

Pembridge betrachtete sich im Spiegel neben der Theke und rückte das Seidentaschentuch in seiner Brusttasche zurecht. Der Brandy rann Roberts Kehle hinab und verbreitete seine Wärme tief in seinem Bauch. Überrascht stellte er fest, dass das Glas leer war, und bestellte, von plötzlichem Übermut gepackt, ein zweites. Er war nicht an Alkohol gewöhnt, besonders nicht auf leeren Magen, und irgendwie fühlte er sich fast überlebensgroß. Er erinnerte sich daran, dass Dr. Johnson gesagt hatte, Brandy wäre das Getränk der Helden. Nachdem er einen anstrengenden Tag im Büro, den Regen und nicht zuletzt jene problematische Begegnung mit Violet Evans überstanden hatte, kam er sich tatsächlich ziemlich heldenhaft vor.

»Wo wir gerade von Mattie Harris sprechen«, sagte er, »ich habe auf dem Weg hierher eine ihrer Freundinnen getroffen. Das Mädel, das bei mir im Büro gearbeitet hat. Du erinnerst dich wahrscheinlich an sie? Violet Evans? Sie und Mattie Harris waren praktisch unzertrennlich.«

»Violet? Die Tochter vom alten Ted? Sie war ein-, zweimal bei einer von Ednas Tanzveranstaltungen, glaube ich. Üppige Blondine, ja? Du alter Schwerenöter.« Pembridge stieß Robert den Ellbogen in die Rippen. »Wusste gar nicht, dass sie für dich arbeitet.«

»Tut sie auch nicht mehr.« Robert schluckte mehr Brandy. »Die Wahrheit ist, ich musste sie feuern. Sie hat sich schwängern lassen, verstehst du. Anfangs hat es mir schon ein wenig Leid getan.«

»Unsinn, alter Knabe. Was für ein furchtbar schlechtes Vorbild. Denk daran, welche Wirkung es auf die anderen Mädels gehabt hätte, wenn du sie behalten hättest. Du kannst schließlich Sedbury & Son nicht den Sold der Sünde zahlen lassen.« Pembridge legte den Kopf in den Nacken und lachte.

»Nun, das stimmt, schätze ich. Obgleich sie in gewisser Hinsicht nicht allein dafür verantwortlich war.«

»Wenn du mich fragst, der liebe Gott hat Männer und Frauen verschieden erschaffen, hat uns unterschiedliche Pflichten gegeben. Nein, du hattest Recht, sie vor die Tür zu setzen.«

»Ich bin ihr auf dem Weg hierher zufällig begegnet. Sie hatte sich in einem Ladeneingang untergestellt. Hat sich äußerst merkwürdig aufgeführt.«

»Da siehst du es.«

»Ich habe versucht, etwas Mitfühlendes über Mattie Harris zu sagen – ich wusste ja, dass sie befreundet gewesen waren –, aber sie hat mir förmlich den Kopf abgerissen.« Er trank seinen Brandy aus, und als der Barmann ihn fragend ansah, schob er ihm ohne nachzudenken sein Glas zum Nachschenken hin. »Vielleicht hat sie ihren Kummer ertränkt, ich weiß nicht. Aber was mich überrascht hat, war, dass sie praktisch gesagt hat, Mattie Harris ... nun, um es krass auszudrücken ... sie hat mehr oder weniger gesagt, sie wäre eine Hure gewesen.«

»Sie hat *was* gesagt?«

»Ehrlich. Sie hat gesagt, sie wäre für Geld mit Männern mitgegangen. Mattie Harris natürlich, nicht Miss Evans. Miss Evans hat gesagt, sie würde es der ganzen Welt erzählen.«

»Was hat sie damit gemeint?«

Robert zuckte mit den Achseln. »Dass sie die Namen ihrer *Kunden* preisgeben würde, nehme ich an. Oder wie immer man die sonst nennt.«

»Was hast du noch mal gesagt, wo hast du sie getroffen?«

»Ich glaube gar nicht, dass ich das erwähnt hatte. Sie hatte sich bei Mutlack untergestellt. Dann wäre sie fast überfahren worden, als sie über die Straße gelaufen und die Lyd Street runter verschwunden ist.«

»Weiber! Gott allein weiß, warum sie tun, was sie tun. Wenn du mich fragst, die sind alle ein völliges Rätsel, eine wie die andere.« Pembridge lachte abermals, ungebührlich lange, wie es schien. »Und wo wir gerade von Rätseln sprechen, wie fandest du unsere Vorstellung am Samstag? Bernie hat gesagt, das letzte Mal, dass wir Ashbridge einen so haushohen Sieg erlaubt haben, war neunzehnhundertzweiunddreißig.«

Die Unterhaltung wandte sich dem Cricket zu und bezog alsbald auch den Barmann und zwei weitere Gäste mit ein. Fünf Minuten später ging Robert auf die Toilette. Er schwankte leicht, während er urinierte, und fragte sich, warum er so was nicht öfter machte – ins Bull kommen und sich mit Freunden ein paar Drinks gönnen. Er erwog, Gerald Pembridge vorzuschlagen, sich noch ein Gläschen zu genehmigen. Oder auch zwei. Er könnte zu Hause anrufen und Bescheid sagen, dass er sich etwas verspäten würde.

Doch als er in die Schankstube zurückkam, war die einzige Spur von Pembridge ein leeres Whiskyglas und ein überquellender Aschenbecher.

»Mr Pembridge musste nach Hause, Sir«, erklärte der Barmann. »Hat mich gebeten, ihn bei Ihnen zu entschuldigen. Dasselbe noch mal?«

## 45

Als es an der Tür läutete, öffnete Edith, da Richard und Brian Kirby noch immer hinter geschlossener Tür im Esszimmer redeten. Sie war nicht gänzlich überrascht, als sie Onkel Bernie auf der Schwelle stehen sah. Doch was sie nicht erwartet hatte, war seine Begleitung.

»Was für eine nette Überraschung.« Sie trat einen Schritt zurück, während sie sich fragte, ob sie wohl je dazu kommen würde, das Abendessen zu machen, ganz zu schweigen davon, es zu essen. »Kommen Sie doch herein. Lassen Sie mich Ihren Mantel nehmen.«

Ihr erster Gedanke war, dass etwas passiert war, das Auswirkungen auf das Haus haben würde. Vielleicht hatte der Chief Constable gesagt, dass Bernie es ihr doch nicht überschreiben könnte. Vielleicht war der Kauf geplatzt. Unterdessen half sie Jill aus ihrem Regenmantel, einem sehr guten Burberry. Jill hatte einen großen ovalen Einkaufskorb dabei, der mit einem Tuch zugedeckt war.

»Entschuldigen Sie bitte, dass wir um diese Zeit vorbeikommen«, sagte Jill. »Und noch dazu unangemeldet. Sie müssen sehr beschäftigt sein.«

»Ist Richard da, Edie?«, fragte Bernie und schloss die Haustür. »Wir müssten mit ihm sprechen.«

»Er ist mit Sergeant Kirby im Esszimmer.«

»Das ist schon in Ordnung.« Bernie warf seinen Regenmantel auf den Stuhl in der Diele. »Es ist eine Polizeiangelegenheit.«

»Soll ich Ihnen den Korb abnehmen?«, bot Edith Jill an.

Jill lächelte. »Nein, danke.«

In diesem Moment öffnete Richard die Esszimmertür. »Guten Abend.«

Sein Gesichtsausdruck veränderte sich nicht. Doch Edith kannte ihn gut genug, um zu erraten, was er empfand. Armer Kerl, dachte sie, das hier musste ihm wie eine Invasion vorkommen, besonders da er und Brian gerade arbeiteten.

»Ich und Miss Francis haben da etwas, das du dir ansehen solltest«, sagte Bernie.

Edith sah, wie Richard einen Blick auf Miss Francis warf. Das war unter den Umständen nur natürlich. Trotzdem empfand sie einen Stich der Eifersucht, so schwach, dass er fast nicht zu spüren war, nur gerade eben. Jill wusste sich anzuziehen, das konnte man nicht leugnen, doch es war natürlich mehr als das – sie hatte das Geld, um sich richtig einzukleiden. Sie war nicht viel jünger als Edith, aber da sie keine Kinder hatte, hatte sie eine jugendlichere Figur behalten. Doch die würde auch nicht ewig währen, und es konnte nicht besonders lustig sein, eine vertrocknete alte Jungfer zu sein.

»Was denn?«, fragte Richard.

Jill zog das Geschirrtuch beiseite, mit dem der Korb zugedeckt war. »Wir haben eine Handtasche gefunden.«

»Im Fluss, unten am Ende meines Gartens«, erklärte Bernie. »Hatte sich an einem Ast unter dem Bootssteg verfangen.«

»Wir haben sie nicht aufgemacht. Wir hielten das für besser.«

Sie schienen sie ganz vergessen zu haben. Edith spähte in den Korb. Es war eine blaue Lacklederimitat-Handtasche, ziemlich protzig. Nichts, was Edith sich kaufen würde.

Außerdem bemerkte sie verärgert, dass sich mehrere kleine Pfützen aus Regenwasser auf dem Linoleum bildeten.

»Aber das ist der falsche Fluss«, sagte Richard, als spräche er mit sich selbst. »Und die falsche Zeit.«

Brian Kirby tauchte hinter ihm in der Esszimmertür auf, und sein Blick wanderte von einem Gesicht zum nächsten. Als sich seine und Ediths Blicke trafen, lächelte er.

»Da ist noch etwas«, erklärte Jill Richard. »Mr Broadbent möchte Ihnen etwas sagen.«

## 46

»Ich fürchte, er schläft, er macht nach dem Abendessen immer ein kleines Nickerchen.«

»Tut mir Leid, Mrs Williamson«, sagte Thornhill. »Ich muss dringend mit ihm reden.«

Bunty Williamson lächelte verhalten. Sie war in den Sechzigern, mit einem schmalen, rotwangigen Gesicht. Ihr Atem roch stark nach Pfefferminz. »Kann ich vielleicht etwas ausrichten? Und dabei sind Sie den ganzen Weg hier herausgefahren, um ihn zu sprechen. Hätten Sie denn nicht anrufen können?«

»Nein. Ich muss mit ihm persönlich sprechen. Es ist wichtig.«

»Dann wecke ich ihn wohl besser auf.« Sie zuckte kurz, als hätte er sie geschlagen, und ihr Gesicht alterte um zehn Jahre, als tiefe Falten auf ihrer Stirn und um ihre Augen herum erschienen. »Würden Sie bitte hier drin warten?«

Sie öffnete eine der Türen in der großen quadratischen Diele und führte ihn ins Esszimmer. Es war kein Vergleich mit dem der Thornhills. Zuerst einmal war es anständig eingerichtet. Alles war modern. Die Stühle, der Tisch, die Anrichte und das Bücherregal passten zusammen. Auf dem

Bücherregal standen Fotografien von Ray und Bunty und den kleinen Williamsons in verschiedenen Stadien ihrer Existenz. Williamson hatte es sich über die Jahre gut gehen lassen, und Thornhill fragte sich, wie er das mit einem Polizistengehalt bewerkstelligt hatte.

Er sah der bevorstehenden Begegnung nicht mit Freude entgegen. Er stellte sich ans Fenster und schaute zu, wie der strömende Regen auf die Auffahrt prasselte und auf das Dach seines Wagens trommelte. Der kleine Austin war nicht wasserdicht, und auf dem Boden und auf den Sitzen würden wieder Pfützen entstehen. Vielleicht konnten sie sich einen neuen Wagen leisten, wenn Bernie Edith das Haus tatsächlich überschrieb.

Was führte Bernie im Schilde? Er hatte Jill zum Abendessen eingeladen. Thornhill verstand es einfach nicht. Warum hatte sie Ja gesagt? In einem finsteren Winkel seiner Seele regte sich die Frage, ob sie daran dachte, eine Affäre mit Bernie anzufangen, der zumindest den Vorzug hatte, ledig zu sein. Und reich. Der Gedanke an das Abendessen erinnerte ihn daran, dass er seine eigene Mahlzeit verpasst hatte.

Bunty steckte ihren Kopf zur Tür herein. »Tut mir Leid, dass Sie warten mussten. Er kommt gleich – wäscht sich nur die Hände. Er hatte vor dem Essen ein paar Anrufe, deshalb hat sich heute Abend alles ein wenig verzögert. Kann ich Ihnen etwas zu trinken anbieten?«

Thornhill lehnte ab. Sie ließ ihn wieder allein, und er tigerte vor dem Fenster auf und ab. Er wusste genau, wer Williamson angerufen hatte. Broadbent und Hendry. Er glaubte, einen Hauch von Alkohol in Buntys Atem gerochen zu haben, nur teilweise von dem Pfefferminz überdeckt. Es ging das Gerücht, dass sie mehr trank, als gut für sie war. Wer würde das nicht tun, wenn er mit Ray Williamson verheiratet war? Ahnte sie, was vor sich ging? Es war unwahrscheinlich, dass Williamson mit ihr je über seine Arbeit sprach.

Schritte schlurften die Diele entlang. Die Tür ging auf, und Williamson kam herein. Er trug eine grüne Strickjacke mit kleinen Lederknöpfen, Twillhose und Pantoffeln und um den Hals ein hellblaues Halstuch mit silbernen Hufeisen. Vor dieser Kulisse und in diesem Aufzug wirkte er kleiner und verletzlicher als auf dem Revier.

»Ah, Thornhill.« Er starrte aus dem Fenster, die Pfeife im Mund. »Wie ich sehe, regnet es noch immer. Scheußliches Wetter.«

»Ja, Sir.«

Williamson nahm einen Aschenbecher von dem gekachelten Kaminsims und stellte ihn auf den Tisch. Er zog einen Stuhl heraus, setzte sich und forderte Thornhill mit einer Geste auf, ebenfalls Platz zu nehmen. »Sie und Bernie haben sich also unterhalten.«

Thornhill nickte.

»Der Himmel weiß, wieso er dachte, er müsste das tun.«

Thornhill hatte sich auch schon gefragt, warum Bernie so offen geredet hatte. Vielleicht wusste Jill es. Der Gedanke, dass sie möglicherweise etwas vor ihm verbarg, schnitt ihm in die Eingeweide wie Stacheldraht.

»Aber es ist nun mal geschehen, stimmt's? Das lässt sich nicht mehr ändern. Tatsache ist, es hätte jedem passieren können. Aber um ehrlich zu sein, ich verstehe wirklich nicht, warum ich da mit hineingezogen werden musste.« Williamsons Worte waren aggressiv, doch er nuschelte sie, während seine Hände mit der Pfeife spielten. »Bernie und Gerald Pembridge haben das ausgekocht. Ich hatte nichts damit zu tun.«

»War es das einzige Mal, Sir?«

Williamson sah hoch, und eine hässliche Röte stieg in seinem Gesicht auf. »Natürlich war es das einzige Mal. Nicht die Pokerabende, meine ich. Ein paar von uns haben sich alle ein, zwei Monate getroffen. Konnte hier sein – konnte bei Gerald Pembridge oder Bernie oder bei Cyril George sein. Nur ein paar Runden Karten, ein paar Drinks, ein bisschen Geplauder.« Er legte die Pfeife so vorsichtig in den Aschenbecher, als hingen Leben davon ab, dass er nicht das leiseste Geräusch machte. »Ich möchte nicht, dass Bunty was davon zu Ohren kommt. Es würde sie umbringen.«

»Also, was genau ist vorletzten Samstag passiert?«

»Das wissen Sie doch, Thornhill. Bernie hat es Ihnen doch schon erzählt.«

»Es wäre hilfreich, es auch von Ihnen zu hören, Sir.«

Williamson sah über den Tisch, dann senkte er den Blick. »Soweit es mich betraf, sollte es nur ein ganz gewöhnlicher Abend werden. Muss so gegen halb neun gewesen sein, als ich in Netherfield angekommen bin. Bernie hat die Tür aufgemacht und gesagt, wir würden nur zu dritt sein – er, ich und Gerald. Dann hat er gesagt, er hätte sich überlegt, der Sache diesmal einen zusätzlichen Anreiz zu geben.« Williamson schaute auf, und diesmal war sein Blick flehend. »Das war das erste Mal, dass ich davon gehört habe.«

Thornhill nickte. Laut Bernies Version hatte er Williamson ein paar Tage zuvor von dem Plan erzählt.

»Er hat mich ins Wohnzimmer geführt, und da war Gerald – und diese junge Frau. Sie saß auf der Armlehne des Sofas, er stand hinter ihr. Das Erste, was mir aufgefallen ist, war, dass sie nicht viel anhatte. Das hat mich doch etwas überrumpelt, muss ich gestehen. Ich hatte immer gefunden, dass Bernie ein bisschen schüchtern war, was das andere Geschlecht angeht. Freundinnen oder so was. Hab ihn immer damit aufgezogen.«

»Die Frau war Mattie Harris?«

»Ja – er hat sie als Mattie vorgestellt. Hat gesagt, sie würde für diesen Abend unsere Gastgeberin sein. Dann – dann ist alles ein bisschen aus dem Ruder gelaufen. Es war so gedacht, also, wenn man gewann, dann würde sie einem einen Drink einschenken, einen Kuss geben …«, Williamson schluckte krampfhaft, »… und dann musste man ihr ein Kleidungsstück ausziehen. Das war Geralds Einfall. Er schien sie ziemlich gut zu kennen, hatte ich den Eindruck, vielleicht besser als Bernie.«

»Und?«

»Nun, wenn die Pokerrunde zu Ende ist, rechnen wir gewöhnlich ab, wer was gewonnen hat, und bezahlen. Aber diesmal würde es einen besonderen Preis für den Gewinner geben, hat Bernie erklärt. Er könnte sich mit Mattie in eins der Schlafzimmer oben zurückziehen. Sie vorstehen schon, um sich ungestört ein bisschen zu amüsieren.« Er fuhr sich mit der Zunge über die aufgesprungenen Lippen. »Sie war scharf darauf, keine Frage. Hat förmlich darum gebettelt.«

»Wer hat gewonnen?«

»Bernie. Ich hab natürlich so gespielt, dass ich verliere. Aber Gerald nicht. Mein Gott, war der wütend, als Bernie gewonnen hat. Wenn Blicke töten könnten …« Er verstummte und fuhr mit dem Finger zwischen dem bunten Halstuch und der faltigen Haut seines Halses entlang. »Ich hab sie auf der Treppe lachen und kichern gehört. Oh, sie hatte ihren Spaß daran.« Er sah Thornhill an, und in seinen Augen flackerte der Geist lange vergangener Lust. »Sie war ein verdammt attraktives Mädel. Besonders, wenn sie nicht viel anhatte.«

Thornhill wandte den Blick ab, sah aus dem Fenster auf den silbernen Regenschleier und die dunkle, wogende Masse der Büsche, die den Garten zur Straße hin säumten. *Welches Recht habe ich, mich zum Richter aufzuspielen?* Wenn Williamson die Wahrheit sagte, dann hatte er nur mit dem Gedanken an Ehebruch gespielt, wohingegen Thornhill tatsächlich Ehebruch begangen hatte und es so bald wie möglich wieder tun wollte. Einen Moment lange blickte er tief in sein Innerstes, und was er dort sah, gefiel ihm nicht. War dies die Wirkung von Lydmouth? Etwas Schleichendes, Ansteckendes in der Luft? Würde er mit der Zeit werden wie Williamson, mit seinen Kumpeln Poker spielen und betrunken ein Mädchen in Unterwäsche anlechzen?

»Soweit mir zu verstehen gegeben wurde, Sir, hält Mr Hendry es in Hinblick auf Ihre Gesundheit für besser, wenn ich wieder die Leitung bei diesem Fall übernehme. Framington kommt auch ohne mich zurecht. Trotters Nummer zwei ist sehr kompetent.«

Williamson nickte kaum wahrnehmbar.

»Natürlich werde ich Ihnen wie immer Bericht erstatten«, fuhr Thornhill fort. »Möchten Sie, dass ich die bisherigen Ermittlungsergebnisse zusammenfasse?«

Wieder ein kaum wahrnehmbares Nicken. Williamson holte einen Tabaksbeutel hervor und begann, seine Pfeife zu stopfen.

»Die Obduktion hat ergeben, dass Mattie Harris im betrunkenen Zustand in einer Badewanne ertrunken ist. Sie war zu dem Zeitpunkt schwanger. Es muss sie also jemand hinterher angezogen haben, und es ist davon auszugehen, dass diese Person sie auch in den Fluss geworfen hat, um es wie einen Unfall aussehen zu lassen. Der Fund ihrer Puderdose am Flussufer dicht beim Ferryman deutet darauf hin, dass sie möglicherweise an dieser Stelle in den Fluss geworfen wurde. Wir haben Zeugen, die sie am Donnerstagabend in Begleitung eines Mannes lachen gehört haben. Diese Zeugen sind der junge Sedbury und Bill Pembridge.«

Williamsons Lider zuckten bei der Erwähnung der Namen.

»Dann ist da noch die Handtasche. Miss Francis und Mr Broadbent haben sie heute am späten Nachmittag am Ende seines Gartens im Fluss gefunden. Nichts Aufschlussreiches, was den Inhalt angeht, auch nichts Auffälliges. Lippenstift, Streichhölzer, eine Packung Präservative, ihre Lebensmittelkarte, Portemonnaie mit Kleingeld, ein Busfahrschein und so weiter. Das Problem ist, wo und wann die Handtasche gefunden wurde.«

»Kommen Sie auf den Punkt, Mann.« Einen kurzen Moment lang war Williamson wieder ganz der Alte. »Es ist nicht nötig, alles in die Länge zu ziehen.«

Gerade noch hatte Thornhill sich völlig unter Kontrolle. Im nächsten Moment war ihm der Kragen geplatzt, und er war aufgesprungen. »Wenn jeder von Anfang an die Wahrheit über Mattie Harris gesagt hätte, dann hätte diese Ermittlung bedeutend weniger Zeit gekostet.« Er sah, wie Williamson vor seinem Zorn zurückschreckte. »Sir.«

Seine Wut verrauchte ebenso schnell, wie sie hochgekocht war, und hinterließ in ihm ein Gefühl des Unbehagens, das an Beschämtheit grenzte. Er setzte sich wieder und fuhr mit normaler Stimme fort: »Das Problem ist, dass die Handtasche im Minnow gefunden wurde, wohingegen die Puderdose am Ufer des Lyd entdeckt wurde. Es gibt noch ein weiteres Problem. Sergeant Kirby und ich haben am Sonntag Mr Broadbent besucht, und wir haben uns bei der Gelegenheit dort unten am Fluss umgeschaut. Es ist wohl möglich, dass wir die Handtasche übersehen haben. Aber es ist wahrscheinlicher, dass sie erst in der Zwischenzeit dort hingelangt ist. Hat sie also jemand absichtlich dort platziert, um Mr Broadbent zu belasten? Die andere Möglichkeit ist, dass sie von irgendwoher flussabwärts getrieben ist. Die Tasche war mehr oder weniger luftdicht, und es war eine Menge Luft darin gefangen, also ist das sehr gut möglich. Da ist noch etwas – man sollte denken, Mattie Harris hätte ihre Puderdose in ihrer Handtasche aufbewahrt. Wie und wann wurden die beiden voneinander getrennt?« Thornhill machte eine Pause und schaute zu, wie Williamson seine Pfeife anzündete. »Und dann ist da noch die Sache mit Jimmy Leigh.«

Das Streichholz brannte bis zu Williamsons Fingern hinunter, und er fluchte. Das noch immer brennende Streichholz fiel auf die polierte Tischplatte. Er schlug die Flamme mit der Hand aus, wobei das glimmende Streichholz auf den Teppich segelte. Er fluchte abermals, stand auf und trat es aus. »Verfluchtes Mistding«, knurrte er, während er sich wieder hinsetzte und ein weiteres Streichholz anriss. »Also, wovon sprachen wir gerade?«

»Jimmy Leigh, Sir.« Thornhill lehnte sich zurück. »Soweit ich sehe, gibt es nur sehr wenige Beweise, die ihn mit Matties Harris' Verschwinden am Donnerstagabend in Verbindung bringen. Die meisten davon sind bloße Indizien.«

»Er wurde dabei gesehen, wie er bei der Tanzveranstaltung mit ihr gesprochen hat«, erinnerte ihn Williamson. »Vor Ruispidge Hall.«

»Aber sie ist erst *danach* verschwunden, Sir. Der einzige wirkliche Beweis ist der Puder, der in seinem Badezimmer aufgetaucht ist. Und Sergeant Kirby ist sich ziemlich sicher, dass der nicht im Bad war, als er und WPC Ailsmore den Jungen am Samstag zum ersten Mal befragt haben.«

Williamson paffte wütend, als versuche er, eine so dichte Rauchwolke zu erzeugen, dass er dahinter unsichtbar wäre. »Es war Fleur de Rose, stimmt's? Zufällig besteht die Möglichkeit eines Irrtums, was den Puder angeht. Einen Moment mal.« Er schob seinen Stuhl zurück und öffnete die Tür. »Bunty!«, brüllte er, als würde er einen Hund rufen. »Bunty!«

Ihre Schritte tappten eilig durch die Diele. Sie trat ins Zimmer und trocknete sich die Hände an ihrer Schürze ab. Ihr Gesicht war angespannt. »Ja, Schatz?«

»Hab ich dir heute Abend nicht ein Geschenk mitgebracht?«

»Oh ja.« Ihr Gesicht entspannte sich zu einem Lächeln. »Eine so liebe Überraschung.«

»Das tut jetzt nichts zur Sache. Sag Mr Thornhill, was es war.«

»Gesichtspuder. Wirklich ganz allerliebst. Ich mag gar nicht daran denken, was der gekostet hat.« Sie sah Thornhill an. »Nächste Woche ist unser Hochzeitstag.«

»Und wie hieß der Puder?«, fragte Williamson mit der unnachgiebigen Ungeduld eines Staatsanwalts.

»Fleur de Rose, Schatz.«

»Aber es gab da ein kleines Problem, nicht wahr?«

»Der Deckel war in deiner Jackentasche aufgegangen, und etwas von dem Puder war ausgekippt. Aber nicht viel. Wir konnten das meiste wieder in die Dose bekommen.« Sie lächelte ihren Mann an. »Es war wirklich nicht schlimm, Ray.«

»Nein«, pflichtete er bei. »Es war wirklich nicht sehr schlimm. Warum setzt du nicht den Kessel auf? Wir könnten alle einen Tee vertragen.« Er wartete, bis sie das Zimmer verlassen hatte. »Ich hab das alles auch schon Mr Hendry erklärt, als er vorhin angerufen hat. Ich habe den Puder heute Morgen gekauft.« Er riss ein weiteres Streichholz an und hielt es über den Pfeifenkopf, obgleich der Tabak noch immer glühte. »Das sind die Zufälle im Leben. Es ist also im Rahmen des Möglichen, dass etwas von dem Puder herausgefallen ist, als ich mich im Badezimmer umgesehen habe.«

»Ja, Sir.«

Die beiden Männer starrten einander an. Das Weiße in Williamsons Augen war von einem zarten roten Netzwerk durchzogen, das wie Spinnweben aussah. Es war eine fadenscheinige Geschichte, praktisch schon durchsichtig, dachte Thornhill, aber sie würde ihren Zweck erfüllen. So sah also der Handel zwischen Williamson, Hendry und Broadbent aus: Williamson hatte sich bereit erklärt, zu kooperieren, die Wahrheit zu sagen und die Ermittlung Thornhill zu überlassen; im Gegenzug würde niemand unangenehme Fragen stellen, am allerwenigsten über den Fleur-de-Rose-Puder in Miss Calders Badezimmer.

»Nun, da haben Sie es«, sagte Williamson. »Alles ganz simpel, stimmt's?«

Was sie hatten, war ein mieser kleiner Kompromiss, der allen Beteiligten erlaubte, das Gesicht zu wahren, dachte Thornhill. War das eine weitere Wirkung, die Lydmouth auf ihn gehabt hatte – dass er williger war, Kompromisse einzugehen? Er war sich nicht sicher, ob das eine Veränderung zum Guten war.

»Wenn wir also davon ausgehen, dass der Puder, der im Badezimmer gefunden wurde, nichts mit Mattie Harris zu tun hatte, finden Sie dann immer noch, dass wir genügend Gründe haben, Jimmy in Gewahrsam zu behalten?«

Williamson schürzte die Lippen und tat so, als überlegte er. Dann schüttelte er zögernd den Kopf. »Da bin ich mir nicht sicher.«

»Wenn wir also keine Anklage gegen ihn erheben, Sir, dann denke ich, wir sollten ihn gehen lassen.«

»Das werden wir wohl tun müssen.« Williamson zog an seiner Pfeife. »Obwohl mir mein Instinkt sagt, dass er schuldig ist wie der Teufel selbst. Nicht, dass das was zur Sache tut. Aber wir betrachten ihn weiterhin als Verdächtigen – stimmen Sie mir da zu?«

»Ja, Sir.« Thornhill fand, dass die Unterhaltung einem rituellen Tanz ähnelte. Die Worte, die sie sagten, hatten nur wenig mit der wahren Bedeutung zu tun. »Wollen Sie auf dem Revier anrufen und denen sagen, dass sie ihn freilassen sollen? Oder möchten Sie, dass ich das für Sie übernehme?«

Williamson blitzte ihn wütend an. Selbst anzurufen und den Befehl für Jimmy Leighs Freilassung zu geben könnte als Rückzieher gesehen werden. Andererseits würde es signalisieren, dass er noch immer das Kommando hatte, dass Thornhill ihm unterstellt war.

»Ich glaube, ich mache es selbst«, sagte Williamson. »Und warum es erst auf die lange Bank schieben?«

Er stand abermals auf und ging in die Diele, wobei er die Tür offen ließ. Thornhill hörte, wie er das Revier anrief. Der Superintendent fragte nach Kirby und ließ ihn bestätigen, dass er den Puder nicht gesehen hatte, als er vorigen Samstag in dem Badezimmer gewesen war.

»Schade, dass Sie das nicht früher erwähnt haben, Sergeant«, sagte Williamson, und Thornhill empfand widerstrebend Bewunderung für den alten Teufel. »Wie dem auch sei, Sie lassen Leigh besser laufen. Mr Thornhill und ich haben es durchgesprochen, und ich sehe keinen Grund, weshalb wir ihn noch weiter festhalten sollten. Nur gut, dass es Ihnen noch eingefallen ist, bevor wir ihn angeklagt haben, was?«

Er kam ins Esszimmer zurück. Sein Gesicht war gerötet, diesmal jedoch vor Triumph. Seine Frau folgte ihm mit dem Teetablett. Sie schenkte zwei Tassen ein und setzte zu einer Erklärung über den Verbleib des Zuckers und des heißen Wassers zum Nachfüllen an, doch ihr Mann winkte sie aus dem Zimmer und schloss die Tür hinter ihr.

»Sie müssen noch immer das Badewasser in ihren Atemwegen erklären«, sagte Williamson leise.

»Ja, Sir. In Anbetracht der Alkoholmenge, die sie intus hatte, ist es sehr gut möglich, dass sie versucht hat, einen Abort einzuleiten. Die blauen Flecke an ihren Schultern deuten darauf hin, dass sie ermordet wurde, dass jemand sie unter Wasser gedrückt hat, aber ich nehme an, ihr Tod könnte ein Unglücksfall gewesen sein. Doch eins wissen wir mit Gewissheit, und zwar, dass jemand versucht hat, ihren Tod zu vertuschen und es so aussehen zu lassen, als wäre sie im Fluss ertrunken. Wenn Sie mich fragen, sollten wir Malcolm Sedbury mal genau unter die Lupe nehmen.«

»Der Junge ist ein Krüppel. Wollen Sie behaupten, dass er eine Affäre mit Mattie Harris hatte? Sie würde doch wohl kaum …?«

*Ist ein Junge mit verkrüppelten Beinen irgendwie eine weniger reizvolle Aussicht als eine Prozession aus geilen alten Männern?*

»Vielleicht war er nicht derjenige, der die Affäre hatte. Er könnte über die Puderdose und die angeblich belauschte Unterhaltung am Ferryman gelogen haben, um jemand anderen zu schützen. Seinen Freund Bill Pembridge zum Beispiel oder sogar Bills Vater.«

»Ah. Ja. Gerald. Ich schätze, den dürfen wir nicht vergessen.«

»Er hatte eine Affäre mit Mattie. Wie Sie wissen, hat er mir das selbst erzählt. Er könnte der Vater des Babys gewesen sein. Die Sache ist die, dass der einzige Beweis dafür, dass Mattie Harris am Abend ihres Todes beim Ferryman und damit am Lyd war, von Malcolm Sedbury und Bill Pembridge stammt.«

Williamson ließ sich das durch den Kopf gehen. Sein Gesicht war jetzt grau und eingefallen. Schließlich legte er seine Pfeife im Aschenbecher ab und räusperte sich.

»Was ist mit Wynstones?«

»Wie bitte, Sir?«

»Wynstones«, bellte Williamson, als wäre Thornhills Unkenntnis ein Verstoß gegen die Dienstvorschriften. »Das ist ein Haus außerhalb der Stadt. Sie sind auf dem Weg hierher an der Abzweigung vorbeigekommen. Es steht seit einer Weile zum Verkauf – der Mann der letzten Besitzerin hat sich dort erhängt. Großer Garten nach hinten raus, der sich bis zum Fluss hinunter erstreckt. Zum Minnow.«

»Wie hängt das mit unserem Fall zusammen, Sir?«

»Weiß der Himmel, Thornhill.« Williamson starrte versonnen über den Tisch. »Ich weiß nur, als ich Sonntagmittag vom Bull nach Hause gefahren bin, da hatte ich einen Wagen vor mir. Einen kleinen Zweisitzer. Ist in die Allee gebogen, die zu Wynstones führt. Führt sonst nirgendwo hin. Und als der Wagen abgebogen ist, hab ich gesehen, wer drin war. Bill Pembridge saß am Steuer, und neben ihm hat der junge Sedbury gesessen.«

## 47

»Herrje«, entfuhr es Mrs Sedbury, als das Telefon klingelte, während sie Pfirsiche mit Sahne aßen, »ich wünschte, die Leute würden nicht anrufen, wenn man beim Abendessen sitzt. Das ist so rücksichtslos.«

Ihr Mann war bereits aufgestanden und wischte sich den Mund mit seiner Serviette ab.

»Sie können ja nicht wissen, dass wir beim Essen sind«, bemerkte Malcolm.

»Darum geht es nicht, Schatz. Es geht darum, dass es die Verdauung deines Vaters durcheinander bringt.«

Das Läuten verstummte. Das Telefon stand im Arbeitszimmer. Malcolm und seine Mutter fuhren fort, grellfarbene, schleimige Dosenpfirsichspalten zu essen. Seine Mutter war als Erste fertig.

»Ich setz den Kessel für den Kaffee auf.«

In diesem Moment kam Robert zurück ins Zimmer. »Nicht für mich, danke. Ich muss noch mal weg.«

»Jetzt? Aber warum denn?«

»Ich bin mir nicht ganz sicher.«

»Liebling, sei doch nicht so geheimnisvoll.«

Ihr Mann beugte sich vor und küsste das sorgfältig frisierte graue Haar seiner Frau. »Ich bin nicht derjenige, der geheimnisvoll tut. Es ist dieser Thornhill. Der Inspector, mit dem Malcolm vor ein paar Tagen gesprochen hat. Er hat sich nach Wynstones erkundigt.« Malcolm legte Löffel und Gabel hin. »Was hat er denn wissen wollen?«

»Ob kürzlich jemand dort gewesen ist. Ich hab ihm gesagt, dass du am Sonntag den Christies das Haus gezeigt hast. Aber ich muss jetzt los. Er will es sich ansehen. Wir treffen uns am Büro, damit ich den Schlüssel abholen kann.«

»Das kann doch sicher warten?«

»Anscheinend nicht.«

»Aber dir ist doch nicht wohl.«

»Es geht mir schon viel besser.«

Robert war halb durchnässt vom Bull heimgekommen, unsicher auf den Füßen und mit Kopfschmerzen. Doch ein Bad, mehrere Aspirin und ein Nickerchen vor dem Abendessen hatten einige der Symptome gelindert, die er auf das Wetter und ein Glas Brandy auf leeren Magen geschoben hatte.

»Was ist mit dem Rest deiner Pfirsiche?«

»Ich hatte genug.« Robert hielt inne, die Hand an der Türklinke. »Ich weiß nicht genau, wann ich heimkomme. Da war noch etwas Merkwürdiges.«

Malcolm schob seiner Mutter sein Schälchen hin. »Was?«

»Verdammt seltsam – der Bursche hat gefragt, ob das Gas noch angeschlossen wäre.«

Er verließ das Zimmer. Ein paar Minuten später hörten sie den Anlasser seines Wagens jaulen.

»Ich finde das höchst sonderbar«, sagte Mrs Sedbury und stellte die Schälchen zusammen. »Aber ich vermute, die Polizei hat ihre Gründe. Also, wo wollen wir unseren Kaffee trinken?«

Er sah zu ihr auf. »Mach keinen für mich, danke, Mutter. Ich gehe aus.«

»Wirklich? Aber es ist ein so scheußlicher Abend. Ich hoffe, dein Vater hat seine Gummistiefel im Wagen.«

»Ein bisschen Regen schadet mir nichts. Ich habe Bill versprochen, dass ich vorbeikomme. Aber zuerst helf ich dir beim Abwaschen.«

Seine Mutter wusch ab, und Malcolm übernahm das Abtrocknen. Die Verzögerung zerrte an seinen Nerven. Aber er wusste instinktiv, dass es besser war, sich ganz normal zu verhalten, was bedeutete, beim Abwasch zu helfen. Und es gab ihm Zeit, die Neuigkeiten zu verdauen.

»Du ziehst dich doch warm an, ja?«, sagte seine Mutter. »Bei all dem Regen wird man so leicht nass. Du willst dich schließlich nicht erkälten.«

Er wusste genau, dass er Bill auch anrufen könnte, aber er wusste nicht, ob das sicher genug wäre. Eine belauschte Unterhaltung könnte schlimmer sein als überhaupt keine Unterhaltung.

Seine Mutter zwang ihn, einen schweren knielangen Regenmantel und einen Südwester anzuziehen. Er bewegte sich steif und kam sich vor wie ein völliger Idiot. Sie küsste ihn zum Abschied. Wegen des Regens war es schummrig in der Diele. Umrisse und Farben waren verschwommen, als sähe man sie durch Nebel.

Vielleicht war es eine Täuschung des Lichts, doch als er sich von ihr löste, schien es ihm einen flüchtigen Moment lang, als würden ihre Züge sich auflösen und wieder zusammensetzen, nicht nur einmal, sondern zweimal. Er sah die Gesichter seiner Schwestern erscheinen, eine nach der anderen. Die Mädchen waren älter als er. Eine war mit einem Anwalt verheiratet, die andere mit einem Offizier der Air Force. Beide hatten Kinder. Als er klein war, war es so gewesen, als hätte er drei Mütter.

Langsam ging er auf das schmiedeeiserne Tor des Jubilee-Parks zu. Die steife Kleidung vermittelte ihm die Illusion, er wäre von einem Panzer umschlossen, gewappnet gegen alles, was die Welt gegen ihn aufbieten könnte. Der Südwester reichte ihm bis über die Ohren, was das Gefühl, vom Rest der Welt abgeschnitten zu sein, noch verstärkte.

Er ging quer durch den Park zum oberen Ende der Albert Road, nicht zuletzt weil er dort weniger Gefahr lief, irgendjemandem zu begegnen. Wenigstens hielt das Wetter die Leute in ihren Häusern, hielt sie davon ab, ihn zu beobachten. Er hatte in einem alten Roman ein Wort gefunden, das die Art beschrieb, wie er ging – *klabastern.* Es bedeutete lahm gehen, ein Bein nachschleifen, aufstampfen. Nachdem er die Bedeutung aus dem Zusammenhang geschlossen hatte, hatte er es in dem großen Wörterbuch in der Bücherei nachgeschlagen, angetrieben von einem heimlichen Drang, die Definition schwarz auf weiß zu sehen, bestätigt zu finden, dass es ein Wort für Menschen wie ihn gab.

Er erreichte die Albert Road und klabasterte auf dem dunkleren der beiden Bürgersteige entlang, der von den Laubkronen der Bäume überdacht wurde. Je früher er mit Bill sprach, desto besser. Er zwang sich, schneller und schneller zu gehen, und seine Muskeln schmerzten protestierend. Das Haus der Pembridges ragte in seinem kahlen Garten empor, so unerbittlich nüchtern wie eine kleine Fabrik mit einem Tennisplatz für die Arbeiter. In einigen der Zimmer im Erdgeschoss brannte Licht.

Vor der Haustür stand ein Streifenwagen.

*Ich hätte nicht beim Abwaschen helfen sollen.*

Malcolm blieb auf der anderen Straßenseite stehen, stützte sich keuchend auf seine Stöcke. Er wich in den Schutz der Bäume zurück und wartete. Wassertropfen liefen raschelnd von den Blättern und platschten auf seinen Südwester. Der Regen war das Einzige, was Malcolm hören konnte. Der nasse Straßenbelag schimmerte wie ein metallener Fluss.

Vier Minuten später wurde seine Geduld belohnt. Ein Polizist kam aus der Haustür, gefolgt von Bill, dem wiederum ein weiterer Polizist folgte. Sie setzten Bill auf die Rückbank des Streifenwagens. Malcolm humpelte eilig durch die offene Pforte des nächstgelegenen Gartens und duckte sich hinter einen Lattenzaun.

Er spähte durch den Zaun, beobachtete, wie der Streifenwagen langsam aus der Auffahrt des Pembridge-Hauses kam. Die Lichtkegel der Scheinwerfer tanzten kurz über den Zaun, überzogen Malcolms Regenmantel mit hellen Streifen. Der Wagen bog nach rechts ab, Richtung Stadtmitte.

Langsam senkte sich die Dunkelheit wieder um ihn herum. Er fröstelte.

## 48

Sie fuhren ihn in einem Streifenwagen nach Hause. Es hatte eine Zeit gegeben, wo Jimmy das genossen hätte. Er fuhr nicht oft in einem Auto, und ein Streifenwagen mit einer Sirene auf dem Dach und einem uniformierten Fahrer war natürlich bedeutend aufregender als die meisten Autos.

Nur dass es nicht mehr aufregend war. Das würde es auch nie wieder sein. Während der letzten paar Tage war er in mehreren Streifenwagen gefahren, und jetzt betrachtete er sie als dunkelblaue Särge auf Rädern. Die Polizei wollte ihn für den Mord an Mattie Harris hängen.

Als der gemeine Sergeant nach unten in seine Zelle gekommen war und ihm gesagt hatte, er könne nach Hause gehen, war Jimmy sich nicht sicher gewesen, ob er ihm glauben sollte oder nicht. Es könnte eine Falle sein. Er wusste nicht, was genau mit dieser Falle erreicht werden sollte, aber er wusste, dass die Polizei es immer darauf abgesehen hatte, einen reinzulegen. Im Zweifelsfall war es immer das Beste, nichts zu sagen, das hatte er im Laufe der Jahre gelernt.

Sie führten ihn nach oben, gaben ihm eine Tasse Tee und einen Schokokeks, und dann gaben sie ihm seine Hosenträger und seinen Schlips zurück. Jimmy wusste nicht, warum sie ihm Hosenträger und Schlips weggenommen hatten. Er vermutete, dass das eine weitere Falle war. Entweder das, oder sie versuchten, ihn lächerlich aussehen zu lassen.

Er starrte aus dem Fenster und ignorierte den Versuch des Fahrers, eine Unterhaltung anzuknüpfen. *Er will mich nur in eine Falle locken.* Die Wischer arbeiteten auf vollen Touren, doch die Windschutzscheibe war trotzdem nur ein verschwommenes Rechteck. Vielleicht würde er bei einem Autounfall sterben, und dann wäre alles vorbei. Er hatte genug. Seit Mattie fort war, war alles schief gelaufen, und er sah keine Möglichkeit mehr, wie es je wieder ins Lot kommen könnte.

»Da wären wir, mein Junge«, sagte der Fahrer, als er vor dem Haus in River Gardens hielt. »Du bist bestimmt froh, wieder zu Hause zu sein.«

*Sag nichts. Das ist sicherer.*

Er saß reglos auf dem Beifahrersitz. Der Fahrer kam um den Wagen herum und öffnete die Tür für ihn.

»Komm schon, Junge. Deine Tante wartet auf dich.«

Die Haustür stand offen. Minnie Calder stand in der Tür, eine dunkle Silhouette gegen das Licht hinter ihr. Während sie den Weg zur Tür entlangeilten, hielt der Polizist einen Regenschirm über Jimmys Kopf, ganz so, als gehöre er zur königlichen Familie.

»Ich werde an den zuständigen Parlamentsabgeordneten schreiben, junger Mann«, erklärte Minnie Calder dem Polizisten. »Sagen Sie das Ihrem Superintendent. Ich finde es schändlich, was Sie getan haben.«

Der Fahrer murmelte etwas und trat eilig den Rückzug

zum Streifenwagen an. Minnie legte ihre Hand auf Jimmys Arm und zog ihn in die Diele. Sie hob sich auf die Zehenspitzen und küsste ihn auf die Wange.

»Geht es dir gut? Haben sie dir wehgetan?«

*Sag nichts. Das ist sicherer.*

»Ich hab ein schönes Stück Lachs aus der Dose für dich zum Abendessen. Und bestimmt finden wir auch ein Stück Kuchen für dich.«

Sie schniefte unvermittelt und wandte sich ab. »Es ist schön, dich wieder hier zu haben.«

Sie gingen in die Küche, und er setzte sich an den Tisch. Sie machte sich daran, sein Abendessen zuzubereiten.

»Warum sagst du denn nichts?«, fragte sie, während sie die Blechdose mit dem Büchsenöffner malträtierte.

Er hörte die Angst in ihrer Stimme. Er war gut darin, zu erkennen, ob Leute Angst hatten oder nicht.

»Du bist gar nicht meine Tante.« Er starrte sie an. »Du hast mir ein Märchen erzählt. Du hast mir mein ganzes Leben lang ein Märchen erzählt. Du hast *allen* ein Märchen erzählt.«

Sie ließ von der Dose ab, setzte sich neben ihn und ergriff seine Hände. »Jimmy, Liebling, es war das Beste so. Ja, ich bin deine Mutter, aber ich war nicht mit deinem Daddy verheiratet. Es war eins von diesen dummen Erwachsenen-Dingen, die manchmal passieren.«

Er zog seine Hände weg, ging ins Wohnzimmer und griff nach dem Foto von dem Mann in dem engen Anzug und der Frau in dem weißen Brautkleid. Minnie folgte ihm in das kleine Zimmer.

»Du hast gesagt, das wären meine Mum und mein Dad.«

»Nun, in gewisser Weise waren sie das auch. Sie haben dich adoptiert, als du noch ein kleines Baby warst, weil ich dich nicht bei mir behalten konnte. Dann kam der Krieg, und ich bin nach Lydmouth zurückgekommen, und sie sind gestorben, und alles war so, wie es von Anfang an hätte sein sollen, du und ich zusammen. Es hat sich nichts verändert, Jimmy.«

Er starrte sie an und schüttelte ganz langsam den Kopf. »Hat es doch.«

Dann schleuderte er das Foto mit aller Kraft von sich. Es drehte sich in der Luft, und der verchromte Rahmen reflektierte das Licht. Das Bild durchschlug das Fenster. Das Krachen des zersplitternden Glases war überlaut.

»Jimmy – Jimmy ...?«

Feuchte, frische Luft strömte ins Zimmer. Tränen rannen über Jimmys Gesicht. Er drehte sich zu ihr um und schüttelte Glasscherben von seinem Ärmel. Sie reichte ihm kaum bis ans Schlüsselbein. Er konnte nicht hören, was sie sagte. Sie war nur eine dumme, alte Frau mit rotem Gesicht, deren Mund sich hin und her, rauf und runter bewegte. Ihn reinlegen wollte. Er wollte, dass sie damit aufhörte, zu tun, was immer sie tat, wollte es mehr, als er je etwas in seinem Leben gewollt hatte.

Er holte mit dem rechten Arm aus, die Hand zur Faust geballt. Der Schlag traf sie am linken Wangenknochen. Ihr Körper kollidierte mit der Kante des Türrahmens. Ihr Mund hatte aufgehört, sich zu bewegen, aber er stand offen, als wartete er darauf, dass jemand einen Wurm hineinfallen ließ. Sie sah aus wie eine Fremde. Sie hatte sich in jemand anders verwandelt.

*Versuchte wieder, ihn reinzulegen.*

Langsam rutschte sie am Türrahmen hinunter, bis sie auf dem Boden hockte. Sie sah zu ihm auf. Noch immer sagte sie nichts. Das Einzige, was Jimmy hörte, war das Zischen und Trommeln des Regens und sein eigenes Schniefen. Er war nicht sicher, wo das eine anfing und das andere aufhörte. Er fand nicht, dass es eine Rolle spielte.

Jemand hämmerte gegen die Haustür.

Das neue Geräusch riss ihn aus seiner Erstarrung. Er drängte sich an Minnie vorbei und rannte den Flur hinunter, durch die Küche und aus der Hintertür. Der Regen schlug ihm entgegen, übergoss ihn, wusch ihn rein. Je schneller er lief, desto sauberer würde er werden.

Er lief durch den Garten, entriegelte die Pforte und schlüpfte hinaus auf den Pfad neben dem Fluss. Jetzt war das einzige Geräusch der Regen. Er streckte seine Hände danach aus. Er mochte Wasser. Während er durch das Zwielicht lief, tanzten die Worte in seinem Kopf einen Ringelreihen.

*Wasch mich rein. Wasch mich rein. Wasch mich rein.*

## 49

»Die Abzweigung ist da vorn«, sagte Sedbury. »Sehen Sie die Lücke in der Hecke?«

»Ich weiß«, sagte Kirby. »Ich war schon mal hier.«

Sie saßen zu viert im Streifenwagen. Kirby saß am Steuer, Joan Ailsmore neben ihm. Der Regen hatte ihn gezwungen, die Geschwindigkeit zu drosseln. Robert Sedbury und Thornhill saßen im Fond. Als der Wagen scharf nach rechts in die Allee schwenkte, schwankten die vier Fahrgäste ebenso scharf nach links. Sedburys Schulter stieß gegen Thornhills.

»Tut mir Leid«, murmelte er.

Zwei Steinsäulen flankierten die Einfahrt zu Wynstones. Das weiße Tor stand offen. Kirby war schon einmal hier gewesen, als der ehemalige Bankdirektor sich umgebracht hatte. Vor Thornhills Zeit. Das Haus stand unter keinem glücklichen Stern. Thornhill war nicht abergläubisch, doch er wusste, dass manche Orte Ärger anzogen.

»Sie haben eine Putzfrau erwähnt«, sagte er zu Sedbury. »Wann kommt die?«

»Einmal die Woche. Donnerstags. Nur für ein, zwei Stunden – das genügt, um das Haus zu lüften und in Ordnung zu halten.«

»Dann steht es also nicht leer?«

»Grundsätzlich ist ein Haus leichter zu verkaufen, wenn es möbliert ist. Es sieht ansprechender aus.«

»Dann ist also, abgesehen von Ihrem Sohn, der am Sonntag die Christies herumgeführt hat, seit letztem Donnerstag niemand mehr hier gewesen?«

»Genau. Warum fragen Sie?«

Niemand antwortete ihm. Der Wagen hielt vor dem Haus. Alle vier stiegen aus. Kirby und Thornhill spannten Schirme auf, und sie eilten unter den Schutz des Vordachs. Sedbury nestelte mit den Schlüsseln. Endlich ging die Tür auf. Sedbury öffnete den Mund, dann schloss er ihn wieder. Er war zweifellos daran gewöhnt, Leute durch Häuser zu führen, und wusste genau, was er zu ihnen sagen musste, dies jedoch war keine gewöhnliche Besichtigung. Er fand nicht die passenden Worte.

»Ich möchte Sie bitten, den Strom einzuschalten«, sagte Thornhill. »Sergeant Kirby hat eine Taschenlampe, falls Sie eine brauchen.«

Der Hauptschalter war unter der Treppe. Sedbury legte den Hebel um. Dann führte er die Polizisten kurz durchs Haus und schaltete dabei in allen Räumen das Licht an.

»Es würde vielleicht helfen, wenn ich wüsste, wonach Sie suchen«, sagte er.

Thornhill sah ihn über seine Schulter hinweg an. »Das lässt sich im Moment noch schwer sagen, Sir. Haben Sie etwas Geduld mit uns, ja?«

Sie waren im kleinen Salon an der Rückseite des Hauses, liefen umher wie Jagdhunde auf der Suche nach einer Fährte.

Thornhill schnüffelte. »Riechen Sie was?«

»Kann ich nicht sagen«, erwiderte Kirby.

»Hier hat kürzlich jemand geraucht.« Wahrscheinlich war er der Einzige im Zimmer, der nicht rauchte. »Die Putzfrau?«

»Ist möglich«, sagte Sedbury. »Es könnten auch die Christies oder Malcolm am Sonntag gewesen sein. Ich selbst rieche nichts. Ich kann Malcolm fragen, wenn Sie möchten.«

Kirby ging zum Fenster und untersuchte das Schloss. »Verriegelt.«

Wie bisher auch alle anderen Fenster. Thornhill starrte auf das Fenster und sah nur die vier dunklen Spiegelbilder von ihnen im Zimmer. Er bat Joan, das Licht auszuschalten. Augenblicklich tauchte der Garten aus dem Zwielicht auf, grau und gespenstisch. Thornhill hielt sein Gesicht dicht an die Scheibe. Eine Terrasse zog sich an der Rückseite des Hauses entlang. Irgendwo musste ein Abfluss verstopft sein, denn auf den Steinplatten stand Wasser, ein sich beständig wandelndes Muster aus Kräuseln und Wellen. Das verbliebene Tageslicht wurde zusehends fahler.

»Ich möchte mir gern den Garten anschauen, solange wir noch etwas sehen können.« Er wandte sich zu Joan um und sah, wie sie und Kirby Blicke wechselten. »Sie bleiben hier – sehen Sie, ob Sie was finden können.«

»Inspector«, sagte Sedbury, und seine Stimme bebte. »Wonach genau suchen Sie?«

»Schwer zu sagen, bis wir es gefunden haben, Sir. Sie gehen voran.« Er sah Kirby an. »Sie bringen wohl lieber die Regenschirme mit, Sergeant.«

»Ja, Sir.«

Ein Hauch von Widerstreben, fast sogar Unverschämtheit schwang in seiner Stimme mit. Kirby hielt das Ganze für ein fruchtloses Unterfangen, erkannte Thornhill; er fand, dass sie lieber bis zum Morgen warten sollten, wenn sie mehr Licht und weniger Regen hätten. Er folgte Sedbury in die altmodische Küche. Notdürftig geschützt von den Regenschirmen, eilten sie durch den aufgeweichten Garten. Thornhill wünschte, er wüsste, wonach er suchte.

Nach den Fußabdrücken eines zwei Meter großen Bauarbeiters mit einem Klumpfuß und einem auffälligen Sohlenmuster an seinen Stiefeln? Dem Stummel einer selbst gedrehten Zigarette? Einem blutbefleckten Taschentuch mit dem aufgestickten Monogramm des Mörders? So einfach war es nicht. Bei den Ermittlungen in einem Kriminalfall, wie im Leben allgemein, wusste man gemeinhin erst, wonach man suchte, wenn man es gefunden hatte.

»Was ist das?« Er zeigte auf ein Dach neben dem Fluss.

»Ein Bootshaus«, sagte Sedbury. »Da ist ein Ruderboot drin. Ein mächtiger Anreiz für die Angler. Es gibt auch einen Außenbordmotor.« Er lachte leise und lächelte sie an, als hoffte er, er hätte Thornhill und Kirby mit seiner gewitzten Bemerkung entwaffnet.

Sie erreichten den Fluss. Das schlammige Wasser des Minnow floss von links nach rechts vorbei, strömte unablässig und unaufhaltsam zum Lyd. Thornhill und Kirby gingen am Flussufer entlang. Der Rasen entlang des Wegs war sorgfältig gemäht, doch ansonsten gab es kein Anzeichen dafür, dass in den letzten Monaten jemand hier gewesen war.

Sedbury ging voraus und mühte sich mit der Tür des Bootshauses ab. »Sie – sie neigt dazu, sich zu verkeilen«, keuchte er über seine Schulter. »Aber nur bei feuchtem Wetter. Und feuchter als jetzt geht's kaum, stimmt's?«

Er lachte abermals, und im selben Moment, als wäre das Geräusch die Parole gewesen, flog die Tür auf. Sedbury wurde nach hinten geworfen und wäre gefallen, wenn Kirby ihn nicht festgehalten hätte. Alle drei drängten sich um die Tür.

»Hier drin gibt es keinen Strom, fürchte ich«, erklärte Sedbury. »Das Boot ist da drüben.«

»Sergeant«, sagte Thornhill.

Kirby holte eine Taschenlampe aus der Tasche seines Regenmantels. Der Lichtstrahl tanzte durch das Bootshaus. Zwei Sätze Ruder lagen auf Haltern an der Wand zur Rechten. Der Motor hing in einer Schlinge von einem der Pfeiler, die das Dach stützten. Wasser tröpfelte leise, dicht bei der hinteren Wand, wo eine doppelflügelige Tür auf die kleine Helling hinausführte.

Thornhill fuhr mit der Hand am Blatt eines der Ruder entlang.

»Wir versuchen, dafür zu sorgen, dass das Boot gelegentlich zu Wasser gelassen wird«, erklärte Sedbury. »Nur um den Motor mal laufen zu lassen.«

»Wer macht das?«, fragte Thornhill.

»Mein Sohn. Mit einem Freund.«

»Bill Pembridge?«

»Ja.«

»Wann wurde es zuletzt benutzt?«

»Ich fürchte, ich habe keine Ahnung. Es könnte sogar am Sonntag gewesen sein.« Sein Blick wanderte von einem Gesicht zum anderen. »Mein – mein Sohn wird es wissen.«

Sie hasteten zum Haus zurück und hängten ihre triefenden Regenmäntel in der Diele auf. Sedbury war jetzt sehr still. Thornhill konnte das wachsende Unbehagen des Mannes förmlich riechen. Alles führte immer wieder zu Malcolm zurück.

Joan kam nach unten. Sie schüttelte den Kopf, als Thornhill sie fragend ansah.

»Nichts Offensichtliches, Sir.« Sie zögerte. »Aber im Wäscheschrank oben war ein Berg Handtücher. Ich hatte den Eindruck, die obersten wären ein wenig klammer als die anderen. Schwer, das mit Gewissheit zu sagen. Und es könnte auch am Haus liegen, wo es so nah am Fluss steht.«

»Vielleicht möchten Sie hier unten warten, Sir«, schlug Thornhill Sedbury vor. »Wir schauen uns oben um.«

Es gab fünf Schlafzimmer, vier von ihnen geräumig und eins mit einem angrenzenden Ankleidezimmer, und ein Badezimmer. Thornhill betrachtete das Geländer entlang des Treppenabsatzes und fragte sich, ob dies die Stelle war, wo sich der ehemalige Bankdirektor erhängt hatte. Der Makler stand unten in der Diele neben dem Hutständer. Seine Schultern waren gebeugt, und seine Hände drehten ein großes weißes Taschentuch zu einem Strick zusammen.

Die drei Polizisten gingen von Zimmer zu Zimmer, zogen Schubladen auf, öffneten Türen, schlugen Teppiche zurück, überprüften Fenster, schauten unter die Betten. Genau wie das Haus selbst, war auch die Einrichtung so unpersönlich wie ein leeres Blatt Papier. Die meisten Häuser platzen vor Geheimnissen aus den Nähten, dachte Thornhill bei sich, und überall, wo man hinschaut, findet man kleine Brocken an Informationen über das Leben ihrer Besitzer. Aber nicht in Wynstones. Es war ein Haus, das niemandem mehr gehörte.

Der eingebaute Wäscheschrank war auf dem Treppenabsatz. Thornhill befühlte die Handtücher. Joan hatte Recht – die obersten schienen etwas klamm zu sein. Er und Kirby falteten eins nach dem anderen auseinander. Dann stellten sie sich zu dritt unter die Lampe auf dem Treppenabsatz und untersuchten sie.

Thornhill sparte sich das Badezimmer bis zuletzt auf. Sie nahmen jeden Zentimeter in Augenschein und fanden nichts. Das Fenster ging auf den hinteren Garten hinaus und war verriegelt. Die Badewanne war blitzsauber. Kirby steckte die Zündflamme des Ascot-Durchlauferhitzers an, drehte den Heißwasserhahn auf und hielt seine Hand in den

Wasserstrahl. Der Ascot kam auf Touren, und Kirby riss die Hand zurück.

»Himmel, ist das heiß.« Er drehte den Hahn zu. »Ich denke, damit hätten wir dann alles gesehen, Chef. Es sei denn, Sie wollen noch einen Blick auf den Dachboden werfen.«

»Das Sieb unter dem Abfluss.«

Kirby starrte ihn an; sein Gesicht war unnatürlich ausdruckslos.

»Im Kofferraum ist eine Werkzeugtasche«, sagte Thornhill. »Würden Sie die bitte heraufholen? Wir können es auch gleich jetzt machen, wo wir schon mal hier sind.«

Kirby trampelte die Treppe hinunter und machte dabei mehr Lärm als nötig. Thornhill hörte Stimmengemurmel in der Diele unten und das Zuknallen der Haustür. Einen Moment später war Kirby zurück, Kopf und Schultern mit glitzernden Regentropfen bedeckt.

Die Wanne hatte eine Verkleidung, doch an der Rückseite gab es eine Wartungsöffnung hinter einer festgeschraubten Abdeckplatte. Um sie zu erreichen, musste Kirby sich seitlich auf den Boden legen, was weder seinem Anzug noch seiner Laune gut tat. Die Abdeckplatte war nicht schwer zu entfernen. Um das Sieb unter dem Abfluss abzuschrauben, brauchte er jedoch um einiges länger. Zwischendrin rutschte die Rohrzange ab und zog eine blutige Schramme über Kirbys Hand. Als er das Sieb schließlich Thornhill reichte, schwitzte er. Joan stand die ganze Zeit über an der Tür, die Hände gefaltet, einen artigen Ausdruck auf dem Gesicht.

Thornhill trug das Sieb zum Waschbecken, über dem eine Lampe angebracht war. Er klappte sein Taschenmesser auf und schaufelte den Inhalt heraus. Kurz darauf lag ein Berg von grauem, von Haaren durchzogenem Matsch auf dem weißen Porzellan. Thornhill schabte das Innere des Rohrs aus, holte noch den letzten Rest heraus. Dann zerteilte er den Haufen mit der Messerspitze, zog die Haarsträhnen auf eine Seite.

Kirby hatte das Schmollen aufgegeben und stand schwer atmend hinter ihm. Joan gesellte sich ebenfalls zu ihnen.

Die meisten der Haare waren grau, kaum zu unterscheiden von dem Schlamm, in den sie eingebettet waren. Sie unterschieden sich beachtlich in der Länge, obgleich das längste von ihnen nicht mehr als fünf Zentimeter war.

»Der pensionierte Bankdirektor?«, sagte Thornhill und tippte mit der Messerspitze auf den Haufen. »Und die längeren stammen vermutlich von der Ehefrau, die letztes Jahr gestorben ist.« Die Messerspitze schabte über das Porzellan zu drei weiteren Haaren, länger und bedeutend dunkler als der Rest. »Aber was ist mit diesen hier?«

Niemand antwortete.

Thornhill holte sein Taschentuch heraus und legte eins der längeren, dunkleren Haare darauf. Er wickelte fast das ganze Haar in das Leinen, bis auf ein Ende, das er festhielt, um das Haar daran herauszuziehen und alle Feuchtigkeit auszupressen. Schließlich hielt er das Haar unter die Glühbirne der Lampe und musterte es eingehend.

Es ließ sich nur schwer mit Gewissheit sagen, nicht, solange sie es nicht im Labor unter einem Mikroskop hatten. Doch er war sich ziemlich sicher, dass das Haar rötlich war.

## 50

Das Abendessen war Teil der Abmachung gewesen.

Nachdem sie in der Victoria Road mit Thornhill und Kirby gesprochen hatten, fuhr Bernie Jill zurück zum Church Cottage und setzte sie dort ab, damit sie sich umziehen konnte. Eine Dreiviertelstunde später kehrte er zurück, gekleidet in einen dunklen Anzug, in dem er fast elegant aussah. Er fuhr mit ihr zum Restaurant eines kleinen Hotels außerhalb von Elmbury.

»Ich überlege, die Werkstatt ein Stück die Straße runter zu kaufen«, erklärte Bernie fast entschuldigend. »Sie gehört dem Dad des Geschäftsführers hier.«

Jill war nicht ganz sicher, warum Bernie sie zum Essen ausgeführt hatte, doch nach zwei Gläsern sehr guten Sherrys kümmerte sie das immer weniger. Er war einem Wirrwarr von Motiven ausgeliefert, wie jeder andere Mensch auch, und einige davon zeigten ihn in einem besseren Licht als andere. Sie hatte am Nachmittag in Netherfield eine Abmachung mit ihm getroffen, und sie musste noch herausfinden, welche Konsequenzen das genau mit sich brachte.

Als er zugestimmt hatte, mit Richard zu reden, ihm zumindest einen Teil der Wahrheit über jenen Samstagabend zu erzählen, hatte Jill sich etwas im Nachteil gefühlt, so als täte er in Wirklichkeit ihr einen Gefallen. Auf der Fahrt zum Haus der Thornhills hatte er sie zum Essen eingeladen. Es wäre ungehobelt gewesen abzulehnen.

Jill hatte noch andere, weniger ehrenhafte Gründe, die Einladung anzunehmen. Nachdem sie den größten Teil der Woche die urwüchsigen Annehmlichkeiten des Walnut Tree Cottages und den *Pfarrer von Bullhampton* ertragen hatte, verdiente sie es, wenigstens einen Abend lang verwöhnt zu werden. Außerdem hatte sie ein obskures, jedoch starkes Gefühl, dass Richard Thornhill daran erinnert werden musste, dass sie ein Leben hatte, zu dem er nicht gehörte. Darüber hinaus würde sie, sich selbst überlassen, nur die ganze Zeit darüber nachgrübeln, ob sie schwanger war oder nicht.

Während des Essens hatte Bernie sich an Flaschenbier gehalten, Thorogood and Nephew's Indian Pale Ale. Er bemerkte, dass Jill das Etikett betrachtete. »Hab nie Geschmack an Wein gefunden«, sagte er. »Das hier ist mir lieber. Vielleicht kauf ich sogar einen Anteil an der Brauerei.« Er fuhr eine Gabel voll Scholle ein und sagte mit vollem Mund: »Mattie hat es auch gemocht, ganz nebenbei bemerkt. Das hat sie getrunken, an dem Abend, als sie in Netherfield war. Das Mädel konnte eine Menge Bier wegstecken, so klein und zierlich sie auch war.«

»Die Polizei hat eine Thorogood-Flasche am Ufer in der Nähe der Leiche gefunden.«

»Ach ja? Woher wissen Sie das denn?«

Jill zwickte sich unter dem Tisch in den Schenkel. Sie wusste es, weil Richard es ihr im Bett erzählt hatte. »Philip Wemyss-Brown hat sehr gute Kontakte zur Polizei. Nicht unbedingt offizielle Kontakte, wenn Sie verstehen. Die Sache ist die, Thorogood ist kein Lydmouth-Bier.«

Bernie nickte mit seinem massigen Kopf. »Nein. Also stehen die Chancen gut, dass die Flasche, die an der New Bridge angetrieben wurde, eine von meinen war. Kann von dem Abend stammen. Wir haben zwischendrin eine Verschnaufpause im Garten eingelegt. Ray hat eine leere Flasche in den Fluss geworfen. Wissen Sie, wie Flaschen manchmal halb voll laufen, und das genügt, um ihnen Ballast zu geben, so dass sie mit dem Hals nach oben treiben? Genau das ist mit der Flasche passiert. Mattie hat gesagt, wir sollten eine Botschaft hineinstecken.«

»Die wie lauten sollte?«

»Das hab ich sie auch gefragt. Wissen Sie, was sie geantwortet hat? *Prost! Ich schwöre auf Thorogoods.* Schon komisch, sich vorzustellen, wo die Flasche gelandet ist.« Er schmunzelte und spießte eine weitere Gabe voll Scholle auf. »Ich nehme nicht an, dass eine Botschaft darin war?«

»Soweit ich weiß nicht. Aber in gewisser Hinsicht war die Flasche selbst eine Botschaft. Was sie sagte, war, das etwas den ganzen Minnow hinuntertreiben und an der New Bridge enden kann.«

»Die ganze Strecke von meinem Garten.«

»Ja«, sagte Jill. »Das meinte ich damit.«

»Darauf wird die Polizei wohl auch schon gekommen sein.« Ein weiteres Stück Scholle fand den Weg in seinen Mund. »Sie schienen die Thornhills gut zu kennen.«

Es war eine Feststellung, keine Frage. *Aber er kann nichts über uns wissen.*

»Ich sehe Richard Thornhill regelmäßig durch meine Arbeit. Und in jüngster Zeit hatte ich recht viel mit Edith zu tun. Meine Katze hat geworfen, und sie werden mir vielleicht zwei der Kätzchen abnehmen.«

»Edie stammt aus dieser Gegend, auch wenn sie den Großteil ihres Erwachsenenlebens woanders gelebt hat. Sie passt hierher. Aber Richard ist aus anderem Holz geschnitzt. Er weiß nicht, wie wir die Dinge hier handhaben. Und er ist ein bisschen überkorrekt. Wussten Sie, dass ich ihr Haus kaufe?«

Jill schüttelte den Kopf und mimte Überraschung. Einen Moment lang fragte sie sich, ob Bernie ihr eine Falle stellte.

»Sie wussten es also nicht, was? Wieso auch? Ich werd's wahrscheinlich auf Edies Namen überschreiben. Richard macht ein bisschen Theater, weil er denkt, die Leute würden das als versuchte Bestechung eines Polizeibeamten sehen. Was meinen Sie?«

Um ihre Erleichterung zu verbergen, trank sie einen Schluck Wasser. Bernie bat um ihren Rat, vielleicht, weil sie für die *Gazette* arbeitete. Oder, was weniger schmeichelhaft war, er bat nicht um ihren Rat, sondern bereitete den Boden für den Moment, wo die Neuigkeit öffentlich bekannt wurde. Aber wie auch immer, es bedeutete, dass er nicht darauf anspielte, dass er über sie und Richard Bescheid wusste.

»Ich kann mir nicht vorstellen, dass irgendjemand etwas dagegen einzuwenden hätte.«

»Ich habe mit Mr Hendry gesprochen.«

»Wenn der Chief Constable kein Problem damit hat, dann sehe ich nicht, wer sonst eins haben sollte.«

»Genau das denke ich auch.« Bernie spaltete ein Streichholz und pulte ein Stück Fisch zwischen seinen Zähnen heraus. »Aber man kann nie vorsichtig genug sein. Wo wir gerade dabei sind, Sie sagten, Sie wären gestern Abend mit jemandem zusammen gewesen. In Gloucester. Wer war das?«

»Das war eine Lüge«, gestand Jill.

»Wirklich?«

»Ja. Ich wollte Sie nur dazu bringen, die Wahrheit über Mattie zu sagen.«

»Hat auch geklappt.« Er schmunzelte. »Ich habe Sie unterschätzt.«

Für den Rest des Essens unterhielten sie sich über andere Dinge. Doch auf der Heimfahrt kehrte er unvermittelt zum Thema Mattie Harris zurück.

»Nettes Mädel, kann man nicht anders sagen. Aber wenn sie mich fragen, sie hat das Unheil herausgefordert.«

Jill sah im Dunkeln des Wagens sein Profil an. »Warum?«

»Zu freigiebig mit ihrer Gunst. Von der Art gibt es nicht viele in Lydmouth.« Er trat plötzlich aufs Gas, und der Wagen schoss vorwärts. »Zu unabhängig. Hat sie gefährlich gemacht, verstehen Sie. Wir sind daran gewöhnt, dass Männer die Regeln beugen, aber wenn eine Frau sich aufführt, als gäbe es keine Regeln, dann nehmen die Leute das übel. So was schafft Probleme.«

»Aber die Leute mochten sie. Ist Ihnen das aufgefallen? Fast jeder hat sie gemocht.«

»Das stimmt. Aber sie war trotzdem ein Außenseiter. Genau wie ich, in gewisser Hinsicht.« Er wandte den Kopf zu ihr um. »Oder wie Sie, Jill, wenn auch aus einem anderen Grund.«

»Ich bin nicht sicher, ob ich Sie da verstehe.«

»Die Sache ist doch ganz einfach. Ich zum Beispiel, ich gehöre in jeder Hinsicht hierher, mit einer Ausnahme. Und diese eine Sache macht mich zu einem Außenseiter, und das wird auch immer so bleiben. Aber Sie *sind* eine Außenseiterin. Sie kommen aus London.«

»Bei Ihnen klingt das, als käme ich von einem anderen Stern.«

»Tun Sie das nicht? Verstehen Sie mich nicht falsch, die Leute mögen Sie. Auch wenn sie es merkwürdig finden, dass Sie einen Beruf haben und allein leben. Eine gut aussehende Frau wie Sie sollte einen Ehemann haben.«

»Das ist allein meine Sache.«

Mittlerweile fuhren sie durch die nördlichen Ausläufer von Lydmouth. Keiner von ihnen sagte ein weiteres Wort, bis sie die High Street erreichten, bis sie nur ein paar hundert Meter von Jills Cottage entfernt waren. Es regnete noch immer, wenn auch nicht mehr so heftig wie zuvor. Es waren nur wenige Autos unterwegs, und noch weniger Fußgänger.

»Vielleicht ist dies nicht der richtige Zeitpunkt«, sagte Bernie. »Aber ich würde Ihnen gern ein kleines geschäftliches Angebot machen. Sie müssen mir nicht jetzt gleich eine Antwort geben. Vielleicht ist es etwas, das wir uns beide gründlich überlegen sollten. Aber werden Sie sich meinen Vorschlag zumindest anhören?«

»Natürlich. Aber ich kann mir nicht vorstellen – Vorsicht!«

Sie war sich nicht sicher, ob Bernie vor oder nach ihrem Aufschrei auf die Bremse trat. Sie wurde gegen die Windschutzscheibe geschleudert. Im allerletzten Moment dämpfte sie den Aufprall mit dem Arm. Der Ruck ging durch ihren ganzen Körper.

»Mein Gott!«, murmelte Bernie, während er das Lenkrad herumriss.

Der Riley war ins Schleudern geraten. Das Heck brach aus, und der Wagen drehte sich 45 Grad um die eigene Achse und kam erst zum Stehen, als das Hinterrad gegen die Bordsteinkante krachte. Jill hörte Geräusche hinter dem Wagen, das Scheppern von Metall und einen dumpfen Aufprall. Bernie stieß die Wagentür auf und stieg eilig aus. Jill folgte ihm. Sie zitterte und musste sich einen Moment lang gegen den Wagen lehnen, um gegen die Übelkeit anzukämpfen.

Ein Fahrrad lag halb auf dem Bürgersteig, halb auf der Straße. Ein Mann mit einer Schirmmütze saß in einer Pfütze an der Bordsteinkante.

»Ist alles in Ordnung?« Bernie beugte sich über ihn. »Geben Sie mir Ihre Hand. Mein Gott, was für ein scheußliches Wetter.«

Jill trat an die andere Seite des Mannes. Sie ergriff einen Arm, Bernie den anderen. Gemeinsam halfen sie dem Mann auf die Füße. Er war klein, aber kräftig gebaut und überraschend schwer. Er trug keinen Mantel, und seine Jacke war völlig durchnässt.

»Man kann nicht mal die Hand vor Augen sehen in diesem Wetter«, sagte Bernie. »Sie hatten auch kein Licht, oder?«

»Das geht Sie nichts an.« Es war das Erste, was der Mann sagte. »Sie sind gefahren wie ein verfluchter Irrer.«

»Ted«, sagte Bernie. »Sind Sie das, Ted?«

»Mr Broadbent«, sagte Ted ohne Begeisterung.

»Was machen Sie denn an einem solchen Abend auf der Straße?«

Ted zog seine Arme aus ihrem Griff und richtete sich leicht schwankend auf. »Violet ist nicht nach Haus gekommen. Bin losgegangen, um nach ihr zu suchen.«

»Vielleicht ist sie ins Kino gegangen oder hat sich mit einer Freundin getroffen oder …«

»Das Baby hätte schon längst gestillt werden müssen.«

»Können wir irgendetwas tun?«, fragte Jill.

»Schicken Sie sie nach Hause, wenn Sie sie sehen, Miss. Wissen Sie, wie sie aussieht?«

»Ja – wir sind uns schon einmal begegnet.«

Er musterte sie durch den Regen, doch sie war sich nicht sicher, ob er sie wiedererkannte. Bernie hob das Fahrrad auf. Ted riss es ihm aus den Händen und versuchte, die Räder zu drehen.

»Lassen Sie es mich wissen, wenn irgendetwas kaputtgegangen ist«, sagte Bernie. »Und auch, wenn Ihre Kleidung Schaden genommen hat. Einer von diesen blöden Unfällen, was? Niemandes Schuld, aber ich würde nicht wollen, dass Ihnen deswegen Unkosten entstehen.«

Das war typisch für den Mann, ging es Jill durch den Sinn: großzügig, zumindest oberflächlich, aber gerissen.

»Scheiß drauf, Bernie Broadbent. Wenn mir oder meinem Rad irgendwas passiert ist, dann werden Sie dafür zahlen. Darauf können Sie einen lassen.«

Ted schob sein Rad die High Street hinunter, ohne sich noch einmal umzudrehen. Bernie wollte ihm nachlaufen, doch Jill legte die Hand auf seinen Arm und hielt ihn zurück.

»Lassen Sie es für den Moment gut sein«, sagte sie.

»Aber ich will dem Dummkopf helfen.«

»Er will keine Hilfe. Er will seine Tochter.«

Sie kehrten schweigend zum Wagen zurück. Bernie fuhr zum Church Cottage weiter.

»Sie können gern noch auf einen Drink mit reinkommen, wenn Sie möchten«, bot Jill an, hinlänglich gewiss, dass sie ihre Tugend nicht gegen Bernies Avancen würde verteidigen müssen.

»Danke. Ich hätte ihn fast totgefahren.«

»Haben Sie aber nicht.«

Sie stiegen aus dem Auto, und Jill schloss die Haustür auf. Es gab Leute in Lydmouth, die ihre Häuser unverschlossen ließen, doch sie hatte Londoner Gewohnheiten beibehalten. Sie drückte die Klinke herunter und schob. Die Tür öffnete sich ein paar Zentimeter, dann blieb sie an irgendetwas hängen.

»Ich glaube, da ist ein Kratzer an der Fahrerseite«, sagte Bernie hinter ihr. »Und ich hab den verfluchten Wagen noch keine Woche.«

Jill bückte sich, um aufzuheben, was immer die Tür blockierte. Ein Umschlag hatte sich zusammengefaltet und zwischen der Unterkante der Tür und der Fußmatte verkeilt. Sie zog ihn heraus und stieß die Tür auf.

Irgendwo in dem dunklen Haus ertönte ein Miau. Alice war, wie die meisten stillenden Mütter, hungrig.

Jill schaltete das Licht an und trat, gefolgt von Bernie, in die Diele. Während er die Tür schloss, faltete sie den Umschlag auseinander und las die Aufschrift. Ihr stockte hörbar der Atem.

»Was ist?«, fragte Bernie hinter ihr. »Schlechte Nachrichten?«

Sie antwortete nicht, sondern starrte nur auf den Umschlag und las abermals die Worte.

*Miss M. Harris, Lower Slade Cottage, Eastbury, Lydmouth.*

Die Adresse war in blauer Tinte geschrieben. Hier und dort waren die Worte verwischt, als ob kürzlich Regentropfen oder vielleicht Tränen darauf gefallen wären. Es gab noch eine Änderung. Jemand hatte mit Bleistift *Miss M. Harris* ausgestrichen. Direkt über Matties Namen hatte die betreffende Person ein neues Wort gekritzelt.

*Miststück.*

# 51

Brian Kirby war auch nur ein Mensch. Jedenfalls sagte er sich das. Er mochte Bill Pembridge nicht, und es kümmerte ihn nicht, ob man ihm das anmerkte. Sie saßen einander gegenüber, getrennt nur von dem zerkratzten Metalltisch. Die einzige andere Person im Vernehmungszimmer war Joan, die neben der Tür saß und mitschrieb. Bill hatte die Ellbogen auf den Tisch gestützt, den Kopf gesenkt, eine Zigarette zwischen den Fingern seiner rechten Hand. Sein Gesicht war rotfleckig, die Haut um seine Augen verquollen. Die blauen Augen waren feucht, doch er war bis jetzt nicht wirklich zusammengebrochen. Noch nicht.

Kirby zog es vor, Bill zu verhören, wenn er auf einem Stuhl saß. Der junge Pembridge war gut zehn Zentimeter größer als er, und er mochte Männer nicht, die ihm das Gefühl gaben, klein zu sein.

»Wir gehen alles noch einmal durch«, erklärte Kirby. »Von Anfang an. Irgendwie habe ich das Gefühl, dass ich immer noch nicht ganz zu dir durchgedrungen bin.«

»Aber ich habe Mattie Harris nicht gekannt.«

»Natürlich hast du sie gekannt.« Kirby blätterte die Seiten seines Notizbuchs zurück. »Da haben wir es ja. Du scheinst sie bestens gekannt zu haben, als du behauptet hast, du hättest sie am Donnerstagabend am Ferryman gehört. Hast du das Gedächtnis verloren?«

»Sie – Sie verdrehen mir die Worte im Mund. Ich wusste, wer sie war. Aber ich kannte sie nicht gut. Wir waren nicht befreundet.«

»Wessen Idee war es – deine oder Malcolm Sedburys?«

»Welche Idee?«

»Wynstones zu benutzen.« Er sah Angst in Bills Augen aufflackern. »Wynstones ist dir doch bekannt, oder?«

»Ich bin nie drin gewesen. Ich hab Malcolm am Sonntag hingefahren. Er musste es Leuten zeigen. Aber ich bin nicht im Haus gewesen. Ich bin im Wagen geblieben.«

»Bist du nicht einmal in den Garten gegangen?«

Bill zuckte mit den Achseln. »Vielleicht. Ich erinnere mich nicht.«

Kirby seufzte und musterte Bill eingehend. Dann drehte er sich zu Joan um. »Ich weiß ja nicht, wie's Ihnen geht, Schätzchen, aber ich bin am Verdursten. Warum holen Sie uns nicht einen Tee?« Er zwinkerte ihr zu, wohl wissend, dass Bill sein Gesicht nicht sehen konnte.

»Ja, Sarge.« Sie stand auf und strich ihren Rock glatt. Kirby schaute ihr hinterher, als sie den Raum verließ. Netter Hintern, dachte er bei sich, da hat ein Mann was zum Festhalten. Er drehte sich wieder zu Bill um, und diesmal spielte die Spur eines Lächelns um seine Mundwinkel.

»Hör zu, ich weiß, dass das hier hart ist.« Er klappte sein Notizbuch zu und warf es auf den Tisch zwischen ihnen. »Aber wir können es leichter machen. Viel leichter.«

»Ich weiß nicht, was Sie meinen.«

»Das ist jetzt nur unter uns. Deshalb hab ich das Mädel weggeschickt. Wir wissen beide, dass Mattie kein Kind von Traurigkeit war. Das Problem mit solchen heißen Bräuten ist, dass man sich an ihnen leicht die Finger verbrennt. Sie war schwanger. Ich denke, sie hat versucht, das Kind auf die traditionelle Weise loszuwerden. Sie war eine – nun, lass uns sagen, sie war eine Freundin von dir. Also hat sie sich an dich gewandt. Du hast mit dem jungen Sedbury gesprochen, und ihr habt entschieden, dass es das Beste wäre, das Badezimmer in Wynstones zu benutzen. Das würde niemandem schaden. Niemand würde es erfahren. Problem gelöst. Ich weiß allerdings nicht, was als Nächstes passiert ist. Weißt du's?«

Bill starrte noch immer auf die zerkratzte Tischplatte.

Die Zigarette brannte weiter und weiter herunter, bis die lange Asche unbeachtet auf den Tisch fiel.

»Vielleicht hat es einen Unfall gegeben«, fuhr Kirby fort. »Vielleicht hat sie sich besinnungslos getrunken und ist ertrunken. Und plötzlich hattest du ein Problem. Du bist in Panik geraten. Das ist nur allzu verständlich – Gott weiß, was ich an deiner Stelle getan hätte. Aber ...«

Die Tür ging auf, unterbrach ihn just, als er in Schwung kam. Joan kam ohne Tee herein. Er blitzte sie wütend an.

»Kann ich Sie kurz sprechen, Sarge? Draußen.«

Er folgte ihr auf den Korridor.

»Der Chef will Sie sehen«, sagte sie. »Er ist in seinem Büro.«

»Gerade jetzt, Herrgott noch mal. Ich hatte den kleinen Dreckskerl fast da, wo ich ihn haben will.«

»Was soll ich tun, solange Sie weg sind?«

»Behalten Sie ihn im Auge, aber stellen Sie ihm keine weiteren Fragen, bis ich zurück bin.« Er zeigte mit dem Daumen nach oben, in die allgemeine Richtung von Thornhills Büro. »Was ist los?«

»Fragen Sie mich nicht. Als er mir gesagt hat, dass ich Sie holen soll, hat er gerade vorn im Eingang mit dieser Reporterin geredet. Sie wissen schon, Miss Francis.«

Kirby nickte. *Daher wehte also der Wind.* Er ging hinauf ins Erdgeschoss. Thornhills Stimme war in der Eingangshalle deutlich zu hören. Kirby schlüpfte durch die Glastür, die in den für die Öffentlichkeit zugänglichen Teil des Gebäudes führte. Niemand war hinter dem Tresen. Die Eingangshalle dahinter war leer bis auf Thornhill und Jill Francis. Kirby wich instinktiv zurück, so dass er sie nicht sehen konnte.

Aber er konnte sie hören.

»Ich denke, es besteht durchaus die Möglichkeit, dass Violet in Gefahr ist.« Das war Jills bestimmte, unnachgiebige Stimme. »Solltet ihr nicht nach ihr suchen?«

»Das sehe ich nicht so. Ich kann es einfach nicht rechtfertigen, Männer dafür abzustellen. Nicht auf das hin, was wir im Moment wissen. Wir haben jetzt schon zu wenig Leute.«

»Es ist keine Frage von *rechtfertigen,* es ist ...«

»Wir werden den Beamten auf Streife Bescheid geben, dass wir nach ihr suchen.«

Auf der Treppe ertönten die Schritte von genagelten Schuhen. Kirby zog sich hinter die Glastür zurück, dann trat er abermals vor und richtete es so ein, dass er gleichzeitig mit Sergeant Fowles in der Eingangshalle auftauchte.

Fowles hatte einen Damenschirm in der Hand, den er Jill reichte. Sie dankte ihm und lächelte Kirby zu. Sie war eine gut aussehende Frau, kein Zweifel, und verglichen mit ihr wirkte Joan ein bisschen plump. Irgendetwas, vielleicht Zorn, hatte Farbe in ihre Wangen gebracht. Sie verabschiedete sich von Thornhill und verließ das Gebäude.

»Brian, kommen Sie mit in mein Büro.«

Sie gingen wortlos in den ersten Stock hinauf. Thornhill winkte Kirby auf einen der Besucherstühle in dem kleinen Raum und setzte sich hinter den Schreibtisch. Das Rollo vor dem Fenster war heruntergezogen, doch Kirby hörte den Regen gegen die Scheibe prasseln.

»Haben Sie schon irgendwas aus Pembridge herausbekommen?«

»Nein, Sir. Sagt kein Wort, flennt nur fast. Aber ich krieg ihn schon klein.«

»Sie klingen, als hätten Sie ihn nicht gerade ins Herz geschlossen.«

»Das könnte man sagen.«

»Das hier wird Ihre Ansicht kaum ändern.« Thornhill schob ihm seine Schreibtischunterlage hin. Darauf lagen ein Umschlag und ein Blatt Papier. »Lieber nicht anfassen.«

Kirby beugte sich auf seinem Stuhl vor. Der Name Mattie Harris war das Erste, was ihm ins Auge fiel. Dann das hingekritzelte Wort darüber. *Miststück.* Die Adresse im Briefkopf war ihm nicht unbekannt.

»Lesen Sie den Brief.«

*The Beeches*
*Albert Road*
*Lydmouth*
*29. April*

*Liebe Mattie,*

*Malcolm hat mir den Schlüssel geliehen, also könnten wir uns wieder in Wynstones treffen. Nur noch ein letztes Mal? Ich hab ein kleines Geschenk für dich. Ich bringe Bier mit und ein tragbares Grammophon, und wir können eine kleine Party feiern, nur wir beide. Ich werde Donnerstagabend um sieben in der Allee beim Cottage deiner Eltern warten. Natürlich fahre ich dich hinterher nach Hause. Bitte komm, ich kann's nicht erwarten, dich wiederzusehen.*

*Viele Küsse*
*Bill*

»Bill?« Kirby blinzelte. »Sie hat mit *Bill* Pembridge und mit seinem Dad geschlafen?«

»Nicht zur gleichen Zeit. Nicht ganz.«

»Und keiner der beiden wusste etwas vom anderen.« Er schüttelte den Kopf, halb schockiert, halb bewundernd. »Sie muss sich ins Fäustchen gelacht haben.«

»Was ist, wenn einer der beiden dahinter gekommen ist?«

»Wo wurde der Brief gefunden, Sir?«

»Jemand hat ihn durch Miss Francis' Briefschlitz gesteckt. Muss heute Abend gewesen sein, während sie zum Essen aus war. Vermutlich dieselbe Person, die auch die Änderungen auf dem Umschlag vorgenommen hat.«

»Und da kommt praktisch nur eine Person in Frage.«

Thornhill nickte. »Das Problem ist, dass sie verschwunden ist. Miss Francis und Grafschaftsrat Broadbent haben vor einer Dreiviertelstunde Ted Evans in der High Street getroffen, wo er auf der Suche nach Violet war. Ich habe einen Constable zu ihrem Haus geschickt, aber sie ist noch nicht zurückgekommen. Wir werden sie natürlich finden, vermutlich eher früher als später.«

»Sie glauben doch nicht …«

»Es gibt keinen Hinweis darauf, dass sie Selbstmordabsichten hegt, Brian, wenn Sie das meinen.«

»Aber das alles zusammen ergibt ein mächtiges Motiv. Besonders, wo sie gerade ein Baby bekommen hat.« Kirbys rechte Hand machte eine wellenförmige Geste wie eine aufgewühlte See. »Frauen tun dann manchmal komische Dinge, heißt es. Völlig emotional, verstehen Sie? Da reagieren sie schnell übertrieben.«

»Wir werden uns Bill Pembridge vorknöpfen.« Thornhill stand auf. »Die Fragen werden erst mal weiter Sie stellen. Ich werde nur dabeisitzen und zuschauen.«

Sie gingen gerade die Treppe hinunter, als ein uniformierter Sergeant hinter ihnen den Flur entlanggehastet kam.

»Sir«, rief er zu Thornhill hinunter. »Das hier sollten Sie sich anhören.«

Thornhill und Kirby blieben stehen und schauten zu dem blassen Gesicht hinauf, das sich über das Geländer beugte.

»Ein Anruf von PC Hemlett, Sir. Seine Streife führt durch River Gardens.«

Thornhill stieg die Treppe wieder hinauf. »Was gibt's?«

»Ein zerbrochenes Erdgeschossfenster in Nummer neun, Miss Calders Haus. Er hat geklingelt, aber es hat niemand aufgemacht. Dann kam die Nachbarin raus und hat gesagt, Miss Calder wäre bei ihr. Hemlett ist reingegangen, um mit ihr zu reden. Sie stand offenkundig unter Schock und hatte einen blauen Fleck auf der Wange. Hat gesagt, sie wär gestolpert und gegen das Fenster gefallen, und dabei wär's irgendwie zerbrochen. Nur ein Unfall, beteuerte sie immer wieder, nur ein Unfall.«

»Was ist mit dem Neffen, Jimmy Leigh?«

»Das ist es ja, Sir. Er hat sich aus dem Staub gemacht. Und Hemlett sagt, es sieht aus, als wäre da Blut auf dem Wohnzimmerteppich.«

## 52

Es war ein Albtraum. Das konnte doch alles nicht wirklich passieren. Nicht ihm. Er war doch der Glückspilz.

Die Minuten krochen langsamer und langsamer dahin. Bill waren die Zigaretten ausgegangen. Die Polizistin war mit dem Sergeant hinausgegangen, und sie hatten den Riegel vorgeschoben. In der Tür war ein Guckloch, und hin und wieder bemerkte er ein Gesicht, das ihn ansah. Einmal hatte er versucht, mit dem Gesicht zu reden, doch er hatte keine Antwort erhalten. Er zerriss die leere Zigarettenschachtel in kleine Pappstreifen und legte mit ihnen den Buchstaben M.

Ganz am Anfang hatte er den Sergeant gefragt, ob er einen Anwalt dabeihaben könnte, doch der Sergeant hatte gelacht und gesagt, dazu bestünde keine Notwendigkeit, weil ihm nichts zur Last gelegt wurde.

Noch nicht.

Er war einfach vom Pech verfolgt. Sein Vater hätte gewusst, wie man mit der Polizei umgehen musste – Superintendent Williamson war einer seiner Freunde: Aber sein Vater war nicht zu Hause gewesen, als die Polizei kam, und seine Mutter war völlig nutzlos gewesen. Er machte sich selbst so wahnsinnig, dass er den Punkt erreicht hatte, wo alles besser erschien, als allein in diesem Raum zu hocken, nur mit seinen eigenen Gedanken als Gesellschaft.

Der Riegel schepperte. Die Tür ging auf, und der Sergeant kehrte zurück, gefolgt von Inspector Thornhill. Keiner der beiden sagte etwas zu ihm. Der Inspector setzte sich auf den Stuhl, auf dem die Frau gesessen hatte. Kirby kehrte zu seinem Stuhl auf der anderen Seite des Tischs zurück und zündete sich eine Zigarette an.

Bill räusperte sich. »Kann ich bitte auch eine haben?«

Kirby blies Rauch aus. »Das kommt darauf an.«

»Worauf?«

»Darauf, ob du mir diesmal die Wahrheit sagst.«

»Aber – aber ich habe Ihnen die Wahrheit gesagt.«

Kirby lehnte sich auf seinem Stuhl zurück und gähnte. »Du hast mir einen Haufen Lügen aufgetischt. Du hast die Zeit der Polizei verschwendet. Allein dafür könnten wir dich anklagen.«

Bill schluckte und sah den Inspector an, in der Hoffnung, bei ihm Beistand zu finden. Doch Thornhill kritzelte etwas in sein Notizbuch.

»Wir haben etwas sehr Interessantes herausgefunden, Mr Pembridge.« Kirby beugte sich über den Tisch und blies abermals Rauch aus, diesmal so, dass er in Bills Gesicht waberte. »Während Violet Evans dein Baby zur Welt gebracht hat, hattest du eine kleine Affäre mit ihrer Freundin Mattie Harris.«

»Das ist nicht wahr.« Bills Stimme quiekte wie Luft, die aus einem Reifen strömt. »Ich schwöre, das ist nicht wahr.«

»Spar dir deinen Atem. Wir haben einen Brief, den du geschrieben hast. Der lässt keinen Raum für Zweifel. Du wolltest mit ihr nach Wynstones fahren, stimmt's, und ein paar Flaschen Bier mitbringen. Von dem tragbaren Grammophon ganz zu schweigen.«

Als der widerwärtige Kerl das Grammophon erwähnte,

wusste Bill, dass für ihn alles verloren war. Wenn sie den Brief nicht gefunden hätten, hätten sie das niemals wissen können. Mattie tanzte für ihr Leben gern. Zweimal war es ihm gelungen, mit ihr ins Bett zu tanzen. Nur dass sie sich nicht die Mühe gemacht hatten, erst ins Bett zu gehen. Sie produzierte sich gern, tanzte gern, während er ihr zusah. Sie wollte tanzen, und er wollte mit ihr schlafen. Und am Ende war es aufs selbe rausgelaufen.

»Ich – ich habe sie nicht umgebracht. Ich schwöre es.« Bill starrte in panischer Angst vom Sergeant zum Inspector. »Sie müssen mir glauben.«

»Dann sag uns die Wahrheit.«

Bill sackte auf seinem Stuhl zusammen. Wie konnte man jemandem die Wahrheit über Mattie sagen? Sie ließ sich so schwer fassen wie eine Hand voll Wind. Er erinnerte sich daran, wie sie ihre Beine in die Luft geworfen hatte, als sie auf dem Grammophon Fats Wallers' »Your Feet's Too Big« gespielt hatten, jeder Schwung ein bisschen höher, bis er schließlich glatt zwischen ihre Beine hatte sehen können, nur um festzustellen, dass sie keinen Schlüpfer trug. Er erinnerte sich daran, wie sie rittlings auf ihm gesessen und ihm gesagt hatte, er solle ein braver Junge sein und Violet heiraten. Kurz davor hatte sie große Augen gemacht, wie ein glückliches Kind, als er ihr die Puderdose gegeben hatte.

»Ich – ich war seit etwa einem Jahr mit Violet zusammen«, sagte er. »Manchmal sind wir gemeinsam mit Mattie ausgegangen. Zu viert.«

»Zu viert?«, fragte Kirby.

»Mit Malcolm Sedbury.«

Einen Moment lang herrschte Schweigen.

»Kanntest du irgendeinen ihrer anderen Liebhaber?«

Bill schüttelte den Kopf. »Ich hab sie einmal danach gefragt. Sie sagte, es wäre besser, nicht darüber zu sprechen.«

Sie hatten sich geküsst, als er gefragt hatte, saßen nebeneinander in dem kleinen Salon in Wynstones. Er hatte eine Kerze angezündet, und ihr dunkelrotes Haar hatte einen geheimnisvollen Schimmer angenommen. Sie hatte nach Zigarettenrauch und Sherry, Gewürzen und Fleur de Rose gerochen.

»Was man nicht weiß«, hatte sie gesagt, »macht einen nicht heiß. Es hat nichts mit dir und mir zu tun. Nichts mit dem *Jetzt.*«

»Und was ist mit mir?«, hatte Bill erwidert. »Würdest du den anderen von mir erzählen?«

»Natürlich nicht, du dummer Junge.«

»Aber mich hast du am liebsten, ja?«

Dann hatte sie ihn mit einem Kuss zum Schweigen gebracht. Der Kuss hatte bald zu anderen Dingen geführt.

»Wie lange hast du dich mit ihr getroffen?«

»Als Vi mit dem Baby aus dem Krankenhaus kam, wollte Mattie es nicht mehr.« Er begriff, dass das, was er gerade gesagt hatte, dem Polizisten einen falschen Eindruck von ihm vermitteln würde, und fügte eilig hinzu: »Nicht, dass ich es gewollt hätte, selbstverständlich. Es war nur eine kurze Affäre. Es hat uns irgendwie übermannt. Aber es konnte nicht so weitergehen.«

Doch er wünschte, es hätte weitergehen können. Es hatte eine Zeit gegeben, als Violets glatter, blasser Körper unbändige Lust in ihm geweckt hatte. Doch nachdem sie festgestellt hatte, dass sie schwanger war, veränderte sich alles. Sie redete lieber über Windeln, als Sex zu haben.

Was sollte ein Mann da tun? Wenn Mattie erst einmal von einem Besitz ergriffen hatte, dann konnte man sie nicht mehr abschütteln. Sie würde nie über Windeln reden, dessen war Bill sich sicher gewesen. Das war auch schon so ziemlich das Einzige, dessen er sich bei ihr sicher gewesen war, doch das war ein Teil ihres Charmes. Man wusste nie, was sie als Nächstes tun würde. Vielleicht wusste sie es nicht mal selbst.

Kirby schob die Zigarettenschachtel über den Tisch. »Wann hat Mattie festgestellt, dass sie schwanger war?«

Bill schüttelte eine Zigarette aus der Schachtel. »Muss so vor drei Wochen gewesen sein.« Er beugte sich über den Tisch, um sich von Kirby Feuer geben zu lassen. »Sie hat gesagt, ich müsste es gewesen sein, jenes erste Mal. Das war Anfang April. Wir haben uns zusammengesetzt – Violet, Mattie, ich und Malcolm. Natürlich konnten wir Violet nicht sagen, dass ich es gewesen war, der Mattie den Braten in die Röhre geschoben hatte.«

»War Malcolm auch einer ihrer Liebhaber?«

»Sie machen wohl Witze.« Die Zigarette machte ihn stärker, gab ihm das Gefühl, alles unter Kontrolle zu haben. »Der arme alte Malcolm. Nun, jedenfalls, Mattie hat gesagt, sie würde das Baby unter keinen Umständen kriegen. Hat gesagt, eine Freundin von ihr hätte sich betrunken und ein sehr heißes Bad genommen, und damit wäre es erledigt gewesen. Sie würde das Gleiche tun. Sie wollte, dass Malcolm und ich es arrangieren. Dass wir wieder die Schlüssel für Wynstones beschaffen, Gin besorgen, sie hinterher im Wagen nach Hause fahren sollten. Sie konnte es nirgendwo sonst tun, verstehen Sie. Ihre Eltern hatten kein Badezimmer, und außerdem ist das nicht gerade etwas, was man zu Hause machen kann, oder? Wir haben überlegt, in ein Hotel zu gehen oder so was, aber da hätte sicher jemand etwas gemerkt. Und es hätte auch eine Stange Geld gekostet. Nein, sie hatte schon Recht – Wynstones war die beste Lösung.«

Er hatte gehofft – nichts, was er hier erwähnen müsste –, dass sie vielleicht auch Lust haben würde, mit ihm zu schlafen. Nun, warum nicht? Sie wollte vorher in der Ruispidge Hall tanzen gehen, weil die Bewegung vielleicht helfen würde, das Baby loszuwerden, wie sie sagte. Wenn sie Bewegung wollte, dann konnte er ihr Bewegung verschaffen.

»Wir hatten alles durchgeplant«, fuhr Bill fort und verspürte Enttäuschung, weil der Plan gut gewesen war, auch wenn er nicht funktioniert hatte. »Kennen sie die Ruispidge Hall? Auf der Rückseite ist ein Weg, praktisch nur ein kleiner Trampelpfad, der hinter den Sportplätzen des Lyzeums entlang bis zur Narth Road führt. Man kommt knappe hundert Meter vor der Abzweigung zu Wynstones raus. Malcolm sagte, es wäre besser, nicht zu riskieren, dass man uns zusammen sieht. Nur für alle Fälle.«

Mattie hatte bereits etliche Drinks intus gehabt, als sie in Wynstones ankam. Nicht genug, um sie torkeln zu lassen – das kam später. Doch Bill hatte sie beobachtet, als sie die Auffahrt heraufgekommen war, hatte ihren federnden Schritt gesehen, ihre Erregung gespürt. Diese Wirkung hatte Alkohol immer auf Mattie gehabt, zumindest anfänglich. Sie strahlte, als hätte jemand tief in ihrem Innern eine Kerze angezündet.

Sie war gegen Viertel nach neun in Wynstones eingetroffen. Bill und Malcolm hatten sie in den kleinen Salon an der Rückseite des Hauses geführt, wo sie kurz zu dritt geraucht und getrunken und zugeschaut hatten, wie der Garten immer dunkler wurde. Malcolm hatte gesagt, es wäre besser, das Licht nicht einzuschalten, nur für alle Fälle. Bill hatte nach einer Möglichkeit gesucht, Mattie vorzuschlagen, dass jetzt vielleicht ein guter Zeitpunkt für ein bisschen Bewegung im großen Schlafzimmer wäre. Aber sie hatte ihm keine Gelegenheit gegeben, und es hatte ihm an Mut gefehlt, eine Gelegenheit zu schaffen. Sie hatte mit Malcolm auf dem Sofa gesessen, aufgekratzt wie ein kleines Mädchen bei einer Party, und hatte Geschichten über Leute erzählt, die sie gekannt hatte, als sie mit Gary in London gewohnt hatte, Geschichten ohne Anfang oder Ende. Dann war sie plötzlich aufgestanden und hatte ihr Glas geleert wie bei einem Trinkspruch.

»Zeit für mein Bad«, hatte sie verkündet. »Sei ein lieber Junge, Bill, und lass es für mich einlaufen.« Sie hielt Malcolm ihr Glas hin und sagte: »Füll noch mal nach. Lasst uns auf einen netten kleinen Mord anstoßen.«

Sie plumpste wieder aufs Sofa, wo sie gleichzeitig kicherte und weinte. Froh darüber, von ihr wegzukommen, ging Bill nach oben und ließ das Bad ein. Als er wieder nach unten kam, hielt sie Malcolms Hand, während sie schunkelnd auf dem Sofa saß und eine viel zu langsame Version von »Auld Lang Syne« summte.

Sie summte weiter »Auld Lang Syne«, während sie ihr nach oben und ins Badezimmer halfen. Dann schickte sie sie mit den Worten fort, sie wolle sich nicht von zwei Spannern beim Ausziehen zugucken lassen, wies sie jedoch an, in Hörweite zu bleiben, für den Fall, dass sie sie brauchte.

Sie hatte sie wie zwei Dienstboten behandelt, sagte Bill. Sie hatte nach unten gerufen und mehr Gin verlangt. Sie hatte nach Zigaretten verlangt, nach Streichhölzern, nach einem Aschenbecher. Meistens war es Bill, der die Sachen nach oben trug, da Malcolm mit unbekannten Treppen Mühe hatte. Mittlerweile hatte Bill kaum noch etwas sehen können, denn die Dämmerung war zu weit fortgeschritten. Mattie war ein schemenhafter Umriss in der Wanne, der mit kehliger Stimme Befehle gab. Als sie ihn anwies, das Heißwasser in Gang zu bringen, tanzten die Flammen im Ascot, tauchten die Wanne und Mattie in einen flackernden orangefarbenen Feuerschein. Nicht dass es da viel zu sehen gegeben hätte, denn das meiste von ihr war unter Wasser. Mittlerweile war er selbst ziemlich betrunken, nicht länger erregt, sondern eingeschnappt, und er konnte sich nicht vorstellen, wieso er sie je attraktiv gefunden hatte.

Ein wenig später schollen Matties Rufe die Treppe hinunter. »Verflucht noch mal!«, kreischte sie. »Mir sind die verdammten Zigaretten in die Wanne gefallen.«

Malcolm und Bill sahen einander an. Malcolm hatte seine Zigaretten zu Hause vergessen. Sie hatten gerade Bills letzte geraucht.

»Bringt mir eine Kippe, ja?«, rief sie.

»Wir gehen los und kaufen welche«, sagte Malcolm.

Bill stand auf. »Ich gehe.«

Mattie hatte wieder angefangen, »Auld Lang Syne« zu singen.

»Wir gehen beide«, erklärte Malcolm und hievte sich auf die Füße. »Schon gut«, sagte er in Antwort auf Bills stumme Bitte. »Ich geh rauf und sag's ihr.«

Im Vernehmungszimmer herrschte Stille. Bill hatte das Gefühl, die Erinnerungen würden ihn umspülen wie eine Flutwelle. Man konnte in Erinnerungen ertrinken. Sergeant Kirby zündete sich eine weitere Zigarette an. Die beiden hätten allein im Raum sein können.

»Also ist Malcolm nach oben gegangen, um ihr zu sagen, dass ihr beide Zigaretten holen würdet?«, hakte Kirby nach.

»Nein. Am Ende sind wir beide raufgegangen. Sie wollte noch einen Drink, und er konnte nicht gleichzeitig die Flasche und sich am Geländer festhalten.«

»Ihr habt euch keine Sorgen gemacht, sie allein zu lassen?«

»Wieso sollten wir? Was sollte ihr schon passieren. Sie war ein bisschen angetrunken, aber mehr nicht. Es konnte niemand rein.«

»Niemand?«

Bill ignorierte die Frage und erzählte eilig weiter. »Um ehrlich zu sein, ich war froh, da rauszukommen. Die ganze Sache war mir unheimlich. Dieses verfluchte Gesinge. Klang wie ein Trauermarsch.« Er zögerte und wünschte, er wüsste, was er offenbaren, was er erfinden und was er verbergen sollte. »Aber sie war nicht die ganze Zeit so trübselig. Das Letzte, was ich von ihr hörte, war, wie sie über irgendwas lachte, das Malcolm gesagt hatte.«

»Dann war er also allein mit ihr?«

Bill nickte. »Ja, ich bin als Erster wieder nach unten gegangen. Sie hat ihn irgendwas gefragt, und sie haben sich eine Weile unterhalten. Dann hat sie gelacht.«

Er hätte Matties Lachen überall wiedererkannt. Es war die Art von Lachen, die einem einen Schauder über den Rücken jagte, einen an verbotene Freuden denken ließ und zu ihrem willigen Komplizen machte.

»Ich bin rausgegangen, um den Wagen vorzufahren«, fuhr Bill fort. »Wir hatten ihn an der Seite des Hauses abgestellt, damit er nicht zu sehen war, falls jemand die Auffahrt entlangkommen sollte. Malcolm ist ein paar Minuten später rausgekommen, nachdem er sich die Treppe runtergekämpft und abgeschlossen hatte.«

»Dann war er also mit Mattie allein?«

»Ja«, bestätigte Bill eifrig. »Das war er.«

Sie waren zum Ferryman gefahren, weil Malcolm es für sicherer hielt. Sie hatten beide eine ganze Menge getrunken, und die Chancen, angehalten zu werden, waren größer, wenn sie nach Lydmouth hineinfuhren. Sie kauften Zigaretten und tranken auch etwas. Keiner der beiden hatte es eilig, wieder zurückzufahren.

»Wie lange wart ihr weg?«

Bill zuckte mit den Achseln. »Keine Ahnung. Eine Dreiviertelstunde vielleicht.«

»Und wann seit ihr nach Wynstones zurückgekommen?«

»Ich hab nicht auf die Uhr gesehen. Muss zwischen halb elf und elf gewesen sein, schätze ich.«

Er und Malcolm waren zusammen ins Haus gegangen. Die Diele war ihnen viel dunkler vorgekommen als zuvor, bevor sie weggefahren waren. Bill hatte flüchtig an den Geist des ehemaligen Bankdirektors gedacht, an den Mann, der sich erhängt hatte. Einen Moment lang hatte er sich gefragt, ob da irgendetwas in der Dunkelheit über ihm war, irgendeine tiefere Dunkelheit, die sanft im Luftzug von der Haustür schaukelte.

»Mattie, wir sind wieder da«, hatte Malcolm gerufen. »Mattie!«

Das Haus war still. Seine Worte flogen wie unbeantwortete Gebete die Treppe hinauf und wurden von der Dunkelheit über ihnen verschluckt. Es wäre eine Erleichterung gewesen, sie lachen zu hören, sogar, »Auld Lang Syne« zu hören.

Er und Malcolm stiegen zusammen die Treppe hinauf, wobei Malcolm sich mit einer Hand auf Bill und mit der anderen auf das Geländer stützte. Das Badezimmer war praktisch stockdunkel. Nur die winzige blaue Zündflamme des Durchlauferhitzers flackerte fahl. Malcolm fluchte leise und tastete an der Wand entlang, bis er den Lichtschalter fand.

Plötzlich war alles gleißend hell. Da war die Badewanne, zu zwei Dritteln mit Wasser gefüllt. Und da war Mattie, trieb unter der Oberfläche, während sich das dunkelrote Haar wie Seetang um das bleiche Dreieck ihres Gesichts rankte.

Die Szene hatte sich unauslöschlich in Bills Gedächtnis eingebrannt. Ihre Kleider lagen über einem hölzernen Handtuchständer. Die Ginflasche, das Glas und der Aschenbecher standen auf einem Stuhl neben der Wanne. Der Aschenbecher quoll von Zigarettenstummeln über, und das Glas war halb voll, der Rand mit Lippenstift verschmiert.

»Der Fußboden war nass«, sagte Bill und starrte Brian Kirby über den Tisch hinweg an. »Kann ich noch eine Zigarette haben?«

Kirby zog eine aus der Schachtel und gab sie ihm. Er hielt

ihm ein Streichholz hin. Bill kratzte sich am Kinn. Der Rauch brannte in seiner Kehle. Warum dachte man immer, eine Zigarette würde alles besser machen?

»Wie nass?«, fragte Kirby.

»Sah aus, als wäre Wasser aus der Wanne geschwappt. Da waren auch Fußabdrücke. Sie muss nach unten gegangen sein, um die Ginflasche zu holen, und sie dann mit nach oben genommen haben. Hat wahrscheinlich Wasser verspritzt, als sie aus der Wanne gestiegen ist.« Er sah Kirby durch den Rauch an. »Das hat zumindest Malcolm vermutet.«

»Bist du sicher, dass sie tot war?«

»Natürlich bin ich sicher ...« Bill verstummte und versuchte zu lächeln. »Tut mir Leid. Malcolm hat ihren Puls gefühlt. Außerdem konnte man – man konnte es sehen.«

»Was hast du gedacht, was passiert war?«

»Es war ganz klar. Sie war eingeschlafen und ertrunken. Arme alte Mattie.« Er biss sich auf die Unterlippe.

»Ich wollte die Polizei rufen«, sagte Bill, »aber Malcolm hat gesagt, wir könnten nicht zulassen, dass man sie dort findet. Er sagte, wenn wir das täten, würde alles über sie und mich rauskommen, und sein Vater würde vermutlich einen Herzanfall kriegen.« Er schnitt eine Grimasse. »So wie er es sagte, schien da nichts Unrechtes dran zu sein. Es war schließlich ein Unfall gewesen, dass sie ertrunken war, oder nicht? Also haben wir beschlossen, sie in den Fluss zu legen, damit es so aussah, als wäre sie dort ertrunken. Sie wissen schon, als hätte sie ein paar Gläschen zu viel getrunken und wär hineingefallen. Kam am Ende schließlich auf dasselbe raus. Und es hätte niemandem geschadet.«

Er suchte in Kirbys Gesicht nach Mitgefühl, fand jedoch nur verhaltene Neugier.

Nach und nach brachen die Einzelheiten aus ihm heraus. Es war ein Glück gewesen, dass Mattie so zierlich und leicht war, obgleich der Tod sie schwerer gemacht hatte. Bill hatte sie aus der Wanne gehoben, wobei er erfolgreich dem Drang widerstanden hatte, sich zu übergeben, und sie auf eins der großen Handtücher aus dem Wäscheschrank gelegt. Ihre Arme und Beine hatten unnatürlich hin- und hergeschlenkert. Malcolm hatte sich hingekniet und sie ausgestreckt, so dass ihre Arme am Körper lagen und ihre Beine geschlossen waren. Ihre kleinen Brüste ragten von ihrem Körper auf wie ein Paar Granatäpfel. Er hatte bemerkt, wie Malcolm auf das dunkle Dreieck aus Haaren in ihrem Schritt starrte, und sich gefragt, ob es wohl das erste Mal war, dass er eine nackte Frau sah.

*Totes Fleisch. Das genügt, damit einem Mann für den Rest seines Lebens die Lust auf Sex vergeht.*

»Nimm die Taschenlampe und lass das Boot zu Wasser«, hatte Malcolm ihm befohlen. »Und nimm ein Paar Ruder mit. Wir bringen sie ein Stück flussabwärts und kippen sie in den Fluss. Lass das Boot zu Wasser und komm wieder her.«

»Was hast du vor?«

Malcolm hatte ihn angestarrt, und sein Mund hatte gezuckt. »Sie anziehen, natürlich. Es sei denn, du möchtest es tun.«

Bill war nach unten gegangen. Er zitterte. Nichtsdestotrotz half die frische Luft, genau wie es half, eine Aufgabe zu haben, bei der er Mattie nicht anfassen musste. Als er wieder ins Badezimmer kam, lag sie noch immer auf dem Handtuch, doch jetzt war sie vollständig angezogen. Ihre glasig-braunen Augen starrten an die Decke.

»Wir wickeln sie in das Handtuch«, sagte Malcolm. »So ist es leichter, sie zu tragen. Ich hol noch eins aus dem Wäscheschrank.«

*Kein Mensch. Nur eine unhandliche Last. So muss man es sehen. Als würde man eine Matratze oder eine Teppichrolle tragen.*

Bill hatte sie sich über die Schulter gelegt und nach unten getragen, während Malcolm sich hinter ihnen die Stufen hinabmühte. Er hielt die Augen halb geschlossen, weil es das Risiko verringerte, etwas Erschreckendes zu sehen. Dann ging es durch den Garten zum Fluss. Er ließ sie ins Boot fallen. Das Handtuch löste sich, und er sah zum letzten Mal ihr Gesicht.

Nur dass sie gar nicht mehr wie Mattie aussah.

Malcolm ruderte. Er konnte gut mit Rudern umgehen – seine Schultern und Arme waren sehr muskulös, und die verkrüppelten Beine spielten in einem Boot kaum eine Rolle. Sie fuhren mehrere hundert Meter flussabwärts, bis zu der Stelle, wo sich der Fluss verbreiterte, und dort kippte Bill Mattie ins Wasser, während Malcolm sich als Gegengewicht über das gegenüberliegende Dollbord beugte.

Mattie war fast ohne jeden Spritzer in den Minnow eingetaucht, doch das Boot schaukelte und schwankte, und Bill musste Malcolm an der Hand festhalten, damit er nicht ins Wasser fiel.

Sie ruderten nach Wynstones zurück, um aufzuräumen. Zu dem Zeitpunkt waren sie immer noch betrunken, doch der Schock und die Nachtluft hatten sie ziemlich ausgenüchtert, zumindest zeitweilig. Zum Glück hatten sie nur zwei Räume benutzt, das Bad und den kleinen Salon. Sie wischten den Badezimmerboden so gut sie konnten mit einer Wolldecke aus dem Auto trocken und schrubbten die Wanne.

Malcolm hatte die Wasserhähne und die Türgriffe poliert. Er befahl Bill, die Aschenbecher auszuwaschen und die Zigarettenstummel fortzuschaffen. »Er hat mich sogar die Polster und den Teppich abbürsten lassen.« Bill rieb sich die Augen. »Es war ein Albtraum, sage ich Ihnen. Ein verdammter Albtraum.«

»Dann war also alles Malcolms Idee?«

»Ja.« Bill schüttelte gedankenverloren den Kopf, als wollte er eine Erinnerung abschütteln. »Irgendwie lief alles nicht richtig. Wir waren erst weit nach Mitternacht fertig.«

In jener Nacht hatte er zwei von den Schlaftabletten seiner Mutter genommen, hatte aber trotzdem nur schlecht geschlafen. Den größten Teil des Freitags hatte er in einem von Barbituraten und dem Kater herrührenden Nebel verbracht. Er wusste, dass er versuchen sollte, Violet irgendwie zu erreichen, um ihr zu sagen, dass Mattie nicht nach Wynstones gekommen wäre – die Geschichte, auf die er und Malcolm sich geeinigt hatten. Erst am Freitagabend hatte Angst seine Lebensgeister zurückkehren lassen. Als er sich an den Brief erinnerte. Den einzigen Brief, den er Mattie je geschrieben hatte.

»Sie hätte ihn weggeworfen haben können«, bemerkte Kirby.

»Das hat Malcolm auch gesagt«, erwiderte Bill. »Aber wir konnten nicht sicher sein. Und ihre Leiche konnte jeden Moment gefunden werden. Wenn das erst mal passierte, würde jemand ihr Zimmer durchsuchen. Also musste ich mich vergewissern, dass er nicht dort war.«

Er war schon einmal in Matties Zimmer gewesen – er hatte den größten Teil der Nacht in ihrem Bett verbracht, nachdem er sie eines Abends nach Hause gefahren hatte. Damals hatte er mit ihr abgesprochen, zur Rückseite des Cottages zu gehen, und war von dort aus über das Dach des Anbaus in Matties Zimmer geklettert, wo sie schon am Fenster auf ihn wartete und ihr Kleid aufknöpfte.

Freitagnacht hatte er denselben Weg genommen und hatte mit seinem Taschenmesser den Fensterriegel aufgehebelt. Aber es war vergeblich gewesen. Von dem Brief keine Spur. Doch der Anblick ihres Zimmers hatte ihn daran erinnert, dass es noch andere Gegenstände gab, die nicht aufgetaucht waren, allen voran die goldene Puderdose, die er ihr geschenkt hatte. Erst da war ihm aufgegangen, was außerdem noch fehlte. Matties Handtasche.

»Ein Mann denkt nicht an Handtaschen«, erklärte er Kirby. »So was ist Mädchensache.«

Also hatte er am folgenden Morgen Malcolm angerufen und ihn schließlich im Büro erreicht. Sie waren übereingekommen, dass die Handtasche noch irgendwo in Wynstones sein musste. Das Problem war, dass inzwischen Robert Sedbury die Schlüssel für das Haus hatte. Sie mussten bis Sonntag warten, wenn Malcolm die Christies herumführen würde.

»Malcolm hat ihnen zuerst den Garten gezeigt, damit ich nach der Tasche suchen konnte. Sie werden es nicht glauben – sie hatte sie an den Haken an der Rückseite der Badezimmertür gehängt – wir hatten sie übersehen. Sie war die ganze Zeit über direkt vor unseren Augen gewesen. Das Problem war, dass sie so groß war, dass ich sie nirgends verstecken konnte. Und die Christies kamen zum Haus zurück und sind dabei zwischen mich und den Wagen geraten. Also musste ich am Ende mit der Handtasche in den Garten flüchten. Schließlich bin ich – na ja, ich schätze, ich bin in Panik geraten. Hab sie in den Fluss geschmissen. Ich hatte bereits einen Blick hinein geworfen. Nichts zu wollen, der Brief war nicht drin. Aber ich hab die Puderdose rausgenommen.«

»Die, die ihr dann in der Nähe vom Ferryman platziert habt?«, sagte Kirby. »Wessen glorreiche Idee war das?«

»Malcolms. Er wollte wieder oberschlau sein. Wir dachten, wo die Leiche unten an der New Bridge gefunden worden war, würde die Handtasche vermutlich auch dort angetrieben werden. Malcolm hat gesagt, es wäre wichtig, Ihre Aufmerksamkeit von Wynstones und vom Minnow abzulenken. Man hatte uns am Donnerstagabend im Ferryman gesehen, damit hatten wir also ein Alibi. Wir haben die Puderdose auf die Wiese nebenan gelegt und uns diese Geschichte ausgedacht, dass wir Mattie dort mit einem Mann gesehen hätten. Es hat schließlich niemandem geschadet.« Er starrte in Kirbys ausdrucksloses Gesicht und platzte abermals heraus: »Es war alles *Malcolms* Idee, ich schwöre es. Hören Sie, ihr Tod war ein Unfall, das allein zählt. Sie müssen mir glauben.«

Ein Stuhl schabte über den Boden. Bill fuhr herum. Thornhill war aufgestanden. Kirby sah ihn ebenfalls an, und die beiden Polizisten tauschten mit ihren Blicken eine stumme Botschaft aus, die Bill nicht entschlüsseln konnte.

Thornhill steckte die Hände in die Hosentaschen. »Das Problem ist nur, Mr Pembridge, wir sind nicht sicher, dass es ein Unfall war.«

Bill krampfte sich der Magen zusammen. »Aber es muss ein Unfall gewesen sein.«

»Ihrer Schilderung nach war eine Menge Wasser auf den Badezimmerboden geschwappt. Da ist noch etwas anderes – es wurden frische Prellungen an Mattie Harris' Schultern gefunden. Könnten zum Zeitpunkt ihres Todes entstanden sein. Die Blutergüsse sind symmetrisch. Vier kleine blaue Flecke entlang des Schlüsselbeins, zu beiden Seiten des Halses. Dann sind da noch zwei blaue Flecke auf dem Rücken. Einer auf jedem Schulterblatt. Wie würden Sie die erklären, Mr Pembridge?«

»Keine Ahnung. Warum fragen Sie mich das?«

»Die wahrscheinlichste Erklärung für diese Prellungen ist, dass jemand hinter Mattie Harris gestanden oder möglicherweise gekniet hat und ihr seine Hände auf die Schultern gelegt hat. Nach dem Ausmaß der Blutergüsse zu urteilen, muss er sehr fest zugedrückt haben. Und nach unten.«

Bill starrte den Inspector an, suchte verzweifelt nach etwas – irgendetwas –, das er sagen konnte. »Jemand – jemand muss eingebrochen sein, während wir weg waren, und …«

»Sehr unwahrscheinlich, Mr Pembridge. Es gab keinen Hinweis auf einen Einbruch, oder? Sie sagen, Sie hätten abgeschlossen, als Sie weggegangen sind. Man konnte das Haus verlassen, wenn man drinnen war – an der Haustür ist nur ein Schnappschloss. Aber es konnte niemand hereinkommen, oder zumindest nicht, ohne Spuren zu hinterlassen. Es sei denn, jemand hätte diese Person hereingelassen oder die Person hätte einen Schlüssel gehabt. Selbst wenn jemand an die Tür gekommen wäre, hätte Mattie ihn nicht hereingelassen, nicht in dem Zustand, in dem sie war. Außerdem war sie oben in der Badewanne.«

»Malcolm«, krächzte Bill, und Erleichterung brach sich über ihm wie eine warme Welle. »Dann muss es *Malcolm* gewesen sein. Da hol mich doch der Teufel.«

Er hielt inne, doch keiner der Polizisten sagte etwas. Er sah hektisch von einem zum anderen. Sie schauten gelassen zurück.

»Er ist immer schon scharf auf Mattie gewesen«, sagte Bill, und seine Stimme war kaum mehr als ein Flüstern. »Das konnte man sehen, an der Art, wie er sie ansah. Er – er muss versucht haben, sich an sie ranzumachen, als sie in der Wanne war. Oder vielleicht vorher. Erinnern Sie sich, dass ich Ihnen erzählt habe, ich hätte sie lachen gehört? Vielleicht hat sie ihn ausgelacht. Vielleicht hat er sie umgebracht, um sie zum Schweigen zu bringen, um sie davon abzuhalten, mir zu erzählen, was er getan hatte.« Bill sah flehentlich von einem ausdruckslosen Gesicht zum anderen. »Er ist sehr stark, Malcolm. Und er hatte immer etwas – na ja, etwas Seltsames an sich. Im Moment trägt er ein Rasiermesser in der Tasche mit sich herum. Er hat es mir gezeigt. Dieses verflucht große, altmodische Rasiermesser.«

Die Polizisten sagten noch immer nichts.

Bill spürte, wie ihm Tränen in die Augen schossen. Er vergrub den Kopf in seinen Armen und weinte.

# 53

Wenn die Polizei nicht nach Violet Evans suchen wollte, dann würde sie es tun.

Der Regen hatte etwas nachgelassen. Jill trug Gummistiefel, einen langen Regenmantel, ein Kopftuch und hatte einen Schirm dabei. Es waren nur wenige Menschen unterwegs, was die Sache erleichterte. Sie überlegte, ob sie ihren Wagen holen sollte, doch dann fiel ihr ein, dass sie ihn in Netherfield stehen gelassen hatte. Außerdem würde ein Auto sie bei der Suche nur behindern.

Sie entschied, dass es das Beste wäre, die Stadtmitte von Lydmouth aufzuteilen. Sie begann mit dem Viertel um ihr eigenes Haus und ging dabei von der Annahme aus, dass Violet den Brief persönlich am Church Cottage abgeliefert hatte. Sie verbrachte fast eine halbe Stunde damit, die Straßen abzugehen, Sackgassen zu erkunden, in Durchgänge zu spähen, Violets Namen zu rufen. In der Nutholt Lane begegnete sie einem Polizisten, der sie argwöhnisch musterte. Sie fragte ihn, ob er Violet gesehen hätte, doch er verneinte.

Als Nächstes durchkämmte sie den Teil der Stadt, der östlich der High Street lag und sich sanft abfallend zum Fluss erstreckte. Auch hier hatte sie kein Glück. Allerdings begegnete sie am Busbahnhof Ted Evans. Jill bot an, ihm ein Taxi zu rufen, das ihn nach Broadwell Crescent zurückfuhr, damit er nachsehen konnte, ob sie nach Hause gekommen war.

»Nicht nötig, Miss.« Schutzwälle, die einen Moment lang nachgegeben hatten, waren nun nachdrücklich wieder neu errichtet. »Ich komm schon allein zurecht, danke.«

»Ist alles in Ordnung? Nach dem Unfall?«

»Mir geht's gut. Nicht dass ich mich dafür bei Bernie Broadbent bedanken kann.«

»Ich mache mir Sorgen um Violet«, sagte Jill.

»Warum?« Er machte einen Schritt auf sie zu. Wasser tropfte vom Schirm seiner Mütze, und seine gedrungene Gestalt hatte plötzlich etwas Einschüchterndes. »Wieso interessiert *Sie* das?«

»Es ist ein scheußlicher Abend, um unterwegs zu sein. Sie ist durcheinander. Sie braucht Hilfe.«

Ted wischte sich Wasser vom Gesicht. »Sie bekommt alle Hilfe, die sie braucht, von ihrer Familie. Das geht sonst niemanden was an.«

»Das genau ist es ja. Bisher hat sie von ihrer Familie nicht die Hilfe bekommen, die sie braucht, oder?«

Einen Augenblick lang dachte sie, er würde sie schlagen. Dann seufzte Ted, und sein Blick wanderte an ihr vorbei, starrte Richtung High Street.

»Das geht Sie nichts an.« Er sprach jetzt mechanisch wie jemand, der eine vom Protokoll vorgeschriebene Floskel wiederholte, während er mit seinen Gedanken woanders war. »Aber Sie können mitkommen, wenn Sie wollen. Dann vergeude ich keine Zeit damit, dort zu suchen, wo Sie schon waren. Ich schätze, zwei Paar Augen sind besser als eins.«

»Danke«, sagte Jill. »Haben Sie schon auf der Damentoilette an der Ecke der Bull Lane nachgeschaut?«

## 54

Ein bewegliches Ziel ist bedeutend schwerer zu treffen.

Das Rasiermesser war in seiner linken Hosentasche. Manchmal blieb Malcolm stehen, um sich zu vergewissern, dass es noch da war. Sein Regenmantel hatte Schlitze in den Taschen, so dass man mit den Händen zur Kleidung darunter durchlangen konnte. Er war sich nicht sicher, warum er es so beruhigend fand, etwas anzufassen, das, wenn man es genau betrachtete, nur ein simpler Gegenstand aus Stahl, Silber und Elfenbein war. Aber ihm gefiel, wie das Rasiermesser beständig wärmer geworden war, bis es die gleiche Temperatur hatte wie sein Körper.

*Bill wird alles ausplaudern. Keine Frage von ›ob‹. Nur eine Frage von ›wann‹.*

Er wusste nicht genau, wie lange er schon umherlief. Der Regen hatte nicht aufgehört, doch er war wenigstens etwas schwächer geworden. Malcolm hielt sich von der Stadtmitte fern, bewegte sich stattdessen langsam im Zickzack durch Templefields. Manchmal stellte er sich in Eingängen unter, und eine halbe Stunde hatte er im Schutz eines halb fertigen Hauses gesessen und seine letzten beiden Zigaretten geraucht, bis die alte, rastlose Angst ihn wieder weitergetrieben hatte.

*Ein bewegliches Ziel ist schwerer zu treffen.*

Mittlerweile war er mehr nass als trocken. Der Regen hatte den Regenmantel durchdrungen, und jetzt kroch die Nässe des Futters in den Blazer darunter. Die Beine seiner Hose waren triefnass, und seine Schnürschuhe waren schon längst vom Wasser aufgeweicht.

Zweimal sah er Polizisten, beide Male in Templefields. Der erste hatte ihm den Rücken zugekehrt. Der Regen strömte von seinem langen Cape, während er mit langsamen Schritten auf dem Kopfsteinpflaster entlangging. Malcolm wich eilig in die Gasse zurück, aus der er gekommen war, bis die Gefahr vorbei war. Bei der zweiten Begegnung hatte er einen Streifenwagen in der Mincing Lane gesehen. Er hielt es für möglich, dass sie nach ihm suchten.

Zeit verstreicht sehr langsam, wenn man Angst hat und nach einem Versteck sucht. Malcolm ließ sich von der Schwerkraft den Hügel hinab zurück zum Fluss ziehen. Er musste eine Entscheidung treffen. Es bestand kein Zweifel daran, dass das Schlimmste eingetreten war oder alsbald eintreten würde. Die Polizei hatte sich Wynstones vorgenommen. Er fragte sich, ob sie Bill schon angeklagt hatten. Seine Zähne klapperten jetzt, ob vor Kälte oder vor Angst vermochte er nicht zu sagen. Er wollte nach Hause.

Doch genau dort konnte er nicht hin. Die Polizei würde ihn dort schon erwarten. Schlimmer noch war der Gedanke an seine Mutter und seinen Vater.

Vor seinem geistigen Auge sah er ihre Gesichter, bleich und besorgt, so nah beieinander, dass sie sich berührten. Der Anblick war ihm vertraut. Dann kehrte die Erinnerung zurück. Er hatte sie in der Realität so gesehen, nicht in seiner Einbildung.

*Sie haben durch die runden Fenster in der Tür der Isolierstation zu mir hereingeschaut, die wie Bullaugen aussahen. Oh mein Gott.*

Das unerwartete Verschmelzen von Vergangenheit und Gegenwart war zu viel für ihn. Er ließ die Schatten von Templefields hinter sich und stolperte auf die Hauptstraße zum Bahnhof. Ihm gegenüber lockten die erleuchteten Fenster des Bahnhofshotels, eine Fata Morgana trockener Wärme.

Er schleppte sich über die Straße, stolperte und fiel fast hin, als er auf den gegenüberliegenden Bürgersteig trat. Einen Moment später stand er in dem Gang, der die öffentliche Bar des Hotels vom Salon trennte. Wasser rann in Strömen von seinem Regenmantel aufs Linoleum. Das Foyer war voll gestopft mit nassen Mänteln, nassen Hüten und Schirmen. Er fand einen Garderobenhaken für seinen Hut und Mantel und schlurfte in die Salonbar.

Der Raum war erfüllt von Wärme, Licht und Rauch. Malcolm bahnte sich einen Weg zur Theke. Die meisten der anderen Gäste waren Männer. Er kannte keinen von ihnen. Sie standen in einer unregelmäßigen Reihe an der Theke und um den Gaskamin herum und lachten über einen Witz, den einer von ihnen erzählt hatte. *Har-har. Har-har.* Der Laut gehörte zu einer anderen Spezies. Sie hätten Seehunde in einem Zoo sein können. *Har-har. Har-har.*

Malcolm erreichte die Theke. Die Bardame flirtete mit einem hoch gewachsenen Mann in einem Tweedanzug, der sich zu ihr beugte, vorgereckt wie die Galionsfigur eines Schiffs. *Har-har. Har-har.* Mit einer Münze klopfte er gegen einen Aschenbecher, bis sie sich endlich dazu herabließ, ihn zu bemerken. Er bestellte einen doppelten Brandy und zehn Senior Service. Er steckte die Zigaretten in seine Tasche und trug den Drink zu einem Tisch neben der Tür. Auf dem Weg stolperte er, weil er nur einen Stock benutzen konnte, während er das Glas trug, und ein paar Tropfen schwappten auf seine Hand. *Har-har. Har-har.* Er wusste, dass alle Augen auf ihn gerichtet waren. Nicht zum ersten Mal wünschte er sich, er wäre unsichtbar.

Doch der Vorteil des Bahnhofshotels war, dass die meisten Leute in der Hotelbar Handelsreisende waren. Sie kannten ihn nicht, und er kannte sie nicht. Hier war er anonymer als in jedem anderen Pub in Lydmouth.

Er nippte an seinem Brandy, kostete ihn aus und rauchte zwei Zigaretten. Die Zukunftsaussichten blieben so trübe und unerfreulich wie zuvor, doch zumindest war die Gegenwart ein wenig wärmer. Die Gesichter seiner Eltern trieben durch seine Erinnerung wie aufgeblähte Fische hinter dem Bullauge der Isolierstation.

*Ohne mich sind sie besser dran.*

Was war mit Bill? Wie würde er zurechtkommen?

Der Brandy klärte seinen Verstand. Das Beste wäre, nach London zu gehen. Ein Schulfreund von ihm wohnte in Pimlico, ein Mann, der ihm Geld schuldete. Er könnte auf Jacks Sofa schlafen.

Doch nicht heute Nacht. Der letzte direkte Zug nach London war bereits weg. Er wollte nicht in den frühen

Morgenstunden auf dem Paddington-Bahnhof enden. Er tat wohl besser daran, hier einen Platz zu finden, wo er die Nacht verbringen konnte, und dann früh am Morgen nach London zu fahren. Um halb sieben ging ein Eilzug. Er fragte sich kurz, ob sie den Bahnhof überwachen würden. Dann verdrängte er den Gedanken. Damit würde er sich später beschäftigen.

Er widerstand der Versuchung eines weiteren Brandys und verließ die Wärme und den Schutz des Hotels. Er stand unter dem Vordach und setzte sich gerade seinen Südwester auf, als neben ihm eine Limousine hielt. Sein Herz machte einen Sprung. Es war der Vauxhall der Pembridges. Einen glückseligen Moment lang dachte er, dass sich alles wie durch ein Wunder zum Besten gewendet hätte. Bill war freigelassen worden. Er war gekommen, um nach ihm zu suchen. Alles würde gut werden.

Doch als er die Beifahrertür öffnete, sah er Gerald Pembridge hinter dem Steuer.

Einen Augenblick starrten sie einander an, als hätten beide die Sprache verloren. Pembridge brach als Erster das Schweigen.

»Scheußlicher Abend, um unterwegs zu sein, Malcolm. Soll ich dich mitnehmen?«

»Nein, danke. Ich – ich bin mit jemandem verabredet.«

»In Ordnung.« Pembridge stieß einen heiseren Laut aus, der ein Lachen sein mochte. »Der Abend ist noch jung, was? Ich bin sicher, du und Bill habt noch was vor.«

Entweder hatte er noch nicht gehört, dass Bill auf dem Revier war, oder Bill war freigelassen worden, und es gab keinen Grund zur Sorge mehr.

»Dieses Mädel, das für euch gearbeitet hat, Violet Evans? Du weißt doch, wen ich meine …«, fuhr Pembridge fort.

Malcolm starrte ihn an. »Ja. Was ist mit ihr?«

»Sie ist nicht da drin, oder?«

»Nicht in der Hotelbar.«

Pembridge kaute an seiner Lippe. »Sie würde bestimmt nicht in die öffentliche Bar gehen. Nein – es war sowieso nur eine vage Möglichkeit.« Es folgte ein weiteres heiseres Halblachen. »Ich – ich hab ihr Portemonnaie in der High Street gefunden. Hab mich nur gefragt, ob du sie vielleicht gesehen hast.«

Malcolm schüttelte den Kopf. »Sie wohnt im Broadwell Crescent.« Er zögerte. »Oder Sie geben es auf dem Revier ab.«

»Ja, schätze, das könnte ich tun. Bist du sicher, dass ich dich nicht mitnehmen soll? Nun ja, dann mach ich mich wohl lieber wieder auf den Weg. Edna wird schon auf mich warten.«

Malcolm schlug die Tür zu. Pembridge ließ den Motor aufheulen und die Kupplung kommen. Er passte den Moment falsch ab, der Wagen machte einen Satz nach vorn, und die Räder ließen Wasser gegen Malcolms Beine spritzen.

Die Wärme des Brandys hüllte ihn noch immer ein. Er schaute einen Moment lang den davonbrausenden Rücklichtern des Vauxhall nach, dann schleppte er sich über die Straße nach Templefields. Hier, in dem Labyrinth aus Gassen, Baustellen und Abbruchhäusern, war er sicher. In Templefields gab es kaum Straßenbeleuchtung, was einen Teil der Anziehung ausmachte. Malcolm stolperte hügelaufwärts, während seine Stöcke und Füße mit dem nassen, schlüpfrigen Kopfsteinpflaster kämpften. Je tiefer er nach Templefields hineinging, desto sicherer würde er sein, sagte er sich.

Außer ihm war niemand unterwegs, oder wenn doch, dann konnte er sie nicht sehen. Allerdings machten es der Regen, der Wind und die schlechte Beleuchtung unmöglich, in dieser Beziehung sicher zu sein. Der Südwester fungierte als Schalldämpfer, verzerrte alle Geräusche.

Doch manchmal, wenn Malcolm stehen blieb, um Atem zu schöpfen, vermeinte er, in der Dunkelheit zögernde Schritte zu hören.

## 55

Die Zeit hatte ihre Bedeutung verloren. Violet starrte aus dem Fenster der Bahnhofsstube. Ein Streifen grauen Asphalts endete abrupt. Eine Million glitzernde Nadeln fielen in der Dunkelheit über den Gleisen vom Himmel. Bahnsteig vier war ein schummrig beleuchteter Umriss, ein fremdes Land für Züge, die auf dem Weg zu unbekannten Zielen waren.

»Wir schließen in ein paar Minuten«, rief die Frau hinter dem Tresen.

Violet ließ durch nichts erkennen, dass sie sie gehört hatte. Sie nieste, leckte ihren Finger an und tippte damit auf einen verlorenen Krümel auf dem Teller, auf dem ihr drittes Rosinenbrötchen gelegen hatte. Abgesehen von den Rosinenbrötchen hatte sie vier Tassen Tee, zwei Schokoladenriegel aus dem Automaten auf dem Bahnsteig und ein altbackenes Käsesandwich gegessen, das die Frau hinter dem Tresen ihr zum halben Preis überlassen hatte, weil sie es sonst weggeworfen hätte. Ihre Kleidung war noch immer klamm, doch ihr war jetzt bedeutend wärmer.

Zwei Züge nach London waren durchgekommen, seit sie in der Bahnhofsstube saß. Sie öffnete abermals ihre Handtasche und holte ihr Portemonnaie heraus. Sie wollte nicht wieder ihr Geld zählen. Sie wollte sich Grace' Haarlocke ansehen.

»Ich fürchte, ich muss Sie bitten zu gehen.« Die Frau hinter dem Tresen war nicht mehr hinter dem Tresen, sondern sie hatte sich vor Violet aufgebaut. »Einige von uns haben ein Zuhause.«

Die Tür ging auf, und einer der Gepäckträger kam herein. Er musterte Violet und sagte zu der Frau: »Alles in Ordnung, Ena?«

»Gleich, sobald ich abschließen kann.«

»Kommen Sie bitte mit raus«, forderte der Gepäckträger Violet auf. »Wo wollen Sie überhaupt hin?«

Violet holte abermals ihr Portemonnaie hervor und nahm eine Bahnsteigkarte heraus. Der Gepäckträger nahm sie in Augenschein.

»Ich bin mit jemandem verabredet«, erklärte Violet. Sie hatte die Bahnsteigkarte gekauft, weil sie nicht wusste, ob sie bleiben oder fortgehen würde. Sie wusste es noch immer nicht. Grace hielt sie hier, Grace trieb sie fort.

»Kommen Sie lieber morgen wieder«, sagte der Gepäckträger. »Sie haben gehört, was die Dame sagt, die Bahnhofsstube macht jetzt zu.«

Ohne die beiden anzusehen, stand Violet auf, zog ihren Mantel an, griff nach ihrer Handtasche und verließ den warmen Raum. Sie hörte sie flüstern, als sie die Tür schloss. Sie wünschte, sie wäre schlank und schön und könnte bissige, geistreiche Bemerkungen machen, wenn der Anlass es verlangte. Für das alles war es nun zu spät.

Sie rüttelte an der Tür des Wartesaals für Damen, doch er war abgeschlossen. Schwer ließ sie sich auf eine der Bänke auf dem Bahnsteig sacken. Der Gepäckträger tauchte wieder auf und forderte sie auf, nach Hause zu gehen.

»Warum?«, erwiderte sie, plötzlich trotzig. »Ich habe eine Bahnsteigkarte.«

Der Gepäckträger ging weg. Jemand anders kam und redete auf sie ein, anscheinend der Bahnhofsvorsteher. Dann ging auch er wieder weg. Sie hätten sich ganz anders verhalten, wenn sie Mattie Harris wäre. Und sie selbst hätte auch anders gehandelt. Mattie hatte sich von niemandem etwas gefallen lassen, nicht einmal von ihren Freunden. Am allerwenigsten von ihren Freunden. Mattie hätte ihnen ins Gesicht gelacht, hätte sie mit ihrem Lachen angesteckt.

*Verdammte Mattie. Nichts von all dem wäre passiert, wenn Mattie nicht gewesen wäre. Nichts von all dem wäre passiert, wenn Mattie die Leute nicht dazu gebracht hätte, sich in sie zu verlieben.*

Abermals näherten sich entschlossene Schritte auf dem Bahnsteig. Vielleicht war es ein Polizist. Es kümmerte sie nicht.

»Violet?« Die Stimme war sanft und vertraut. »Violet, mein Kind.«

Sie blickte auf und sah Gerald Pembridge. Er beugte sich lächelnd über sie. Sonst war niemand zu sehen. Panik wallte in ihr auf. Im Hintergrund war ein leises, beständiges Grollen zu hören, wie entfernter Donner.

»Violet, erinnern Sie sich an mich? Gerald Pembridge. Ein Freund der Sedburys. Ich würde mich gern mal mit Ihnen unterhalten. Über Mattie.«

Sie war jetzt auf den Füßen, wich vor ihm zurück. »Kommen Sie mir nicht zu nahe. Sie widerlicher alter Lüstling, Sie waren es.«

»Violet, beruhigen Sie sich bitte. Sie brauchen doch keine Angst vor mir zu haben.«

Sie wich weiter über den Bahnsteig zurück, immer näher auf die Kante zu.

»Sagen Sie mir, meine Liebe, hat Mattie mich Ihnen gegenüber je erwähnt?«

Der ferne Donner war näher gekommen und hatte sich in das Rattern eines Zugs verwandelt, der langsam in den Bahnhof einfuhr. Es war ein Güterzug mit klappernden Kupplungen und rumpelnden Rädern, eingehüllt in Rauch und Dampf, der in einer zischenden Wolke zum Holzdach des Bahnsteigs hochwallte. Pembridge kam näher und näher.

*Er wird mich umbringen, weil ich über ihn und Mattie Bescheid weiß.*

Mit einem Mal waren noch andere Leute auf dem Bahnsteig, stürzten auf sie zu. Keine Retter, schoss es Violet durch den Sinn, sondern Leute, die Pembridge helfen wollten. Sie waren alle gegen sie.

Als Erstes sah sie ihren Vater, sein Gesicht hassverzerrt, sein Mund offen, als würde er etwas rufen, doch der Lärm des Zugs übertönte seine Worte. Hinter ihm stand Jill Francis – wie konnte das sein? –, und als Letztes kamen zwei Constables, zuerst langsam, dann jedoch im Laufschritt.

Und unterdessen wurde das Rattern des Zugs lauter und lauter. Und gleichzeitig wurde das Denken schwerer und schwerer.

Pembridge drehte sich zu den Neuankömmlingen um, die Arme ausgestreckt, als wolle er sie willkommen heißen. Die Lok sauste an Violet vorbei, und der lange Schweif aus Güterwagons ratterte durch den Bahnhof, Richtung Norden nach Gloucester.

Teds Faust schnellte vor, ein verwischter heller Fleck in der Dunkelheit. Violet hörte ein lautes *Klatsch*.

Pembridge lag auf dem Rücken, die Hände vor das Gesicht geschlagen. Seine Hände waren blutig. Ted trat ihn in die Rippen. Einmal, zweimal. Die Polizisten packten ihn, einer an jedem Arm, und er rang mit ihnen, zerrte sie mit sich.

Jill Francis lief auf Violet zu.

»Nein«, schrie Violet, obgleich sie nicht sicher war, wogegen sich sich auflehnte.

Ted schüttelte einen der Polizisten ab. Der Mann prallte gegen Jill. Sie taumelte, verlor das Gleichgewicht und fiel rücklings auf die Bank, auf der Violet gesessen hatte.

Rote Tropfen glänzten auf dem grauen Asphalt. Gerald Pembridge rappelte sich vom Boden auf. Sein Regenmantel war dreckig. Er hatte seinen Hut verloren. Blut strömte aus seiner Nase und seinem Mund. Er sah sich hektisch um, zuerst nach den ringenden Männern, dann nach Violet.

Das passiert alles nicht wirklich, dachte Violet, sie sind alle verrückt geworden.

Pembridge wankte auf sie zu, eine Hand ausgestreckt; sein Gesicht war eine blutige Maske.

Violet schrie abermals auf. Sie drehte sich auf dem Absatz um und rannte los. Sie rannte den Bahnsteig entlang, die Rampe am Ende hinunter und weiter auf die Gleise dahinter.

## 56

»Dacht ich mir's doch, dass du das bist«, sagte Jimmy Leigh. »Du kannst nicht richtig laufen, stimmt's?«

Der Treidelpfad wimmelte von Schatten. Dies war einer der dunkleren, der, der sprach.

»Klingt komisch, weißt du, nicht wie die Schritte von anderen Leuten. Deshalb wusste ich, dass du es warst, auch wenn ich dich nicht sehen konnte. Es ist die Art, wie du gehst.«

Malcolm lehnte sich mit dem Rücken gegen eine Mauer, die sich landwärts am Treidelpfad entlangzog. »Was – was machst du hier?«

»Ich komme immer hierher.« Die Stimme klang scharf, mit einem Unterton von Angst. »Ich kenn mich hier aus, musst du wissen. Das da hinter dir ist Fenner. Das Schlachthaus ist da vorn. Ein Stück flussaufwärts.«

»Du bist Jimmy Leigh, stimmt's?«

»Ich erinnere mich an dich im Krankenhaus. Du hast geweint und geweint. Heulsuse.«

»Du hast auch geweint.«

»Hab ich nicht! Das ist eine Lüge!«

Malcolm vergrub die Hand tief in seiner Tasche. »Du solltest jetzt nach Hause gehen. Es ist schon spät. Und es regnet.«

»Mir macht der Regen nichts aus. Ist mir egal, wie nass ich werd. Und es ist mir auch egal, dass es spät ist. Hab *dich* letztens abends noch spät draußen gesehen, stimmt's?« Plötzlich zitterte die Stimme. »Hab dich bei Wynstones gesehen.«

»Ach, hast du das?« Malcolms Finger legten sich um den Griff des Rasiermessers. »Du weißt, was das bedeutet.«

»Es ist alles deine Schuld«, platzte Jimmy heraus. »Es ist alles deine Schuld, was mit Mattie passiert ist. Du bist böse, stimmt's? Du hast sie gezwungen, schmutzige Dinge mit dir zu machen. Du hast sie gezwungen. Ich hasse dich.«

Malcolm zog das Rasiermesser aus seiner Tasche. Jimmy war eine verschwommene Silhouette auf der anderen Seite des Treidelpfads. Hinter ihm floss der Minnow in Richtung New Bridge. Blut im Minnow, ging es Malcolm durch den Sinn, Blut vom Schlachthaus. Er holte das Rasiermesser heraus und hob es an seine Lippen. Mit den Zähnen klappte er die Klinge aus. Während er es tat, fühlte er den Regen auf seinem zum Himmel gewandten Gesicht.

Drohungen sind dunkle Gebete.

»Jimmy Leigh«, sagte er so leise, dass nur er es hören konnte. »Jimmy Leigh, ich bringe dich um, Jimmy Leigh.«

## 57

»Dürften wir reinkommen, Mrs Sedbury?«, fragte Thornhill sanft.

»Aber ich sage Ihnen doch, Inspector, Malcolm ist nicht hier.«

»Wir würden auch gern mit Ihnen und Ihrem Mann sprechen.«

Sie hielt widerstrebend die Tür auf, um Thornhill und Joan in die Diele eintreten zu lassen. Wahrscheinlich fragte sie sich, ob sie anbieten sollte, ihnen ihre Mäntel und Hüte abzunehmen. Sie wollte es natürlich nicht wie einen ganz normalen Besuch aussehen lassen; ebenso wenig würde sie sie ermutigen wollen, lange zu bleiben. Andererseits tropfte Regenwasser von ihren Mänteln und bildete um sie herum kleine Pfützen auf dem glänzenden Parkettboden. Die Instinkte der Hausfrau siegten.

»Soll ich Ihnen die Mäntel abnehmen?«

Sobald sie sich ihrer Mäntel entledigt hatten, führte sie die beiden in einen Salon, der Ausblick über den Vorgarten bot, und verschwand, um ihren Mann zu holen. Es war ein großes, geräumiges Zimmer mit modernen Möbeln, einschließlich einer Musiktruhe, eines Fernsehers und einer Hausbar. Joan musterte sich in dem Spiegel über dem Kaminsims und strich ihr Haar zurecht. Thornhill betrachtete die Fotografien auf der Fensterbank.

Eine zeigte die Junioren-Cricketmannschaft von Ashbridge – elf sehr kleine, sehr ernste Jungen. Einer der Jungen, der in der mittleren Reihe saß, war auf den ersten Blick als eine jüngere Version von Malcolm Sedbury zu erkennen. Eine weitere Fotografie zeigte ihn über sein Schlagholz gebeugt an der Aufstellungslinie, das Gesicht angespannt vor Konzentration. Er war ein linkshändiger Schlagmann gewesen.

Mrs Sedbury kehrte mit ihrem Mann zurück.

»Sie sagen, Malcolm ist nicht bei den Pembridges«, kam er ohne Umschweife zur Sache.

Thornhill stellte die Fotografie wieder hin. »Er ist den ganzen Abend über nicht dort gewesen.«

»Wo ist er dann?«

Mrs Sedbury legte alarmiert eine Hand an die Kehle. »Hatte er einen Unfall?«

»Soweit wir wissen nicht.«

»Gott sei Dank.« Sie sank auf das Sofa.

»Bill Pembridge ist, nebenbei bemerkt, derzeit auf dem Präsidium«, fuhr Thornhill fort. »Er hat uns den ganzen Abend über bei unseren Ermittlungen geholfen.«

»Ermittlungen?«, fragte Sedbury, der noch immer an der Tür stand, mit einem kläglichen Ausdruck auf seinem dunklen Gesicht. »Was für Ermittlungen? Hat es irgendetwas mit Wynstones zu tun?«

»Wir untersuchen den Tod von Mattie Harris.«

Sedbury ging zum Sofa und setzte sich neben seine Frau. »Sie denken, Malcolm und Bill haben etwas damit zu tun, nicht wahr?« Mrs Sedbury stieß einen erstickten Laut aus.

»Ja, Sir. Ich halte das für sehr wahrscheinlich.«

»Sie können doch nicht glauben, dass Malcolm ...«, setzte Mrs Sedbury an.

»Das reicht, Schatz«, schnitt ihr Mann ihr das Wort ab. »Wir müssen Ruhe bewahren. Ich bin sicher, dass es eine ganz logische Erklärung gibt.«

»Aber, Robert, er hat das Mädchen ja nicht einmal gekannt.«

»Sagen Sie, Sir, womit rasiert Ihr Sohn sich?«, fragte Thornhill.

»Natürlich mit einem Rasierapparat.«

»Besitzt er auch ein Rasiermesser?«

»Ja, zufällig tut er das. Ich habe ihm kürzlich ein Paar geschenkt, die meinem Vater gehörten. Warum?«

»Könnte ich die mal sehen?«

Sedbury stand auf, sein Gesicht eine Maske aus Falten. »Sie werden in seinem Zimmer sein, denke ich.«

»Dürfte ich mitkommen, Sir? WPC Ailsmore würde Mrs Sedbury gern ein paar Dinge fragen.«

Mrs Sedbury fing an zu weinen. »Ich wünschte, er wäre hier daheim bei uns.« Sie holte ein Taschentuch aus der Tasche ihrer Strickjacke und tupfte sich die Augen ab. »Er ist so verletzlich.«

Joan setzte sich neben sie aufs Sofa. »Wir werden ihn finden, Mrs Sedbury, machen Sie sich keine Sorgen.«

Es hörte sich an, als redete sie mit einem Kleinkind, das seine Mutter verloren hatte. Thornhill folgte Sedbury aus dem Zimmer und die Treppe hinauf. Keiner der beiden sprach, bis sie in Malcolms Zimmer standen und Sedbury die Tür geschlossen hatte.

»Hören Sie, Inspector, ich wollte es unten nicht sagen, aber Sie halten diese Sache für sehr ernst, nicht wahr?«

»Ich denke, die Möglichkeit besteht, Sir.«

Sedbury schluckte. »Ich – ich weiß einfach nicht, was ich sagen oder tun soll. In einer solchen Situation findet man sich nicht …«

»Haben Sie einen Anwalt, Sir?«

»Was? Ja. George Shipston.«

»An Ihrer Stelle würde ich ihn anrufen.«

»Sie glauben doch nicht – Sie denken doch nicht ernsthaft …«

Sedbury verstummte und tastete nach einem Taschentuch.

»Nach den Fotos unten zu urteilen, ist Ihr Sohn Linkshänder?«

»Was? Ja, ja, das ist er. Hätte sich zu einem verdammt guten Werfer entwickeln können, wenn – wenn diese vermaledeite Kinderlähmung nicht gewesen wäre. War auch kein schlechter Schlagmann.«

»Das muss ein furchtbarer Schlag für Sie alle gewesen sein.«

Sedbury schnäuzte sich. »Man kommt darüber hinweg. Aber es lässt sich nicht leugnen, dass – dass …«

Er verstummte abermals und ging zur Kommode hinüber. Dort holte er ein schlankes Lederetui aus der obersten Schublade, öffnete den Verschluss und klappte es auf. Er reichte Thornhill wortlos das Etui. Ein Rasiermesser mit Elfenbeingriff lag darin. Daneben war die Vertiefung, in der sein Zwilling auf seinem Bett aus blauer Seide gelegen hatte.

»Vielleicht hat er es irgendwo anders hingelegt, Inspector – weil er vorhatte, es auszuprobieren.«

»Haben Sie etwas dagegen, wenn ich mich in seinem Zimmer umsehe, wo wir schon mal hier sind, Sir? Wenn es Ihnen lieber ist, kann ich einen Durchsuchungsbefehl besorgen, aber das würde Zeit kosten.«

Sedbury ließ sich schwer auf das Bett sinken. Das Bettgestell ächzte. Er wedelte resigniert mit der Hand. »Machen Sie nur. Was für eine Rolle spielt das noch?«

Thornhill machte eine kurze Bestandsaufnahme des Zimmers. Auf dem Schreibpult waren zwei Stadtführer für London und mehrere Lehrbücher über Gebäudeprüfung. In einem der Fächer hinter der Schreibklappe war ein Bündel Briefe von Bill, geschrieben während seiner Wehrdienstzeit. In der oberen Schublade der Kommode, unter den Socken, fand Thornhill eine Taschenflasche und eine Packung Kondome, ungeöffnet. In einem alten Jackett ganz hinten im Kleiderschrank war ein brauner Umschlag mit zwölf Schwarzweißfotos, eine Bildfolge, die eine junge Frau mit gelangweiltem Gesicht beim Ausziehen und auf einem Bett liegend zeigte. Thornhill steckte sie wieder dorthin zurück, wo er sie gefunden hatte.

Sedbury gab kein Anzeichen dafür, dass er es bemerkt hatte. Er saß noch immer auf dem Bett und starrte auf die Tür, als sähe er dort etwas Sonderbares und Ungeheuerliches stehen.

»Ich wäre hier fertig, danke. Wollen wir wieder nach unten gehen?«

Sedbury stand schwankend auf, hatte Mühe, sein Gleichgewicht zu finden. »Wissen Sie, ich bin mir sicher, dass es eine ganz einfache Erklärung gibt. Malcolm würde nie – er weiß, wie wichtig unser guter Ruf ist.«

»Ihr *guter Ruf?«* Thornhill blinzelte. Die Worte kollidierten mit einer jüngsten Erinnerung, einer schmerzlichen noch dazu. *»Ihr* guter Ruf?«

»Unser *guter Ruf«,* wiederholte Sedbury mit einem Anflug von Gekränktheit in der Stimme. »Es gibt uns hier seit weit über einhundert Jahren. Wir sind eine jener altmodischen Firmen. Der gute Ruf ist alles. Er ist unser Kapital. Sehen Sie, wenn die Leute uns nicht vertrauen, dann kommen sie einfach nicht zu uns. Heutzutage haben wir viele Konkurrenten, fürchte ich.«

Thornhill runzelte die Stirn. Er hatte nur mit halbem Ohr gehört, was Sedbury sagte. Ihm war, als hätte er einen Schlag in die Magengrube bekommen. Irgendwie hatte er versäumt, eine völlig offensichtliche Frage zu stellen. Er war abgelenkt gewesen, ja, aber …

»Der gute Ruf«, murmelte er. »Tut mir Leid, Sir – mir ist gerade etwas eingefallen.«

Die Frage, die er nicht gestellt hatte, war ihm auf einem silbernen Tablett serviert worden. Sie hätte nicht offenkundiger sein können, wenn sie ihn angeschrien hätte.

Er lächelte Sedbury an. »Ja, ich kann sehen, wie wichtig ein guter Ruf in Ihrer Branche sein muss. Dürfte ich wohl mal Ihr Telefon benutzen?«

»Natürlich. Es steht im Arbeitszimmer.«

Die beiden Männer gingen nach unten. Die Tür zum Salon war nur angelehnt. Mrs Sedburys leise Stimme hob und senkte sich. Thornhill konnte die Worte nicht verstehen. Gerade als Sedbury die Tür des Arbeitszimmers öffnete, begann das Telefon darin zu klingeln. Er fluchte leise und nahm ab.

»Es ist für Sie, Inspector.«

Thornhill nahm den Hörer entgegen und wartete, bis Sedbury das Zimmer verlassen hatte. »Thornhill.«

»Kirby hier, Sir. Es hat eine Rauferei am Bahnhof gegeben. Die Kollegen von der Streife haben uns Bescheid gegeben, als sie herausgefunden haben, wer daran beteiligt war.«

»Was ist passiert?«

»Wie's scheint, hat Violet Evans dort ein oder zwei Stunden lang herumgehangen. Ohne Mantel, nass bis auf die Knochen – das Bahnhofspersonal hat gedacht, sie hätte nicht alle Tassen im Schrank. Dann ist Gerald Pembridge aufgekreuzt und hat angefangen, auf sie einzureden. Dicht gefolgt von Ted Evans und ...«, Kirby hüstelte, »... und Miss Francis. Evans hat sich auf Pembridge gestürzt und ihm eine ins Gesicht verpasst. Glücklicherweise hatten sie bereits zwei Constables herbeigerufen, um sich Violet vorzunehmen, und die konnten Evans davon abhalten, noch mehr Schaden anzurichten. Ist allem Anschein nach ein ganz schöner Kampf gewesen. In dem Durcheinander ist Violet Evans auf den Bahnkörper hinausgerannt und fortgelaufen.«

»Haben sie sie schon gefunden?«

»Nein, Sir. Der Bursche im Stellwerk hat sie am Bahnübergang gesehen. Die Schranken waren noch geschlossen, weil gerade erst ein Güterzug durchgekommen war. Aber sie ist durch die kleine Pforte an der Seite geschlüpft. Er hat gesehen, wie sie über die Straße und in die Angel Lane gelaufen ist. Und da ist noch etwas, Sir. Pembridge sagt, er hätte heute Abend Malcolm Sedbury getroffen.«

»Wo?«

»Vor dem Bahnhofshotel. Pembridge hat angenommen, dass er dort gerade etwas getrunken hatte. Ich hab Hemlett hingeschickt.«

»Wann hat Pembridge ihn getroffen?«

»Vor etwa fünfunddreißig Minuten. Wir haben noch einen weiteren Zeugen, der das bestätigt. Der Mann im Stellwerk hat ihn gesehen. Man konnte ihn kaum übersehen, hat er gesagt, so wie der Bursche sich an seinen Stöcken dahergeschleppt hat. Er hat ihn aus Richtung Templefields kommen und die Straße überqueren sehen, und dann ist er verschwunden, ins Bahnhofshotel, wie wir annehmen. Später hat er ihn noch mal gesehen, wie er die Straße überquert hat und in die Angel Lane gegangen ist. Es passt alles mit dem zusammen, was Pembridge gesagt hat.«

»Dann sind sie also alle dort?«

»Wie bitte, Sir?«

»Sie sind alle dort, bis auf Bill Pembridge. Zumindest mit ziemlicher Sicherheit. Jimmy Leigh, Violet Evans und Malcolm Sedbury. Alle irgendwo in Templefields. Wir müssen sie finden, Brian.«

»Nicht nur sie. Anscheinend ist Miss Francis Violet nachgelaufen.«

Einen Moment lang herrschte Schweigen. *Wusste Brian Bescheid? Oder hatte er es erraten?*

»Umso wichtiger, dass wir sie so schnell wie möglich finden«, erklärte Thornhill knapp. »Ich will alle verfügbaren Männer dort haben. Und Sie rufen besser auch den Hundeführer.«

Gleich darauf drückte er auf die Gabel. Dann rief er, seiner Eile, so schnell wie möglich nach Templefields zu fahren, zum Trotz, die Vermittlung an und ließ sich mit Troy House verbinden. Während das Telefon klingelte, scharrte er nervös mit den Füßen. Philip Wemyss-Brown meldete sich.

»Guten Abend, Sir. Richard Thornhill hier.«

»Mein Bester! Was kann ich …«

»Könnte ich wohl mit Mrs Wemyss-Brown sprechen?«

»Sie wollen den Boss sprechen? Nichts leichter als das.«

Charlotte kam an den Apparat. Er stellte die Frage, die er

schon längst hätte stellen sollen, und erhielt die Antwort, die alles aufklärte.

»Aber ich dachte, Sie *wüssten* es, Mr Thornhill.«

»Es gab da einige Verwirrung in Bezug auf die Fakten dieses Falles«, hörte er sich sagen.

»Sie müssen mit den Gedanken woanders gewesen sein«, meinte Charlotte. »Eine persönliche Angelegenheit vielleicht. Man sollte sich nie von seinen Pflichten ablenken lassen, stimmen Sie da nicht zu? Meiner Erfahrung nach ist das immer ein Fehler. Wenn man sich erst einmal ablenken lässt, weiß man nie, was alles passieren kann.«

## 58

Die einzige Geräusche waren ihre Schritte auf dem Kopfsteinpflaster, ihr eigener Atem und das Rauschen des Wassers. Jill wusste, dass nur hundert Meter hinter ihr, am anderen Ende der Angel Lane, die New Bridge war, mit den Lichtern des Bahnhofs direkt dahinter. Sie hatte sie alle dort zurückgelassen – Ted Evans, der nur mit Mühe von zwei Polizisten festgehalten werden konnte, Gerald Pembridge, der sich stöhnend sein blutiges Gesicht hielt, und zwei Gepäckträger, einer davon mit einer Tasse Tee in der Hand, die mit verständnislosen Mienen dastanden und sich das Spektakel anschauten.

Jill war Violet gefolgt. Sie hatte das eigentlich nicht gewollt, aber sonst hätte es niemand getan, also blieb es an ihr hängen. Der Bahnhof hinter ihr und der Bahnübergang ein Stück weiter vorn spendeten ein wenig Licht. Eine Ratte huschte vor ihr über die Gleise. Jill stolperte von Gleisschwelle zu Gleisschwelle, während sie nachdrücklich jeden Gedanken daran verdrängte, dass der Bereich zwischen den Gleisen einer Bahnstrecke, die regelmäßig von Personenzügen befahren wurde, nicht viel besser war als eine offene Kloake.

Die Schranken des Bahnübergangs waren geöffnet. Sie schaute hoch und sah den kahlen, gesenkten Kopf des Mannes im Stellwerk. Er drehte an dem Rad, das die Schranken bewegte, und blickte nicht auf. Die Seitenpforte auf der Stadtseite des Bahnübergangs schwang noch in ihren Angeln. Jill ging hindurch und sah den Hügel hinauf. Niemand war zu sehen. Violet hatte nicht genügend Zeit gehabt, um das Bahnhofshotel zu erreichen. Logischerweise, wenn Logik irgendetwas damit zu tun hatte, musste sie die Straße überquert haben und in die Angel Lane gelaufen sein.

Nach Templefields hinein.

Jill überquerte die Straße. Angel Lane verlor sich in einer langen Biegung in der Ferne. Es gab nur wenige Straßenlaternen entlang der Gasse, daher wechselten sich Helligkeit und Dunkelheit ab. Die Dunkelheit gewann. In den vereinzelten Lichtflecken sah Jill Kopfsteinpflaster, Backsteinfassaden und den Regen, der wie in Fäden vom Himmel fiel. Am anderen Ende der Gasse, für einen kurzen Moment erhellt vom Lichtkegel der letzten Straßenlaterne, war Violet Evans.

Jill rief ihren Namen, doch die junge Frau lief weiter. Jill blieb nichts anderes übrig, als ihr nachzulaufen.

Doch jemanden in Templefields zu verfolgen war nicht so, als würde man ihm irgendwo anders in der Stadt folgen. Templefields war ein Viertel im Umbruch, ein Ort, der nur teilweise mit dem Stein und Mauerwerk, Asphalt und Beton, Fleisch und Blut des Rests von Lydmouth und seiner Einwohner verbunden war. Hier und dort gab es kleine Grüppchen von neuen Sozialbauhäusern, einige bewohnt und einige nur halb fertig. Eine Hand voll Menschen lebte noch in den älteren Gebäuden, klammerte sich an die

Hinterhöfe und Mietskasernen, in denen sie ihr ganzes Leben verbracht hatten. Es gab auch noch vereinzelte Geschäfte, kleine Fabriken und Lagerhäuser. Doch viele der Gebäude waren abbruchreif, warteten auf das Eintreffen der Abrissbirne und waren in der Zwischenzeit das Reich von Katzen und Ratten. Es war schon schwer genug, sich bei Tageslicht in Templefields zurechtzufinden, aber die Dunkelheit und der Regen machten es noch schlimmer. Ebenso wie die Angst, die sich langsam über Jill senkte.

Sie begegnete niemandem. Am Ende der Angel Lane angekommen, vermeinte sie, Schritte in der kleinen Gasse zu hören, die zu ihrer Linken abzweigte. Sie rief hinein, erhielt jedoch keine Antwort. Sie folgte den Schritten. Gebäude zwängten sie von beiden Seiten ein. Die Gasse vollführte eine 90-Grad-Biegung, und plötzlich war alles stockfinster. Irgendwo in der Nähe plätscherte Wasser, ein stetes Tropfen, wie eine zu schnell gehende Uhr.

Jill ging ein paar Meter weiter, tastete sich Schritt um Schritt über das Kopfsteinpflaster. Zu ihrer Linken war Licht. Sie war am Anfang eines Durchgangs. Gerade noch rechtzeitig, um eine Gestalt um die Ecke laufen zu sehen.

»Violet!«

Jill fluchte und hastete so schnell, wie sie es wagte, den Durchgang entlang. Als sie das andere Ende erreichte, schoss es ihr durch den Sinn, dass sie gar nicht wusste, ob es Violet war. Sie hatte nur einen flüchtigen Blick auf eine Gestalt erhascht, die ungefähr Violets Größe hatte und die gleich darauf um die Ecke verschwunden war.

Der Durchgang führte auf eine weitere, breitere Straße, wo die Dunkelheit von ein paar Straßenlaternen gemildert wurde. Jill wandte sich nach rechts, wie die Gestalt vor ihr es getan hatte. Jetzt war keine Spur mehr von ihr – *oder ihm?* – zu sehen. Jill ging weiter, während sie sich wünschte, sie hätte Violet sich selbst überlassen.

Der Regen und die Dunkelheit isolierten sie immer mehr vom Rest der normalen Welt. Sie hatte langsam das Gefühl, sie könne hier bis in alle Ewigkeit umherwandern, gefangen zwischen Vergangenheit und Zukunft wie Templefields selbst, und auf die Dämmerung eines neuen Tages warten, der vielleicht niemals kam.

Jills Kopftuch und der hochgestellte Kragen ihres Regenmantels dämpften und verzerrten die Geräusche, die an ihre Ohren drangen. Das Viertel selbst, das Netzwerk aus Straßen, Gassen und Durchgängen zwischen den Gebäuden, erzeugte seine ganz eigene Geräuschkulisse, verstärkte einige Laute, dämpfte andere, fabrizierte Echos. Dann war da noch der Regen, der unaufhörliche Regen, prasselnd und tropfend und spritzend, der ein Vokabular von, wie Jill inständig hoffte, akustischen Täuschungen erschuf – verfolgende Schritte, raschelndes Laub, wispernde Stimmen und einmal etwas, das wie ein Schuss klang.

Plötzlich veränderte sich alles. Die Straße, der sie folgte, bog scharf nach links und hangabwärts. Sie verschmälerte sich auf Wegbreite und traf fast unmittelbar darauf rechtwinklig auf einen anderen Fußweg. Auf der anderen Seite davon erstreckte sich ein dunkles Band. Jenseits davon war eine grauere, von Lichtern durchsetzte Dunkelheit. Die Geräusche von Templefields verstummten.

Das Gefühl der Erleichterung, der Befreiung kam vor dem Erkennen.

Jill hatte den Treidelpfad am Fluss erreicht. Das dunkle Band direkt vor ihr war der Minnow. Sie war nicht mehr orientierungslos – nicht dass sie sich zuvor eingestanden hätte, dass sie die Orientierung verloren hatte. Wenn sie nach rechts bog, würde sie auf den Lyd treffen, nur ein paar Minuten Fußweg von der New Bridge und dem Bahnhof entfernt. Sie wusste nicht genau, wo sie herauskommen würde, wenn sie nach links bog. Doch irgendwann musste der Fluss unter der Hauptstraße Richtung Norden hindurchfließen.

Jill hatte keine Ahnung, wo Violet war, und es hatte keinen Sinn, sich unnötig zu verlaufen.

Sie wollte gerade dem Pfad folgen, als ein neuer Laut sie innehalten ließ. Halb zwischen einem Grunzen und einem Seufzen, kaum hörbar über dem tiefen Plätschern des Flusses und dem Zischen und Prasseln des Regens. Sie drehte sich um und vernahm ein Geräusch, als wäre ein Stein in einer tiefen Pfütze gelandet.

»Wer ist da?«

Ihre Augen gewöhnten sich an die Schattierungen von Grau, machten einen helleren Fleck an der Mauer auf der anderen Seite des Treidelpfads aus. Jill machte einen Schritt darauf zu.

»Violet?«

Keine Antwort. Sie machte einen weiteren Schritt auf die Mauer zu. Jemand stand dort, dessen war sie sich sicher.

Metall schlug klirrend gegen Stein.

»Wer ist da? Violet? Sind Sie das?«

Aus der Dunkelheit ertönte das Lachen eines Mannes. Doch auch wieder nicht ganz das eines Mannes.

»Hallo-hallo«, sagte Jimmy Leigh.

## 59

»Hallo-hallo«, sagte Jimmy und fragte sich, ob dies ein weiterer Versuch war, ihn hereinzulegen. »Wer sind Sie?«

»Ich bin Miss Francis. Ich arbeite für die *Lydmouth Gazette.* Haben Sie da Violet bei sich? Violet Evans?«

»Oh ja.«

Er stand jetzt hinter ihr. Sein linker Arm lag vor Violets Gesicht, so dass seine Ellenbeuge ihr den Mund zuhielt. In der anderen Hand, in der, die blutete, hatte er Malcolm Sedburys Rasiermesser, und er hob es hoch, so dass die Klinge gegen Violets Kehle drückte. Violets Atem ging schnell und keuchend. Ein komischer Geruch lag in der Luft, der vom Schlachthaus kommen musste. Jimmys Gesicht und die Vorderseite seiner Kleidung fühlte sich feucht an, schlüpfrig von etwas, das kein Regenwasser war.

»Darf sie mit mir sprechen?«

Jimmy ließ sich die Bitte durch den Kopf gehen. Ihm gefiel der Klang von Miss Francis' Stimme, und er glaubte nicht, dass es eine Stimme war, deren Besitzerin versuchen würde, ihn hereinzulegen. Außerdem tat ihm langsam sein linker Arm weh. Er bezweifelte, dass Violet irgendetwas Dummes tun würde, wenn er den Arm wegnahm. Nicht, solange das Rasiermesser gegen ihre Kehle drückte.

»Sei ein braves Mädchen«, flüsterte er, während er seinen Arm fortnahm, gleichzeitig jedoch den Druck der Klinge an ihrem Hals ein wenig verstärkte, nur ganz kurz. »Versuch bloß nicht irgendwelche Tricks. Mein Freund hier könnte mir ausrutschen, wenn du ein böses Mädchen bist.«

»Miss Francis, ich ...«

»Sei jetzt still«, befahl Jimmy und genoss den unvertrauten Reiz der Macht. Er hielt das Rasiermesser noch ein klein wenig dichter an ihre Kehle. »Sei jetzt ein braves Mädchen. Du willst doch nicht sein wie Malcolm Sedbury. Böser Junge. Er hat im Krankenhaus ins Bett gemacht.«

»Malcolm?«, sagte Miss Francis. »Ist er auch hier gewesen?«

»Er ist böse«, erklärte Jimmy. »Also hab ich ihn weggeschickt.« Er spürte, wie Violet sich anspannte. Er presste seinen Unterleib gegen sie. Das Gefühl gefiel ihm, also presste er stärker.

»Wieso ist Malcolm böse?«

»Er hat gemeine Sachen mit Mattie gemacht. Mattie Harris.« Jimmy spürte, wie seine Erregung nachließ, und löste sich etwas von Violet. »Dann hat er versucht, mir wehzutun, heute Abend, mit diesem Rasiermesser. Aber ich hab es ihm weggenommen. Er hat mich geschnitten, also hab ich ihn geschnitten. Wie du mir, so ich dir. Ja, er hat mich geschnitten, also hab ich ihn geschnitten.«

»Und wo ist er jetzt, Jimmy?«

»Ich hab ihn in den Fluss geworfen. Wo Mattie war. Das wird ihm eine Lehre sein. Er wird nie wieder böse sein, stimmt's?«

»Nein«, sagte Miss Francis. »Wahrscheinlich nicht.«

Einen Moment lang herrschte Schweigen. Jimmy schmiegte sich an Violets Schenkel und spürte, wie seine Erregung zurückkehrte. Sie war so nett und weich und groß. Und sie redete nicht viel. Nicht wie Mattie. Er erinnerte sich an sie in der Badewanne. Ihre Schultern hatten sich angefühlt wie gehäutete Kaninchen. Er hatte fühlen können, wie sich die Knochen unter der Haut bewegten. Sie hatte schmutzige Dinge zu ihm gesagt, hatte ihn aufgefordert, schmutzige Dinge zu tun.

*Alles Malcolm Sedburys Schuld.*

Also hatte Jimmy sie zum Schweigen bringen müssen, hatte sie davon abhalten müssen, solche schmutzigen Dinge zu sagen, hatte sie davon abhalten müssen, dass sie ihn dazu brachte, sich ganz komisch zu fühlen. Tante Minnie hätte ihr den Mund mit Seife ausgewaschen, wenn sie das gehört hätte. Und seinen gleich dazu, weil er zugehört hatte. Weil er Verlangen verspürt hatte.

Nicht Tante Minnie, jetzt nicht mehr. Blöde Kuh. Frauen waren alle gleich. Man konnte ihnen nicht trauen.

Doch keine von ihnen war so böse wie der verfluchte Malcolm Sedbury mit seinen affigen Eltern und seinen großen, teuren Spielsachen. Jimmy erinnerte sich daran, wie sie beide klein gewesen waren, im Krankenhaus, als er Malcolm eines Nachts den Finger ins Auge gebohrt hatte und Malcolm geheult hatte. Tante Minnie hatte es gewusst, Tante Minnie, die nicht wirklich Tante Minnie war, aber sie hatte es wohl gutgeheißen, denn sie hatte ihm einen Pfefferminzbonbon gegeben und Malcolm Sedbury befohlen, er solle aufhören, wie ein kleines Baby zu flennen.

»Mattie war nett zu mir«, erklärte er jenem dunkleren Teil der Dunkelheit, aus dem die Stimme der Frau kam. »Also hab ich mich um sie gekümmert. Ich hab auf sie aufgepasst. Sie brauchte mich, damit ich auf sie aufpasse.«

*Dann hat sie alles verdorben und schmutzige Sachen gesagt, hat versucht, mich mit schmutzigen Dingen hereinzulegen.*

»Und du hast auch am Donnerstag auf sie aufgepasst?«

»Sie hat mich darum gebeten«, sagte Jimmy. »Hat mich gebeten, mit ihr mitzugehen. Sie hat gesagt, sie hat Angst, allein zu gehen.«

»Wohin zu gehen?«

»Von der Ruispidge Hall nach Wynstones. Auf dem Fußweg hinter der Mädchenschule – ein Teil davon führt über eine Weide, und manchmal steht da ein Stier drauf. Ich hätte für Mattie gegen den Stier gekämpft, ich hätte gegen jeden gekämpft.«

»Da bin ich sicher.«

Jimmy legte seinen rechten Arm um Violets Taille, damit er sie an sich ziehen konnte. Er rieb seine Hüften an ihr. »Sie hatte keine Kleider an, Miss. Dieser Malcolm Sedbury hat sie gezwungen, all ihre Kleider auszuziehen. Sie hat mich draußen gesehen und hereingelassen. Aber sie hat mich mit nach oben ins Badezimmer genommen. Sie wollte, dass ich schmutzige Sachen mit ihr mache. Das hätte sie nicht tun dürfen, oder, Miss? Sie hat nicht aufgehört, über diese Sachen zu reden, schmutzige Sachen, also musste ich sie zum Schweigen bringen. Und als sie aufgehört hat, hab ich losgelassen. Ich hab ihr nicht wirklich wehgetan, Miss. Das würd ich nie tun.«

Sie hatte mächtig mit den Beinen gestrampelt, erinnerte sich Jimmy, und überall Wasser hingespritzt, nicht nur auf den Fußboden, auch auf ihn. Sie hatte ihre Finger in seine Hände und Handgelenke gekrallt. Ihre Nägel hätte sie nicht benutzen können, um damit zu kratzen, weil sie abgekaut waren.

Aber einmal war ihr Kopf aus dem Wasser aufgetaucht. »Verpiss dich, du Sack«, hatte sie gekeucht. »Was soll …?«

*Schmutzige, schmutzige Worte. Musste sie zum Schweigen bringen. Ihr den Mund mit Seife auswaschen.*

Er war zu stark für sie gewesen. Dann war sie still gewesen, und er konnte fortgehen, zur Haustür hinaus und nach Hause laufen und sich die Bettdecke über den Kopf ziehen.

»Der Ertränker hat sie geholt und in den Fluss gelegt«, fuhr er fort. »Der Ertränker hat sie umgebracht.« Seine Stimme zitterte. »Arme Mattie. Hat so komisch ausgesehen im Fluss. Gar nicht wie Mattie.«

»Warum gehen wir nicht irgendwo hin, wo es trocken ist?«, schlug Miss Francis vor. »Hier draußen ist es ziemlich nass.«

Jimmy hatte eine Idee, die wie eine Glühbirne in seinem Verstand aufleuchtete. Sie könnten zu Fenner reingehen. Der Schlüssel lag noch immer unter dem Stein vor dem Tor. Die Polizisten hatten ihn an jenem Tag erst erwischt, als er gerade herausgekommen war, daher hatten sie nicht gesehen, wie er ihn versteckt hatte. Fenner war sein Versteck, seins und Matties und Violets. Violet war hier, und er auch. Der Ertränker hatte Mattie geholt, aber diese Miss-Francis-Dame würde es auch tun. Sie konnte stattdessen Mattie sein.

Auf dem Dachboden, wo er die Lok versteckt hatte, waren eine Kerze und eine Schachtel Streichhölzer. Er konnte sich anschauen, wie sie aussahen. Besonders Miss Francis.

Vielleicht sah sie ein bisschen wie Mattie aus. Vielleicht war auch ihr Körper ein bisschen wie Matties, nicht nur das Gesicht. Die Vorstellung, dass er Mattie wiedergefunden hatte, war so schön, dass er sich dabei ertappte, wie er sich schneller und schneller an Violets Schenkel rieb. Violets Kopf zuckte gegen seine Nase. Das Rasiermesser war abgerutscht.

»Mattie«, sagte Jimmy atemlos. »Ich kenne einen Platz, wo es trocken ist. Es ist hier ganz in der Nähe.«

»Dann lass uns hingehen«, sagte die nette Miss Francis. Nicht Mattie. »Zeig uns, wo wir hingehen müssen, Jimmy.«

Jimmy gefiel es, das Rasiermesser in der Hand zu haben. Die Leute taten alles, was er wollte. Er beschloss, von jetzt an immer ein Rasiermesser bei sich zu tragen. Aber weil er schlau war, vermutete er, dass sie versuchen würden, es ihm wegzunehmen. Dann würden sie nicht mehr tun müssen, was er wollte.

Also hielt er Violet ganz fest, und er hielt auch das Rasiermesser ganz fest, was nicht leicht war, weil der Griff so schlüpfrig war. Er steuerte sie in die Gasse, die zum Tor des Fenner-Geländes führte. Es gab hier Licht, das von einer Straßenlaterne an der Ecke der Mincing Lane herüberschien. Nicht viel, doch es genügte, um den Stein sehen zu können, unter dem der Schlüssel lag.

Das Atmen fiel Jimmy immer schwerer. Sein Ding – sein kleiner Mann, wie Tante Minnie ihn nannte – fühlte sich groß und heiß an. Während sie zum Tor gingen, rieb er gegen Jimmys Hose, als versuche er, die Knöpfe am Hosenschlitz zu sprengen und seinen Kopf ins Freie zu recken. Was würden sie tun, wenn das passierte?, fragte er sich. Was würde Violet tun, was würde die Miss-Francis-Dame, die jetzt Mattie war, tun?

Er hörte ein Auto in der Mincing Lane und stieß Violet an, damit sie sich beeilte. Einen Moment später hatten sie das große Tor erreicht.

»Hol den Schlüssel raus«, befahl Jimmy der Mattie-Frau. »Er ist unter dem Stein da.«

Die Frau bückte sich und hob den Stein an. Jimmy bemerkte es kaum. Er rieb seinen kleinen Mann, der jetzt gar nicht mehr so klein war, an Violet. Er bewegte sich schneller, presste stärker.

»Ja, ja, ja.«

Nichts spielte mehr eine Rolle außer dem erregenden Gefühl, das ihn aus dem tiefsten Inneren seines Körpers durchströmte. Teils Schmerz, teils Lust, schoss es aus ihm heraus wie eine aufblühende Blume. Er wollte, dass es aufhörte, und er wollte, dass es nie aufhörte. Er wollte, dass es ewig andauerte.

Er legte seinen Kopf in den Nacken, hob das Gesicht gen Himmel. Wassertropfen fielen auf seine Haut, untermalten und verstärkten die Lust in seinem Unterleib noch.

»Jetzt, Mattie, *jetzt.*«

Und in diesem Moment legte Mattie ihre Hand um seinen kleinen Mann. Er sah sie mit seinen halb geschlossenen Augen, das rote Haar so dunkel, dass es fast schwarz aussah.

*Schmutzig? Schmutzig?*

Diesmal sprach sie nicht, sie sagte nichts Schmutziges, also war es in Ordnung. Im Bruchteil einer Sekunde glitt die Hand den Stängel der Blume hinunter zu den Wurzeln. Die Finger schlossen sich und drückten zu. Lustvoller Schmerz durchströmte ihn.

Jimmy hörte das Zuschlagen der Autotür nicht, auch nicht die Schritte, die aus der Mincing Lane angelaufen kamen, die Rufe des Mannes. *Jimmy! Jimmy Leigh!* Er merkte nicht, dass die Mattie-Frau ihre Hände um sein rechtes Handgelenk legte und das Rasiermesser aus seinen blutigen Fingern glitt und klappernd auf das Kopfsteinpflaster fiel. Er merkte noch nicht einmal, dass er schrie.

## 60

Richard Thornhill fuhr langsam die Church Street entlang und hielt vor dem überdachten Friedhofstor. Er warf einen Blick über seine Schulter, sah über die Straße zum Church Cottage hinüber. Im linken der beiden oberen Fenster brannte Licht.

Es gab immer Entscheidungen. Einige waren auffälliger als andere, mehr nicht.

Er hatte Edith vor über einer Stunde angerufen, hatte ihr gesagt, es würde spät werden, hatte gesagt, sie solle nicht aufbleiben und auf ihn warten. Er hatte schuldbewusst die Erleichterung in ihrer Stimme gehört, als er ihr erzählte, dass Mattie Harris' Mörder jetzt hinter Schloss und Riegel war. Sie hatte es immer gehasst, wenn er mit Mordfällen zu tun hatte. Sie war eine gute Frau, und sie liebte ihn. Sie war die Mutter seiner Kinder.

Nichts war mehr so einfach wie früher, und manchmal zweifelte er daran, dass es das je gewesen war. Jill Francis war nicht die Frau, für die er sie noch vor fünf Tagen gehalten hatte.

Er fuhr ein Stück weiter und parkte den Austin diskret hinter einem großen Lieferwagen, der in der Nutholt Lane abgestellt war. Er ging zum Church Cottage zurück und läutete. Auf der anderen Straßenseite stand eine Straßenlaterne, und er kam sich vor wie ein Schauspieler im Scheinwerferlicht. Er trat einen Schritt von der Tür zurück, in der Erwartung, dass sie aus dem Fenster schauen würde, um zu sehen, wer da war.

Die Gardine bewegte sich. Er wartete.

Die Zeit schien zu kriechen. Nichts geschah. Vielleicht hatte sie ihn gesehen und entschieden, nicht zu öffnen, dachte er mit wachsender Verzweiflung. Vielleicht hatte sie genug. Vielleicht fand sie, so wie er es während der letzten paar Tage gelegentlich getan hatte, dass alles ein Fehler gewesen war. Einer von jenen Fehlern, die man nicht wirklich bereute, aber nichtsdestotrotz ein Fehler.

*Und Gott sagte: Nehmt euch, was ihr wollt, und bezahlt dafür.*

Er war nicht der Einzige, der bezahlt hatte.

Der Riegel wurde zurückgezogen. Die Tür öffnete sich einen Spalt. Er schlüpfte ins Haus. Jill trug den Morgenmantel aus Shantungseide, cremefarben mit einem verblassten blaugrünen Muster.

Sie sah ihn an, und das Erste, was sie sagte, war: »Meine Periode ist gekommen.«

Für den Bruchteil eines Augenblicks wusste er nicht, wovon sie sprach. Sein Kopf war randvoll mit Jimmy Leigh und Mattie Harris, mit Edith und Jill selbst.

*Was für eine miese Ratte ich doch bin.* Er hatte seit Stunden nicht an die verspätete Periode gedacht.

»Ich bin so froh«, sagte er und streckte seine Hände aus.

Sie ergriff sie. Sie sah um Jahre jünger aus als das letzte Mal, als er sie gesehen hatte. »Ich denke, es muss diese scheußliche Sache unten am Fluss gewesen sein. Die Erleichterung oder so was.« Sie zuckte zusammen. »Es tut sehr weh.«

»Soll ich gehen?«

»Das ist nicht nötig. Ich wollte sowieso gerade herunterkommen und mir etwas zu trinken machen. Möchtest du auch etwas?«

Die Grenzen waren klar gezogen. Zumindest für die Dauer dieses Besuchs würde er im Erdgeschoss bleiben. Jill machte sich eine Tasse Kakao und löste zwei Aspirin auf, während er sich einen großen Whisky-Soda mixte. Es gab ein kurzes Zögern, als sie ins Wohnzimmer gingen. Zwei Sessel standen einander vor dem ausgefegten Kamin gegenüber, mit einem Sofa etwas zurückversetzt dazwischen. Wenn Jill sich für das Sofa entschied, gab sie ihm damit vielleicht etwas zu verstehen. Und wenn sie sich für einen der Sessel entschied, gab sie ihm damit vielleicht etwas anderes zu verstehen. Sie setzte sich auf das eine Ende des Sofas. Doch sie machte nicht deutlich, ob sie wollte, dass Thornhill sich zu ihr setzte oder nicht. Also schob er die Entscheidung auf, stellte sich stattdessen vor den Kamin und trank einen Schluck Whisky.

»Du wusstest, dass es Jimmy war«, sagte sie und sah ihn an. »Du hast damit gerechnet, dass er es war. Du hast seinen Namen gerufen, als du die Gasse heruntergelaufen kamst.«

»Ja.« Er versuchte, sich nicht daran zu erinnern, was er in jenem Moment empfunden hatte.

»Aber ich dachte, du wärst sicher, dass Williamson sich geirrt hätte.«

»Williamson hatte Recht, fürchte ich. Aber aus den falschen Gründen. Der Teufel soll ihn holen.« Thornhill hatte Williamson mit der Neuigkeit angerufen, und der Jubel des Superintendents war fast unanständig gewesen. »Aber ich hätte es viel früher erkennen müssen. Deine Freundin Charlotte hat etwas gesagt, als ich am Dienstagmorgen vor dem Krankenhaus mit ihr zusammengestoßen bin. Es hätte mich gleich auf die richtige Spur bringen sollen.« Er schluckte. »Etwas hat mich abgelenkt.«

»Richard, du siehst *verlegen* aus.«

»Nein, verlegen bin ich nicht. Also, na ja.« Er warf den letzten Rest seiner Würde über Bord und lächelte sie an. »Ich erzähl's dir später. Die Sache war so, als ich mit Charlotte gesprochen habe, haben wir immer noch angenommen, dass Mattie Harris in der Nähe des Ferryman ins Wasser geworfen worden war. Wegen der Puderdose und der Geschichte, die der junge Sedbury und Pembridge sich ausgedacht hatten. Also dachten wir, sie wäre den Lyd hinuntergetrieben, nicht den Minnow. Und wir dachten, wer immer gegen halb elf bei ihr gewesen war, wäre der Schuldige. Aber Charlotte sagte, Jimmy könnte es nicht gewesen sein, weil er um halb elf nicht einmal in der Nähe des Ferryman war. *Mit anderen Worten, sie hatte ihn irgendwo anders gesehen.* Das Problem war nur, dass ich nicht wirklich zugehört hatte, was sie sagte.«

»Aber warum nicht?«

»Weil der wahre Grund, weshalb sie mich beiseite genommen hatte, nichts mit Leigh zu tun hatte. Was sie wirklich wollte, war, mir nahe zu legen, mich von dir fern zu halten. Mir zu sagen, dass ich deinem *Ruf* schaden würde.«

Sie sahen einander einen Moment lang an. Dann klopfte Jill neben sich auf das Sofa, und er setzte sich. Sie legte ihre Hand auf die seine.

»Mich hat sie auch gewarnt. Ich hab es dir erzählt.«

»Dann weiß sie also über uns Bescheid«, sagte er. »Davon müssen wir ausgehen. Oder, wenn sie es nicht weiß, dann hat sie zumindest einen sehr starken Verdacht.«

Jill ließ seine Hand los und lehnte sich zurück. »Daran können wir jetzt nichts ändern. Aber was hat sie über Jimmy gesagt? Wo *hat* sie ihn gesehen?«

»Sie hat ihn gesehen, als sie am Donnerstagabend im Lyzeum war.«

Jill nickte. »Die Sitzung des Schulvorstands. Das muss es gewesen sein.«

»Sie hat den Wagen an der alten Bibliothek auf der Rückseite der Schule geparkt. Als sie die Scheinwerfer eingeschaltet hat, ist das Licht durch den Zaun gefallen. Und da war er. Jimmy. Er ist in Richtung Ruispidge Hall marschiert. Es gibt da einen Fußweg, der ganz bis zur Narth Road führt. Sobald die Scheinwerfer angingen, ist er natürlich abgezischt. Irgendetwas Merkwürdiges war an seinem Aufzug, hat sie heute Abend gesagt, und es war ihr gerade erst aufgegangen, was es gewesen war. Er war nass. Triefnass. Triefnass, an einem trockenen Abend.«

»Aber warum?«

»Weil Mattie sich gewehrt haben muss. Vielleicht hat sie ihn sogar halb in die Wanne gezogen. Und wenn ich nicht so blöd gewesen wäre ...«

»Hör auf, Richard. Was geschehen ist, kann man nicht ungeschehen machen.«

»Wenn ich nicht so blöd gewesen wäre, wäre Malcolm Sedbury vielleicht noch am Leben.« Er trank den Rest seines Whiskys in einem Schluck. »Seine armen Eltern. Ich musste ihnen die Nachricht überbringen.«

*Und Gott sagte: Nehmt euch, was ihr wollt, und bezahlt dafür.*

»Haben sie die Leiche schon gefunden?«

Thornhill nickte. »Unten an der New Bridge. Ganz nah bei der Stelle, wo Mattie gefunden wurde. Wie es aussieht, hatte er das Rasiermesser zu seinem Schutz bei sich. Ted Evans sagt, er hätte es schon vor ein paar Tagen in der Tasche gehabt. Jimmy hatte Schnitte an der linken Handfläche, also nehmen wir an, dass Malcolm das Rasiermesser gezückt hat, und dann hat Jimmy es sich gegriffen und es gegen Malcolm eingesetzt. Es gibt da vor dem Schlachthaus einen Wetzstein zum Messerschleifen. Einer von den Decksteinen der Brüstung oberhalb des Flusses. Dort hat Jimmy ihn erwischt. Hat ihm glatt die Halsschlagader durchtrennt. Er war völlig mit Malcolms Blut bedeckt. Aber das weißt du ja. Du hast ihn gesehen.«

»Nicht bei Licht.«

»Große Blutlachen auf dem Treidelpfad und auf der Steinbrüstung. So viel, dass der Regen es nicht wegwaschen konnte.«

»Das wird er schon noch tun.«

Er wandte den Kopf um und sah sie an. »Tut mir Leid,

dass ich wieder mal nur über mich rede. Du musst dich schrecklich fühlen. Wenn ich daran denke, wie nahe du …«

»Die Erleichterung hilft, das wettzumachen. Klingt selbstsüchtig, fürchte ich, aber so ist es.«

»Erleichterung?«

»Dass ich nicht schwanger bin.«

»Ja«, sagte Thornhill und verspürte einen irrationalen Stich der Enttäuschung. »Ja, das kann ich verstehen.«

»Was passiert mit Evans?«

»Nicht viel. Ich habe mit Williamson geredet. Er wird mit Pembridge reden. Alles wird im Stillen geregelt. Ich lerne dazu.«

»Was meinst du damit?«

»Dass das die Art ist, wie die Dinge in dieser Stadt geregelt werden. Irgendwer redet mit irgendjemand anderem. Pembridge wird Ted Evans in Ruhe lassen, weil ich ansonsten öffentlich unangenehme Fragen über die Art seiner Beziehung zu Mattie Harris stelle.«

»Und Violet?«

»Sie wird weiter bei ihren Eltern wohnen. Mit ihrer Tochter. Williamson hat mir erzählt, dass Pembridge ihr vielleicht sogar einen kleinen Unterhalt zahlen wird.« Er lachte, und es klang harscher, als er erwartet hatte. »Macht es dir etwas aus, wenn ich mir noch einen Whisky einschenke?«

Als er ins Zimmer zurückkam, sagte Jill leise: »Wir haben alle angenommen, dass Jimmy Leigh keiner Fliege etwas zu Leide tun könnte, nur weil er geistig zurückgeblieben ist.«

»Er hatte kein angenehmes Leben. Das führt leicht dazu, dass man es an anderen Leuten auslassen will. Wenigstens wird er nicht hängen.«

»Woher wusstest du, wo du heute Abend hinmusstest?«

»Ich wusste es nicht. Wir sind die Mincing Lane hinuntergefahren, weil das in der Nähe seines Hauses war und Jimmy, als er weggelaufen ist, vor Fenner gefunden wurde. Also schien es ein guter Platz zu sein, um mit der Suche anzufangen. Violet sagt, sie sind immer zu dritt dort hingegangen, als Mattie noch im Schlachthaus gearbeitet hat. Mattie hat Jimmy wie eine Art Maskottchen behandelt. Wie einen Schoßhund.«

»Leute wie Mattie sind gefährlich für Lydmouth«, bemerkte Jill. »Sie bringen das Gefüge aus dem Gleichgewicht. Wenn die Leute sich nicht an die sexuellen Konventionen halten, kann alles Mögliche passieren.«

»Alles hat seinen Preis.«

»Aber es war nicht ihr Fehler. In gewisser Hinsicht waren sie alle schuldig.«

Thornhill starrte sie verwirrt an.

»All die Männer, die mit Mattie ins Bett wollten.« Sie wich seinem Blick aus. »All die Männer, die mit ihr im Bett waren. Die jungen Männer, die alten Männer. Der einzige Unterschied zwischen ihnen war, dass die alten Männer geschickter ihre Spuren verwischt haben. Man könnte ebenso gut sagen, dass die *Männer* die Schuldigen sind. Und dass Mädchen wie Mattie früher oder später zu ihren Opfern werden. Weil sie die Bürde der Schuld tragen, und die Männer nicht.« Sie hielt einen Moment inne und fuhr dann mit leiserer Stimme fort: »All das Gerede von Anpassung, von Schuld, erinnert mich an Bernie. Er …«

»Ich will nicht über Bernie sprechen.« Thornhill stellte das Whiskyglas auf den Beistelltisch. Er drehte sich zu Jill um und legte seine Hände auf ihre Schultern. »Du denkst, du wärst wie Mattie, nicht wahr?«

»Ein Opfer? Eine Rebellin gegen sexuelle Konventionen?«

»Beides.«

»Und? Denkst *du* das nicht?«

»Nein«, sagte er. »Nein, das tue ich nicht.«

»Vielleicht möchte ich es sein. Beides.« Sie kaute an ihrer Unterlippe. »Nur ein bisschen. Wer weiß?«

Je besser er Jill kennen lernte, desto mehr gab es kennen zu lernen. Er sah sie an und dachte, dass er sie jetzt vielleicht klarer sah als je zuvor. Er bemerkte, wie blass sie war, sah die zarten Krähenfüße um ihre Augen, die bläulichen Schatten um ihre Lider, die tiefe Schwärze ihrer Pupillen.

Was war wirklich in der Gasse mit dem schreienden Kind-Mann passiert? Wie würde es sich auf sie, auf ihn auswirken?

Er legte seinen Arm um ihre Schultern. Sie lehnte sich gegen ihn, schmiegte ihren Körper an den seinen. Er wünschte, er könnte sie vor ihrer Vergangenheit und ihrer Zukunft beschützen. Er wünschte, es gäbe kein Heute, kein Morgen, kein Gestern.

Nur das Jetzt.

»Jill?«, flüsterte er in ihr Haar. »Jill, Liebling, was zum Teufel sollen wir nur tun?«